Laisse-moi
en paix

Hélène Amalric présente

Publié pour la première fois au Royaume-Uni par Sphere, un département de Little, Brown, sous le titre LET ME LIE.
© 2017 Clare Mackintosh
© 2018 Hachette Livre (Marabout) pour la traduction francaise.

Clare Mackintosh

Laisse-moi en paix

*Traduit de l'anglais (Grande-Bretagne)
par Françoise Smith*

MARABOUT

À Rob, qui gère tout.

« Trois personnes peuvent garder un secret,
si deux d'entre elles sont mortes. »
Benjamin Franklin

PREMIÈRE PARTIE

1

La mort n'est pas faite pour moi. Je la porte comme un manteau d'emprunt ; elle me glisse des épaules et traîne dans la boue. Elle me va mal. Je la trouve étriquée.

J'ai envie de m'en débarrasser, de la fourrer dans le placard, de l'échanger contre mes vêtements bien coupés. Je ne voulais pas changer de vie, mais dans celle qui m'attend, j'espère devenir une belle personne, pleine de vitalité. Pour l'instant, je suis piégée.

Entre deux existences.

Dans les limbes.

J'ai toujours entendu dire que les disparitions brutales sont plus faciles à supporter. Moins pénibles. C'est faux. Si l'on s'épargne les douloureux adieux prolongés qui accompagnent les longues maladies, on compense par l'effroi que suscite une disparition subite. Une mort violente. Le dernier jour de ma vie, j'ai marché sur la corde raide entre deux mondes, mon filet de protection en lambeaux sous mes pieds. Par ici la sécurité, par là le danger.

J'ai avancé.

Je suis morte.

La mort nous amusait autrefois – quand nous étions assez jeunes, encore assez énergiques pour qu'elle n'arrive qu'aux autres.

« Qui partira le premier, à ton avis ? » m'as-tu demandé un soir, alors que, étendus près de la cheminée électrique dans l'appartement que je louais à Balham, nous n'avions plus une goutte de vin.

La caresse rêveuse de ta main sur ma cuisse modérait la brutalité de tes propos.

« Toi, bien sûr », me suis-je empressée de répondre.

Tu as visé ma tête avec un coussin.

Laisse-moi en paix

Ensemble depuis un mois, nous jouissions l'un de l'autre, parlions de l'avenir comme s'il ne nous concernait pas. Ni engagement ni promesse – juste des perspectives.

« Les femmes ont une espérance de vie supérieure aux hommes, c'est bien connu, ai-je souri. C'est génétique. La sélection naturelle. Les hommes sont incapables de s'en sortir seuls. »

Soudain devenu sérieux, tu m'as forcée à te regarder. Dans la pénombre, la grille incandescente du chauffage se reflétait sur tes pupilles sombres.

« C'est vrai. »

J'ai voulu t'embrasser, mais tu m'en as empêchée, le pouce posé sur mon menton.

« S'il t'arrivait quoi que ce soit, je ne sais pas ce que je ferais. »

J'ai ressenti un frisson fugace malgré la chaleur torride émanant du chauffage. On marche sur ma tombe.

« Tu baisserais les bras.

— Je mourrais aussi », as-tu insisté.

C'est alors que j'ai mis un terme à tes facéties juvéniles, repoussé ta main pour me libérer, sans lâcher tes doigts pour atténuer ta déception. Je t'ai embrassé, avec douceur d'abord, puis avec fougue, jusqu'à ce que tu bascules en arrière et que je m'allonge sur toi, nos visages cachés par le rideau de mes cheveux.

Tu aurais été prêt à te sacrifier pour moi.

Nous n'en étions qu'au début de notre relation, une étincelle aussi facile à étouffer qu'à attiser. Comment aurais-je pu deviner que tu cesserais de m'aimer et moi de t'aimer ? Je ne pouvais m'empêcher de me sentir flattée par l'ardeur de ton amour, l'intensité de ton regard.

Tu aurais été prêt à mourir pour moi et, en cet instant, je me croyais prête à en faire autant.

Je n'aurais jamais cru que l'un de nous y serait obligé.

2

Anna

Ella est âgée de huit semaines. Lorsqu'elle ferme les yeux, ses longs cils bruns effleurent ses pommettes rondes qui vont et viennent au rythme de la tétée. Une main minuscule s'étale sur mon sein telle une étoile de mer. Clouée au canapé, je pense à tout ce que je pourrais faire pendant que je l'allaite. Lire. Regarder la télévision. Faire des courses alimentaires en ligne.

Pas aujourd'hui.

Ce n'est pas une journée comme une autre.

Alors que j'observe ma fille, elle ouvre les paupières et me fixe de son regard bleu marine, solennel et confiant. Ses prunelles sont deux lacs profonds qui reflètent un amour inconditionnel et me renvoient l'image miniature des miennes, inflexibles.

La succion ralentit. Pendant que nous nous dévisageons, je songe que, décidément, la maternité est le secret le mieux gardé qui soit : tous les livres, les films, les conseils du monde ne sauraient préparer une femme au sentiment de plénitude qu'elle ressent lorsqu'elle devient le centre du monde pour un petit être. Et réciproquement. J'entretiens à mon tour le mystère, garde mes réflexions pour moi, car, après tout, à qui pourrais-je bien les révéler ? Moins de dix ans après la fin de nos études, c'est avec des amants, non avec des bébés, que mes amies partagent leur lit.

Ella continue à m'observer mais, peu à peu, son regard se trouble, comme un paysage gagné par la brume matinale. Ses paupières clignent une fois, deux fois avant de se fermer pour de bon. Sa tétée – toujours avide au début, puis régulière, paisible – se fait plus lente, jusqu'à ce que plusieurs secondes s'écoulent entre les gorgées. Elle s'arrête. Elle dort.

D'une pression de l'index, je romps le lien qui nous unit et réajuste mon soutien-gorge d'allaitement. Sa bouche remue encore un moment jusqu'à ce que le sommeil l'emporte, ses lèvres figées en un O parfait.

Je devrais la poser. Profiter de sa sieste, aussi courte soit-elle. Combien de temps ai-je devant moi ? Dix minutes ? une heure ? Nous sommes loin d'avoir établi une routine. *La routine*, le *leitmotiv* de toute maman débutante, obsession des jeunes mères réunies aux petits déjeuners de la PMI auxquels la puéricultrice m'oblige à participer. *Elle fait ses nuits ? Tu devrais essayer de la laisser pleurer. Tu connais les livres de Gina Ford ?*

Je hoche la tête en souriant et réponds que je vais me renseigner avant de me diriger vers l'une des autres femmes. Quelqu'un de différent. De plus souple. Parce que je me fiche de la routine. Je n'ai pas envie de laisser Ella pleurer pendant que, installée au rez-de-chaussée, je poste des messages sur Facebook pour témoigner de mon « cauchemar parental ».

C'est douloureux de pleurer une mère qui ne reviendra pas. Ma fille aura bien le temps de l'apprendre.

Elle s'agite dans son sommeil et ma gorge se noue encore un peu plus. Éveillée, Ella est ma fille. Lorsque des amis remarquent ce que nous avons de commun ou à quel point elle ressemble à Mark, je ne vois pas ce qu'ils veulent dire. Lorsque je la regarde, je ne vois que ma fille. Quand elle dort, en revanche... c'est ma mère que je vois. Un visage en forme de cœur se cache sous ses joues dodues de nourrisson et l'implantation de sa chevelure ressemble tant à celle de maman que, dans les années qui viennent, ma fille passera sûrement des heures devant son miroir à tenter de discipliner son épi rebelle.

Les bébés rêvent-ils ? Leur expérience du monde est si limitée, de quoi leurs songes sont-ils donc peuplés ? J'envie à ma fille son

Laisse-moi en paix

sommeil ; non seulement parce que je n'ai jamais été aussi épuisée de ma vie, mais aussi parce que, lorsque je finis par m'assoupir, je suis assaillie par les cauchemars. Dans mes rêves, apparaissent des détails que je ne devrais pas connaître. Certaines hypothèses figurant dans les rapports de police et l'enquête criminelle. Je vois mes parents, les traits bouffis, défigurés par leur séjour dans l'eau. Leur regard apeuré au moment où ils tombent de la falaise. J'entends leurs cris.

Parfois, mon inconscient me ménage. Je ne les vois pas toujours tomber : il m'arrive de les voir voler. Faire un pas dans le vide, écarter les bras et descendre en piqué au ras de la mer bleue, leur visage hilare éclaboussé par les embruns. Je me réveille alors en douceur, un sourire s'attardant sur mes lèvres, jusqu'à ce que j'ouvre les yeux et m'aperçoive que rien n'a changé depuis que je les ai fermés.

Il y a dix-neuf mois, mon père a emprunté une voiture – la plus neuve et la plus chère – dans la cour, devant son magasin. Il a parcouru les dix minutes qui séparent Eastbourne de Beachy Head, où il s'est garé sur le parking et, sans verrouiller les portières, s'est dirigé vers le promontoire. Le long du chemin, il a ramassé des pierres pour se lester. Puis, au plus fort de la marée, il s'est jeté du haut de la falaise.

Sept mois plus tard, dévorée de chagrin, ma mère a suivi ses traces avec une précision implacable, à tel point que le journal du coin a qualifié son suicide de « copie conforme ».

Si je suis en possession de toutes ces informations, c'est qu'à deux reprises le coroner nous les a détaillées pas à pas. En compagnie d'oncle Billy, je l'ai écouté nous faire, avec autant de tact que possible, un compte rendu exhaustif des deux opérations de sauvetage menées par les gardes-côtes. Regard rivé sur mes genoux, j'ai écouté les experts formuler leur opinion sur les marées, les chances de survie d'une victime, les statistiques de mortalité. Paupières closes, j'ai entendu le coroner rendre son verdict et conclure au suicide.

Mes parents sont morts à sept mois d'intervalle, mais vu que leurs décès étaient liés, les résultats de l'enquête judiciaire ont été rendus publics au cours de la même semaine. J'ai beaucoup appris pendant ces deux journées, excepté ce qui comptait vraiment.

Pourquoi ils ont sauté.

À supposer qu'ils l'aient fait.

Les preuves sont incontestables. Sauf que mes parents n'étaient ni suicidaires, ni déprimés, ni angoissés, ni effrayés. Vraiment pas du genre à renoncer à vivre.

« Les troubles psychologiques ne sautent pas toujours aux yeux, me répond Mark quand je soulève le problème, sa voix ne dénotant pas la moindre impatience que je remette encore une fois le sujet sur le tapis. Les gens les plus capables, les plus optimistes peuvent souffrir de dépression. »

Au cours de l'année qui vient de s'écouler, j'ai appris à garder mes théories pour moi ; à ne pas exprimer le cynisme que dissimule mon chagrin. Personne d'autre ne doute. Personne d'autre n'éprouve de malaise.

Cela dit, il est possible que personne n'ait connu mes parents aussi intimement que moi.

Le téléphone sonne. Je laisse le répondeur se déclencher, mais le correspondant ne laisse pas de message. Mon portable vibre aussitôt dans ma poche et sans avoir besoin de vérifier, je sais que c'est Mark.

« La petite ne se serait pas endormie sur toi, par hasard ?

— Je ne sais pas comment tu as deviné.

— Comment va-t-elle ?

— Elle tète toutes les demi-heures. J'ai fait plusieurs tentatives pour lancer les préparatifs du dîner, mais ça n'avance pas.

Laisse-moi en paix

— Laisse tomber, je m'en occuperai à mon retour. Comment te sens-tu ? »

Le changement subtil dans le ton de sa voix aurait été imperceptible pour tout autre que moi. C'est un sous-entendu. Comment te sens-tu, *aujourd'hui en particulier* ?

« Ça va.

— Je peux rentrer.

— Tout va bien. Je t'assure. »

Mark détesterait quitter son cours avant la fin. Il collectionne les qualifications comme d'autres les sous-bocks ou les pièces de monnaie étrangères ; il en possède tant que la place manque sur sa plaque. Plusieurs fois par an, il fait imprimer de nouvelles cartes de visite et les diplômes les moins importants tombent aux oubliettes. Aujourd'hui, il assiste à un cours intitulé « Valeur de la compassion dans la relation patient-thérapeute ». Il n'en a pas besoin ; sa compassion m'a semblé une évidence dès que j'ai franchi la porte de son cabinet.

Il m'a laissé pleurer. M'a tendu une boîte de mouchoirs en papier en m'encourageant à prendre mon temps, à ne commencer que lorsque je serais prête. Une fois mes larmes taries, alors que je n'arrivais toujours pas à trouver les mots, il a énuméré les étapes qui jalonnent le travail de deuil : déni, colère, négociation, dépression, acceptation ; je me suis alors aperçue que je n'avais toujours pas dépassé le premier stade.

Au cours de notre quatrième séance, Mark a respiré un bon coup avant de m'annoncer qu'il ne pouvait plus s'occuper de moi ; devant ma perplexité, il m'a expliqué qu'il y avait conflit d'intérêts et, malgré le manque total de professionnalisme dont il était conscient de faire preuve, m'a proposé de dîner avec lui.

Il était plus âgé que moi – plus proche de l'âge de ma mère que du mien –, et son habituelle confiance en lui tranchait avec la nervosité qui affleurait chez lui ce jour-là.

Laisse-moi en paix

« Avec grand plaisir », ai-je répondu sans hésiter.

Plus tard, il m'a avoué qu'il se sentait plus coupable d'avoir interrompu ma thérapie que d'avoir fait une entorse à l'éthique en sortant avec une patiente. *Ancienne* patiente, ai-je souligné.

Cela le gêne encore. Je lui fais remarquer que les couples se rencontrent dans toutes sortes de circonstances. Mes parents ont fait connaissance dans une boîte de nuit londonienne ; les siens au rayon des surgelés, chez Marks & Spencer. Et nous, dans un appartement situé au septième étage d'un immeuble de Putney, dans un cabinet meublé de fauteuils en cuir égayés de plaids en laine toute douce, avec un panonceau sur la porte indiquant : MARK HEMMINGS, THÉRAPEUTE, CONSULTATION SUR RENDEZ-VOUS.

« Si tu le dis… Embrasse Ella-bella de ma part.
— Salut. »

Je raccroche la première et je sais qu'il presse son téléphone contre ses lèvres, comme toujours lorsqu'il est pensif.

Il a dû sortir pour passer son coup de fil, renonçant à prendre un café, à rencontrer des collègues ou à faire ce que font trente thérapeutes pendant une pause. Dans un instant, il rejoindra les autres et restera injoignable pendant les quelques heures à venir, le temps de mettre sa compassion à l'épreuve d'un problème inventé de toutes pièces. D'une angoisse simulée. D'un deuil fictif.

Il aimerait m'aider dans mon travail de deuil. Je m'y oppose. J'ai cessé de consulter le jour où je me suis rendu compte que j'aurais beau parler tout mon soûl, je ne ferais pas revenir mes parents. On en arrive à un point où la douleur que l'on ressent est simplement de la tristesse. C'est un sentiment dont on ne guérit pas.

C'est compliqué, le chagrin. Il est fluctuant et possède tant de facettes qu'essayer de le décortiquer me donne la migraine. Je peux passer plusieurs jours sans pleurer et puis, un jour, être secouée de sanglots qui me coupent le souffle. Je peux rire en compagnie

Laisse-moi en paix

d'oncle Billy au souvenir d'une des bêtises de papa et un instant plus tard être exaspérée par son égoïsme. S'il ne s'était pas suicidé, maman ne l'aurait pas fait non plus.

La rage, c'est ce qu'il y a de pire là-dedans. La colère incandescente qui me consume et la culpabilité qui s'ensuit inévitablement.

Pourquoi ont-ils fait ça ?

Je me suis repassé en boucle les derniers jours de mon père en me demandant si nous aurions pu faire quelque chose pour prévenir sa mort.

Ton père a disparu.

Le SMS m'avait laissée perplexe – où était la blague ? Je vivais avec mes parents, mais j'avais passé la nuit à Londres pour assister à une conférence ; ce matin-là, je bavardais autour d'un café avec une collègue. Je me suis excusée.

« Comment ça, disparu ? »

Maman tenait des propos incohérents. Elle s'exprimait avec lenteur, cherchait ses mots. La veille au soir, ils s'étaient disputés ; papa était parti au pub en claquant la porte. Jusque-là, rien d'anormal. J'avais accepté depuis longtemps les relations houleuses de mes parents ; les bourrasques qui passaient aussi vite qu'elles étaient venues. Sauf que cette fois, papa n'était pas rentré.

« J'ai cru qu'il avait peut-être dormi chez Bill, m'a expliqué maman, mais je t'appelle du bureau et ton oncle ne l'a pas vu. Je suis folle d'inquiétude, Anna ! »

J'ai quitté la conférence sur-le-champ. C'était pour elle que je m'inquiétais, pas pour lui. Ils prenaient soin de me cacher les raisons de leurs disputes, mais j'avais ramassé les morceaux trop souvent. Papa disparaissait au travail, au terrain de golf ou au pub. Maman se cachait dans la maison et, devant moi, feignait de ne pas avoir pleuré.

Laisse-moi en paix

Le temps que je rentre chez nous, tout était fini. Les policiers dans la cuisine, leur chapeau à la main, maman en état de choc, agitée de tremblements si violents qu'on avait appelé le SAMU. Oncle Billy, blême de chagrin. Laura, la filleule de maman, qui avait oublié le lait en préparant le thé, ce que personne n'avait remarqué.

J'ai lu le SMS de papa.

Je n'en peux plus. Le monde sera meilleur sans moi.

« Votre père a emprunté une voiture sur son lieu de travail. »

Le policier devait avoir à peu près l'âge de mon père, avait-il des enfants ? L'appréciaient-ils à sa juste valeur ?

« Sur l'enregistrement de vidéosurveillance, on le voit se diriger vers Beachy Head, tard hier soir. »

Ma mère a poussé un cri sourd. Laura s'est approchée d'elle pour la réconforter. Clouée sur place, j'en étais incapable. Je refusais d'entendre sans pouvoir m'empêcher d'écouter.

« La police a été appelée sur les lieux vers dix heures ce matin, a expliqué l'agent Pickett sans quitter ses notes des yeux, ce qui devait être plus facile que de nous regarder, je suppose. Une promeneuse a déclaré avoir vu un homme remplir un sac à dos de pierres, poser son portefeuille et son téléphone par terre avant de se précipiter du haut de la falaise.

— Et elle n'a pas tenté de l'en empêcher ? »

Je n'avais pas l'intention d'élever la voix, et quand oncle Billy a posé la main sur mon épaule, je me suis dégagée, me tournant vers les autres.

« Elle s'est contentée de le regarder sauter ?

— C'est arrivé très vite. Le témoin était bouleversé, vous vous en doutez. »

Laisse-moi en paix

L'agent Pickett s'est aperçu de son manque de jugeote, mais trop tard pour tenir sa langue.

« *Elle* était bouleversée, hein ? Que ressentait papa, à son avis ? »

J'ai cherché un soutien dans les visages qui m'entouraient, avant de braquer mon regard sur les policiers.

« Vous l'avez interrogée ?

— Anna, est intervenue Laura d'une voix douce.

— Êtes-vous sûrs qu'elle ne l'a pas poussé ?

— Anna, ce n'est pas très constructif. »

Je m'apprêtais à la rabrouer quand j'ai regardé ma mère, qui gémissait doucement, soutenue par sa filleule. Soudain, mes forces m'ont abandonnée. Sa souffrance était pire que la mienne. J'ai traversé la pièce et me suis agenouillée à ses côtés, j'ai cherché sa main et senti les larmes inonder mes joues avant de comprendre que je pleurais. Mes parents sont restés en couple pendant vingt-cinq ans. Ils vivaient, travaillaient ensemble et en dépit des hauts et des bas, ils s'aimaient.

L'agent Pickett s'est éclairci la voix.

« La description correspondait à celle de M. Johnson. Nous étions sur les lieux en quelques minutes. Nous avons retrouvé sa voiture sur le parking de Beachy Head et, au bord de la falaise, nous avons découvert… »

Il s'est interrompu pour désigner un sac pour pièces à conviction transparent au centre de la table, contenant le portable et le portefeuille en cuir fauve de papa. De but en blanc, j'ai repensé à la blague d'oncle Billy sur les oursins dans le portefeuille de son frère et, l'espace d'une seconde, j'ai bien cru que j'allais éclater de rire. Au lieu de ça, j'ai pleuré sans m'arrêter pendant trois jours.

Écrasé sous le poids d'Ella, mon bras droit s'est endormi. Je le dégage, remue les doigts et ressens des picotements quand la circulation reflue vers les extrémités. Ne tenant plus en place, je m'extirpe de sous le corps de ma fille endormie, aussi furtive qu'un fusilier marin de Sa Majesté – un talent acquis avec la maternité –, et je la barricade sur le canapé à l'aide de coussins. Je me lève, m'étire pour soulager les courbatures causées par la position assise prolongée.

Mon père n'avait jamais souffert de dépression ni d'angoisse.

« Il t'en aurait parlé si c'était le cas ? » m'a demandé Laura.

Nous étions assises toutes les trois dans la cuisine après le départ de la police et des voisins, l'air hébété, avec une bouteille de vin dont le goût aigre nous emplissait la bouche. C'était un argument valable, même si je refusais de l'admettre. Papa était issu d'une longue lignée d'hommes convaincus qu'évoquer ses « sentiments » faisait de vous « une tapette ».

Quelles qu'en soient les raisons, son suicide était inattendu et nous a tous plongés dans le désarroi.

Mark, et son remplaçant lorsque j'en eus trouvé un, m'ont encouragée à assumer la colère liée à la disparition tragique de mon père. Je me suis accrochée à la formule du coroner.

Ses facultés mentales étaient altérées.

Elle m'a aidée à séparer l'homme de l'acte, à comprendre qu'en mettant fin à ses jours, papa ne cherchait pas à nuire à ceux qu'il abandonnait. Son ultime SMS suggérait plutôt qu'il était sincèrement persuadé que nous serions plus heureux sans lui. Rien n'aurait pu être plus éloigné de la vérité.

La suite a été plus pénible encore que d'accepter son décès. J'ai dû m'efforcer de comprendre pourquoi – après avoir fait personnellement l'expérience de la douleur causée par le suicide d'un être cher, après m'avoir vue pleurer la mort de mon père chéri – ma mère me faisait sciemment revivre la même épreuve.

Le sang bourdonne à mes oreilles telle une guêpe piégée contre une vitre. J'entre dans la cuisine, bois goulûment un verre d'eau et me penche au-dessus de l'évier, appuyée au plan de travail. J'entends maman chanter en faisant la vaisselle, tanner papa pour qu'il *débarrasse son couvert une fois tous les cent sept ans*. Je revois les nuages de farine qui s'échappent de la lourde jatte en faïence alors que je m'essaie avec maladresse à la pâtisscrie. Ses mains qui guident les miennes pour façonner des biscuits, pétrir de la pâte. Et plus tard, quand je suis revenue vivre à la maison, je nous revois appuyées chacune notre tour à la cuisinière Aga pendant que l'autre prépare le dîner. Alors que papa était dans le bureau ou regardait la télé au salon, nous, les femmes, restions à la cuisine – délibérément, et non pas faute d'une alternative. Nous bavardions en cuisinant.

C'est ici que je me sens le plus proche de maman. Ici que son absence est la plus cruelle.

Il y a un an jour pour jour.

CHUTE MORTELLE DE LA VEUVE ÉPLORÉE, pouvait-on lire dans la *Gazette*. L'AUMÔNIER DE BEACHY HEAD APPELLE AU BLACK-OUT MÉDIATIQUE CONCERNANT CE HAUT LIEU DU SUICIDE, titrait le *Guardian* avec une ironie involontaire.

« Tu savais, dis-je dans un murmure, consciente qu'il est parfaitement irrationnel de lui parler à haute voix et pourtant incapable de me retenir une seconde de plus. Tu savais à quel point c'est douloureux, et tu l'as fait quand même. »

J'aurais dû écouter Mark et faire des projets aujourd'hui. Prévoir une distraction. J'aurais pu appeler Laura. Aller déjeuner. Faire les magasins. N'importe quoi pourvu qu'il ne soit pas question de bouder à la maison, de ressasser, d'être obnubilée par l'anniversaire de la mort de maman. Pourquoi faudrait-il que cela soit plus pénible aujourd'hui que n'importe quel autre jour ? Il n'y a aucune raison logique. Ma mère n'est pas plus morte qu'elle ne l'était hier ou qu'elle le sera demain.

Et pourtant.

Laisse-moi en paix

Je prends une profonde inspiration et tente de me secouer. Je pose le verre dans l'évier avec un claquement de langue agacé, comme si me réprimander tout haut pouvait me motiver. Je vais emmener Ella au parc. Nous prendrons notre temps avant d'acheter à dîner au retour et, en moins de deux, Mark sera là et la journée sera presque finie. Cette soudaine démonstration de volonté a beau être un truc bien connu, il n'en reste pas moins efficace. Ma peine s'atténue, la pression derrière mes yeux disparaît.

Fais semblant et la confiance viendra, comme dit Laura. *Il faut s'habiller en fonction du boulot que l'on convoite, pas en fonction de celui que l'on occupe déjà* est une autre de ses maximes fétiches. Bien qu'elle les réserve à la sphère professionnelle (il faudrait vraiment tendre l'oreille pour remarquer qu'elle a peaufiné son accent huppé au lieu d'en hériter), le principe reste le même. Si tu fais semblant d'aller bien, tu te sentiras bien. Et d'ici peu, ton moral s'améliorera vraiment.

En ce qui me concerne, pour la dernière étape, c'est loin d'être gagné.

Un petit cri aigu m'annonce qu'Ella est réveillée. Je suis au milieu de l'entrée quand je vois une enveloppe pointer à travers la boîte aux lettres. Soit l'expéditeur est venu l'apporter lui-même, soit elle est restée coincée dans la fente quand le facteur a fait sa tournée. Quoi qu'il en soit, je ne l'ai pas vue en ramassant le courrier sur le paillasson, ce matin.

C'est une carte. J'en ai déjà reçu deux autres – de la part de camarades d'école qui préfèrent ne pas approcher le chagrin de trop près – et je suis touchée par le nombre de personnes qui commémorent ainsi les événements. Le jour de l'anniversaire du suicide de papa, quelqu'un a déposé un plat préparé devant ma porte, accompagné de quelques mots :

À congeler ou à réchauffer. Pensées amicales.

Laisse-moi en paix

J'ignore toujours de qui venait l'offrande. Beaucoup de lettres de condoléances reçues à la mort de mes parents contenaient des anecdotes à propos des voitures qu'ils avaient vendues au fil des années. Des clés remises à des adolescents trop confiants et des parents trop inquiets. Des voitures de sport biplaces troquées contre des breaks familiaux. Des voitures célébrant des promotions, des anniversaires importants, des départs à la retraite. Mes parents ont joué un rôle dans bon nombre d'histoires très différentes.

L'adresse est dactylographiée sur un autocollant, et le tampon de la poste fait une tache dans le coin supérieur droit. La carte est épaisse et coûteuse – je dois forcer pour l'extraire de l'enveloppe.
Je regarde fixement l'image.
Des couleurs vives se déploient sur la page : une guirlande de roses d'un incarnat criard aux tiges entrelacées et aux feuilles d'un vert brillant souligne la bordure. Au centre, deux verres de champagne tintent. Le message en relief est rehaussé de paillettes.
Joyeux anniversaire de mariage !
J'ai un mouvement de recul, l'impression d'avoir reçu un coup de poing. Serait-ce une blague malsaine ? Bien qu'animée des meilleures intentions, une connaissance presbyte aurait-elle fait le mauvais choix à la papeterie ? J'ouvre la carte.
Le message est dactylographié, lui aussi. Découpé dans du papier bon marché et collé à l'intérieur.
Il ne s'agit pas d'une erreur.
Mes mains tremblantes font danser les mots devant mes yeux. La guêpe bourdonne plus fort à mon oreille. Je relis le message.

Un suicide ? Détrompe-toi.

3

Je ne voulais pas partir comme ça. Je m'étais toujours imaginé ça autrement.

Lorsque j'envisageais ma mort, je me représentais une chambre plongée dans l'obscurité. La nôtre. Des oreillers rebondis pour soutenir mon dos ; un verre d'eau que l'on porte à mes lèvres dès lors que mes mains sont trop faibles pour le tenir. De la morphine pour gérer la douleur. Des gens qui défilent et s'approchent sur la pointe des pieds pour me faire leurs adieux ; toi, stoïque malgré tes yeux rougis, pénétré de leurs gentillesses.

Et moi, plus endormie qu'éveillée au fil des heures, jusqu'à ce qu'un matin je ne me réveille pas.

Par boutade, je disais que dans ma prochaine vie j'aimerais être réincarnée en chien.

Il se trouve que l'on n'a pas son mot à dire.

On accepte ce que l'on nous donne, que ça nous plaise ou non. Une femme qui te ressemble. Plus vieille, plus laide. À prendre ou à laisser.

Ça fait bizarre que tu ne sois pas là.

Nous avons passé vingt-cinq ans ensemble. Mariés pendant presque aussi longtemps. Pour le meilleur et pour le pire. Toi en costume, moi en robe taille empire destinée à cacher mon ventre de femme enceinte de cinq mois. Une nouvelle vie ensemble.

Et maintenant, je me retrouve seule. Esseulée. Apeurée. Dépassée par les événements dans l'ombre d'une vie que j'ai jadis croquée à pleines dents.

Rien n'a tourné comme je l'aurais cru.

Il ne manquait plus que ça maintenant.

Un suicide ? Détrompe-toi.

Laisse-moi en paix

Le message n'est pas signé. Anna ne saura pas qui en est l'auteur.

Moi, je le sais. J'ai passé cette dernière année à attendre que cela se produise, à me leurrer en croyant que le silence était synonyme de sécurité.

C'est faux.

Je vois l'espoir se peindre sur le visage d'Anna, la promesse d'une réponse aux questions qui l'empêchent de trouver le sommeil. Je connais notre fille. Elle ne nous aurait jamais crus capables de sauter du haut de cette falaise de notre plein gré.

À juste titre d'ailleurs.

Ce qui va se passer maintenant est clair comme de l'eau de roche. Anna va aller trouver la police. Exiger qu'elle ouvre une enquête. Elle se battra pour connaître la vérité, sans savoir qu'elle cache d'autres mensonges. D'autres dangers.

Un suicide ? Détrompe-toi.

Ce que l'on ignore ne peut pas nous causer de tort. Il faut que j'empêche Anna d'aller voir la police, de découvrir ce qui s'est vraiment passé avant qu'on ne lui fasse du mal.

Je croyais avoir tiré un trait sur mon ancienne vie le jour où je me suis rendue à Beachy Head, mais il faut croire que je me trompais.

Je dois arrêter tout ça.

Je dois redescendre.

4

Anna

Je rappelle Mark, lui laisse un message incompréhensible à propos de la carte, si bien que je dois m'interrompre, respirer un bon coup et tout reprendre depuis le début.

« Rappelle-moi dès que possible », dis-je avant de raccrocher.

Un suicide ? Détrompe-toi.

C'est clair.

Ma mère a été assassinée.

La nuque encore parcourue de picotements, je me retourne lentement, considère le large escalier derrière moi, flanqué de portes entièrement vitrées. Il n'y a personne. Bien sûr que non. Je suis aussi perturbée que si l'on s'était introduit chez nous pour me remettre ce courrier en main propre et je n'ai plus l'impression d'être seule avec Ella. Il faut que je sorte d'ici.

Je fourre la carte dans son enveloppe.

« Rita ! »

Le bruit d'un corps qui se traîne dans la cuisine, suivi d'un cliquetis de griffes sur le carrelage. Adoptée, Rita est un croisement de caniche chypriote et de plusieurs autres races. Des poils auburn lui tombent sur les yeux et lui entourent la gueule, et l'été, quand elle est tondue, les taches blanches de son pelage ressemblent à de la neige. Elle me lèche avec enthousiasme.

« On va faire un tour. »

Pas du genre à se faire prier, la chienne se rue vers la porte d'entrée, penche la tête et me lance un regard impatient. Le landau est rangé sous la courbe de l'escalier et je fourre la missive anonyme dans le panier, sous la nacelle, puis la cache sous une couverture,

Laisse-moi en paix

cherchant peut-être à nier son existence. Jusque-là sereine, Ella rouspète au moment où je me décide à la prendre dans mes bras. *Un suicide ? Détrompe-toi.*

Je le savais. Je l'ai toujours su. J'aurais aimé avoir le dixième de la force dont ma mère était dotée ; je lui enviais sa confiance en elle. Elle qui ne renonçait jamais n'aurait jamais renoncé à vivre.

Ella fouille ma poitrine du visage, mais nous n'avons pas le temps. Je ne resterai pas à la maison une minute de plus.

« Et si nous allions prendre un peu l'air ? »

Je retrouve le sac à langer dans la cuisine et après avoir vérifié qu'il contient l'essentiel – couches, lingettes, bavoir –, y jette mon porte-monnaie et mon trousseau de clés. En général, c'est le moment que choisit mon bébé pour remplir sa couche ou régurgiter son lait, de sorte qu'il lui faut une nouvelle tenue complète. Je renifle ses fesses avec circonspection et conclus qu'il n'y a pas d'urgence.

« Allez, c'est parti ! »

Les trois marches en pierre qui mènent de la porte d'entrée à l'allée de gravillons s'incurvent au centre pour avoir été foulées par d'innombrables pieds au fil du temps. Enfant, je sautais de la plus basse jusqu'à ce que, prenant de l'assurance avec l'âge – et incitée à la prudence par ma mère –, je sois capable de m'élancer de la plus élevée et d'atterrir pieds joints sur le gravier, bras levés pour saluer mes admirateurs invisibles.

Ella calée contre mon bras, je descends le landau avant de l'y coucher et de l'emmitoufler dans plusieurs couvertures. La vague de froid qui nous frappe ne semble pas vouloir refluer et les trottoirs scintillent de givre. Un amas de cailloux gelés se disloque sous mes pas avec un craquement sourd.

« Anna ! »

Robert Drake, notre voisin, se tient de l'autre côté de la clôture noire qui sépare nos deux propriétés. Les deux résidences sont identiques : des bâtisses de style géorgien à deux étages, agrémentées d'un jardin tout en longueur à l'arrière et séparées par un passage extérieur qui longe le terrain. Mes parents ont déménagé à Eastbourne en 1992, lorsque mon apparition inattendue a écourté leur séjour londonien et les a propulsés dans la vie conjugale. C'est en liquide – « il n'y a que ça de vrai, Annie » – que mon défunt grand-père a acheté la maison située à deux rues du lieu où papa avait grandi et pour une somme bien inférieure à celle que Robert a sûrement dû débourser quand il s'est installé à côté, il y a quinze ans.

« J'ai pensé à toi, dit ce dernier. C'est aujourd'hui, non ? »

Il m'adresse un sourire compatissant et penche la tête d'un côté. Cela me fait penser à Rita, sauf que les yeux de la chienne sont chaleureux et confiants alors que ceux de Robert...

« Ta mère », ajoute-t-il, au cas où je n'aurais pas suivi.

Robert est chirurgien et bien qu'il ait toujours fait preuve d'une parfaite amabilité à notre égard, il y a dans son regard intense, presque clinique, quelque chose qui me donne l'impression d'être disséquée. Il vit seul, et fait allusion aux neveux et nièces qui lui rendent parfois visite avec le détachement de celui qui n'a jamais eu ni jamais désiré d'enfant.

J'enroule la laisse de Rita autour du guidon du landau.

« En effet, oui. Merci de t'en être souvenu.

— Les anniversaires sont toujours des moments pénibles. »

Je refuse d'entendre d'autres platitudes.

« J'emmenais Ella en balade. »

Robert a l'air ravi que je change de sujet. Il regarde ma fille à travers la clôture.

« Comme elle a grandi ! »

Vu le nombre de couvertures qui enveloppent Ella, il serait vraiment étonnant qu'il puisse s'en rendre compte, mais j'abonde dans son sens et lui parle de l'évolution de la courbe de croissance du bébé, détail dont il se serait sans doute bien passé.

« Excellent ! Bon, eh bien, je ne vais pas te retenir plus longtemps. »

L'allée est aussi large que la maison, même si elle est juste assez profonde pour y garer une voiture. Les vantaux du portail métallique, que de toute ma vie je n'ai jamais vu fermé, sont plaqués à la clôture. Je prends congé de Robert et j'avance vers le trottoir. De l'autre côté de la rue s'étend un parc orné de parterres sophistiqués et de panonceaux interdisant l'accès aux pelouses où les enfants ne sont pas vraiment les bienvenus. Mes parents se relayaient pour y promener Rita juste avant d'aller se coucher et la chienne tire sur sa laisse, mais je la rappelle à l'ordre et me dirige vers le centre-ville. Au bout de la rangée de maisons, je prends à droite. En jetant un coup d'œil à Oak View par-dessus mon épaule, je m'aperçois que Robert est encore dehors. Au moment où je me retourne, il regarde ailleurs et rentre chez lui.

Nous bifurquons dans Chestnut Avenue où des clôtures brillantes flanquent d'autres maisons de ville aux façades d'une symétrie parfaite ; des lauriers décorés de guirlandes lumineuses montent la garde. Bien qu'une ou deux des plus vastes demeures de la rue aient été converties en appartements, la plupart sont restées intactes, sans sonnette ni boîte aux lettres pour venir altérer la sobriété de leur large porte d'entrée. Des sapins de Noël ont été placés dans les bow-windows et j'entrevois des signes d'activité dans les pièces hautes de plafond qui se cachent derrière. Dans la première, un adolescent s'affale sur un canapé ; dans la deuxième, de jeunes enfants font la course, grisés par l'excitation propre à la période des fêtes. Au numéro six, deux personnes âgées lisent chacune son journal.

La porte du numéro huit est ouverte. Une femme – quarante-cinq ans passés, à vue de nez –, debout dans le vestibule aux murs

Laisse-moi en paix

gris-vert, est légèrement appuyée à la porte. Je la salue d'un hochement de tête, et même si elle lève la main vers moi, son sourire enjoué est destiné à un trio qui se chamaille gentiment et lutte avec un sapin entre la voiture et la maison.

« Fais gaffe, tu vas le laisser tomber !

— Un peu plus à gauche, attention à la porte ! »

L'adolescente éclate de rire ; son frère maladroit esquisse un sourire narquois.

« Vous allez devoir le faire passer par-dessus la clôture. »

Le père dirige la manœuvre. Gêne tout le monde. Un père fier de ses enfants.

L'espace d'une seconde, j'ai le souffle coupé par la douleur. Je serre les paupières. Mes parents me manquent tant, à différents moments et de façon parfaitement inattendue. Il y a deux ans, papa et moi aurions transporté l'arbre ; maman aurait feint de nous gronder depuis le seuil. Il y aurait eu des boîtes de chocolat Roses, trop d'alcool et assez de victuailles pour nourrir un régiment. Laura serait arrivée, les bras chargés d'un tas de cadeaux si elle venait de commencer dans un nouveau boulot ou avec des reconnaissances de dettes et des excuses si elle venait de démissionner. Papa et oncle Billy se seraient chamaillés pour des broutilles et auraient réglé le différend à pile ou face. Émue, maman aurait passé *Driving Home for Christmas* sur le lecteur de CD.

Mark dirait que je vois le passé en rose, mais je ne dois pas être la seule à ne vouloir me souvenir que des moments heureux. Et, rose ou pas, ma vie a changé du tout au tout à la mort de mes parents.

Un suicide ? Détrompe-toi.

Pas un suicide. Un meurtre.

On m'a volé ma vie. On a tué ma mère. Et si c'est le cas, cela veut forcément dire que mon père n'a pas mis fin à ses jours lui non plus. Mes parents ont été assassinés.

Laisse-moi en paix

Chancelante, j'agrippe un peu plus fermement le guidon du landau, secouée par une vague de culpabilité : et dire que j'ai passé des mois à leur en vouloir d'avoir choisi la facilité – d'avoir pensé plus à eux qu'à ceux qu'ils abandonnaient ! J'ai peut-être eu tort de rejeter la responsabilité sur eux. Et s'ils n'avaient pas décidé de me laisser ?

Le show-room de la concession automobile Johnson se situe à l'angle de Victoria Road et de Main Street ; c'est un repère lumineux là où les boutiques et les salons de coiffure cèdent la place aux appartements et aux maisons, en périphérie de la ville. La banderole flottant au vent de mon enfance a disparu depuis longtemps et Dieu sait ce que papi aurait pensé des iPads coincés sous le bras des vendeurs ou de l'écran plat géant sur lequel défilent les promotions de la semaine.

Je traverse la cour, me faufile entre une Mercedes racée et une Volvo d'occasion. Les portes vitrées s'écartent sans bruit à notre approche alors qu'un courant d'air chaud nous attire à l'intérieur. Des haut-parleurs luxueux diffusent de la musique de Noël. Derrière le bureau, là où maman s'asseyait autrefois, une superbe jeune femme à la peau caramel et mèches assorties fait cliqueter ses faux ongles sur un clavier. Son sourire révèle l'éclat d'un strass fixé à l'une de ses dents. Point de vue style, c'est le jour et la nuit avec ma mère. C'est peut-être ce qui explique qu'oncle Billy l'ait embauchée ; ce ne doit pas être facile de venir travailler jour après jour. C'est pareil et différent à la fois. Comme la maison où je vis. Comme ma vie.

« Annie ! »

Toujours Annie. Jamais Anna.

Oncle Billy est le frère de papa et l'incarnation du célibataire endurci. Il a quelques copines, se contente de les emmener dîner le vendredi soir, de faire une virée à Londres de temps à autre

Laisse-moi en paix

pour assister à un spectacle et d'une soirée poker avec ses copains le premier mercredi du mois.

Il m'arrive de proposer que Bev, Diane ou Shirley se joigne à nous pour boire un verre. J'obtiens toujours la même réponse.

« Non merci, ma chérie. »

Ses rendez-vous ne débouchent jamais sur rien de plus sérieux. Un dîner ne va jamais plus loin qu'un dîner, même chose pour un verre. Et bien qu'il réserve dans les plus beaux hôtels lorsqu'il se rend à Londres et couvre sa compagne de cadeaux, des mois se passent avant qu'il ne la revoie.

« Pourquoi gardes-tu tes distances avec toutes ces femmes ? » lui ai-je demandé un jour après avoir avalé trop de ce que, dans la famille, nous appelons les « gin tonics façon Johnson ».

« Comme ça, personne ne souffre », m'a-t-il répondu sur un ton sérieux tempéré d'un clin d'œil.

Je le prends dans mes bras et hume le mélange familier d'after-shave et de tabac, ainsi que quelque chose d'indéfinissable qui me pousse à enfouir ma tête dans son pull. Il a la même odeur que papi, que papa. Que tous les hommes de la famille. Il est le dernier.

Je m'écarte et décide de cracher le morceau.

« Maman et papa ne se sont pas suicidés. »

Billy paraît résigné. Nous sommes déjà passés par là.

« Oh ! Annie... »

Sauf que cette fois, c'est différent.

« Ils ont été assassinés. »

Il me dévisage sans rien dire, me couve d'un regard inquiet avant de me faire entrer dans le bureau, à l'écart de la clientèle, et de m'installer dans le fauteuil en cuir coûteux qui le meuble depuis une éternité.

Qui achète bon marché achète deux fois, disait toujours papa.

Rita s'allonge à mes pieds. Je me souviens qu'ils pendillaient dans le vide jadis et que, peu à peu, ils ont fini par toucher le sol.

Laisse-moi en paix

J'ai travaillé ici, une fois.

J'avais quinze ans. On m'encourageait à envisager la possibilité de rejoindre l'entreprise familiale, jusqu'à ce qu'il devienne évident que j'aurais eu du mal à vendre de l'eau dans le Sahara. Papa était fait pour ça. Comment dit-on, déjà ? Il aurait pu vendre de la glace aux Esquimaux. Je le regardais jauger ses clients – il les appelait de *potentiels acquéreurs*. Après un coup d'œil à la voiture qu'ils conduisaient, à leurs vêtements, il adoptait la démarche adéquate, comme sélectionnée dans un menu. Tout en restant lui-même, il modulait son accent en fonction de leur standing ou avouait sa passion pour le Watford FC, The Cure, les labradors couleur chocolat… On pouvait déterminer avec précision le moment où le lien se créait, la seconde où le client décidait que papa et lui étaient sur la même longueur d'ondes. Que Tom Johnson était digne de confiance.

Je n'avais pas ce talent. J'ai essayé d'imiter papa, de travailler avec maman à la réception et de copier la façon dont elle souriait aux clients et demandait des nouvelles de leurs enfants, mais cela sonnait creux, même à mes propres oreilles.

« Je ne crois pas que notre Annie soit faite pour la vente », a commenté Billy – sans malice – à la fin de mon stage.

Personne n'a protesté.

L'ironie, c'est que c'est exactement dans la vente que je me suis retrouvée. Car, après tout, voilà en quoi consiste le travail caritatif. Il s'agit de convaincre des clients de faire des dons mensuels, de parrainer des enfants, de léguer de l'argent ou des biens. Il s'agit en somme de vendre de la culpabilité à ceux qui ont les moyens d'être utiles. Je travaille pour Save the Children depuis la fin de mes études universitaires et cet emploi ne m'a jamais semblé vide de sens. Il se trouve que la vente de voitures ne m'a jamais vraiment passionnée.

Billy porte un costume bleu marine à rayures ; ses chaussettes rouges et ses bretelles lui donnent un petit côté banquier de Wall

Laisse-moi en paix

Street parfaitement délibéré, je le sais. Mon oncle ne laisse rien au hasard. Sur n'importe qui d'autre, je trouverais ce style tape-à-l'œil vulgaire, mais il le porte bien – même si les bretelles sont un peu tendues sur sa bedaine –, avec une touche d'ironie qui le rend plus attachant que tapageur. Bien qu'il n'ait que deux ans de moins que papa, ses cheveux sont toujours aussi épais et si ses tempes grisonnent, il veille à les colorer. Billy est aussi soucieux de son apparence personnelle que de celle de son show-room.

« Qu'est-ce qui t'arrive, Annie ? dit-il avec douceur, comme il l'a toujours fait, que je sois tombée ou que j'aie eu une prise de bec dans la cour de récréation. Dure journée, hein ? Je n'étais pas dans mon assiette moi non plus. Je serai content quand ce sera fini, pour tout te dire. Ah, les anniversaires ! Remplis de souvenirs. »

Sous la rudesse, se cache une vulnérabilité qui me fait jurer de passer plus de temps avec lui. Je venais souvent au show-room avant, mais depuis la mort de mes parents je me suis cherché des excuses. Je suis trop occupée, Ella est trop petite, il fait trop mauvais… La vérité, c'est que ça fait mal d'être ici. C'est injuste pourtant.

« Tu viens dîner demain soir ? »

Billy hésite.

« D'accord. Ça me ferait plaisir. »

Une cloison en verre teinté sépare le bureau de mon oncle de la salle d'exposition, où un vendeur serre la main d'un client. L'homme jette un coup d'œil vers le grand patron en espérant qu'il l'observe. Billy hoche la tête d'un air approbateur, note l'information dans un coin de sa tête en prévision de la prochaine évaluation. Je sonde son visage en essayant de déchiffrer son expression, de lire dans ses pensées.

Les affaires tournent au ralenti. C'était papa, l'élément moteur, et sa mort a eu un impact terrible sur oncle Billy. Quand maman est partie aussi, il y a eu un moment où j'ai bien cru qu'il allait s'effondrer.

Laisse-moi en paix

Je venais de découvrir que j'attendais Ella et, en passant voir oncle Billy au show-room, j'avais trouvé l'endroit en plein chaos. Le bureau était désert et les tables basses de la salle d'attente étaient encombrées de gobelets en plastique usagés. Dans la cour, les clients erraient seuls entre les voitures. Penché sur le bureau, Kevin – un vendeur à la tignasse rousse récemment embauché – faisait du gringue à la réceptionniste, une intérimaire venue rejoindre l'équipe une semaine après Noël.

« Où est-il ?

— Il n'est pas venu travailler aujourd'hui, répondit Kevin, désabusé.

— Et vous n'avez pas eu la présence d'esprit de lui téléphoner ? »

Dans la voiture, en route vers chez Billy, j'ai essayé d'ignorer la panique qui montait en moi. Il avait pris un jour de congé, voilà tout. Il n'était pas porté disparu. Il ne m'aurait jamais fait ça.

J'ai sonné. Tambouriné à la porte. Et au moment où je fouillais dans mon sac pour trouver mon portable, mes lèvres formant déjà les mots que j'avais lus dans le rapport d'enquête concernant mes parents – *urgence vitale* –, Billy a ouvert la porte.

Ses yeux étaient injectés de sang, sa chemise ouverte, sa veste de costume assez chiffonnée pour m'indiquer qu'il avait dormi tout habillé. Quand une bouffée d'alcool a flotté jusqu'à moi, j'ai espéré que l'odeur persistait depuis la veille au soir au lieu d'être le fruit de libations matinales.

« Qui tient la boutique, oncle Billy ? »

Ne semblant pas me voir, il a regardé un couple de personnes âgées longer le trottoir à pas lents en traînant un caddie.

« Je n'y arrive pas. Je ne supporte pas d'être là-bas. »

La colère m'a prise. Qu'est-ce qu'il croyait ? Que je n'avais pas envie de laisser tomber, moi aussi ? Qu'il était le seul à trouver cela pénible ?

Laisse-moi en paix

C'était la pagaille chez lui. Un résidu graisseux recouvrait la table basse en verre du salon. Dans la cuisine, le plan de travail était jonché d'assiettes sales ; à l'exception d'une bouteille de vin blanc à demi entamée, le réfrigérateur était vide. Rien d'inhabituel dans le fait de ne pas trouver dans ses placards de quoi préparer un repas digne de ce nom – à ses yeux, pouvoir manger dehors constituait le principal atout de la vie en solo –, mais il n'y avait ni lait ni pain. Rien.

Dissimulant ma stupeur, j'ai posé les assiettes dans l'évier, nettoyé le plan de travail et ramassé le courrier entassé sur le paillasson.

« Tu es une gentille fille, Annie, m'a-t-il dit avec un sourire las.

— Compte pas sur moi pour la lessive, hors de question que je lave tes caleçons. »

Ma mauvaise humeur s'était envolée. Ce n'était pas la faute de Billy. Ce n'était la faute à personne.

« Je suis désolé.

— Je sais, ai-je répondu en le serrant contre moi. Mais tu dois retourner travailler, Billy. Ce ne sont que des gamins.

— À quoi bon ? Sur les six clients qui se sont pointés hier, il n'y avait que des indécis.

— Les clients indécis sont des acheteurs qui s'ignorent. »

J'ai eu une boule dans la gorge en répétant la devise préférée de papa. Billy m'a serré le bras.

« Il était tellement fier de toi !

— De toi aussi. Fier de ce que vous aviez accompli tous les deux, avec ce commerce. »

J'ai observé une pause.

« Ne le déçois pas. »

À midi, Billy était de retour au show-room et, après avoir incendié Kevin, promettait une bouteille de champagne au premier employé qui conclurait une vente. Je savais que les bulles ne suffiraient pas à garder à flot la concession Johnson, mais au moins mon oncle avait repris la barre.

Laisse-moi en paix

C'est papa qui avait fait poser la cloison en verre teinté. Quelques semaines après que papi eut pris sa retraite, alors que les deux frères venaient d'investir le bureau et d'installer une table de travail de part et d'autre de la pièce.

« Ça les force à rester vigilants.

— Dis plutôt que ça les empêche de te voir t'assoupir. »

Maman n'avait jamais été dupe des frères Johnson.

Billy reporte son attention sur moi.

« J'aurais cru que ton bonhomme prendrait sa journée.

— Il s'appelle Mark, pas "mon bonhomme". J'aimerais que tu lui laisses une chance.

— Je le ferai dès qu'il t'aura épousée.

— On n'est plus dans les années 1950, Billy.

— Quelle idée de te laisser seule aujourd'hui !

— Il m'a proposé de rester à la maison. J'ai dit que j'allais bien.

— Ça saute aux yeux.

— C'était le cas. Jusqu'à ce que je reçoive ça. »

Je récupère la carte dans le panier, puis la lui tends, et regarde Billy prendre connaissance de la formule festive, du message tapé avec soin et collé à l'intérieur. Un long silence s'abat sur nous, puis il remet la carte dans l'enveloppe, mâchoire serrée.

« Bande de malades ! »

Avant que j'aie pu l'en empêcher, il a déchiré la carte en deux, puis en quatre.

« Qu'est-ce que tu fais ? dis-je en me levant d'un bond pour lui arracher les morceaux des mains. Nous devons l'apporter à la police.

— La police ?

— Ce "Détrompe-toi", c'est un avertissement. L'auteur suggère qu'on a poussé maman. Papa aussi, peut-être.

— Annie, ma chérie, on en a parlé des centaines de fois. Tu ne crois pas sérieusement que tes parents ont été assassinés ?

Laisse-moi en paix

— Si, dis-je en m'efforçant de maîtriser le tremblement de ma lèvre inférieure. Je crois que si. J'ai toujours pensé que leur mort avait quelque chose de louche. Je ne les ai jamais crus capables de se suicider, surtout pas maman en sachant combien la disparition de papa nous avait tous affectés. Et maintenant...

— C'est l'œuvre d'un fouille-merde, Annie ! Un sale prétentieux qui trouve amusant d'éplucher les notices nécrologiques pour jouer avec les nerfs des familles en deuil. C'est comme ces salauds qui consultent les avis d'obsèques avant de prévoir un cambriolage. Il a dû en envoyer une dizaine à la fois. »

J'ai beau savoir que c'est l'expéditeur du courrier qui l'a mis dans cet état, j'ai l'impression qu'il est remonté contre moi.

« Raison de plus pour aller trouver la police, dis-je en me levant. Il faut qu'elle découvre qui l'a envoyée. »

Je suis sur la défensive ; c'est ça, ou j'éclate en sanglots.

« Les Johnson n'ont jamais eu pour habitude de solliciter la police. Nous avons toujours réglé nos problèmes nous-mêmes.

— Tu appelles ça un "problème" ? »

Je ne comprends pas pourquoi il se montre si borné. Ne voit-il pas que cette carte change tout ?

« Ça n'a rien à voir, Billy. Il ne s'agit pas d'une dispute qu'on peut régler dans la ruelle derrière le pub. On parle peut-être d'un *meurtre*. Et, contrairement à toi, je me sens concernée par ce qui est arrivé à ma mère. »

Je me mords la langue, trop tard. Billy se détourne, mais pas avant que j'aie vu sa mine blessée. Je reste là un moment, désarmée, à regarder sa nuque en essayant de m'excuser, sans y parvenir.

Je sors du bureau en laissant la porte grande ouverte. Si Billy refuse de m'aider, j'irai voir la police toute seule.

Mes parents ont été assassinés et je vais retrouver le coupable.

5

Murray

Murray Mackenzie fit tourner un sachet de thé dans une tasse en polystyrène.

« Du lait ? »

Il ouvrit le réfrigérateur et renifla en douce trois briques entamées avant d'en trouver une dont le contenu ne risquait pas d'empoisonner un citoyen en détresse. On pouvait dire que cette description allait comme un gant à Anna Johnson. Elle avait les yeux secs mais, au grand malaise de Murray, il sentait qu'elle risquait de fondre en larmes à tout moment. Les pleurs le désarmaient. Il ne savait jamais s'il devait faire semblant de les ignorer, ni si, de nos jours, dans ce genre de situation, on risquait de s'offusquer de le voir dégainer un mouchoir bien repassé.

Murray perçut un murmure doux, signe avant-coureur de sanglots peut-être ? Quitte à la froisser, si Mme Johnson ne disposait pas de mouchoir en papier, il lui prêterait le sien. Lui-même ne s'en servait pas mais, comme son père, il en avait toujours gardé un sur lui, au cas où. Murray tapota sa poche et en faisant volte-face, la tasse en polystyrène trop remplie à la main, il s'aperçut que le bébé, pas sa mère, était à l'origine du petit cri timide.

Le soulagement de Murray fut de courte durée, car la jeune femme sortit promptement le nourrisson de son landau et l'allongea sur ses genoux avant de soulever sa blouse pour l'allaiter. Se sentant rougir, le policier s'empourpra pour de bon. Il n'avait rien contre les femmes qui allaitent, c'est juste qu'il ne savait jamais où regarder dans ce genre de circonstances. Un jour, au café situé à l'étage de Marks & Spencer, alors qu'il adressait un sourire qui se voulait encourageant à une maman, elle l'avait fusillé des yeux en cachant sa poitrine comme si elle avait affaire à un pervers.

Il fixa le regard quelque part au-dessus du sourcil gauche de Mme Johnson en posant son thé avec autant de révérence que s'il le lui avait servi dans une tasse en porcelaine.

« Je n'ai pas réussi à dénicher de biscuits, désolé.

— C'est parfait, merci. »

En vieillissant, le policier avait de plus en plus de mal à donner un âge aux gens, car, à ses yeux, les moins de quarante ans étaient tous des jeunots ; néanmoins, il était sûr qu'Anna Johnson n'en avait pas encore trente.

C'était une jeune femme séduisante, avec des cheveux légèrement ondulés qui flottaient sur ses épaules quand elle remuait la tête. Le teint pâle, elle avait les traits tirés propres aux mamans de nouveau-nés, comme la sœur de Murray quand ses neveux étaient petits.

Ils étaient assis dans la petite pièce située derrière la réception du commissariat de police de Lower Meads, où une kitchenette avait été aménagée pour que Murray et ses collègues prennent leur pause déjeuner tout en gardant l'œil sur les visiteurs. L'accès en était réservé aux policiers, mais le commissariat était calme et il pouvait se passer des heures sans que quiconque vienne signaler la disparition d'un chien ou signer un bordereau de mise en liberté sous caution. Murray passait assez de temps en tête à tête avec ses pensées à la maison, il n'avait pas besoin de silence au travail, par-dessus le marché.

Il était rare de voir un collègue dépassant le rang de sergent si loin du quartier général, aussi le policier avait-il fait fi de toute prudence en introduisant la jeune femme dans le saint des saints. Pas besoin d'être détective pour deviner qu'un témoin ne risquait pas de se détendre face à un comptoir en mélamine d'un mètre de long. De toute façon, vu ce qui l'avait amenée au commissariat, Mme Johnson ne se détendrait pas de sitôt.

« Je crois que ma mère a été assassinée », avait-elle annoncé à son arrivée, l'air déterminé, pour dissuader Murray de manifester son désaccord si telle était son intention.

L'ex-flic avait ressenti une bouffée d'adrénaline. Un meurtre. Qui était l'officier de garde aujourd'hui ? Ah... le capitaine Robinson. Rendre des comptes à un freluquet dont la lèvre supérieure était encore couverte de duvet et qui n'était pas en poste depuis plus de cinq minutes ne serait pas facile à avaler, mais bon. Anna Johnson avait alors précisé que sa mère était morte depuis un an et que le coroner avait déjà prononcé son verdict et conclu au suicide. Murray avait donc ouvert la porte près de la réception et invité la jeune femme à venir s'installer près de lui. Ils en auraient sans doute pour un bon moment. Un chien obéissant trottinait aux pieds de sa maîtresse, l'air indifférent à ce qui l'entourait.

Anna Johnson se tourna maladroitement pour prendre une poignée de papiers dans le landau. Ce faisant, son t-shirt remonta, révélant quelques centimètres de son ventre rond ; pris d'une quinte de toux, Murray garda les yeux farouchement baissés en se demandant dans combien de temps le nourrisson serait rassasié.

« C'est l'anniversaire de la mort de ma mère aujourd'hui. »

Elle parlait fort, avec la brusquerie de quelqu'un qui s'efforce de dominer ses émotions, de sorte que sa voix étrangement calme détonnait avec son regard inquiet.

« J'ai reçu ça, dit-elle en jetant le tas de papiers vers Murray.

— Je vais chercher des gants.

— Les empreintes digitales ! Je n'y ai pas pensé... Ai-je détruit toutes les preuves ?

— Voyons d'abord de quoi il s'agit, Mme Johnson, d'accord ?

— C'est mademoiselle, en fait. Appelez-moi Anna.

— Voyons de quoi il s'agit, Anna. »

Laisse-moi en paix

Murray regagna son siège et enfila des gants en latex, un geste si familier qu'il en était réconfortant. Il déplia un grand sac pour pièces à conviction entre eux sur la table, sur lequel il posa les bouts de papier. C'était une carte, grossièrement déchirée en quatre.

« Elle ne ressemblait pas à ça quand je l'ai reçue. Mon oncle... hésita la jeune femme. Je crois qu'il était contrarié.

— Le frère de votre mère ?

— De mon père. Billy Johnson. La concession Johnson, dans Main Street, vous connaissez ?

— C'est celle de votre oncle ? »

C'était là que Murray avait acheté sa Volvo. En essayant de se souvenir de l'homme qui la lui avait vendue, il vit un type soigneusement coiffé pour dissimuler sa calvitie.

« C'était le garage de mon grand-père. Il a appris le métier à papa et à oncle Billy avant qu'ils partent travailler à Londres. C'est là que mes parents se sont rencontrés. Lorsque papi est tombé malade, mon père et mon oncle sont revenus l'aider, puis ils ont repris l'affaire quand il est parti à la retraite.

— Et aujourd'hui, l'entreprise appartient à votre oncle ?

— Oui. Enfin, elle nous appartient à tous les deux, je suppose. Même s'il n'y a pas que du bon là-dedans. »

Murray attendit.

« Les ventes ne sont pas au beau fixe en ce moment. »

Elle haussa les épaules en prenant soin de ne pas déranger le bébé, toujours dans ses bras. Murray nota le détail dans un coin de sa tête : il faudrait revérifier qui avait hérité de quoi après le décès des parents d'Anna. Pour l'instant, il voulait examiner le courrier anonyme.

Après l'avoir séparée des morceaux d'enveloppe, il reconstitua la carte. Il remarqua l'image festive dont elle était ornée et qui tranchait de façon cruelle avec le message qui l'accompagnait.

Un suicide ? Détrompe-toi.

Laisse-moi en paix

« Avez-vous la moindre idée de l'identité de l'expéditeur ? »
Anna fit non de la tête.
« Qui connaît votre adresse ?
— J'ai vécu dans la même maison toute ma vie. Eastbourne est une petite ville ; je ne suis pas difficile à trouver. »
D'une main experte, elle changea le bébé de sein. Murray se replongea dans l'examen de la carte jusqu'à ce qu'il conclue qu'il pouvait lever les yeux sans risque.
« À la mort de mon père, nous avons reçu beaucoup de courrier. De nombreux messages de condoléances, de témoignages de clients se remémorant les voitures qu'il leur avait vendues au fil des années. »
Ses traits se durcirent.
« Certaines lettres étaient moins agréables.
— Comment ça ?
— L'une d'elles prédisait que papa brûlerait en enfer pour s'être donné la mort ; une autre se contentait d'un "bon débarras". Toutes anonymes, bien sûr.
— Votre mère et vous avez dû être profondément secouées. »
Anna haussa de nouveau les épaules, sans conviction.
« Des dingues. Des clients en colère parce que leurs voitures ne fonctionnaient pas. Papa n'a jamais fourgué de vieilles guimbardes, précisa-t-elle en remarquant le regard de Murray. Parfois, on tombe sur un véhicule qui ne marche pas, c'est tout. Les gens ont besoin de faire porter le chapeau à quelqu'un.
— Avez-vous gardé ces lettres ? Nous pourrions les comparer à celle-ci. Vérifier si elle provient d'un client rancunier.
— Elles sont parties directement à la poubelle. Maman est morte six mois plus tard et... »
Elle regarda Murray et, abandonnant le fil de ses pensées, en revint à une préoccupation plus urgente.
« Je suis venue voir si vous accepteriez de rouvrir l'enquête sur la mort de mes parents.

Laisse-moi en paix

— Avez-vous une autre raison de croire qu'ils ont été assassinés ?
— Que vous faut-il de plus ? » dit Anna en désignant la carte déchirée et posée sur la table.

Des preuves, songea Murray. Il sirota une gorgée de thé pour gagner du temps. S'il transmettait cette plainte en l'état au capitaine Robinson, elle serait rejetée avant la fin de la journée. La police judiciaire était débordée d'enquêtes en cours ; il faudrait plus qu'une lettre anonyme et une intuition pour rouvrir une enquête classée.

« Je vous en prie, M. Mackenzie, j'ai besoin d'en avoir le cœur net. »

Anna Johnson commençait à perdre le sang-froid dont elle faisait preuve depuis le début de leur conversation.

« Je n'ai jamais cru au suicide de mes parents. Ils étaient pleins de vie, débordaient d'ambition. Ils avaient de gros projets pour l'entreprise. »

La petite avait fini de téter. Anna la posa sur son genou, une main sous le menton, l'autre décrivant des cercles dans son dos.

« Votre mère travaillait à la concession elle aussi ?
— Elle gérait la comptabilité et l'accueil de la clientèle.
— Une entreprise familiale, en somme, résuma le policier, réconforté à l'idée qu'il en restait encore quelques-unes.
— Quand maman était enceinte de moi, mes parents se sont installés à Eastbourne pour se rapprocher de mes grands-parents paternels. Papi n'était pas au mieux et peu après, mon père et Billy ont repris les rênes du garage. Épaulés par maman. »

Les yeux du bébé, fatigué, roulaient dans leurs orbites comme ceux des ivrognes en cellule de dégrisement, le samedi soir.

« Et quand elle ne travaillait pas, elle récoltait des fonds pour son association de protection animalière ou militait.
— En faveur de quelle cause ? »

Anna éclata de rire, le regard brillant.

Laisse-moi en paix

« N'importe laquelle. Amnesty International, les droits des femmes. Les transports en commun – même si elle n'a jamais pris le bus de sa vie, je crois. Quand elle décidait de soutenir un projet, elle le faisait avancer.

— Ce devait être une femme merveilleuse, dit Murray dans un souffle.

— Un jour, il y a des années de cela, j'étais à la maison avec mes parents et la télévision était allumée. Nous avons vu un reportage aux informations : un jeune type s'était jeté du haut de Beachy Head sur sa mobylette. On avait retrouvé son vélomoteur, mais pas son corps et sa mère témoignait, en larmes, parce qu'elle ne pouvait pas l'inhumer décemment. »

Le nourrisson s'agita, mal à l'aise, aussi Anna changea-t-elle de position en lui tapotant le dos.

« Nous en avons parlé. Je me rappelle que maman regardait la télé, horrifiée, et papa s'est emporté contre ce garçon qui faisait vivre un calvaire à ses parents. »

Sa voix faiblit et elle interrompit son tapotement régulier pour dévisager Murray d'un regard intense.

« Après avoir constaté ce que ce garçon avait fait subir à sa mère, ils ne m'auraient jamais fait vivre la même chose, jamais de la vie. »

Les yeux de la jeune femme s'embuèrent, et deux larmes roulèrent de la commissure de ses paupières, le long de son nez étroit, jusqu'à son menton. Elle prit avec gratitude le mouchoir que Murray lui tendait, le pressa contre son visage pour s'empêcher de pleurer.

Murray ne bougeait pas. Toutes les remarques dont il aurait pu se fendre concernant l'impact des tentatives de suicide ne risquaient pas de soulager Anna. Avait-elle reçu l'aide adéquate au moment des faits ?

« Les policiers qui ont mené l'enquête sur la mort de vos parents auraient dû vous remettre une brochure. Certaines associations soutiennent les personnes touchées par le suicide d'un proche. On peut participer à des groupes de parole ou être reçu en tête à tête. »

Certaines personnes trouvaient vital de partager leur expérience. Les séances de thérapie de groupe leur étaient bénéfiques, elles en ressortaient plus fortes et mieux armées pour gérer leurs émotions. Un problème partagé est à moitié résolu, paraît-il...

Cela dit, elles ne convenaient pas à tout le monde.

Pas à Murray, en tout cas.

« J'ai vu un psychologue.

— Il vous a aidée ?

— Nous avons eu un bébé ensemble, dit Anna, qui rit entre ses larmes.

— Quelle efficacité ! » observa Murray, amusé.

Les larmes se tarissaient. Anna, dont les lèvres ne tremblaient plus, esquissa un pâle sourire.

« Je vous en prie, M. Mackenzie. Mes parents ne se sont pas suicidés. Ils ont été assassinés. Et cette carte le prouve. »

Faux. Elle ne prouvait rien du tout.

Elle intriguait Murray, en revanche. Et il n'avait jamais été du genre à ignorer une question restée sans réponse. Il pourrait peut-être vérifier lui-même. Sortir les dossiers originaux des archives, lire les expertises du coroner. Et quand il y aurait matière à enquêter – le cas échéant –, il pourrait passer le relais. Ce n'était pas les compétences qui lui manquaient après tout. Trente ans de métier, dont la majeure partie passée à la police judiciaire. Le jour de la retraite, on rend sa carte de flic, pas l'expérience accumulée.

Il regarda Anna Johnson. Elle était fatiguée, bouleversée, déterminée aussi. Si Murray ne l'aidait pas, qui le ferait ? Elle n'était pas du genre à abandonner.

« Je vais demander le dossier cet après-midi. »

Murray avait les compétences nécessaires et il avait le temps. Du temps à revendre.

6

On n'a pas le droit de revenir. Ça bouleverse les gens. Ce serait la première règle du manuel s'il y en avait un : ne jamais revenir, *immédiatement suivie de la règle numéro deux :* se faire tout petit.
Il faut tourner la page.
Mais difficile de tourner la page quand on n'existe pas ; quand on a laissé derrière soi la vie que l'on connaissait et qu'on n'en a pas commencé de nouvelle. Quand on est coincé dans un no man's land *entre vie et trépas. Quand on est mort.*
J'ai respecté les règles.
J'ai disparu dans cette demi-vie, solitaire et ennuyeuse.
Mon ancienne vie me manque. Notre maison, avec son jardin, sa cuisine, la machine à café que tu avais achetée sur un coup de tête. Et, aussi vain que cela puisse paraître, les manucures et les balayages toutes les six semaines aussi. Ainsi que ma garde-robe, mon magnifique dressing contenant mes tailleurs repassés et mes pulls en cachemire soigneusement pliés. Je me demande ce qu'Anna en a fait, si elle les porte.
Anna me manque.
Notre fille.
J'ai passé sa dernière année de lycée à appréhender sa première année d'université. J'avais peur du vide que son départ laisserait ; sans le savoir, elle avait toujours eu de l'influence sur notre couple. J'avais peur de me sentir seule. D'être seule.
Lorsque les gens observaient qu'Anna était mon portrait craché, nous nous regardions sans comprendre, en riant. Nous étions si différentes. J'adorais les fêtes ; Anna les détestait. J'aimais faire du shopping ; économe, ma fille préférait faire avec les moyens du bord. Nous avions la même chevelure d'un châtain terne – je n'ai jamais compris pourquoi elle refusait de passer au blond – et la même carrure, avec une tendance

Laisse-moi en paix

à *l'embonpoint qui me dérangeait plus qu'elle. Ma nouvelle silhouette légère me va bien, je crois, même si j'appréciais les compliments de mes amis, je l'avoue.*

Bien que le voyage de retour ait été plus long que je l'escomptais, ma fatigue s'évanouit à l'instant où je pose le pied en terrain familier. Tel un prisonnier en liberté conditionnelle, je m'imprègne de ce qui m'entoure, m'émerveille en constatant qu'en dépit des changements intervenus dans ma vie, certains détails n'ont pas bougé. J'aperçois les mêmes arbres, toujours dénudés ; j'ai le sentiment de ne m'être éloignée qu'un instant car le décor est en tout point identique à celui que j'ai quitté. Mêmes rues animées, mêmes chauffeurs de bus désagréables. En apercevant Ron Dyer, l'ancien professeur principal d'Anna, je recule dans l'ombre. C'était inutile : son regard me traverse, indifférent. On ne voit que ce que l'on a envie de voir, pas vrai ?

Je marche sans me presser le long de rues tranquilles, me délecte de la liberté illicite dont je me suis saisie. Toute action a des conséquences ; je n'ai pas transgressé ces règles à la légère. Si je me fais prendre, je risque de devoir renoncer à ma prochaine vie et de languir au purgatoire. C'est une prison que j'ai moi-même construite. Difficile d'ignorer l'ivresse du retour cependant. Cela me donne le frisson après une si longue absence, et en bifurquant dans la rue suivante, je sens mon cœur s'emballer.

Je suis presque arrivée chez moi. Chez moi. *Je me reprends. Me rappelle qu'Anna est chez elle à présent. Elle a dû faire certaines modifications. Elle a toujours aimé la chambre au papier peint couvert de jolies brindilles bleues, à l'arrière de la maison, mais c'est idiot de l'imaginer dans cette pièce aujourd'hui. Elle a dû s'approprier notre chambre.*

L'espace d'une seconde, je baisse la garde et me souviens du jour où nous sommes allés visiter Oak View ensemble. Les précédents propriétaires, un couple de personnes âgées, avaient fait rénover le circuit électrique, raccorder la maison au réseau de gaz et au système d'égouts, remplacer le chauffage au fioul si onéreux et la fosse septique infecte encore enfouie dans le jardin. Ton père avait déjà fait une offre. Tout

Laisse-moi en paix

ce qu'il nous restait à faire, c'était donner un second souffle à cette maison ; retrouver l'authenticité des portes et des cheminées d'origine, ouvrir les fenêtres condamnées depuis longtemps par plusieurs couches de peinture.

Je ralentis l'allure. Maintenant que je suis là, je me sens nerveuse. Je me concentre sur les deux tâches que je dois accomplir : empêcher Anna d'aller trouver la police et faire en sorte que tout porte à croire qu'il s'agit d'un suicide, pas d'un meurtre.

Comment faire ?

Bras dessus bras dessous, un couple tourne dans la rue vers laquelle je me dirige. Je me réfugie sous un porche, attends qu'il passe et en profite pour me calmer. Je dois faire comprendre à ma fille qu'elle courra un danger en remettant en cause ce qu'elle croit savoir. Comment m'y prendre tout en restant invisible ? J'imagine un fantôme de bande dessinée, secouant ses chaînes et hurlant en pleine nuit. C'est ridicule. Impossible. Pourtant, comment lui transmettre un message autrement ?

Je suis arrivée. Je me trouve devant chez nous – devant chez Anna. Je bats en retraite de l'autre côté de la rue et lorsque même cette distance me paraît trop proche, j'entre dans le square au centre du pâté de maisons pour épier la façade entre les feuilles piquantes d'un buisson de houx. Et si elle n'était pas à la maison ? J'aurais difficilement pu appeler pour le vérifier avant de descendre. Et si j'avais pris des risques parfaitement inutiles en revenant ici ? Je pourrais tout perdre. Encore une fois.

Un bruit me pousse à me cacher encore plus loin derrière le buisson. À travers l'obscurité, je scrute la rue. Une femme pousse un landau. Elle est au téléphone et avance lentement, distraite. Je continue à surveiller la maison, guette le moindre signe de vie aux fenêtres.

Les roues du landau produisent un bruit régulier en roulant sur la chaussée humide. Je me rappelle avoir promené Anna dans la cour de la concession Johnson, entre les voitures, en attendant que le sommeil l'enveloppe. Nous n'étions que des gamins et arrivions à peine à joindre

Laisse-moi en paix

les deux bouts avec ce que ton père jugeait bon de nous verser. Notre landau était un monstre acheté d'occasion, au châssis monté sur ressort qui secouait Anna et la réveillait quand nous franchissions des bosses. Rien à voir avec l'engin racé dont cette femme s'est équipée.

Lorsqu'elle s'arrête près de la maison, je m'agace, pressée qu'elle poursuive son chemin, de crainte de passer à côté d'un mouvement derrière les rideaux. Elle ne bouge pas. Je m'aperçois alors qu'elle n'est pas seule. Un chien l'accompagne, qui trottine dans l'ombre à ses côtés. Une douleur me transperce la poitrine.

Serait-ce... ?

Les roues de la voiture d'enfant crissent sur le gravier quand l'inconnue franchit le portail pour se diriger vers la maison. Le vitrail de la porte rougeoie à la lumière du vestibule.

Oui, c'est elle.

La femme raccroche son téléphone, qu'elle glisse dans sa poche. Elle sort sa clé, repousse sa capuche et, à la lumière du porche, j'aperçois des cheveux châtains, des traits doux au-dessus d'une bouche toujours prompte à sourire, pourtant si grave aujourd'hui, et le sang bat à mes tempes car c'est bien elle.

Anna.

Avec un bébé.

Notre fille est maman.

Elle se retourne pour introduire le landau dans l'entrée et lance un regard vers le square : il me semble qu'elle regarde droit vers moi. Des larmes brillent sur ses joues. Elle frissonne, met le bébé à l'abri et ferme la porte.

Anna est maman.

Je suis grand-mère.

Tout en sachant que personne n'aurait pu me l'annoncer – qu'il n'y a pas plus radical qu'un certificat de décès pour faire cesser toute communication –, j'éprouve une bouffée de colère en songeant que ce passage décisif dans la vie d'une femme a eu lieu à mon insu.

Laisse-moi en paix

Anna est maman. Cela change tout. Elle va changer. La maternité va la conduire à douter de ses certitudes, à passer sa vie, ses relations au crible.

Ma mort. La tienne.

Son bébé la rend vulnérable. Désormais, elle possède quelque chose qu'elle aime plus que tout. Et quand cela se saura, on pourra s'en servir contre elle.

Ne remue pas le passé, Anna. Tu n'apprécieras pas ce que tu vas découvrir.

En allant trouver la police, ma fille va mettre sa vie et celle de son bébé en danger.

Déclencher un engrenage impossible à enrayer.

7

Anna

Je suis rentrée depuis une demi-heure quand on sonne à la porte. Laura m'enlace.

« Mark m'a appelée. Il ne voulait pas que tu restes seule alors que tu es bouleversée. »

Elle me serre encore puis s'écarte doucement pour me jauger, évaluer les dégâts. La culpabilité m'envahit. Je n'aurais pas dû laisser ce message à Mark – il ne pouvait pas m'aider, et maintenant il va s'inquiéter tout l'après-midi, sera distrait pendant son cours et le trajet de retour.

« Je vais bien.

— On ne dirait pas. Je peux entrer ? On se gèle ici. »

Laura est une vraie brindille, petite et menue avec de longs cheveux blonds et des traits poupins qui lui valent des contrôles systématiques de son âge quand elle achète de l'alcool malgré ses trente ans passés.

J'appelle Rita qui, debout dans l'allée, aboie dans le vide.

« Qu'est-ce qui lui arrive ?

— Elle croit voir des écureuils. Elle a été comme ça toute la journée. Rita ! »

La chienne rentre à contrecœur et je peux enfin fermer la porte. Je m'aperçois qu'au lieu de l'uniforme marron et orange hideux de la banque où elle a commencé à travailler il y a un mois, Laura porte un jean.

« Tu ne devrais pas bosser ?

— Ça n'a pas fonctionné, annonce-t-elle en chassant mon inquiétude d'un haussement d'épaules. C'est pas grave, franchement. Ça ne me plaisait pas. J'allume la bouilloire ? »

Laisse-moi en paix

Le thé infusé, nous prenons place à l'îlot de la cuisine et je montre à Laura les photos de la carte anonyme. Je les ai prises au commissariat, je n'y avais pas pensé plus tôt, et le reflet du flash sur le sac pour pièces à conviction complique la lecture du message.

« Quatre mots, c'est tout ?
— Oui.
— Le policier t'a prise au sérieux ?
— Je crois, oui. Il n'aurait pas dû ? dis-je après avoir surpris une lueur dans son regard.
— Bien sûr que si ! Tu as vu ça ? Tu t'es vue ? Tu as dû être vraiment secouée. Tu n'as pas déjà reçu ce genre de lettres à la mort de ton père ? ajoute-t-elle après un moment de réflexion.
— C'était différent. Ces gens-là étaient des dingues.
— Tu trouves qu'il faut être sain d'esprit pour faire un truc pareil ? »

Je regarde longtemps par la fenêtre en pensant aux recherches effectuées par mon père sur son téléphone, les horaires de la marée haute, le meilleur endroit d'où se jeter. À l'aumônier qui a écouté maman se lamenter sur le suicide de papa. À leur chute de plus de cent cinquante mètres dans la mer glacée. Et je me demande si quelqu'un les a poussés.

« Il me faut des réponses, Laura. »
Elle regarde fixement sa tasse un long moment.
« Parfois, on n'obtient pas celles que l'on cherche. »

J'avais dix ans quand la mère de Laura est morte. J'ai couru répondre au téléphone, mes chaussettes – qui montaient jusqu'aux genoux – glissant sur le sol de l'entrée.

« Je peux parler à ta mère ?
— Laura ! Quand reviens-tu nous voir ? »
En tant que filleule de maman, Laura était la grande sœur que je n'avais jamais eue. Mon aînée de sept ans, elle était tout ce à

quoi j'aspirais à l'époque où je trouvais cela important : cool, à la mode, indépendante.

« J'ai été élue élève de la semaine, aujourd'hui et –

— J'ai besoin de ta mère, Anna. »

Je n'avais jamais entendu Laura comme ça. Sérieuse. Un peu fâchée peut-être, même si j'ai compris plus tard qu'elle s'efforçait juste de ne pas craquer. J'ai passé le téléphone à maman.

Les crises de larmes de ma mère étaient ponctuées d'accès de colère. Couchée dans mon lit, alors que j'étais censée dormir, je l'ai entendue se répandre en injures contre mon père.

« Ce maudit appartement ! De l'humidité dans toutes les pièces. Alicia a dû le signaler à la mairie une bonne centaine de fois. Elle a trouvé des champignons dans sa salle de bains. Tu te rends compte ! Son asthme était déjà grave quand on était à l'école, mais… Des champignons, bon sang ! Pas étonnant que sa maladie ait empiré. »

Mon père lui répondait d'une voix apaisante, trop basse pour que j'entende ses propos.

« Ils ont déjà annoncé qu'ils organiseraient le déménagement de Laura. Si ce n'est pas un aveu de culpabilité, je ne sais pas ce qu'il te faut. »

Sauf qu'il ne s'agissait de rien de tel. L'association qui gérait les logements sociaux a vigoureusement démenti toute responsabilité. Le coroner a conclu à une mort naturelle, qualifiant l'asthme d'Alicia de facteur favorisant.

« Elle te manque toujours ? dis-je, bien qu'il s'agisse là d'un constat plus que d'une question.

— Tous les jours, répond Laura en me regardant dans les yeux. J'aimerais te dire que ça passe, mais ce n'est pas le cas. »

Je me demande comment je me sentirai dans seize ans. Cette douleur déchirante, à vif dans ma poitrine, ne m'oppressera sûrement plus d'ici là. Elle doit s'atténuer. Il le faut. Les cauchemars disparaîtront progressivement ainsi que l'impression de vide sans cesse renouvelée que je ressens en entrant dans une pièce et en m'apercevant que le fauteuil de mon père est vide. Cela passera, non ?

Je m'accroupis près du transat d'Ella. Elle dort, mais il ne faut pas que je m'appesantisse sur les émotions qui me submergent. Voilà la clé : trouver une distraction. Quand Alicia est morte, Laura n'avait personne. Moi, j'ai Ella et Mark. Mark qui sait toujours quoi dire, qui sait toujours me remonter le moral.

Mes parents m'ont envoyé Mark. Je sais que ça paraît absurde, dit comme ça, mais je crois que les gens entrent dans votre vie au bon moment et il est tout ce dont j'avais besoin sans le savoir.

Quelques jours après la mort de maman, je suis allée en voiture jusqu'à Beachy Head. J'avais refusé de m'y rendre au décès de papa alors que ma mère y avait passé des heures à arpenter le haut de la falaise, postée là où on avait vu son mari sauter.

À la mort de ma mère, j'ai voulu me rendre compte de ce que mes parents avaient vu – essayer de comprendre ce qui leur était passé par la tête. J'ai garé la voiture et me suis approchée du précipice ; j'ai regardé les vagues s'écraser contre les rochers. J'ai été prise d'un vertige terrible et d'une envie de sauter effroyable, irrationnelle. Je ne crois pas à la vie après la mort, mais à cet instant, je me suis sentie proche d'eux pour la première fois depuis leur décès et j'aurais aimé savoir sans équivoque que nous nous retrouverions un jour au paradis. Si j'en avais eu la certitude, je n'aurais pas hésité à sauter.

D'après le coroner, le suicide de ma mère était compréhensible – dans la mesure où l'on peut appréhender la mort. Mon père lui manquait.

Sa disparition l'a rendue folle. Elle est devenue nerveuse, paranoïaque, le moindre bruit la faisait sursauter, elle refusait de répondre au téléphone. Lorsqu'il m'arrivait de descendre boire un verre d'eau au milieu de la nuit, je trouvais la maison vide car elle était partie faire une promenade.

« Je suis allée voir ton père. »

Une stèle à sa mémoire avait été érigée au cimetière, parmi les hommages dédiés à d'autres défunts. Cela m'attristait de l'imaginer seule sur sa tombe.

« Tu aurais dû me réveiller. Fais-le, la prochaine fois. »

Elle ne l'a jamais fait.

Ils sont vigilants, à Beachy Head. Surtout la veille de Noël, moins d'une semaine après qu'un suicide a fait la une de la presse nationale. Je contemplais encore les rochers quand l'aumônier m'a accostée, calme et indulgent.

« Je n'allais pas sauter, lui expliquai-je plus tard. Je voulais juste savoir ce qu'ils ont dû ressentir. »

Ce n'était pas celui qui avait parlé à ma mère, là-haut, au bord du précipice. L'homme à qui j'ai eu affaire était plus âgé, plus sage que le novice qui, six jours plus tôt, s'était présenté à la police pour donner sa déposition en tremblant dans ses mocassins et décrire le sac à dos de ma mère rempli de pierres, son sac à main et son téléphone soigneusement posés sur l'herbe, tout comme le portefeuille et le téléphone portable de mon père sept mois plus tôt.

Le jeune homme était au bord des larmes.

« Elle... elle a dit qu'elle avait changé d'avis, avait-il expliqué en fuyant résolument mon regard. Elle m'a laissé la raccompagner à sa voiture. »

Mais c'était compter sans l'obstination de ma mère. Une heure plus tard, elle était retournée à la falaise et, après avoir posé ses effets personnels, avait mis fin à ses jours – si l'on en croyait le coroner.

L'homme à qui j'ai parlé la veille de Noël n'a pris aucun risque. Il a appelé la police et ne m'a pas quittée jusqu'à ce que les agents m'emmènent avec douceur, heureux d'achever sa journée en sachant que personne n'était mort pendant son tour de garde. Je lui savais gré d'être intervenu. Je m'étais aperçue avec effroi qu'un pas nous sépare tous de l'impensable.

« Je n'allais pas sauter », lui avais-je dit, mais franchement, je n'en étais pas persuadée.

De retour chez moi, j'ai trouvé un prospectus coincé dans la boîte aux lettres : *Cabinet de psychothérapie. Sevrage tabagique, phobies, confiance en soi. Médiation en cas de divorce. Travail de deuil.* Je suis sûre que tous les habitants de la rue avaient reçu le même ; néanmoins, j'ai pris cela pour un signe. J'ai appelé avant de changer d'avis.

Mark m'a plu d'emblée. Je me suis sentie réconfortée avant même qu'il ouvre la bouche. Il est grand sans être imposant, large d'épaules sans être intimidant. Les pattes d'oie au coin de ses yeux noirs lui donnent l'air sage et il vous écoute avec sérieux, avec intérêt, en ôtant ses lunettes comme si cela pouvait l'aider à mieux entendre. Lors de cette première séance, je n'aurais pas pu prévoir que nous finirions ensemble. Que nous aurions un enfant ensemble. Tout ce que je savais, c'est qu'il me rassurait. Et cela n'a jamais cessé depuis.

Laura finit son thé, va poser sa tasse dans l'évier, la rince et la retourne sur l'égouttoir.

« Comment Mark assume-t-il sa paternité ?

— Il est obsédé par Ella, dis-je en me redressant. Au retour du travail, il ne prend même pas la peine d'enlever son manteau et fonce droit sur elle pour prendre le relais. Heureusement que les hommes ne peuvent pas allaiter ou je ne la verrais jamais. »

Même si je lève les yeux au ciel, loin de moi l'envie de me plaindre ! Je trouve formidable que Mark soit si impliqué. On ne sait jamais quel genre de père un homme deviendra, n'est-ce pas ? Il paraît que l'on recherche d'instinct chez son partenaire les qualités dont on a besoin : honnêteté, force, amour. Mais sera-t-il prêt à sortir à trois heures du matin pour aller acheter la confiture au cassis dont on a une folle envie ? Se chargera-t-il des biberons nocturnes ? Mystère, et le temps de le découvrir, il est trop tard pour faire machine arrière. J'ai de la chance d'avoir Mark. Je lui sais gré d'être resté auprès de nous.

Mon père n'a pas changé une seule couche de sa vie et, pour autant que je sache, maman ne le lui a jamais demandé. Cela se passait comme ça, à l'époque. Si papa avait vu Mark faire faire son rot à Ella ou lui ôter son pyjama sale d'une main experte pour lui en enfiler un propre, je sais qu'il lui aurait lancé une pique à propos de la « nouvelle génération d'hommes ». Je refoule l'image. Franchement, je ne suis pas sûre que papa aurait apprécié Mark.

Ce ne devrait pas avoir d'importance. Ça n'en a pas. Mark est un père génial pour Ella et c'est tout ce qui compte.

J'ai trop bu, lors de notre premier rendez-vous. Ça m'a aidée à me détendre et à atténuer la culpabilité que je ressentais à l'idée de sortir et de m'amuser moins de deux mois après la mort de maman.

« Ça ne me ressemble pas », ai-je remarqué ce soir-là.

De retour chez Mark à Putney, le café promis abandonné au profit d'un dernier verre de vin, la visite de l'appartement avait pris brutalement fin dans la chambre.

C'était vrai, même si ma remarque ressemblait à du baratin. Je n'avais jamais couché avec personne au premier rendez-vous. Ni au deuxième, ni au troisième. Mais ce soir-là, je me sentais pleine de fougue. La vie est trop courte pour ne pas prendre les devants.

En réalité, je n'étais pas forte, mais ivre. Irresponsable, pas spontanée. Peut-être un peu moins éméché, peut-être encore conscient de l'étroite frontière éthique que nous franchissions, Mark a tenté de calmer le jeu, sans parvenir à m'influencer.

Laisse-moi en paix

La culpabilité m'est tombée dessus le lendemain matin. Une honte terrible qui a ravagé mon estime de moi et m'a tirée du lit de Mark avant son réveil.

Il m'a trouvée près de la porte d'entrée, en train d'enfiler mes bottes.

« Tu pars ? Je pensais que l'on irait prendre le petit déjeuner ensemble. »

J'ai hésité. Il n'avait pas l'air d'avoir perdu tout respect pour moi, même si je ne savais plus où me mettre en repensant à la veille. Je me suis soudain revue ôter ma culotte dans une pâle imitation de strip-tease qui s'était soldée par une perte d'équilibre et une chute sur le lit.

« Je dois y aller.

— Je connais un super-endroit au coin de la rue. Il est encore tôt. »

Le sous-entendu – où fallait-il donc que j'aille avec une telle hâte un dimanche matin à huit heures ? – m'a poussée à accepter.

À neuf heures, je m'étais un peu remise de ma gueule de bois et de mon embarras. Si Mark n'était pas gêné, pourquoi l'aurais-je été ? Nous étions d'accord sur un point malgré tout : c'était allé un peu plus vite que nous ne l'escomptions l'un et l'autre.

« Et si on reprenait tout depuis le début ? a-t-il proposé. C'était génial hier soir, mais… nous pourrions peut-être avoir un deuxième premier rendez-vous. Pour apprendre à nous connaître. »

Nous avons attendu cinq semaines avant de recoucher ensemble. Je ne le savais pas encore à ce moment-là, mais j'étais déjà enceinte.

« Devrais-je contacter la presse ? dis-je à Laura.

— Tu t'emballes peut-être un peu. Désolée, a-t-elle ajouté avec mauvaise conscience.

— Un article est paru à la mort de maman. Les journaux pourraient publier un complément d'enquête. Un appel à témoins. »

Laisse-moi en paix

Je repense à la carte.
Un suicide ? Détrompe-toi.
« Personne ne s'est manifesté à l'époque, mais si maman était accompagnée le jour de sa mort, si quelqu'un l'a poussée du haut de la falaise, cette personne a bien dû croiser des promeneurs.
— Anna, l'aumônier a vu ta mère. »
Je me tais.
« Il l'a dissuadée de sauter. Elle disait vouloir se suicider. »
J'ai envie de me boucher les oreilles en criant. *La la la la la.*
« Il n'était pas sur place quand elle est passée à l'acte, n'est-ce pas ? Il n'a pas vu si elle était seule la deuxième fois. »
Laura observe une pause avant de reprendre la parole.
« Disons que Caroline est à Beachy Head. Prête à sauter. L'aumônier l'en dissuade et une heure plus tard, elle se fait assassiner ? »
Inutile d'insister, ma théorie est absurde.
« Et si elle essayait d'échapper à quelqu'un ? Et si elle avait préféré se tuer plutôt que d'être assassinée ? Sauf que le cœur lui a manqué et, en croyant la conduire en lieu sûr, l'aumônier l'a en fait livrée aux griffes de... »
Je m'interromps : le regard empreint de pitié que m'adresse Laura est trop difficile à supporter.
« De qui ? »
Réveillée, Ella pousse de légers miaulements en fourrant son poing dans sa bouche.
« Qui l'a tuée, Anna ? Qui a pu vouloir la mort de Caroline ? »
Je me mordille la lèvre.
« Je n'en sais rien – l'un de ces idiots qui font porter le chapeau aux autres quand leur voiture tombe en panne ?
— Ceux-là mêmes qui ont envoyé des lettres anonymes à la mort de ton père ?

Laisse-moi en paix

— Exactement ! » approuvé-je, triomphante, persuadée qu'elle me donne raison, jusqu'à ce que son expression me prouve le contraire.

Les miaulements se muent en hurlements en règle. Je prends ma fille dans mes bras et commence à l'allaiter.

« Regarde-moi ça : tu es devenue une vraie pro », sourit Laura.

Au début, je n'arrivais à la nourrir qu'assise dans un fauteuil précis, entourée de coussins arrangés selon une certaine configuration et sans personne dans la pièce pour distraire Ella. Aujourd'hui, je le fais en la tenant d'une main. Debout, s'il le faut.

J'insiste : Laura vient de soulever une question importante. Qui pouvait souhaiter la mort de maman ? Certains des vendeurs de voitures que mes parents et oncle Billy ont croisés n'ont pas cherché à cacher leurs méthodes louches. La mort de mes parents pourrait-elle résulter d'un partenariat douteux ?

« Tu m'aides à trier les papiers de papa et maman ?

— Maintenant ?

— Ça te pose un problème ? Tu dois y aller ? »

Si Laura ne peut pas m'aider, je me débrouillerai seule. Je me demande si le militantisme de ma mère est la clé de l'histoire. Quand j'étais adolescente, elle a défilé contre les tests sur les animaux menés à l'université de Brighton, ce qui lui a valu quelques lettres d'injures de la part d'employés et de leur famille. Si je me souviens bien, ces dernières années, elle est partie en croisade contre les permis de construire et les pistes cyclables : rien de bien litigieux, mais je trouverai peut-être dans le bureau un indice suggérant le contraire.

« Ce n'est pas ce que j'ai voulu dire – c'est juste que... tu es sûre que tu veux faire ça maintenant ?

— Laura, ça fait pratiquement un an que tu me harcèles pour que je m'y mette !

Laisse-moi en paix

— Je trouve juste ridicule que tu travailles à la table de la cuisine alors que tu pourrais profiter de ce merveilleux bureau, c'est tout. Et ce n'était pas du harcèlement. Même si je suis sûre que la démarche aurait pu être libératrice, quoi qu'en pense Mark.

— C'est son boulot, tu sais, dis-je en essayant de rester légère.

— Qu'y a-t-il de sain à tout mettre sous clé en faisant semblant que ça n'existe pas ?

— Il m'a simplement conseillée de m'y confronter lorsque je m'y sentirai prête.

— Dis plutôt quand *il* t'estimera prête.

— Non, c'est moi qui décide », dis-je d'un ton plus ferme.

Je sais que, comme oncle Billy, Laura prend d'abord et avant tout fait et cause pour moi, mais j'aimerais que ces deux-là se montrent un peu moins protecteurs.

C'est allé trop vite, voilà tout. Cela ne fait même pas un an que Mark et moi sommes ensemble et notre bébé a huit semaines. Nous découvrons encore quels sont nos plats, nos films, nos livres préférés. Je n'ai rencontré sa mère que deux fois. Nous ressemblons à ces adolescents pris sur le fait la première fois qu'ils couchent, sauf que j'ai vingt-six ans et Mark en a quarante.

La différence d'âge fait aussi partie du problème.

« Il pourrait être ton père », a remarqué Billy le jour où je lui ai tout déballé en une fois.

J'ai rencontré quelqu'un, il emménage avec moi et oh ! au fait, la naissance de notre bébé est prévue pour octobre.

« Tout juste. Et puis papa avait dix ans de plus que maman.

— Regarde ce que ça a donné.

— Où veux-tu en venir ? »

Billy a refusé de s'expliquer et, secrètement, je m'en suis réjouie. Je n'avais pas envie de savoir. Je n'avais jamais voulu savoir. Quand on est jeune, on croit ses parents parfaits. Ils vous crient peut-être dessus un peu trop souvent, ou vous privent d'argent de poche jusqu'à ce que vous ayez rangé votre chambre, mais ce sont vos parents. Ils vous aiment et c'est réciproque.

C'est une fois arrivée à l'université que je me suis aperçue que tous les parents ne ressemblaient pas aux miens. Que tous les parents ne s'engueulaient pas, qu'ils ne recyclaient pas quotidiennement les bouteilles d'alcool vides. L'aperçu m'avait suffi – je n'en voulais pas plus. Je ne voulais pas savoir comment fonctionnait le couple de mes parents. À supposer qu'il fonctionnât. Cela ne me regardait pas.

Comme toutes les autres pièces du rez-de-chaussée, le bureau est équipé de grandes baies vitrées et de volets si rarement utilisés qu'ils ne ferment plus désormais. Au centre de la pièce, un bureau double face permettait à mes parents d'y travailler en même temps, bien que cela ne leur arrivât qu'au moment de remplir le formulaire de déclaration de la TVA ; le stress était tel que la collaboration se soldait invariablement par une dispute.

« Anna, peux-tu dire à ton père de me passer l'agrafeuse ? » m'a demandé maman un samedi où j'avais poussé la porte pour vérifier s'ils en avaient encore pour longtemps.

Je la lui ai passée moi-même et suis sortie faire un tour à vélo jusqu'à ce qu'ils aient terminé.

Jusqu'à ce que j'aie l'âge de les rejoindre après l'école ou de rentrer à la maison toute seule, mes parents s'étaient toujours relayés pour travailler tard au garage.

La main sur la poignée de la porte, je respire un bon coup. Je n'utilise pas cette pièce. Je n'y entre pas. Je fais comme si elle n'existait pas.

« Personne ne t'oblige à faire le tri. Tous les documents importants ont été mis de côté. »

Référence indirecte et pleine de tact à la longue journée consacrée par Laura à passer au crible les biens de mes parents pour ne

Laisse-moi en paix

garder que l'essentiel, avant d'en passer une autre au téléphone à modifier le titulaire de tous les contrats domestiques et à annuler les dizaines d'abonnements souscrits par mon père et ma mère. Ma gratitude était mêlée de culpabilité. Qui en avait fait autant pour Laura à la mort d'Alicia ? Quelle tristesse d'imaginer cette fille de dix-sept ans en train de trier les papiers de sa mère dans le logement social moderne où elle venait d'emménager.

« L'heure est venue », dis-je.

Je veux tout savoir sur la vie de mes parents. Tout ce que j'ai choisi d'ignorer ; tout ce que je n'ai pas voulu croire. J'ai besoin de tout savoir. Qui étaient leurs amis ? leurs ennemis ?

Qui les a tués ?

8
Murray

L'archiviste Dennis Thompson avait toujours été plutôt enrobé quand il faisait équipe avec Murray. Aujourd'hui aussi large que haut, Dennis avait le crâne chauve et deux paires de lunettes perchées au-dessus des sourcils.

« Je ne supporte pas les progressifs, annonça-t-il en chaussant ses verres de lecture pour vérifier le couvercle des deux cartons dénichés pour Murray dans les archives. Tom et Caroline Johnson. »

Le fait que la carte anonyme avait été reçue le jour de l'anniversaire du décès de Mme Johnson suggérait que seule sa mort était sujette à caution, mais dans la mesure où elle était inextricablement liée à celle de son mari, Murray avait l'intention de tout reprendre du début.

« C'est bien eux. Merci. »

Dennis poussa dans sa direction un registre format A4. Sur chaque page, des signatures se succédaient en colonnes bien nettes, une par dossier emprunté, accompagnées d'une date de retour. Murray prit le stylo, hésitant, et regarda son vieil équipier.

« Est-ce que tu accepterais…

— Que ça reste entre nous ?

— S'il te plaît. Tu les récupéreras en moins de deux. »

Il y a parfois du bon à être un vieux de la vieille, conclut Murray en sortant de la pièce.

Il aurait voulu consulter les documents dans le bus qui le ramenait chez lui, mais deux gardiens de la paix, dont les cravates et les épaulettes étaient dissimulées sous une polaire North Face, étaient

Laisse-moi en paix

assis juste derrière lui. Ils ne l'avaient pas remarqué (c'est drôle à quel point on devient invisible dès que l'on prend sa retraite), et Murray ne risquait pas de manifester sa présence en exhibant des papiers qu'il s'était procurés de manière illicite. Il regarda donc par la fenêtre en se demandant ce que Sarah penserait de l'affaire Johnson.

Pendant la majeure partie de sa carrière, Murray avait rapporté du travail à la maison. Au cours des premières années de leur mariage, Sarah s'était débattue avec plusieurs emplois mal rémunérés requérant tous un niveau de ponctualité, de politesse et d'optimisme qu'elle s'était révélée incapable de fournir sur le long terme, et ses licenciements prématurés l'avaient plongée dans de longues périodes de dépression. Elle avait fini par accepter la proposition que Murray lui avait faite dès le début : elle resterait à la maison pendant qu'il ferait bouillir la marmite. Quel soulagement ils avaient éprouvé tous les deux !

Murray avait alors commencé à partager avec elle des bribes de sa journée. Tout en étant conscient des règles de confidentialité à ne pas enfreindre, il n'oubliait pas non plus que, lorsque Sarah se sentait incapable de sortir de la maison, cet aperçu du monde extérieur était aussi important qu'intéressant pour elle. À sa grande surprise, il avait fini par compter sur ces échanges autant que sa femme, bénéficiant du regard neuf, dénué de tout préjugé policier, qu'elle portait sur ses enquêtes. Il avait hâte de lui parler de Tom et Caroline Johnson.

Le bus s'arrêta au bout de la rue où résidait Murray, une impasse bordée de pavillons des années 1960 occupés par des primo-accédants, des familles ou des retraités. À la faveur de travaux de grande ampleur, certaines maisons s'étaient vues transformées en villas plutôt cossues avec étage supplémentaire et jardin agrémenté d'une terrasse pour les barbecues estivaux. Mis à part de nouvelles moquettes et une couche de peinture de temps en temps, celle

Laisse-moi en paix

des Mackenzie ressemblait exactement à ce qu'elle était en 1984, l'année où ils en avaient fait l'acquisition et où Murray avait été titularisé après avoir achevé son stage.

Plutôt que de descendre du bus, il préféra patienter cinq arrêts supplémentaires, remercia le chauffeur et parcourut à pied la courte distance qui le séparait de Highfield. Jadis manoir assez majestueux, l'édifice classé aux monuments historiques était la propriété du National Health Service depuis 1811 et avait on ne sait trop comment échappé à la vente depuis. Malgré les jardins ravissants qui l'entouraient, l'effet historique du bâtiment était un peu gâché par les préfabriqués et les constructions modulaires bon marché abritant les services toujours plus nombreux dédiés à l'accueil des patients dont Sarah faisait partie.

Highfield n'avait presque plus aucun secret pour Murray. L'institution comptait un centre d'accueil très fréquenté qui proposait des activités manuelles, un café et des groupes de parole gérés par les malades. On pouvait y bénéficier d'une hospitalisation de jour, de séances de psychothérapie et de cours de cuisine si l'on était atteint de troubles du comportement alimentaire. Certaines ailes étaient réservées aux patients atteints d'une large palette de troubles psychiatriques, nécessitant divers degrés de soutien, y compris le pavillon de sécurité où Sarah avait passé dix jours en 2007 et devant lequel Murray ne pouvait plus passer sans se rappeler l'abominable journée où il avait supplié les médecins d'interner sa femme.

Le jour de leur rencontre, au buffet proposé après le défilé marquant la fin de la formation de Murray, Sarah n'avait rien caché de sa maladie. Son grand frère Karl faisait partie de la même promotion que Mackenzie, bien que les deux hommes ne fussent pas amis ; Murray s'était senti attiré par la jeune fille pleine de vitalité qui accompagnait son collègue et sa famille. Il avait été soulagé d'apprendre qu'elle n'était pas sa petite amie.

Laisse-moi en paix

« Tu sais que je suis cinglée, hein ? »

Sarah avait abordé le sujet comme on lance un défi. Elle portait d'énormes créoles en argent qui se balançaient au rythme de son rire et un pull à manches chauve-souris d'un rose criard.

Murray n'avait pas trouvé la remarque amusante, en partie parce que le politiquement correct faisait partie de son tempérament bien avant qu'il soit de mise dans la police, mais surtout parce qu'il ne parvenait pas à associer le terme avec la jeune femme qui se tenait en face de lui. Elle débordait d'énergie au point de ne pas tenir en place et son regard pétillait comme si tout était pour elle source de joie. Sarah n'avait rien d'une « cinglée ».

« Trouble de la personnalité borderline, avait-elle ajouté en lui décochant à nouveau son grand sourire. C'est moins grave que ça n'en a l'air, je te jure. »

TPB. Ces trois lettres avaient depuis défini leur relation. Murray n'avait pas tardé à s'apercevoir que le regard de Sarah ne pétillait que lorsqu'elle allait bien ; le reste du temps, la douleur et la peur dans ces yeux gris ardoise étaient insupportables.

Sarah était depuis peu hospitalisée à titre volontaire dans un service où Murray connaissait tout le monde. Les heures de visite étaient restreintes, mais le personnel se montrait accommodant avec les horaires du policier ; il signa le registre et s'installa au salon le temps qu'on aille chercher sa femme.

Les salons variaient d'un hôpital et d'une clinique à l'autre. On avait parfois l'impression de pénétrer dans le parloir d'une prison aux murs nus, sous la surveillance d'un membre du personnel en uniforme. Dans d'autres institutions, l'ambiance était plus détendue, la salle équipée de canapés, d'une télévision et fréquentée par du personnel vêtu avec une telle décontraction que seule la présence d'un badge permettait de s'assurer que l'on n'avait pas affaire à un patient.

Laisse-moi en paix

Situé à mi-chemin, le salon de Highfield était divisé en deux zones. Dans la première, sur une table destinée aux travaux manuels, du papier coloré et des feutres étaient mis à la disposition des patients. Des autocollants permettaient aux enfants et à leurs parents de décorer les cartes fabriquées de leurs mains, en les préservant du danger que représentaient les rouleaux de ruban adhésif dérobés. Les ciseaux à bouts ronds étaient en plastique. Dans la deuxième partie de la pièce, où Murray s'était assis, les visiteurs pouvaient profiter de canapés et de tables basses jonchées de vieux magazines.

Sarah le prit dans ses bras et l'enlaça de toutes ses forces.

« Comment te sens-tu ? »

Elle fronça le nez.

« La nouvelle patiente dans la chambre voisine de la mienne se tape la tête contre le mur quand elle est stressée. Elle est souvent stressée.

— Tu as du mal à dormir ? »

Elle hocha la tête.

« Tu serais plus tranquille à la maison… »

Une lueur d'angoisse passa dans le regard de Sarah. Murray n'insista pas. Trois semaines plus tôt, elle s'était tailladé les poignets si profondément qu'elle avait eu besoin de points de suture. Un appel à l'aide, avait expliqué le secouriste lorsqu'on avait découvert qu'elle avait déjà appelé une ambulance et posé dans l'entrée un sac contenant le nécessaire pour un séjour à Highfield.

« Je sentais que ça recommençait », avait-elle expliqué à Murray, qui avait roulé à tombeau ouvert pour la rejoindre à l'hôpital.

Ça. Une présence aussi indéfinissable qu'envahissante. *Ça* empêchait Sarah de sortir. *Ça* voulait dire qu'elle avait du mal à se faire des amis, et encore plus de mal à les garder. *Ça* sous-tendait toute leur existence. Toujours là, toujours à l'affût.

« Pourquoi n'as-tu pas appelé le professeur Chaudhury ?

Laisse-moi en paix

— Il refusait de m'hospitaliser. »

Murray l'avait serrée dans ses bras et s'était efforcé de compatir sans toutefois parvenir à saisir la logique selon laquelle seule l'automutilation pouvait la conduire en lieu sûr.

« J'ai passé une journée intéressante », observa-t-il.

Le regard de Sarah s'éclaira. Elle s'installa sur le canapé, jambes croisées, adossée contre l'accoudoir. Murray n'avait jamais vu sa femme assise normalement. Elle s'allongeait par terre ou se vautrait, tête dans le vide et jambes tendues de manière à toucher le mur. Aujourd'hui, elle portait une robe longue en lin gris avec un sweatshirt à capuche orange vif dont les manches déformées lui recouvraient les mains.

« Une femme est venue signaler que le suicide de ses parents était en fait un meurtre.

— Tu la crois ? » interrogea Sarah en allant droit au but, comme toujours.

Murray hésita. Croyait-il Anna Johnson ?

« Franchement, je n'en sais rien. »

Il parla à Sarah de Tom et Caroline Johnson : les sac à dos remplis de pierres, les dépositions des témoins, l'intervention de l'aumônier. Il conclut en mentionnant la carte d'anniversaire anonyme et l'insistance d'Anna Johnson pour qu'il rouvre l'enquête.

« Étaient-ils suicidaires ?

— Pas d'après leur fille. Mme Johnson n'avait jamais été dépressive avant la disparition de son mari et son suicide était parfaitement inattendu.

— Intéressant. »

L'étincelle dans le regard de sa femme lui fit chaud au cœur. Quand elle n'était pas bien, son univers rapetissait. Elle ne s'intéressait plus à rien en dehors de sa propre vie, faisait preuve d'un égoïsme à des lieues de sa véritable personnalité. L'intérêt qu'elle portait à l'affaire Johnson était bon signe – c'était même

Laisse-moi en paix

formidable : Murray se félicita donc à double titre d'avoir décidé de jeter un coup d'œil au dossier.

Le fait qu'il pouvait être maladroit d'aborder le sujet avec une personne coutumière de l'automutilation ne l'avait même pas effleuré ; il n'avait jamais pris de gants avec Sarah, contrairement à bon nombre de leurs amis.

Un jour, ils prenaient le café avec un collègue de Murray quand Radio 4 avait diffusé un débat concernant le taux de suicide chez les jeunes. Alan s'était rué à l'autre bout de la cuisine pour couper le son alors que Murray et Sarah échangeaient des regards amusés.

« Ce n'est pas parce que je suis malade que la psychiatrie ou le suicide doivent être des sujets tabous », avait expliqué Sarah d'une voix douce une fois Alan assis et le calme revenu dans la cuisine.

Cherchant à se rassurer, Alan s'était tourné vers Murray, qui avait obstinément refusé de croiser son regard. Sarah vivait sur la corde raide, et le meilleur moyen de la déstabiliser, c'était de lui donner le sentiment qu'on la jugeait, qu'on la critiquait.

« On pourrait même dire que je m'y intéresse plus que le commun des mortels. Et franchement, s'il y a une spécialiste du suicide ici, c'est bien moi », avait-elle expliqué avec un sourire malicieux.

Murray était arrivé à la conclusion que les gens sont manichéens. À leurs yeux, on est malade ou bien portant. Fou ou sain d'esprit. Le problème de Sarah, c'est qu'elle échappait aux définitions simplistes, ce que les gens avaient du mal à gérer.

« Tu as apporté les documents ? demanda Sarah en cherchant sa mallette des yeux.

— Je ne les ai pas encore consultés.

— Tu me les montreras demain ?

— Bien sûr. Je ferais mieux d'y aller, annonça-t-il après avoir consulté sa montre. J'espère que tu dormiras mieux cette nuit. »

Sarah le raccompagna à la porte, le serra dans ses bras pour lui dire au revoir et Murray garda le sourire jusqu'à ce qu'il soit

Laisse-moi en paix

hors de vue. Il était parfois plus facile de laisser Sarah à Highfield quand elle allait mal. Plus facile de rentrer chez lui quand elle était allongée en position fœtale sur son lit parce qu'il savait qu'il n'y avait pas meilleur endroit pour elle. Qu'elle serait en sécurité ; que l'on s'occuperait d'elle. Mais quand Sarah était calme, heureuse même, à chaque pas qui l'éloignait d'elle, il avait l'impression de partir dans la mauvaise direction. Comment pouvait-elle préférer Highfield et ses chambres pas plus spacieuses que des cellules de prison, où flottait une odeur de désinfectant, à leur pavillon confortable et douillet ? Comment Sarah pouvait-elle se sentir plus en sécurité dans une institution psychiatrique que chez elle ?

Plus tard, quand il eut débarrassé la table et lavé la poêle utilisée pour faire cuire son omelette, Murray s'installa à la table de la cuisine et ouvrit les dossiers de M. et Mme Johnson. Il passa en revue la teneur des appels à police secours, les dépositions des témoins et les rapports de police. Il examina les photos des pièces à conviction – le portefeuille de Tom Johnson, le sac à main de sa femme – et lut les SMS envoyés par les époux avant leur décès. Il étudia minutieusement le résumé des enquêtes, accompagné du verdict du coroner, qui avait conclu au suicide dans les deux cas.

Murray disposa tous les papiers sur la table, ainsi que le sac pour pièces à conviction qui renfermait la carte anonyme adressée à Anna Johnson, qu'il plaça au centre. Après avoir relu les rapports du coroner, il les remit derrière la pile de documents et ouvrit un cahier neuf, geste aussi symbolique que pratique. Si la mère d'Anna avait été assassinée, il fallait qu'il envisage l'enquête comme si elle venait de commencer, ce qui voulait dire qu'il devait tout reprendre à partir du suicide de Tom Johnson.

Murray était devenu enquêteur en 1989, du temps où l'on remplissait encore les formulaires à la main et où résoudre une affaire impliquait d'effectuer un travail de terrain, pas de fouiner sur

Laisse-moi en paix

Internet. Quand il avait pris sa retraite, en 2012, le boulot avait changé du tout au tout et en rendant sa carte, enfouie sous un sentiment de vacuité, il avait éprouvé une bouffée de soulagement. Il trouvait de plus en plus difficile de maîtriser l'aspect technique du travail et préférait encore rédiger ses comptes rendus à l'aide du stylo-plume que Sarah lui avait offert quand il avait été nommé à la PJ.

L'espace d'une seconde, il sentit sa confiance vaciller. Pour qui se prenait-il ? Comment osait-il penser qu'il trouverait quelque chose d'inédit dans ces archives ? Lui, un bonhomme de soixante ans, retraité, qui travaillait désormais en tant que volontaire ? Il avait passé les cinq dernières années à vérifier des permis de conduire et à enregistrer des déclarations de perte d'objets !

Il joua avec son stylo. Caressa la gravure : *Inspecteur Mackenzie*. De la manche, il polit l'objet argenté jusqu'à ce qu'il brille. Il aurait aimé que Sarah soit là.

Tu te rappelles ce cambriolage à la poste ? l'entendit-il dire. *Il n'y avait aucune piste. Aucune empreinte. Tout le monde était paumé. Tout le monde sauf toi.*

On s'apprêtait à classer l'affaire, mais Murray n'avait pas baissé les bras. Il était parti en patrouille, avait frappé aux portes, secoué les gens. Il avait sollicité son réseau d'informateurs et, peu à peu, un nom s'était détaché. Le gamin en avait pris pour quatorze ans.

C'était il y a longtemps, murmurait une voix dans sa tête. Murray la chassa et serra son stylo. Le boulot avait peut-être changé, mais pas les criminels. Murray avait été bon enquêteur. L'un des meilleurs. Et ça, ça n'avait pas changé.

9

Anna et Laura trient les vestiges de notre vie. Je n'aime pas ça. J'ai envie d'intervenir, de les empêcher d'ouvrir les tiroirs, de toucher les cahiers, les livres et les boîtes remplies de photos.

À notre mort, nous laissons à nos proches un cadeau empoisonné. Nos enfants, nos conjoints, nos amis doivent régler tous les détails restés en suspens et se défaire de ce qu'il reste après un départ soudain. Je l'ai fait pour mes parents, dans leur maison de l'Essex ; tu en as fait autant pour les tiens, ici, à Eastbourne. Aujourd'hui, c'est au tour d'Anna de le faire pour moi. Pour nous deux.

Laura soulève un pot en céramique où poussait autrefois une succulente – l'intérieur est couvert de terre sèche – avant de le jeter. Deux piles distinctes se dessinent de part et d'autre du bureau : à qui doit-on une telle efficacité ? Anna ou Laura ? Ma filleule a-t-elle obligé ma fille à trier nos affaires aujourd'hui ? Laura la pousse-t-elle involontairement vers le danger ?

Elles bavardent. Hors de portée d'oreille, si bien que je ne saisis pas leurs propos. Je n'ai qu'un aperçu limité, indistinct de cette scène. Quelle frustration ! car, à moins de savoir ce qui se passe en ce moment, quelle influence pourrai-je avoir sur la suite des événements ?

Notre petite-fille est allongée sur un tapis d'éveil, sous un portique où des animaux aux couleurs vives sont suspendus. Elle agite les jambes, et lorsque Anna lui sourit, j'ai le souffle coupé en m'imaginant franchir le seuil comme si je n'étais jamais partie. Comme si je n'avais pas perdu une année de ma vie, que je n'avais pas manqué la naissance d'un petit être tout neuf.

Point d'ornements dans la maison, point de guirlande électrique sur la rambarde ni de couronne sur la porte. Nous sommes à quatre jours de Noël, je me demande s'ils attendent la veille pour l'égayer, afin de créer de

Laisse-moi en paix

nouvelles traditions familiales, ou si la sobriété est intentionnelle. Anna trouve-t-elle insupportables tout ce clinquant, ces babioles bon marché ?

Laura feuillette mon agenda. Anna jette un coup d'œil dans sa direction, se mord la lèvre pour retenir un commentaire. Je sais ce qu'elle pense.

Nous étions à Oak View depuis un an quand le cambriolage a eu lieu. Les malfaiteurs n'ont pas emporté grand-chose – il n'y avait pas grand-chose à emporter –, ce qui ne les a pas empêchés de fureter partout et de tout saccager. Une fouille brouillonne, a résumé la police. La remise en état de la maison a pris plusieurs semaines et il m'a fallu des mois pour oublier mon malaise. Nous n'avions aucun secret à l'époque, mais j'étais tout de même furieuse que des gens en sachent aussi long sur mon compte alors que je ne savais rien d'eux.

La même colère me reprend en voyant Laura feuilleter les pages de l'agenda dans lequel je note mes rendez-vous personnels. Même s'il ne contient rien d'important, cette intrusion m'est insupportable. Arrête, *ai-je envie de crier.* Arrête de fouiner dans mes affaires et sors de chez moi !

Sauf que je ne suis plus chez moi, la maison est à Anna. Une remarque de Laura la fait pouffer, puis un sourire triste s'attarde sur ses lèvres quand ma filleule désigne quelque chose qui m'échappe. Je suis exclue. L'accès d'hilarité de ma fille est bref cependant. Poli. Ses yeux ne sourient pas. Elle n'a pas envie de trier mes affaires.

Laura ressemble à sa mère. Alicia et moi étions camarades d'école ; c'est à moi qu'elle s'est confiée quand, une semaine avant son seizième anniversaire, elle a découvert qu'elle était enceinte. Vu son physique filiforme, son ventre a commencé à s'arrondir avant le deuxième mois de grossesse et elle s'est vite retrouvée à la porte car sa mère n'a pas été longtemps dupe des pulls larges qu'elle avait adoptés.

Lorsque j'ai quitté l'école, deux ans plus tard, alors que mon boulot de secrétaire suffisait à peine à payer le loyer d'un appartement dans un immeuble avec ascenseur et buanderie commune, plus quelques verres de vin et des chips le week-end, Alicia vivait grâce aux allocations dans un grand ensemble de Battersea.

Laisse-moi en paix

Je leur ai payé des vacances. Nous avons passé trois jours dans le Derbyshire et partagé avec Laura un lit deux places dans un Bed & Breakfast.

« Nous devrions emménager ensemble, a proposé Alicia le dernier jour. Ce serait follement amusant. »

Comment lui avouer que j'avais d'autres ambitions dans la vie ? Que j'avais pris soin de ne pas tomber enceinte ; que j'aimais ma vie de célibataire, mes amis, mon travail ? Comment lui dire que je n'avais pas envie de vivre dans un appartement humide et que, même si j'adorais passer du temps avec elle et Laura, je ne voulais pas cohabiter avec le bébé d'une autre ?

« Tu as raison », ai-je répondu avant de changer de sujet.

J'aurais dû l'aider davantage.

Anna s'agenouille près du bureau et ouvre le tiroir du bas. Elle a tiré plus violemment qu'elle ne le pensait et bascule en arrière, le casier sur les genoux. Laura lève les yeux pour vérifier qu'elle va bien, Anna rit de sa maladresse. Ma filleule retourne à sa pile d'agendas et Anna s'apprête à tout ranger lorsqu'elle se ravise. Elle a vu quelque chose.

Elle fourrage dans le socle du bureau, vérifie d'un coup d'œil que Laura regarde ailleurs mais, vu sa mine ébahie, aucun doute n'est permis : c'est sur le verre lisse d'une bouteille de vodka que la main de ma fille s'est refermée.

Elle a l'air déçu.

Moi aussi, je connais ce sentiment.

Sa main ressort, vide. Elle referme le tiroir en laissant sa trouvaille dans sa cachette. Elle ne dit rien à Laura et mon sentiment d'exclusion s'envole grâce à cette petite preuve de complicité dont Anna n'a même pas conscience. Certains secrets ne devraient pas être ébruités en dehors du cercle familial.

D'autres ne devraient pas l'être du tout.

10

Anna

Je surprends Laura en train de consulter sa montre. Elle épluche une liasse de papiers dont elle empile la moitié sur le tas destiné à la déchiqueteuse. Cela m'horripile. Tout ce qui concerne la concession doit être conservé au show-room, mais que se passera-t-il si elle détruit accidentellement un document important ? Je suis l'un des codirecteurs de l'entreprise – une patronne plutôt passive, il faut bien l'avouer. Je ne peux pourtant pas me débarrasser de dossiers sans avoir vérifié ce qu'ils contiennent.

« Ça va ? dit-elle en levant la tête, sentant mon regard peser sur elle.

— Tu devrais y aller. Mark va bientôt rentrer.

— J'ai promis de rester jusqu'à son retour, dit-elle en posant une autre feuille sur la pile à détruire.

— Tu n'auras qu'à dire que c'est ma faute. »

Je me relève à grand-peine et lui tends la main pour l'aider à en faire autant.

« Nous n'avons pas fini le tri.

— On a beaucoup bossé. On a pratiquement fini. »

C'est une exagération grossière. Les objets à garder et à jeter ont fusionné et je ne sais plus très bien si je conserve cette collection d'élastiques tout emmêlés pour sa valeur sentimentale, pour son utilité, ou parce qu'elle a glissé d'une pile à l'autre.

« Quel bazar !

— Voilà un problème facile à résoudre. »

Je prends Ella dans mes bras, pousse Laura hors de la pièce et ferme la porte du bureau.

Laisse-moi en paix

« Et voilà !

— Anna ! Ce n'est pas comme ça qu'on fait face à ses problèmes, je croyais qu'on était d'accord ? »

Un accord unilatéral, me dis-je, avant de trouver ma réaction injuste. C'est moi qui ai eu l'idée de trier les affaires de mes parents. Moi qui ai demandé son aide à Laura.

« Si je ne veux plus voir tout ce fatras, ce n'est pas parce que ça me bouleverse, mais parce que je n'ai plus envie de ranger. Ça n'a rien à voir. »

Laura me regarde en plissant les yeux, pas très convaincue par mon ton enjoué.

« Que vas-tu faire au sujet de la carte ?

— Tu dois avoir raison. C'est l'œuvre d'un mauvais plaisant qui agit de manière intéressée.

— C'est ça, dit-elle, hésitant toujours à me laisser seule.

— Ça va, je t'assure. Je t'appelle demain. »

Je lui tends son manteau et patiente le temps qu'elle retrouve ses clés.

« Si tu le dis...

— C'est vrai. »

Nous nous donnons l'accolade et debout sur le seuil, une main sur le collier de Rita pour l'empêcher de poursuivre ses écureuils invisibles, j'attends qu'elle regagne sa voiture.

Le moteur tousse et cale. Laura fait la grimace. Elle réessaie, accélère à fond et sort de l'allée en marche arrière en me faisant signe par la vitre ouverte.

Dès que le bruit du moteur s'évanouit, je retourne au bureau et considère les tas de papiers, les cartes d'anniversaire, les stylos, les trombones, les post-it. Ce n'est pas ici que je vais trouver des réponses, cette pièce ne contient que des souvenirs.

Des souvenirs que je veux conserver.

Laisse-moi en paix

En ouvrant une boîte remplie de photos, que je me mets à feuilleter, je tombe sur six ou sept clichés de maman et Alicia, la mère de Laura. Sur l'un d'eux, on les voit dans le jardin ensoleillé d'un pub ; sur un autre, elles goûtent dans un café. Le troisième est penché, comme si l'appareil avait glissé de son support. Maman et Alicia sont allongées à plat ventre sur un lit, Laura entre elles. Elle doit avoir deux ans, ce qui veut dire que ma mère et Alicia n'ont pas plus de dix-huit ans. De vraies gamines.

La boîte contient des dizaines d'images, de papa, de la concession, de moi bébé pour autant que je puisse en juger.

Je possède beaucoup de portraits de mon père, mais presque aucun de ma mère. Toujours derrière l'objectif, jamais devant – c'est le cas de tant de femmes dès qu'elles fondent une famille. Elles tiennent tant à documenter la vie de leurs enfants avant qu'ils aient trop grandi qu'il ne leur vient pas à l'idée de documenter la leur. Qu'un jour leurs enfants souhaiteront examiner ces témoignages d'une époque où ils étaient trop jeunes pour se rappeler.

Lorsque ma mère a disparu, le temps que son suicide soit établi, j'ai confié à la police la seule photo nette d'elle en ma possession : celle qui ornait le rebord de la cheminée du salon dans son cadre argenté. Elle a été diffusée sur-le-champ et, à l'annonce de sa mort, les journaux s'en sont servis pour illustrer leurs articles. Quand la police me l'a rendue, j'ai fini par la ranger car je l'associais désormais aux gros titres.

Outre leur portrait de mariage, où l'on entraperçoit son visage, dissimulé sous une capeline – un couvre-chef très tendance à l'époque –, aucune image de maman n'est exposée à la maison. Je mets de côté celles prises avec Alicia pour en encadrer une ou deux.

J'ouvre son agenda pour l'année 2016. C'est un épais cahier format A4, un jour sur deux pages : rendez-vous sur la gauche, espace pour prendre des notes en face. Bien qu'il n'ait rien de sophistiqué – il s'agit d'un objet publicitaire offert par un constructeur

Laisse-moi en paix

automobile –, je caresse le logo estampé doré et les pages épaisses en l'ouvrant. Elle sont couvertes de l'écriture de maman, mais les mots restent illisibles jusqu'à ce que je cligne fort des yeux pour les empêcher de danser devant moi. Chaque page regorge d'informations. Rendez-vous avec des fournisseurs, avec le réparateur de la photocopieuse, de la machine à café, de la fontaine à eau. À droite, la liste des choses à faire ce jour-là, chaque entrée soigneusement barrée une fois la tâche accomplie. *Plus on en fait, plus on peut en faire*, dit l'adage, il me semble. Malgré tous ses efforts, maman aurait eu du mal à caser quoi que ce soit d'autre dans son emploi du temps, or je ne l'ai jamais entendue se plaindre d'être débordée. Quand mamie – une femme irritable qui rationnait sa tendresse comme le sucre en temps de guerre – a été admise dans une maison de retraite, maman s'est rendue dans l'Essex tous les jours, ne rentrant qu'une fois sa mère endormie. Ce n'est qu'après coup que papa et moi avons appris que maman avait détecté une grosseur dans sa poitrine, et qu'elle s'était rongé les sangs avant d'apprendre qu'elle était bénigne.

« Je ne voulais pas vous inquiéter », s'était-elle contentée d'avouer.

Je suis prise de court de constater à quel point le travail et la vie privée s'entremêlent dans ce cahier. Entre une note lui rappelant de téléphoner à Katie Clements à propos d'un essai sur route et le numéro de téléphone de la station de radio locale, s'intercale la mention : *Anniversaire de A : places pour le concert d'Adele ?* Je presse mes mains sur mes yeux. J'aurais dû trier tous ces papiers avant ; le jour de mon anniversaire, j'aurais aimé savoir quel cadeau elle comptait m'offrir.

Je ne peux pas m'en empêcher : je vérifie à la date du 21 décembre, le jour de sa mort. J'y trouve deux rendez-vous et une liste de tâches inachevées. Quelques cartes de visite, prospectus et notes griffonnées sont coincés dans la couverture de l'agenda. Ce cahier est une tranche de la vie de maman, aussi instructif qu'une autobiographie, aussi personnel qu'un journal intime. Je glisse les photos à l'intérieur et le serre sur mon cœur un moment avant de tout remettre à sa place.

Je range le bureau, repose le presse-papier en argile que j'ai fabriqué et peint quand j'étais à l'école primaire. Autrefois posé sur la commode de la cuisine, il empêchait les innombrables comptes rendus d'activités scolaires de se disperser.

Je caresse la fissure recollée à la colle forte qui le coupe en deux parties bien nettes et me souviens soudain distinctement du bruit qu'il a fait en heurtant le mur.

Des excuses qui ont suivi.

Des larmes versées. Les miennes. Celles de maman.

« Comme neuf », avait conclu papa une fois la colle sèche.

Mais cela n'était vrai ni du presse-papier ni du trou dans le mur, rebouché et repeint dans une teinte pas tout à fait identique à celle d'origine. J'avais refusé d'adresser la parole à mon père pendant plusieurs jours.

J'ouvre le tiroir inférieur du bureau, en sors la bouteille de vodka. Elle est vide. La plupart d'entre elles le sont. Il y en a partout. Au fond de l'armoire, dans le réservoir de la chasse d'eau des toilettes, enroulées dans une serviette éponge au fin fond du réduit où sèche le linge. Dès que j'en trouve une, je la vide dans l'évier et la fourre au fond du bac de recyclage.

S'il y avait de l'alcool à la maison avant que j'aille à l'université, il était mieux caché. Ou je ne le remarquais pas. À mon retour, je me suis aperçue que la vie avait changé en mon absence. Mes parents buvaient-ils davantage ou avais-je subi l'influence d'un monde dont l'envergure dépassait le cadre étroit de mon enfance ? Après être tombée sur la première bouteille, j'ai eu l'impression d'en trouver des centaines, comme lorsqu'on vient d'apprendre un mot et qu'on le rencontre partout.

Laisse-moi en paix

Je frissonne malgré moi. *Quelqu'un marche sur ta tombe*, disait toujours maman. Dehors, il fait nuit. En percevant un mouvement fugace dans le jardin, j'ai un coup au cœur, mais après vérification, c'est ma figure blême qui me dévisage, déformée par la vitre ancienne.

Un bruit me fait sursauter. *Reprends-toi, Anna.*

C'est cette pièce. Elle foisonne de souvenirs, pas tous bons. Cela me rend nerveuse. Je me fais des idées. Une silhouette fantomatique à la fenêtre, des pas, dehors.

Mais un instant : ce sont *bien* des pas que j'entends...

Lents et mesurés, comme si l'on essayait d'être discret. Le crissement doux du gravier que l'on foule.

Il y a quelqu'un dehors.

Hormis la lampe de bureau, aucune lumière ne brille ni à l'étage ni au rez-de-chaussée. De l'extérieur, la maison doit sembler plongée dans l'obscurité presque complète.

Et si c'était un cambrioleur ? Ce ne sont pas les propriétés de grande valeur qui manquent dans cette rue, elles regorgent d'antiquités et de tableaux achetés autant pour l'investissement qu'ils représentent que pour l'esbroufe. À mesure que leur entreprise prospérait, mes parents achetaient de beaux objets, dont beaucoup sont visibles à travers les fenêtres du rez-de-chaussée. Quelqu'un est peut-être passé tout à l'heure, pendant qu'Ella et moi étions au commissariat, décidé à revenir à la faveur de la nuit. L'angoisse me noue la gorge : cela fait peut-être un moment qu'il me surveille. J'ai eu l'impression d'être observée toute la journée : était-ce justifié ?

Enfant, je connaissais le code du système d'alarme bien avant d'avoir pu mémoriser notre numéro de téléphone, mais il n'est plus branché depuis que Mark a emménagé. Il n'était pas habitué à vivre dans une maison équipée d'un système de surveillance. Il le déclenchait chaque fois qu'il rentrait et, frustré, râlait en pianotant sur le pavé numérique.

Laisse-moi en paix

« Rita est suffisamment dissuasive, non ? » observa-t-il un soir, après avoir annoncé à la compagnie de surveillance que, en effet, c'était encore une fausse alerte.

J'avais perdu l'habitude de brancher l'alarme et maintenant que je restais à la maison toute la journée avec Ella, nous avions tout bonnement cessé de nous en servir.

J'envisage de la rallumer tout de suite, mais je sais que je n'arriverai pas à l'enclencher dans le noir et, en outre, l'idée d'être postée près de la porte alors qu'un cambrioleur tente de s'introduire chez moi me donne la chair de poule.

Je devrais emmener Ella à l'étage. Je pourrais pousser la commode contre la porte de sa chambre. Les malfaiteurs peuvent prendre ce qu'ils veulent en bas, peu m'importe. J'évalue le salon d'un œil impartial : que recherchent-ils ? La télévision, je suppose, et les objets de valeur qui sautent aux yeux comme le bol à punch en argent hérité de mon arrière-grand-mère dans lequel poussent aujourd'hui des saintpaulias. Sur le rebord de la cheminée, trônent deux oiseaux en porcelaine offerts à mes parents pour leur anniversaire de mariage. Ils font illusion bien qu'ils n'aient aucune valeur. Devrais-je les prendre ? Comment pourrais-je m'arrêter là ? Ce ne sont pas les souvenirs qui manquent ici ni les objets dont je déplorerais la perte s'ils venaient à disparaître. Impossible de tout emporter.

Difficile de déterminer précisément d'où viennent ces bruits de pas. Le crissement discret du gravier devient plus sonore, comme si, après avoir longé un côté de la maison, le rôdeur regagnait maintenant l'autre. Je prends mon téléphone posé à côté de l'écoute-bébé. Devrais-je appeler la police ? un voisin ?

Je passe en revue mes contacts et trouve le numéro de Robert Drake. J'hésite, rechigne à lui téléphoner tout en sachant que c'est la décision logique. Il est chirurgien, il saura réagir dans l'urgence et s'il est chez lui, il pourra sortir jeter un coup d'œil ou allumer la lumière du porche pour faire fuir l'intrus qui se cache dehors…

Laisse-moi en paix

Son téléphone est éteint.

Le crissement de pas sur le gravier s'amplifie, rivalisant avec le battement du sang à mes oreilles. C'est le bruit d'un objet que l'on traîne. Une échelle ?

Le long de la maison, entre l'allée de gravillons et le jardin paysagé, court une étroite bande de terre où s'élèvent une remise et un bûcher. Un bruit sourd retentit – la porte de la remise ? Mon cœur s'emballe. Je repense à la carte anonyme que je me suis empressée d'apporter à la police. Ai-je commis une erreur ? S'agissait-il d'un avertissement ? Me réserve-t-on le même sort qu'à ma mère ?

Et si ce n'était pas un cambrioleur, là, dehors ?

Celui qui a tué ma mère veut-il se débarrasser de moi aussi ?

11

Murray

Tom Johnson avait disparu depuis quinze heures quand sa femme, Caroline Johnson, quarante-huit ans, soit dix de moins que lui, avait contacté la police. Elle n'avait pas revu Tom depuis ce qu'elle avait qualifié de « prise de bec idiote » à la sortie du travail, la veille.

« Il m'a dit qu'il allait au pub, pouvait-on lire dans sa déposition. En ne le voyant pas rentrer, je me suis dit qu'il devait cuver son vin chez son frère. »

Leur fille Anna, qui vivait chez ses parents, assistait à une conférence pour le compte de l'association caritative qui l'employait depuis sa sortie de l'université.

Tom Johnson n'était pas allé travailler le lendemain.

Murray trouva dans le dossier la déposition de Billy Johnson, frère et associé de Tom, que l'absence de ce dernier n'avait pas inquiété.

« J'ai supposé qu'il avait la gueule de bois. C'est mon associé. Qu'étais-je censé faire ? Lui donner un dernier avertissement ? »

Malgré la neutralité de sa déposition, Billy Johnson semblait sur la défensive. C'était une réaction courante, une manière d'atténuer la culpabilité ressentie lorsqu'on semblait ne pas avoir mesuré la gravité de la situation.

Le policier en uniforme qui avait rempli l'avis de recherche n'avait pas considéré la disparition comme inquiétante. Murray ne reconnut pas son nom. À ce stade, rien ne laissait supposer que Tom Johnson fût en danger, ce qui n'avait pas dû manquer de déclencher une polémique une fois son suicide signalé ; le policier concerné avait sans doute dû remettre en question sa propre décision. Qualifier la disparition d'alarmante aurait-il changé la

Laisse-moi en paix

donne ? Impossible de le savoir. L'absence de M. Johnson n'avait pas suscité la moindre crainte. C'était un entrepreneur prospère, bien connu dans la ville. Un homme sans antécédents dépressifs qui aimait la vie de famille.

Le premier SMS avait été reçu à 9 h 30.

Je m'excuse.

Ironie du sort, Caroline Johnson s'était sentie soulagée.

« Je croyais que ses excuses concernaient notre dispute, avait-elle déclaré. Il s'était emporté, m'avait fait plusieurs remarques qui m'avaient contrariée. Il était coléreux, mais s'excusait toujours après coup. En recevant ce SMS, je me suis dit qu'au moins, il allait bien. »

Il était coléreux.

Murray souligna la phrase. À quel point exactement ? Aurait-il pu se quereller avec un client du pub ce soir-là ? Être mêlé à une bagarre ? L'enquête menée dans plusieurs de ses repaires habituels avait fait chou blanc. S'il était allé noyer son chagrin la veille de sa mort, ce n'était pas au bistrot du coin.

Comme, à ce stade, rien ne prouvait que la vie du disparu fût menacée, l'officier de garde s'était vu refuser la géolocalisation de son téléphone. Murray se sentit mal pour l'officier supérieur qui avait pris cette décision. On était rapidement revenu dessus dès que Caroline avait reçu un deuxième SMS de son mari.

« Je crois qu'il va se suicider... »

Les yeux clos, Murray écouta l'enregistrement de l'appel passé à police secours par Mme Johnson : son désespoir était palpable. Il l'entendit lire le message que son mari lui avait adressé, remarqua le calme de l'opératrice qui demandait à Caroline de lui donner le numéro de son mari et de ne pas effacer ce SMS.

Je n'en peux plus. Le monde sera meilleur sans moi.

Laisse-moi en paix

De quoi n'en pouvait-il plus, au juste ?

C'était le genre de remarque que n'importe qui aurait pu faire dans le feu de la discussion. Elle pouvait n'avoir aucun sens, comme elle pouvait être la clé de l'affaire.

Je n'en peux plus.

De mon mariage ? de ma liaison ? de mentir ?

Qu'est-ce qui avait pu provoquer chez Tom Johnson une telle vague de culpabilité ?

C'était son dernier SMS. Son téléphone sonnait dans le vide. Il avait été géolocalisé non loin de Beachy Head. Grâce au LAPI, on avait vu le véhicule emprunté par Tom à la concession se diriger dans cette direction et des officiers avaient été dépêchés sur place. Murray avait beau connaître le fin mot de l'histoire, il eut un coup au cœur en parcourant le registre, en imaginant ce que les policiers avaient dû éprouver pendant leur course contre la montre pour sauver une vie.

Un témoin, une certaine Diane Brent-Taylor, avait signalé à la police avoir vu un homme remplir son sac à dos de pierres. Elle avait trouvé bizarre qu'un homme en costume se livre à ce genre d'activité. Il avait ensuite gagné le bord de la falaise. Horrifiée, elle l'avait vu sortir son portefeuille et son téléphone de sa poche avant d'approcher du précipice et de disparaître. Murray lut la transcription de l'appel.

« C'est la marée haute. Il n'y a rien. Je ne le vois pas. »

Malgré l'intervention rapide des gardes-côtes, il était déjà trop tard. Tom Johnson restait introuvable.

Murray respira un bon coup pour se calmer. Comment Ralph Metcalfe, le coroner, supportait-il d'entendre ce genre d'histoires morbides jour après jour ? S'était-il endurci ou sombrait-il dans l'alcool pour s'anesthésier une fois rentré chez lui ?

En fouillant les lieux où le témoin disait avoir vu Tom sauter dans le vide, les policiers avaient retrouvé son portefeuille et son

Laisse-moi en paix

téléphone, dont l'écran affichait encore les messages affolés de sa femme.

Où es-tu ?

Ne fais pas ça.

Nous avons besoin de toi...

La police avait annoncé la nouvelle à Caroline Johnson et ses proches, réunis dans la cuisine de son domicile. La liste des noms, professions et coordonnées des amis et membres de sa famille qui l'entouraient figurait sur la photocopie du calepin de l'agent Woodward jointe au dossier.
William (Billy) Johnson, directeur de la concession Johnson. Beau-frère.
Robert Drake. Chirurgien, hôpital royal du Sussex. Voisin.
Laura Barnes. Réceptionniste au salon Rubis sur l'ongle. Filleule.
Les renseignements concernant Anna Johnson – *Coordinatrice régionale de Save the Children. Fille* – avaient été inscrits à part, ce qui laissait supposer une arrivée tardive.
Dans les jours qui avaient suivi le décès de Tom Johnson, les policiers de la PJ avaient multiplié les enquêtes pour pouvoir constituer un dossier à soumettre au coroner. On avait procédé à l'extraction des données contenues dans le smartphone de M. Johnson, y compris les recherches effectuées sur Internet tôt le matin du 18 mai : *lieu suicide Beachy Head* et *horaires marées Beachy Head*. Murray nota que la marée haute avait eu lieu à 10 h 04 et que Diane Brent-Taylor avait contacté la police à peine une minute plus tard. Le niveau de la mer devait avoisiner six mètres à ce moment de la journée, ce qui avait suffi à engloutir un homme lesté de pierres, que les courants sous-marins avaient ensuite entraîné vers le large, au-delà de la laisse de haute mer. Si l'on retrouvait son corps un

Laisse-moi en paix

jour, qu'en resterait-il au bout de dix-neuf mois ? Découvrirait-on un indice susceptible de révéler si, oui ou non, Tom Johnson était seul au bord du précipice ce matin-là ?

Diane Brent-Taylor n'avait remarqué personne. Elle avait refusé de faire une déposition ou de participer à l'enquête judiciaire en tant que témoin. Après plusieurs conversations téléphoniques, au cours desquelles ses manières évasives avaient frôlé l'obstruction à la justice, son interlocuteur avait fini par établir que Mme Brent-Taylor se trouvait à Beachy Head avec son amant, un homme marié. La détermination du couple à garder le secret sur leur rendez-vous n'avait d'égale que celle de la police à enregistrer son témoignage ; inflexible, Diane avait pourtant refusé qu'il soit consigné.

Murray avait fini de noter la chronologie des événements dans son cahier. En l'espace de quinze jours, l'enquête sur la mort de Tom Johnson avait été bouclée, le dossier transmis au coroner et les officiers de la PJ affectés à d'autres tâches. En l'absence du corps de la victime, Ralph Metcalfe avait mis plusieurs mois à obtenir l'autorisation de statuer sur la cause du décès, mais l'enquête de police n'irait pas plus loin. Il s'agissait d'un suicide. Une mort tragique, certes, mais pas le moins du monde suspecte. Fin de l'histoire.

Vraiment ?

Murray trouva dans le carton plusieurs CD contenant des images de vidéosurveillance saisies au moment où l'on craignait pour la vie de M. Johnson. Selon toute vraisemblance, elles n'avaient jamais été visionnées, et Murray imaginait que l'affaire avait déjà atteint sa dramatique conclusion avant que les officiers aient eu l'occasion de les éplucher. Ces disques renfermaient-ils la preuve d'un crime si bien dissimulé qu'il avait échappé à la police ?

Une fouille superficielle avait été effectuée dans l'Audi flambant neuve empruntée par Tom à la concession Johnson le jour de sa disparition, mais puisque tous les indices corroboraient la thèse

Laisse-moi en paix

d'un suicide, et non d'un meurtre, les moyens nécessaires n'avaient pas été débloqués pour que la police scientifique procède à des recherches plus poussées. Quelques relevés avaient pourtant été effectués, et Murray se demanda s'il valait la peine d'analyser les prélèvements et les cheveux trouvés dans la voiture.

Qu'est-ce que cela prouverait ? Il n'y avait aucun suspect dont l'ADN pourrait être comparé aux preuves saisies et, en outre, la voiture était un modèle d'exposition : à combien d'essais sur route avait-elle servi ?

Plus important encore, comment Murray obtiendrait-il l'autorisation de procéder à ces analyses alors qu'il n'était même pas censé s'intéresser à cette affaire ? Jusqu'ici, il n'avait rien trouvé qui laissât supposer que le verdict du coroner fût erroné.

Le dossier de Caroline Johnson serait peut-être plus intéressant.

La réponse de la police à l'appel d'Anna Johnson avait été rapide et exhaustive. L'adresse de la famille apparaissait déjà dans le système et, cette fois, il n'y avait pas eu la moindre hésitation : on avait qualifié l'absence de Caroline Johnson de disparition inquiétante d'un adulte vulnérable.

« Elle a pris la mort de mon père de plein fouet, pouvait-on lire dans la déposition d'Anna. J'avais commencé à travailler à domicile pour pouvoir la garder à l'œil – j'étais très inquiète. Elle ne mangeait pas, sursautait chaque fois que le téléphone sonnait et certains jours elle ne sortait même pas de son lit. »

Jusque-là, rien que de bien normal, songea Murray. Les gens réagissaient tous au chagrin à leur façon, et le deuil causé par un suicide était assorti d'un fardeau supplémentaire : la culpabilité, aussi déplacée fût-elle, qui accablait les proches de la victime.

Le 21 décembre, Caroline Johnson avait dit à sa fille qu'elle avait besoin d'air.

« Elle avait eu la tête ailleurs toute la journée, avait expliqué Anna. Je n'arrêtais pas de la surprendre les yeux fixés sur moi et

Laisse-moi en paix

elle m'a dit deux fois qu'elle m'aimait. Elle se comportait bizarrement, ce que j'ai mis sur le compte de l'appréhension que nous éprouvions toutes les deux à la perspective de passer nos premières fêtes de Noël sans mon père. »

À l'heure du déjeuner, Caroline était allée acheter du lait.

« Elle a pris la voiture. J'aurais dû m'apercevoir tout de suite que quelque chose n'allait pas – nous achetons toujours le lait au magasin du coin. C'est plus rapide à pied. Dès que j'ai remarqué l'absence de la voiture, j'ai su que quelque chose d'affreux allait se produire. »

La police l'avait prévenue à 15 heures. Un officier de garde qui connaissait l'histoire familiale et avait trop d'enquêtes en lien avec Beachy Head à son actif pour faire preuve d'optimisme avait contacté l'aumônerie. L'association se chargeait depuis des années d'organiser des interventions d'urgence, des patrouilles préventives et de recherche destinées à réduire le nombre de suicides à cet endroit. Un volontaire enthousiaste avait confirmé qu'en effet il avait croisé une femme répondant au signalement de Caroline Johnson, mais qu'il n'y avait pas lieu de s'inquiéter car elle était saine et sauve.

Murray posa le témoignage d'Anna Johnson pour vérifier dans le registre d'appels la mise à jour de l'agent Gray, matricule 956 :

L'AUMÔNIER DÉCLARE AVOIR EU UNE LONGUE CONVERSATION AU BORD DE LA FALAISE AVEC UNE FEMME BLANCHE D'UNE CINQUANTAINE D'ANNÉES. BOULEVERSÉE, ELLE PORTAIT UN SAC À DOS REMPLI DE PIERRES. ELLE A DIT S'APPELER CAROLINE ET QUE SON MARI S'ÉTAIT RÉCEMMENT SUICIDÉ.

L'aumônier avait dissuadé Caroline de se donner la mort.

« J'ai attendu le temps qu'elle vide son sac à dos, déclarait-il dans sa déposition. Je l'ai raccompagnée jusqu'à sa voiture. Je lui ai dit que Dieu était toujours prêt à écouter. À pardonner. Que nulle épreuve n'était trop terrible pour qu'Il nous aide à la traverser. »

Murray admirait les gens qui tiraient de leur foi une sérénité aussi profonde. Il aurait aimé éprouver une telle conviction en entrant dans une église, mais il ne pouvait se résigner à croire que Dieu avait décidé d'infliger à l'homme tous les drames épouvantables qu'il subissait ici-bas.

La foi de l'aumônier avait-elle été ébranlée par ce qui était arrivé ensuite ? Avait-il prié pour parvenir à l'accepter ?

La photo de Caroline diffusée, des patrouilles supplémentaires avaient été dépêchées à Beachy Head. Les gardes-côtes collaboraient avec la police et l'aumônerie, comme c'était si souvent le cas. Des bénévoles et des professionnels travaillaient main dans la main. Malgré une expérience et une formation différentes, ils poursuivaient le même objectif : retrouver Caroline Johnson vivante.

Son téléphone avait été géolocalisé à Beachy Head ou ses environs, et juste après 17 heures il avait effectivement été retrouvé avec son sac à main par une personne qui promenait son chien au bord de la falaise. Ce jour-là, la marée haute avait eu lieu à 16 h 33.

Une BMW était garée sur le parking, les clés encore sur le contact ; on ne tarda pas à prouver qu'elle provenait de la concession Johnson et Billy confirma que sa description correspondait bien au véhicule de sa belle-sœur Caroline, directrice du magasin et, depuis peu, veuve de son frère Tom.

Les SMS mis à part – Caroline n'en avait pas envoyé –, c'était la copie conforme du suicide de Tom Johnson sept mois plus tôt. Qu'avait dû ressentir leur fille en trouvant sur le pas de sa porte un autre policier, casquette à la main ? En s'asseyant dans sa cuisine, entourée des mêmes amis et membres de sa famille ? Une nouvelle enquête, de nouvelles obsèques, un nouveau verdict.

Laisse-moi en paix

Murray laissa échapper un profond soupir en reposant le dossier. À combien de tentatives de suicide Sarah en était-elle ?

Il ne les comptait plus.

La première s'était produite quelques semaines après le début de leur relation, alors que Murray était allé jouer au squash avec un collègue au lieu de voir Sarah. À son retour chez lui, il avait trouvé sept messages d'elle sur son répondeur, de plus en plus désespérés.

Ce jour-là, il avait été pris de panique. Et la fois suivante aussi. Il se passait parfois des mois entre deux tentatives ; il arrivait aussi à Sarah de tenter plusieurs fois par jour de se supprimer. Chacune de ces crises entraînait un nouveau séjour à Highfield.

Au fil du temps, il avait appris que Sarah avait besoin qu'il garde son calme. Qu'il soit présent. Qu'il ne la juge pas ni ne panique. À son retour, il la prenait dans ses bras, et si elle n'avait pas besoin d'être hospitalisée, comme c'était le plus souvent le cas, Murray désinfectait et bandait ses bras tailladés avec précaution et la rassurait en lui répétant qu'il restait à ses côtés. Ce n'est qu'une fois Sarah couchée, les rides de son front lissées par le sommeil, qu'il enfouissait sa tête entre ses mains pour pleurer.

Il se frotta le visage. *Concentre-toi.* Ce boulot était censé faire passer le temps. Lui permettre de penser à autre chose qu'à Sarah, et non le plonger dans des souvenirs qu'il eût préféré oublier.

Il consulta son cahier, désormais rempli de son écriture soignée. Rien ne semblait détonner. Dans ce cas, pourquoi quelqu'un mettrait-il en doute le suicide de Caroline ? Pour semer la zizanie ? contrarier Anna ?

Un suicide ? Détrompe-toi.

Il s'était passé quelque chose ce jour-là qui n'apparaissait pas dans le rapport de police. Quelque chose qui avait échappé aux enquêteurs. Cela arrivait. Pas souvent, mais cela arrivait. À des détectives pas assez rigoureux ou simplement trop occupés, qui donnaient la priorité à d'autres affaires, classaient les enquêtes qui n'avançaient pas alors que certaines questions n'avaient peut-être pas – c'était juste une supposition – encore été posées. Qu'il restait des réponses à trouver.

Murray prit la dernière liasse qui réunissait divers documents sans ordre apparent : une photo de Caroline Johnson, une copie des contacts enregistrés dans son téléphone et une copie du contrat d'assurance vie de son mari.

Il se pencha sur cette dernière. Il n'en revint pas.

L'homme disposait de ressources considérables.

Même si Murray n'avait pas vu la maison d'Anna, il savait qu'elle se situait dans une avenue tranquille et très prisée, dotée de son square privatif, où les propriétés n'étaient pas données. Il supposait que la maison appartenait aux époux Johnson et que leur fille avait donc dû en hériter à leur mort, ainsi que de la rente de l'assurance vie. Et c'était compter sans l'entreprise familiale dont Anna possédait désormais le contrôle conjoint.

En tout état de cause, Anna Johnson était une jeune femme extrêmement fortunée.

12

Anna

D'une main maladroite, je cherche la liste des derniers appels passés sur mon téléphone et appuie sur le numéro de Mark tout en me dirigeant vers l'escalier sur la pointe des pieds, mon bébé dans mes bras. Je l'implore en silence de ne pas faire de bruit.

Et là, il se passe trois choses.

Un bruit de pas sur le perron succède au crissement du gravier.

La sonnerie grêle du téléphone de Mark à mon oreille retentit de manière plus sonore devant la maison.

Et la porte d'entrée s'ouvre.

En entrant dans le vestibule, avec dans la main son téléphone en train de sonner, Mark me trouve le regard éperdu, ivre d'adrénaline.

« Vous avez sonné, madame ? » plaisante-t-il en tapotant l'écran pour couper la communication.

Je baisse lentement le téléphone toujours plaqué à mon oreille, mon cœur affolé refusant de croire que le danger est passé. J'éclate d'un rire maladroit, aussi étourdie par le soulagement que je l'ai été par la peur un instant plus tôt.

« J'ai entendu des pas autour de la maison. J'ai cru que quelqu'un essayait d'entrer.

— Oui, moi. »

Mark vient m'embrasser, Ella prise en sandwich entre nous. Il plante un baiser sur le front de notre fille avant de la soulever.

« Tu rôdais autour de la maison. Pourquoi n'es-tu pas entré directement ? » dis-je, agacée.

Laisse-moi en paix

La panique qui m'a envahie et commence lentement à se dissiper me rend injuste.

Mark penche la tête et me considère avec plus de patience que ma brusquerie n'en mérite.

« Je sortais les poubelles. C'est le ramassage des ordures demain, n'est-ce pas ? Mais oui, bien sûr ! » ajoute-t-il d'une voix chantante à l'attention d'Ella.

Je serre les paupières un instant. Ce raclement que j'ai pris pour celui d'une échelle, la porte de l'abri à poubelle qui claque : des bruits familiers que j'aurais dû reconnaître sur-le-champ ! Mark me précède dans le salon où il allume la lumière et dépose notre fille dans son pouf pour bébé.

« Où est Laura ?
— Je l'ai renvoyée chez elle.
— Elle m'avait promis de rester ! Je serais rentré plus tôt !
— Je n'ai pas besoin d'une baby-sitter. Ça va.
— Vraiment ? »

Il me prend les mains en écartant mes bras pour m'examiner. Je me dégage.

« Oui. Non. Pas vraiment.
— Alors, où est cette fameuse carte ?
— La police l'a gardée. »

Je lui montre la même photo qu'à Laura et le vois zoomer sur le message.

« "Un suicide ? Détrompe-toi", lit-il à voix haute.
— Tu vois ? Ma mère a été assassinée.
— Ce n'est pas ce que dit le message.
— C'est sous-entendu, non ?
— Et s'il s'agissait d'un accident ? propose Mark, pensif.
— Un accident ? dis-je, incrédule. Pourquoi faire tout un mystère, dans ce cas ? À quoi bon cette lettre sinistre ? Cette carte de mauvais goût ? »

Laisse-moi en paix

Mark s'assied en poussant un long soupir, moins exaspéré par ma réaction je crois — je l'espère en tout cas —, que soulagé d'être sorti de la salle de classe mal aérée où il a passé la journée.

« Quelqu'un essaie peut-être de désigner les responsables. D'une négligence plutôt que d'un acte délibéré. Qui est chargé de l'entretien du bord de la falaise ? »

Je ne réponds pas, et quand il reprend la parole, c'est d'une voix plus douce.

« Tu vois ce que je veux dire : le message est ambigu.

— Tu as sans doute raison. Sauf que maman a posé ses effets personnels au bord du précipice, ce n'est pas le genre de truc qui arrive accidentellement quand on tombe...

— À moins qu'elle les ait posés d'abord, pour ne pas les perdre. Elle regardait par-dessus la falaise ou essayait de sauver un oiseau blessé quand le rebord s'est effrité et...

— Tu crois vraiment à la thèse de l'accident ? » dis-je en me laissant tomber près de lui.

Il se tourne vers moi pour me faire face et s'exprime avec gentillesse, sans me quitter des yeux.

« Non, ma chérie. Je crois que ta mère était terriblement malheureuse depuis la mort de ton père. Je crois que personne ne pouvait soupçonner l'ampleur de son mal-être. »

Il observe un silence pour s'assurer que je l'écoute.

« Et je crois qu'elle s'est donné la mort. »

Rien de nouveau et, pourtant, j'ai un coup de cafard en m'apercevant que j'ai tant besoin de croire à l'hypothèse du meurtre, que je suis prête à m'accrocher à une planche de salut qui, peut-être, n'existe pas.

« Ce que je voulais dire, c'est que tout est sujet à interprétation. Y compris cette carte, observe Mark en posant mon téléphone, écran contre la table basse pour cacher la photo. Son expéditeur cherche à te perturber. C'est un malade. Il veut te faire réagir. Ne lui donne pas satisfaction.

Laisse-moi en paix

— Le policier à qui j'ai parlé a mis la carte dans un sac pour pièces à conviction. Il m'a dit que la police ferait un relevé d'empreintes. »

Il prend l'affaire au sérieux, *lui*.

« Tu as vu un enquêteur ?

— Non, juste la personne de l'accueil. Cet homme a été détective pendant presque toute sa carrière et, une fois arrivé au bout, il a rempilé comme volontaire.

— Quel dévouement !

— N'est-ce pas ? Imagine que tu adores ton boulot au point de ne pas vouloir le quitter, même après avoir pris ta retraite.

— Ou bien que tu en es tellement dépendant que tu n'envisages pas de faire autre chose ? »

Mark bâille avant d'avoir pu mettre la main devant sa bouche. De face, son sourire est d'une blancheur éclatante, mais d'ici, j'aperçois les plombages de ses molaires supérieures.

« Oh ! Je n'avais pas vu les choses sous cet angle. »

Je repense à Murray Mackenzie, à sa sollicitude attentive, à ses commentaires perspicaces et, quelles que soient ses raisons, je suis heureuse qu'il travaille encore pour la police.

« Il a été charmant en tout cas.

— Tant mieux. En attendant, la meilleure chose à faire, c'est de ne plus y penser. »

Mark se rencogne dans le canapé, jambes tendues et m'invite à le rejoindre en soulevant un bras. En un geste bien rodé, je me blottis sous son bras gauche et son menton vient se poser avec légèreté sur le haut de ma tête. Il sent le froid et quelque chose que j'ai du mal à cerner…

« Tu as fumé ? »

Simple curiosité, mais le jugement à peine voilé est perceptible, même par moi.

« Deux ou trois taffes, à la fin du cours. Pardon, j'empeste ?

— Non, je… J'ignorais que tu fumais. »

Laisse-moi en paix

Imaginez ne pas être au courant que votre partenaire fume… Je ne l'ai jamais vu avec une cigarette, voilà tout. Ni même entendu y faire allusion.

« J'ai arrêté il y a des années. Grâce à l'hypnothérapie. C'est ce qui m'a convaincu de devenir thérapeute, d'ailleurs. Je ne t'ai jamais raconté cette histoire ? Bref, il m'arrive d'en allumer une, d'avaler quelques bouffées avant de l'écraser. Ça a le mérite de me rappeler que c'est moi qui décide, dit-il en souriant. C'est tout à fait rationnel, je t'assure. Et ne t'inquiète pas : je ne fumerais jamais en présence d'Ella. »

Je reprends ma place contre lui. C'est excitant, me dis-je, de pouvoir encore nous surprendre l'un l'autre, de découvrir nos points communs, nos différences – même si, en ce moment, ce n'est pas de mystère dont j'ai besoin dans ma vie. J'aimerais que Mark et moi nous connaissions par cœur. Que nous soyons amoureux depuis l'enfance. J'aimerais qu'il m'ait rencontrée avant la mort de mes parents. J'étais différente alors. Curieuse. Gaie. Amusante. Mark ne connaît pas cette Anna-là. Il ne me connaît que dans mon rôle de fille endeuillée ; de femme enceinte ; de maman. Parfois, en présence de Laura ou de Billy, je me replonge dans une époque précédant le décès de mes parents et j'ai l'impression de me retrouver. Cela n'arrive que trop rarement.

« Qu'as-tu pensé de ton cours ? dis-je pour changer de sujet.

— Beaucoup de jeux de rôle, déplore Mark avec une grimace, car il déteste ça.

— Tu es rentré plus tard que je pensais.

— Je suis passé à l'appartement. Je n'aime pas le laisser sans surveillance. »

Quand Mark et moi avons fait connaissance, il vivait à Putney, recevait ses patients dans une pièce de son appartement situé au septième étage et consultait un jour par semaine dans un cabinet de Brighton – celui-là même dont j'avais reçu la publicité au moment où j'en avais le plus besoin.

Laisse-moi en paix

J'ai confié à Laura le résultat du test de grossesse avant d'annoncer la nouvelle à Mark.

« Qu'est-ce que je vais faire ?

— Avoir un bébé, je suppose, a-t-elle répondu, amusée. Ce n'est pas comme ça que ça marche, d'habitude ? »

Nous étions assises dans un café de Brighton, en face du salon de manucure où Laura avait travaillé. Elle venait de trouver un nouvel emploi, qui consistait à répondre aux appels des clients d'un site marchand, mais quand je l'ai surprise en train d'observer ses anciennes collègues hilares, je me suis demandé si l'ambiance bon enfant lui manquait.

« Je ne peux pas avoir de bébé. »

Cela me paraissait complètement irréel. Je n'avais encore aucun symptôme de grossesse. Ni nausée ni poitrine douloureuse... Abstraction faite de la demi-douzaine de tests positifs et de l'absence de règles, j'aurais pu jurer qu'il s'agissait d'un mauvais rêve.

« Il y a d'autres solutions », a remarqué Laura d'une voix douce, même si personne ne risquait de nous entendre.

J'ai secoué la tête. Deux vies perdues, c'était déjà trop.

« Dans ce cas... Félicitations, maman », s'écria-t-elle en trinquant avec sa tasse de café.

Au cours du dîner, ce soir-là, j'ai tout dit à Mark. J'ai attendu que les tables autour de nous soient occupées, de me sentir protégée par la compagnie d'inconnus.

« Je suis désolée », me suis-je excusée après l'annonce du coup de théâtre.

Un éclair d'incompréhension est passé dans ses yeux.

« Désolée ? C'est génial tu veux dire ! Non... ? a-t-il répondu en me scrutant du regard. Tu n'es pas d'accord ? »

Alors qu'il s'efforçait de rester sérieux, un sourire a lentement éclairé son visage et il a balayé la salle des yeux comme s'il s'attendait à recevoir les félicitations des autres clients.

Laisse-moi en paix

« Je… Je n'étais pas sûre. »

J'ai pourtant caressé mon ventre encore plat en songeant qu'après toutes les horreurs de l'année précédente, quelque chose de bien arrivait enfin. Un miracle.

« C'est peut-être un peu plus rapide que nous l'aurions souhaité, certes…

— Légèrement. »

Mes dix doigts auraient suffi à compter les semaines que nous avions passées ensemble.

« Mais c'est *exactement* ce que nous voulions », a-t-il insisté en cherchant mon approbation, que je lui ai donnée avec enthousiasme.

C'était vrai. Nous avions même abordé le sujet, surpris de notre propre candeur. Lorsque nous nous étions rencontrés, Mark avait trente-neuf ans et sortait meurtri d'une longue relation qu'il avait crue durable ; il s'était résigné à ne jamais fonder la famille qu'il avait toujours désirée. À vingt-cinq ans seulement, j'étais douloureusement consciente de la brièveté de la vie. La mort de mes parents nous avait réunis ; ce bébé serait le ciment de notre couple.

Mark a progressivement réduit son activité londonienne tout en renforçant sa présence à Brighton ; il a emménagé avec moi et loué son appartement de Putney. Cela nous semblait la solution idéale. Le loyer couvrait les traites de l'emprunt, lui apportait un petit supplément et les locataires semblaient ravis de se charger des menus travaux, si nécessaire. C'est du moins ce que nous croyions jusqu'à ce que nous recevions l'appel du département d'hygiène publique nous informant que les voisins du dessus s'étaient plaints d'une odeur. Le temps d'arriver sur place, les locataires avaient filé avec leur caution, un mois de loyer à payer et en laissant l'appartement dans un tel état de délabrement qu'il était impossible de le relouer dans la foulée. Mark réparait peu à peu les dégâts.

« À quoi ressemble-t-il ?

Laisse-moi en paix

— Il est sinistre. L'ouvrier chargé de la rénovation travaille sur un autre chantier jusqu'à mi-janvier, on ne pourra donc pas relouer avant février.

— Ce n'est pas grave.

— Si, ça l'est. »

Nous nous taisons, ne cherchant ni l'un ni l'autre la dispute. Nous n'avons pas besoin de cet argent. Pas en ce moment. On n'est pas à ça près, comme aurait dit papi Johnson.

Je rendrais volontiers jusqu'au dernier centime si cela me permettait de passer une journée de plus avec mes parents, mais le fait est : depuis leur décès, je suis solvable. Grâce à papi Johnson, il n'y a jamais eu d'emprunt immobilier à rembourser, et entre les économies de papa et les contrats d'assurance vie de mes parents, un peu plus d'un million de livres sterling dorment sur mon compte bancaire.

« Je vais vendre l'appartement.

— Pourquoi ? Tu as joué de malchance, voilà tout. Change d'agence immobilière, choisis-en une qui vérifie plus sérieusement les références des locataires.

— Nous devrions peut-être vendre la maison et l'appartement. »

L'espace d'un instant, je reste interdite : que me propose-t-il ? De vendre Oak View ?

« C'est une grande maison et le jardin demande beaucoup d'entretien alors que nous n'y connaissons rien.

— Engageons un jardinier.

— La villa Sycomore, la maison de nos voisins, a été estimée à huit cent cinquante mille livres alors qu'elle ne compte que quatre chambres. »

Il est sérieux.

« Je n'ai pas envie de déménager, Mark.

— Nous pourrions acheter quelque chose ensemble. Un bien qui nous appartiendrait à tous les deux.

— C'est déjà le cas avec Oak View. »

Laisse-moi en paix

Même s'il ne répond pas, je sais que Mark n'est pas d'accord. Il a emménagé pour de bon fin juin, alors que j'étais enceinte de quatre mois et qu'il n'avait plus dormi à Putney depuis des semaines.

Je l'ai alors accueilli avec un « Fais comme chez toi » jovial, mais cette simple phrase soulignait le fait qu'il s'installait chez moi.

Il a mis plusieurs jours pour se faire une tasse de thé sans me demander la permission au préalable, des semaines pour ne plus s'asseoir sur le canapé avec la raideur d'un invité.

J'aimerais qu'il apprécie la maison autant que moi. À l'exception de mes trois années d'université, j'ai toujours vécu ici. Toute ma vie s'est déroulée entre ces quatre murs.

« Réfléchis-y. »

Il pense qu'il y a trop de fantômes ici, je le sais bien. Dormir dans l'ancienne chambre de mes parents est difficile pour moi. Pour lui aussi, peut-être.

« On verra. »

Ce que je veux vraiment dire, c'est non. Je ne veux pas déménager. Oak View est tout ce qui me reste de mes parents.

Ella se réveille à six heures pile. Il fut un temps où je trouvais cela tôt, mais quand on a connu les réveils nocturnes et que l'on s'est résigné à commencer sa journée à cinq heures, soixante minutes de sommeil en plus ressemblent à une grasse matinée. Pendant que Mark prépare du thé, je couche Ella dans notre lit et nous passons une heure ensemble avant que Mark se douche et que ma fille et moi descendions prendre le petit déjeuner.

Une demi-heure plus tard, Mark fait encore sa toilette – j'entends le bruit de la tuyauterie et les coups cadencés qui ponctuent nos passages dans la salle de bains attenante à notre chambre. Ella est habillée alors que je danse encore dans la cuisine en pyjama pour la faire rire.

Le crissement du gravier de l'allée me rappelle hier soir. Maintenant que le jour se lève doucement dans la cuisine, je suis

Laisse-moi en paix

soudain gênée de m'être mise dans un tel état. Heureusement que le portable de Robert était éteint ! Mark est ainsi le seul témoin de ma paranoïa. La prochaine fois que je resterai seule le soir, je mettrai la musique à fond, j'allumerai toutes les lumières et ferai le tour de la maison en claquant les portes. Je ne me retrancherai pas dans une pièce en provoquant une tempête dans un verre d'eau.

J'entends le claquement métallique de la boîte aux lettres, le bruit sourd du courrier qui tombe sur le paillasson et le tapotement presque imperceptible me signalant que le facteur a laissé un paquet sous le porche.

Quand Ella était âgée de cinq semaines et en proie à des coliques, il nous a livré un manuel de psychologie commandé par Mark. Je venais de mettre une bonne heure à calmer la petite, qui s'était enfin endormie quand l'homme a actionné le heurtoir avec une violence qui a fait trembler les appliques du vestibule. Harassée par le manque de sommeil et les exigences de la maternité, j'ai ouvert la porte comme une furie et me suis défoulée sur lui. Mon calme retrouvé, dès qu'Ella et moi n'avons plus rivalisé de larmes, le facteur a proposé de laisser les paquets devant la porte pour ne pas risquer de nous déranger à l'avenir. Apparemment, je n'étais pas la seule sur son trajet à privilégier cette manière de procéder.

Ne souhaitant pas me montrer en pyjama et encore mortifiée par ma crise ce jour-là, j'attends qu'il s'éloigne pour m'avancer dans l'entrée à pas de loup et ramasser les lettres. Des prospectus, des factures, une lettre d'aspect officiel adressée à Mark dans une enveloppe bulle. J'attrape la clé suspendue à son crochet sous la fenêtre et déverrouille la porte d'entrée. Elle coince un peu, je dois forcer pour l'ouvrir.

Ce n'est pas la brutalité de mon geste qui me fait reculer ni le froid glacial qui s'immisce aussitôt dans la maison. Ce n'est pas le paquet posé sur le tas de bûches d'un côté du porche.

C'est le sang qui macule le seuil et les viscères étalés sur le perron.

13

On dit que l'argent est la source de tous les maux.
La cause de tous les crimes.
Je ne suis pas la seule à errer dans cette semi-existence – et si les autres en sont là, c'est à cause de l'argent.
Ils n'en avaient pas ; ils en avaient trop.
Ils convoitaient celui de leur prochain ; leur prochain convoitait le leur.
Résultat ?
Une vie en moins.
Mais ce n'est qu'un début.

14
Anna

Le lapin gît sur la marche supérieure, le ventre soigneusement ouvert d'un seul coup de couteau. Une masse gélatineuse de chair et de viscères en coule. Deux yeux vitreux sont tournés vers la rue alors qu'une gueule ouverte révèle des dents blanches et tranchantes.

J'ai envie de crier mais, le souffle coupé, je me contente de reculer en agrippant la patère placée près de la porte. Avec un picotement, mon lait se met à couler car mon corps réagit instinctivement au danger en cherchant à nourrir mon bébé.

Je reprends mon souffle et explose.

« Mark ! Mark ! Mark ! »

Je continue à crier, fascinée par le carnage devant moi. L'animal et son sang sont recouverts d'une couche de givre argentée et scintillante qui rend le spectacle encore plus macabre, évocateur d'une décoration de Noël gothique.

« Mark ! »

Il descend en courant à moitié, se cogne l'orteil contre la dernière marche de l'escalier et pousse un juron sonore.

« Nom de… Bon sang !… »

Il ne porte qu'une serviette autour de la taille et frissonne malgré lui dans l'embrasure de la porte, regard rivé au seuil. Des gouttes d'eau s'accrochent à la toison clairsemée de son torse.

« Qui a pu faire une horreur pareille ? »

Je fonds en larmes, submergée par le soulagement que l'on éprouve toujours après un choc en s'apercevant que l'on est hors de danger.

Mark me regarde, troublé.

Laisse-moi en paix

« Qui ? Quel animal plutôt, non ? Un renard sans doute. Heureusement qu'il gèle sinon la puanteur serait insupportable.

— Tu crois que c'est à un animal que l'on doit ça ?

— Avec tout un parc à sa disposition juste en face de chez nous, il a fallu qu'il choisisse notre perron. Je m'habille et je m'en débarrasse. »

Un détail cloche. J'ai beau réfléchir, il m'échappe.

« Pourquoi le renard n'a-t-il pas mangé sa proie ? Regarde toute cette viande et ces viscères, dis-je en luttant contre la nausée qui menace. Pourquoi tuer le lapin sans le dévorer ?

— C'est typique, non ? Les renards des villes se nourrissent dans les poubelles et chassent pour le plaisir. Si un renard s'introduit dans un poulailler, toutes les poules y passent, même s'il n'en mange aucune. »

Je sais qu'il a raison. Il y a des années de cela, mon père s'était mis en tête d'élever des oies dans un enclos, au fond du jardin. Je ne devais pas avoir plus de cinq ou six ans ; pourtant, je me souviens d'avoir enfilé mes bottes et d'avoir couru ramasser les œufs et jeter du maïs sur l'herbe boueuse. Malgré le sort qu'elle réservait aux volatiles à Noël, ma mère les avait toutes baptisées et les appelait une par une pour les mettre à l'abri à la tombée de la nuit. Sa préférée – et donc, par empathie, ma favorite aussi – était une oie alerte au plumage bordé de gris répondant au nom de Piper. Alors que ses congénères sifflaient et battaient des ailes lorsqu'on s'approchait de trop près, Piper mangeait dans la main de maman. Sa docilité causa sa perte. Le mauvais caractère de ses congénères dissuada le renard, si intrépide qu'il n'attendit même pas que la nuit tombe pour décapiter Piper d'un coup de mâchoire et abandonner son corps sans vie, que nous découvrîmes ce soir-là ma mère et moi.

« Quels animaux répugnants, s'emporte Mark. Je comprends d'où vient la tradition de la chasse à courre, pas toi ? »

Laisse-moi en paix

Non. Je n'ai jamais vu de renard à la campagne alors que j'en ai souvent vu trottiner au milieu de la route, en ville, avec une effronterie incroyable. Ils sont si beaux que je me vois mal les tourmenter pour les punir de leur instinct de chasseur.

Les yeux rivés au lapin mutilé, je mets enfin le doigt sur ce qui me tracasse. Je m'exprime avec lenteur et mes pensées se cristallisent à mesure que les mots s'enchaînent.

« Il y a trop de sang. »

Une flaque rouge se répand sous le cadavre de l'animal, une autre sur les trois marches qui mènent à l'allée. Mark a l'air gentiment amusé par ma remarque.

« Je me rappelle avoir disséqué des grenouilles en cours de SVT, en troisième, mais jamais de lapin. Combien de sang devrait-il y avoir ? »

Ses sarcasmes m'exaspèrent. Pourquoi suis-je la seule à voir le problème ?

Je m'efforce de garder mon calme.

« Supposons que ce soit l'œuvre d'un renard. Et supposons qu'il y ait assez de sang dans un minuscule lapin sauvage pour produire le carnage que nous avons sous les yeux. L'animal s'est-il essuyé les pattes sur les autres marches ? »

Mark éclate de rire ; je ne plaisante pas, pourtant.

« S'est-il servi de sa queue pour étaler le sang ? »

Car voilà à quoi ressemble la scène : on dirait que l'on a trempé un pinceau dans de l'hémoglobine pour barbouiller notre perron. Un éclair de lucidité me frappe soudain : cela ressemble à une scène de crime.

Mark retrouve son sérieux. Il m'enlace d'un bras vigoureux et ferme la porte de sa main libre avant de se tourner vers moi.

« Dis-moi. Dis-moi qui a fait ça.

— Je n'en sais rien. Mais c'est arrivé parce que je suis allée voir la police. Le responsable de cette boucherie sait quelque chose sur la mort de maman et veut m'empêcher de le découvrir. »

Laisse-moi en paix

Énoncer ma théorie à haute voix ne la rend pas moins fantaisiste.

Mark reste de marbre, même si je décèle chez lui un soupçon d'inquiétude.

« C'est absurde, ma chérie.

— Tu trouves ça normal ? Une carte anonyme hier et cette horreur aujourd'hui ?

— D'accord, réfléchissons. Supposons que la carte n'ait pas été envoyée par un corbeau malveillant...

— Ce n'est pas le cas.

— Où l'expéditeur veut-il en venir en mettant en doute le suicide de ta mère ? Ou en déposant le cadavre d'un animal devant ta porte pour t'effrayer ? » ajoute-t-il sans attendre ma réponse.

Je comprends son point de vue. Ma théorie est incohérente. Pourquoi me pousser à avertir la police avant de m'en dissuader ?

Mark prend mon silence pour un aveu de défaite.

« C'était un renard, ma chérie, dit-il en s'approchant pour m'embrasser sur le front. Je t'assure. Et si je m'occupais d'Ella pendant que tu prends un bon bain ? Je n'ai pas de rendez-vous avant onze heures aujourd'hui. »

Mark me conduit à l'étage où il me fait couler un bain agrémenté de sels, un cadeau post-accouchement qui lui a coûté une fortune et dont je n'ai jamais eu le temps de me servir. Je fais trempette sous la mousse en pensant aux renards, aux lapins, au sang. En me demandant si je suis paranoïaque.

Je repense à la carte anonyme, j'imagine son expéditeur la glisser dans l'enveloppe, la fourrer dans la boîte aux lettres. La même personne a-t-elle ouvert le ventre du lapin avec une précision chirurgicale ? étalé du sang devant ma porte ?

Mon pouls refuse obstinément de ralentir. Je m'enfonce dans mon bain pour que le bourdonnement de l'eau couvre le rythme saccadé de mon pouls qui bat à mes tempes. On veut me faire peur.

Laisse-moi en paix

Et si ces deux événements répondaient à la même logique ? J'ai cru que la carte anonyme me poussait à agir, à me pencher sur la mort de ma mère. Et s'il s'agissait d'une mise en garde ?
Attention, réfléchis.
Et si l'on essayait de m'avertir que la mort de ma mère cachait quelque chose ? Que quelqu'un voulait du mal à ma famille ? Que ce n'est pas fini.
Les yeux clos, je vois du sang, une mare d'hémoglobine. Ma mémoire me joue déjà des tours. Quelle était la taille du lapin ? La flaque était-elle vraiment si grosse que cela ?
Des photos.
Soudain, c'est l'illumination et je me redresse en faisant déborder la baignoire. Je vais photographier la scène et j'apporterai les photos à Murray Mackenzie au commissariat pour vérifier s'il croit que c'est l'œuvre d'un renard.
Une petite voix me demande si je fais tout ça pour convaincre Mark ou la police. Je la fais taire, débouche la baignoire, en sors et me sèche avec une telle hâte que mes vêtements collent à ma peau humide.
Le temps de prendre mon téléphone et de me ruer en bas, Mark a déjà jeté cadavre et passé les marches à l'eau de javel. Quand j'ouvre la porte, tout a disparu. C'est comme s'il ne s'était rien passé.

15

Murray

Le soleil d'hiver filtrait à travers les voilages alors que Murray s'habillait. Il fourra la couette sous les oreillers et la défroissa avant d'arranger les coussins pour faire plaisir à Sarah. En ouvrant les rideaux, il remarqua les épais nuages gris qui affluaient du nord et enfila un pull col en V par-dessus sa chemise.

Plus tard, quand il eut lancé le lave-vaisselle, passé l'aspirateur et étendu la première lessive, il s'installa à la table de la cuisine avec une tasse de thé et un biscuit au chocolat. Il était 9 h 30. Il avait plusieurs heures à tuer. Il se rappelait le temps où les matinées de congé étaient pleines de promesses, où il s'en réjouissait d'avance.

Il pianota sur la table. Il irait voir Sarah, passerait la matinée avec elle – réussirait peut-être à la persuader de l'accompagner au café ou de faire une balade dans le jardin – avant d'aller travailler.

C'est Jo Dawkins, l'infirmière référente de Sarah, employée à Highfield depuis dix ans, qui répondit à son coup de sonnette.

« Désolé, mon chou. C'est un jour sans. »

Cela signifiait que Sarah ne voulait pas le voir. D'ordinaire, Murray serait rentré directement en se faisant une raison : il arrivait à tout le monde de vouloir rester seul. Aujourd'hui, c'était différent. Sarah lui manquait. Il avait envie de lui parler de l'affaire Johnson.

« Pouvez-vous réessayer ? Dites-lui que je ne resterai pas longtemps.

— Je vais voir ce que je peux faire. »

Jo le laissa à la réception, située dans l'entrée de l'ancien manoir, qui avait subi une rénovation maladroite bien avant que l'on considère que les monuments classés devaient être protégés. D'épaisses portes coupe-feu équipées de serrures à code s'ouvraient sur les différents services et les bureaux, alors qu'un vilain papier peint façon crépi couvrait les murs et le plafond.

Au retour de Jo, il était clair à sa mine que la décision était irrévocable.

« A-t-elle donné une raison ? »

Troubles de la personnalité borderline, voilà la raison.

« Euh... pas vraiment, hésita Jo.

— Je parie que si. Allons, Jo, vous savez que je peux tout entendre. »

L'infirmière regarda Murray bien en face, le jaugea.

« D'accord. D'après elle, vous devriez (mains levées, Jo fit plusieurs fois semblant d'ouvrir les guillemets pour se désolidariser de ce qui allait suivre) "baiser d'autres femmes au lieu de perdre votre temps à aimer une cinglée". »

Murray devint écarlate. Ça avait toujours été le fil rouge de leur mariage : sa femme lui ordonnait de la quitter (et faisait une tentative de suicide à cette perspective) mais de là à faire faire la commission par un tiers... Il était mortifié.

« Pourriez-vous lui dire que c'est "aimer une cinglée" que je préfère, justement ? »

Murray était assis dans le parking de Highfield, crâne plaqué contre l'appuie-tête. Qu'est-ce qui lui avait pris de vouloir faire une surprise à Sarah ? Elle était imprévisible dans le meilleur des cas et plus particulièrement le matin. Il réessaierait en rentrant du travail.

Bon, et maintenant ?

Il avait deux heures devant lui avant le début de son service et aucune envie de retourner dans sa maison vide pour regarder le temps passer. Le réfrigérateur était plein, le jardin impeccable, la maison propre. Murray considéra les possibilités qui s'offraient à lui.

Laisse-moi en paix

« Oui, s'écria-t-il, comme il avait souvent tendance à le faire. Pourquoi pas ? »

Il était libre de son temps, libre d'en faire ce qu'il voulait.

Quittant la ville, il traversa les collines des South Downs, et mit le pied au plancher pour faire une pointe de vitesse, ce qui n'arrivait jamais dans un bus. Une pénurie de places de parking au commissariat signifiait qu'il était souvent plus pratique de s'y rendre en transports en commun ; cependant, Murray aimait conduire. Il alluma la radio et fredonna un air qu'il ne connaissait que vaguement. La pluie qui menaçait ne s'était pas encore matérialisée, mais les nuages bas planaient sur les collines, et c'est une mer moutonneuse qui apparut soudain au loin.

Le parking était quasiment vide, hormis une demi-douzaine de voitures ; il trouva quatre-vingts pence parmi la monnaie qu'il gardait dans le cendrier par ailleurs inutile et plaça son ticket sur le tableau de bord. Le numéro de SOS Amitié était affiché sur un large panneau, près de l'horodateur et, en se dirigeant vers le sentier côtier, il en croisa d'autres.

Le dialogue est utile
Vous n'êtes pas seul.

Ce genre de panneau pouvait-il vraiment faire la différence ? Une personne prête au suicide s'arrêterait-elle pour prendre connaissance d'un message qui lui était destiné ?

Vous n'êtes pas seul.

Pour chaque chute mortelle à Beachy Head, une dizaine d'autres personnes se dégonflaient, changeaient d'avis, croisaient le chemin de l'un des volontaires qui patrouillaient le long de la falaise avec qui elles acceptaient de mauvaise grâce de partager un thé au lieu de mettre leur plan à exécution.

Et après ? Une intervention n'était qu'une parenthèse, pas un point final. Tout le thé, toutes les conversations, tout le soutien du monde ne changeraient sans doute rien à ce qui arriverait le lendemain. Ou le surlendemain.

Murray eut une pensée pour le pauvre aumônier qui avait trouvé Caroline Johnson au bord du gouffre, sac à dos lesté de pierres. Qu'avait-il dû ressentir en découvrant que la femme qu'il avait dissuadée de se suicider était retournée sur les lieux pour se supprimer ?

Était-elle accompagnée ce jour-là ? Focalisé sur l'idée de lui sauver la vie, l'aumônier aurait-il pu ignorer la silhouette qui gardait ses distances, tapie dans l'ombre ?

Avait-on poussé la mère d'Anna ? Peut-être pas physiquement, mais l'aurait-on incitée à en finir ?

Le promontoire s'élevait au-dessus de Murray, que chaque pas éloignait du niveau de la mer. À en croire certaines légendes locales, certaines lignes de forces nocives convergeaient à Beachy Head, attirant les personnes sensibles à ce genre d'influence vers leur mort. Murray avait beau être réfractaire à la magie et à l'ésotérisme, il fallait bien reconnaître que ce lieu en imposait. L'étendue herbeuse cédait brusquement place à des falaises d'une blancheur éclatante, contraste atténué par les volutes de brume qui entouraient le phare, en contrebas. Lorsque les nuages se levèrent, Murray aperçut la mer grise et, pris de vertige, dut reculer bien qu'il se trouvât à plus de trois mètres des éboulis bordant le précipice.

Caroline était venue ici pour en finir, le volontaire était formel. Pourtant, la carte anonyme sous-entendait que son suicide cachait quelque chose.

Murray se mit à la place de Mme Johnson. Avait-elle *voulu* mourir ou y était-elle *prête*, différence aussi subtile qu'essentielle. Prête à mourir pour que l'on épargne quelqu'un d'autre ? Sa fille peut-être ? Anna était-elle la clé de l'affaire ? Caroline Johnson avait-elle mis fin à ses jours parce que, dans le cas contraire, on menaçait de s'en prendre à sa fille ?

Laisse-moi en paix

Au lieu de l'aider à y voir plus clair, cet endroit le faisait tourner en rond.

Au centre d'une parcelle herbeuse très fréquentée, s'élevait un socle de pierre surmonté d'une plaque d'ardoise. Murray lut le message qui y était gravé, ses lèvres remuant en silence :

Plus que la voix des grandes, des puissantes eaux, des flots impétueux de la mer
L'Éternel est puissant dans les lieux célestes.

Le psaume était suivi d'un dernier rappel : *Dieu est toujours plus grand que tous nos soucis.*

Soudain bouleversé, il fit brusquement volte-face, lança un dernier regard à l'endroit où la falaise se jetait dans le vide et rejoignit le parking d'un bon pas, furieux de s'être laissé émouvoir. Il était venu faire des recherches, pensa-t-il, et non céder à la sensiblerie. Voir l'endroit où les parents d'Anna Johnson étaient morts, graver le décor dans son esprit, pour le cas où il aurait changé depuis sa dernière visite.

Ce n'était pas le cas.

C'était l'un des volontaires de patrouille qui avait trouvé Sarah. Assise au bord du précipice, les jambes dans le vide, elle ne voulait pas se tuer, avait-elle expliqué à l'aumônier, mais ne plus faire partie du monde, voilà tout. Ce n'était pas pareil, avait-elle insisté. Murray avait compris la nuance. Il n'aurait voulu changer sa femme pour rien au monde, mais il aurait aimé changer le monde pour elle.

Murray avait reçu l'appel, quitté le travail et conduit jusqu'au pub de Beachy Head où Sarah l'attendait avec une femme dont l'imperméable laissait entrevoir le col romain. Le patron du bar était un homme calme et prévenant ; capable de faire la différence entre ceux qui ont besoin d'un remontant et ceux qui boivent pour se donner du courage, il n'hésitait pas à prévenir la police lorsqu'il pressentait que cela risquait de mal finir. Il s'était discrètement retiré à l'autre bout du pub tandis que Sarah pleurait sur l'épaule de son mari.

Beachy Head n'avait pas changé et ne changerait jamais. C'était et ce serait toujours un lieu magnifique, envoûtant et terrible. À la fois exaltant et dévastateur.

Murray se gara dans la rue derrière le commissariat, vérifia l'heure et sortit son badge. Deux gardiens de la paix, qui longeaient le couloir au pas de course, le remercièrent d'un signe de tête quand il leur ouvrit la porte, puis s'engouffrèrent dans une voiture garée dans l'arrière-cour. En l'espace de quelques secondes, ils avaient franchi le portail et s'éloignaient sur les chapeaux de roue. Murray attendit que la sirène s'évanouisse, un sourire presque imperceptible aux lèvres. Rien de tel qu'un départ d'urgence pour vous fouetter le sang.

Le service de la police judiciaire, ou PJ, se trouvait au fond d'un long couloir qui, lorsque Murray était enquêteur, desservait cinq ou six petits bureaux de part et d'autre ; mais après son départ à la retraite, la plupart des murs avaient été abattus pour créer des espaces de travail décloisonnés. De nos jours, les officiers de police étaient censés faire du « partage de bureau », et Murray se réjouissait que l'on n'ait pas expérimenté le concept tant qu'il était encore en activité. Comment résoudre un puzzle quand on devait constamment ranger les pièces ?

Lorsqu'il entra, le lieutenant James Kennedy le regarda avec une cordialité non feinte. Ils échangèrent une vigoureuse poignée de main.

« Comment vas-tu ? Toujours à l'accueil dans ta taule de Lower Meads, c'est ça ?

— Tout à fait.

— Grand bien te fasse ! observa James avec un frisson. À la minute où je prends ma retraite, je dégage d'ici. Je ne risque pas de rempiler, c'est moi qui te le dis. Être de garde à Noël au lieu de regarder les gamins ouvrir leurs cadeaux ? Un vrai piège à cons, pas vrai ? »

Laisse-moi en paix

Âgé d'une trentaine d'années, James Kennedy avait intégré le service deux mois avant le pot de départ de Murray, et voilà qu'aujourd'hui, étant sans doute l'un des enquêteurs les plus expérimentés du commissariat, il dirigeait sa propre équipe. Il ne se voyait peut-être pas rendosser l'uniforme une fois à la retraite – dont il était encore très loin –, mais on en reparlerait quand il y serait, songea Murray. Trente ans de boîte laissent un vide difficile à combler.

James avisa les vêtements civils de son ancien collègue.

« Tu es en avance ? Quel enthousiasme !

— Je ne fais que passer. Je me suis dit que j'allais prendre des nouvelles. »

Un ange passa tandis que la dure réalité s'imposait aux deux hommes : la vie de Murray était d'une terrible vacuité. James se reprit bientôt.

« Tu as bien fait, en tout cas, ça me fait plaisir de te voir. Je fais du thé. »

Alors que le lieutenant s'affairait dans un coin du bureau où une bouilloire et un plateau posés sur un réfrigérateur faisaient office de cuisine de fortune, Murray jeta un coup d'œil aux affaires en cours affichées sur le tableau.

« L'affaire Owen Healey n'est pas encore résolue, je vois. »

James posa sur le bureau deux tasses où flottaient encore des sachets. Murray repêcha le sien et le jeta à la poubelle, à ses pieds.

« Il était toujours fourré avec les frères Matthews quand ils étaient gamins – ils vivaient dans la cité derrière Wood Green. Ils s'entendent toujours comme larrons en foire, c'est le cas de le dire. »

Il y eut un silence gêné.

« Oh ! Ah ! C'est ça. On ferait mieux de vérifier l'information, dans ce cas. Heureusement que tu es passé ! »

James donna une tape sur l'épaule de Murray avec une jovialité exagérée et ce dernier regretta d'avoir donné son avis. Il avait beau être retraité, il travaillait toujours dans la police. Il entendait

Laisse-moi en paix

toujours certains bruits courir et n'avait pas oublié tout ce qu'il savait pour autant. Nul besoin de le ménager. C'était toujours le cas pourtant. Non seulement parce qu'il était vieux, mais aussi à cause de...

« Comment va Sarah ? »

Et voilà. La tête penchée de côté. Le regard qui signifiait « bon Dieu, je n'aimerais pas être à ta place ». La femme de James restait à la maison pour s'occuper de leurs deux enfants. Elle n'était pas internée à l'hôpital psychiatrique pour la centième fois. James ne se précipiterait pas chez lui après le boulot parce que sa femme était agenouillée dans la cuisine, la tête dans le four. Murray se reprit. Personne n'était au courant de leur intimité.

« Elle va bien. Elle devrait rentrer d'ici peu. »

Qu'en savait-il au juste ? Il avait cessé depuis longtemps de poser des questions et considérait plutôt les séjours fréquents de Sarah à Highfield – qu'ils soient volontaires ou non – comme une occasion de recouvrer ses forces avant son retour. Un moment de répit.

« Au fait, tant que j'y suis, je voulais me renseigner sur une affaire. »

James eut l'air soulagé de revenir en terrain plus familier.

« Je suis tout ouïe, mon vieux.

— Ton équipe a enquêté sur deux suicides à Beachy Head en mai et décembre de l'année dernière. Tom et Caroline Johnson. Mari et femme. Elle s'est tuée au même endroit que lui. »

Le regard fixe, James pianota sur son bureau en essayant de se rappeler l'affaire en question.

« La concession Johnson, c'est ça ?

— Exactement. Quels souvenirs en gardes-tu ?

— Deux cas identiques. Copies conformes. En fait, on a craint que cela ne déclenche une vague de suicides – la presse s'en est vraiment donné à cœur joie –, mais, je touche du bois, ça a été plutôt calme de ce côté-là. Le dernier remonte à une quinzaine de jours. Le vent a précipité le pauvre bougre contre la falaise pendant sa chute, expliqua le lieutenant avec une grimace.

Laisse-moi en paix

— Un détail t'a-t-il paru bizarre ? reprit Murray qui n'avait pas envie de perdre le fil.

— Dans l'affaire Johnson ? Comment ça ? Les gens qui se bousillent à Beachy Head, ça n'a rien d'insolite. Si je me souviens bien, le coroner a rendu un verdict clair et net dans les deux cas.

— C'est vrai. Je me disais simplement... Tu sais, quand il arrive qu'une affaire te laisse une drôle d'impression. Comme si quelque chose clochait, que la vérité se cachait sous ton nez, tout en restant insaisissable.

— Bien sûr. »

James hochait poliment la tête sans voir où son ancien collègue voulait en venir. Les enquêteurs de sa génération ne se fiaient pas aux impressions, mais aux faits. Aux preuves scientifiques. Ce n'était pas leur faute – les tribunaux non plus n'étaient pas très réceptifs à l'intuition. Contrairement à Murray. S'il se fiait à son expérience, quand cela sentait l'embrouille, que cela avait le goût de l'embrouille, il y avait des chances pour que ce soit une embrouille. Même si ça n'en avait pas l'air.

« Tu n'as pas eu ce sentiment au cours de ces deux enquêtes ?

— Elles n'avaient rien d'exceptionnel, mon vieux. Bouclées en une quinzaine de jours à chaque fois. »

Il se pencha en avant et baissa la voix, bien qu'ils fussent seuls au bureau.

« Du gâteau pour la PJ, pas vrai ? »

Murray sourit poliment. Un suicide vite résolu ne devait pas représenter un défi très intéressant pour une équipe d'enquêteurs avides, avec toute une série de viols et de meurtres à résoudre. Lui n'avait jamais fonctionné comme ça. C'étaient les gens qui le motivaient, pas les crimes. Les victimes, les témoins, même les criminels l'avaient toujours fasciné. Il avait toujours éprouvé l'envie profonde – et c'était toujours le cas – de sonder les mystères de leur vie. Comme il aurait aimé se trouver à la place de James quand les suicides des Johnson avaient été signalés !

Murray s'ébroua.

« Je ferais mieux d'y aller.

— T'as pas que ça à faire, hein ? plaisanta James en lui tapant de nouveau sur l'épaule. Pourquoi cet intérêt pour les Johnson ? »

C'est à ce moment-là que Murray aurait dû lui montrer la carte anonyme reçue par Anna Johnson, qu'il aurait dû transmettre officiellement l'affaire à la PJ pour retourner à son travail à l'accueil.

Il regarda la liste d'affaires en cours affichée au tableau, les piles de dossiers à traiter posées sur les bureaux des détectives. James donnerait-il la priorité à cette enquête ? Une affaire nébuleuse transmise par un policier à la retraite ?

« Pour rien, répondit Murray par réflexe. Simple curiosité. J'ai vu leur nom sur un vieux mémo. J'ai acheté une voiture chez eux, il y a quelques années.

— Bon. Cool, dit James en regardant son écran.

— Je te laisse. Passe un bon Noël. »

Anna Johnson était vulnérable. En un peu plus d'un an, elle avait perdu ses deux parents et eu un bébé. Elle se sentait menacée, désorientée, et si l'on devait mener l'enquête, il faudrait le faire dans les règles de l'art, pas se contenter de jeter un simple coup d'œil avant de reclasser l'affaire.

« C'était super de te voir, mon vieux. Continue à bien bosser ! »

James se leva à moitié alors que Murray sortait. Il s'était rassis avant même que son ancien collègue eût atteint la porte, l'affaire Johnson déjà oubliée.

Murray enquêterait discrètement sur la mort de Caroline Johnson, et dès qu'il aurait la preuve qu'un acte criminel avait été commis, il reviendrait voir le lieutenant Kennedy.

En attendant, il se débrouillerait seul.

16

Anna

« Ça paraît juste un peu exagéré, c'est tout.

— Moi, je ne trouve pas. »

Nous sommes debout dans l'embrasure de la porte, avec le siège auto d'Ella entre nous. Mark consulte sa montre alors qu'il vient à peine de vérifier l'heure.

« Tu n'es pas obligé de m'accompagner. Tu peux me déposer au commissariat avant d'aller travailler, si tu préfères.

— Ne dis pas de bêtises, bien sûr que je vais t'accompagner.

— Des bêtises ? Je n'appellerais pas un cadavre de lapin…

— Je ne parlais pas du lapin ! Bon sang, Anna ! Je ne vais pas te laisser aller parler à la police toute seule, voilà ce que je voulais dire, explique Mark, qui pousse un soupir sonore en se tournant vers moi. Je suis de ton côté, tu sais.

— Je sais. Désolée.

— Bonjour, s'écrie Robert Drake, les mains sur la clôture qui sépare nos allées.

— Il est un peu tôt, non ? répond Mark, en se glissant avec aisance dans la peau du voisin jovial pour aller saluer Robert.

« Première matinée de congé en six ans, je vais en profiter à fond.

— Je ne te jette pas la pierre. Six ans ! »

Ils échangent une poignée de main.

« Vous êtes toujours libres pour le cocktail de Noël chez moi ?

— Absolument », répond Mark, beaucoup plus enthousiaste que je ne saurais l'être.

Laisse-moi en paix

Notre voisin donne une fête chaque année. Il l'a annulée l'an passé par respect pour mes parents, mais l'invitation à celle de cette année nous est parvenue il y a une quinzaine de jours. J'ai fait mon deuil, je suppose.

« Que pouvons-nous apporter ?

— Rien, à part vous. À moins que vous ne vouliez des sodas. Je ne suis pas spécialiste. Ha ha ! »

Il arrivait à papa et Billy de jouer au golf avec Robert, mais maman ne se joignait jamais à eux. Elle le trouvait *suffisant*. D'un regard, je remarque sa chemise de luxe et sa posture pleine d'assurance et lui donne raison. Au sommet de son art professionnellement parlant, Robert Drake est doté d'une arrogance naturelle qui se manifeste aussi dans sa vie privée.

Fous-nous la paix, Robert.

La voix dans ma tête est si nette que, l'espace d'un instant, je crains de m'être exprimée à haute voix. J'imagine la mine de Mark, celle de Robert et je me surprends à réprimer un éclat de rire. J'ai l'impression de devenir folle, comme ma mère à la mort de papa, qui riait ou pleurait sans raison. Mon univers est sens dessus dessous et la gaieté, les vœux de Noël ou les blagues de notre voisin ne me semblent pas juste insignifiants, mais inappropriés après les événements de ces dernières vingt-quatre heures.

Ma mère a été assassinée, ai-je envie de lui dire. *Et maintenant, je suis menacée.*

Je n'en fais rien, bien sûr. Il m'apparaît cependant que Robert aurait pu remarquer un détail utile, lui qui a tendance à sortir bavarder avec ses voisins. Je rejoins Mark près de la clôture.

« Est-ce que tu as vu quelqu'un devant chez nous, ce matin ? »

Robert s'interrompt tout net, sa gaieté douchée par l'intensité de mon regard.

« Pas que je m'en souvienne, non. »

Laisse-moi en paix

De grande taille, il n'a pas la carrure de Mark et son dos est légèrement voûté ; l'imaginer penché au-dessus de la table d'opération, scalpel à la main, me fait frissonner. L'imaginer ouvrant le ventre d'un lapin…

« Tu étais dehors, tard hier soir ? »

Ma question brutale provoque un silence gêné.

Robert regarde Mark, même si c'est moi qui ai posé la question.

« J'aurais dû ?

— On a déposé un lapin mort sur notre paillasson, explique mon compagnon. Il y avait du sang partout sur les marches. Nous nous demandions si tu avais vu quelque chose.

— Bonté divine ! Un lapin ? Quelle étrange… Mais pourquoi ? »

Je scrute son visage, guettant le moindre signe de duplicité.

« Tu n'as vu personne ? »

Est-ce que j'attends vraiment une réponse de sa part ? *Oui, j'ai vu quelqu'un déposer un lapin mutilé devant votre porte, mais je n'ai pas pensé à lui demander ce qu'il foutait là.* Ou : *Oui, c'est moi qui l'y ai mis pour vous faire une blague. Ha ha ! Cadeau de Noël anticipé.*

« Je suis rentré tard hier soir… Vos voitures étaient garées dans l'allée, mais les lumières étaient éteintes. Et malheureusement, j'ai traîné au lit ce matin. Je suis en congé jusqu'au premier de l'an. Sacré veinard, je sais. »

C'est ridicule. Robert Drake est le genre d'homme qui se charge d'organiser la surveillance du quartier et signale les démarcheurs à domicile à la police. S'il avait vu quelqu'un déposer un cadavre de lapin devant chez nous, il nous l'aurait dit. Quant à l'accuser d'être responsable… il est chirurgien, pas psychopathe.

« Il faut qu'on y aille, dis-je à Mark.

— D'accord. »

Il soulève le siège auto d'Ella, qu'il transporte jusqu'à sa voiture et attache à la banquette sans se presser. Je m'installe à côté d'elle, à l'arrière.

Laisse-moi en paix

Mark prend cette histoire à la légère, je crois. Mes parents ont été assassinés. Que lui faut-il de plus pour en être convaincu ? La carte anonyme. Un cadavre de lapin. Rien de tout ça n'est normal.

Il reste debout un moment devant la portière fermée de la voiture, puis s'éloigne. Le gravier crisse sous ses pas. Je caresse la joue d'Ella de mon doigt tendu et attends que Mark verrouille la porte d'entrée. Soudain, je me revois assise à l'arrière de la voiture comme aujourd'hui, pendant que papa pianotait sur le volant et que maman rentrait chercher en toute hâte quelque chose qu'elle avait oublié.

« J'aurais aimé que tu les rencontres », dis-je à ma fille.

À la fin de mes études universitaires, je voulais à tout prix mon propre appartement. J'avais goûté à l'indépendance, découvert tout un univers en dehors d'Eastbourne et y avais trouvé mon compte. Malheureusement, si le travail dans le domaine associatif est valorisant, les salaires sont loin d'être mirobolants et je me suis retrouvée exclue du marché immobilier. Je suis retournée vivre chez mes parents et ne suis jamais repartie.

Papa adorait me rappeler que je ne savais pas la chance que j'avais.

« Mon vieux m'a fichu à la porte à seize ans pour que j'apprenne le métier. C'est pas lui qui risquait de faire la lessive pour ses fils devenus adultes. »

Vu que mamie était du genre à se délecter des travaux ménagers et à chasser les intrus de sa cuisine, papi Johnson n'avait jamais dû s'approcher d'un lave-linge de sa vie, j'en aurais mis ma main au feu.

« J'ai fait des journées de douze heures pendant des années. À ton âge, j'avais un appartement à Soho et des liasses de billets de cinquante dans mon portefeuille. »

J'échangeais un sourire complice avec ma mère. Ni elle ni moi ne lui faisions remarquer que c'était grâce à papi qu'il avait décroché sa

Laisse-moi en paix

place d'apprenti dans le garage d'un ami et que mamie lui envoyait des colis de vivres par le biais des convoyeurs de véhicules qui travaillaient pour la concession. Sans parler du fait qu'en 1983, il était encore possible d'acheter un appartement à Londres pour cinquante mille livres. Je changeais de sujet avant qu'il prétende avoir été ramoneur dans son enfance.

Bien que je n'aie jamais été douée pour les études, j'avais hérité de l'éthique professionnelle de mes parents. J'admirais le fait qu'ils consacrent de longues heures à assurer le succès de l'entreprise familiale et faisais de mon mieux pour les imiter.

« Choisis un travail que tu aimes et tu ne travailleras pas un seul jour de ta vie », aimait dire papa.

Le problème, c'est que je ne savais pas ce que je voulais faire. J'ai obtenu une place en sociologie à l'université de Warwick, ai décroché de justesse mon diplôme avec mention passable et suis sortie de là sans y voir plus clair. C'est le hasard qui a décidé de la première étape de mon parcours professionnel. Après avoir été recrutée par Save the Children, on m'a confié un gilet matelassé rouge, un porte-bloc et j'ai déambulé dans les rues pour faire du porte-à-porte. J'ai croisé des gens gentils, d'autres qui l'étaient moins, mais je n'ai pas tardé à découvrir qu'après tout, mes parents m'avaient transmis un peu de leur charme. Au cours de ma période d'essai, j'ai obtenu à moi seule plus de promesses de dons mensuels que le reste de l'équipe réunie. Un remplacement au poste de responsable régional a donné lieu à une embauche lorsqu'un poste s'est libéré au niveau national, et en m'installant à mon bureau je me suis sentie à des années-lumière de celle que j'étais pendant mes examens, cette ado dont la dyslexie n'avait jamais été diagnostiquée, condamnée à la médiocrité.

« Le chiens ne font pas des chats », avait observé papa.

Je travaillais en étroite collaboration avec l'équipe qui collectait les fonds, trouvais des idées novatrices pour sensibiliser le public à notre cause et m'occupais de mon équipe de trois cents démarcheurs qui sillonnaient le pays. Je les défendais bec et ongles contre les accusations de harcèlement que portait contre eux la classe moyenne et les félicitais personnellement d'apporter leur contribution au bien-être des enfants du monde entier. J'adorais le travail que j'avais trouvé, mais je ne gagnais pas bien ma vie. Vivre chez mes parents était la seule solution.

En outre, au risque de paraître ringarde en admettant une chose pareille, j'aimais vivre chez eux. Pas parce que j'étais blanchie et nourrie avec de bons petits plats maison, ni même à cause de la célèbre cave à vins de mon père, mais parce que j'appréciais sincèrement leur compagnie. Je les trouvais drôles, intéressés et intéressants. Nous parlions jusque tard dans la nuit de nos projets, de politique, de gens. Nous discutions de nos problèmes. Il n'y avait aucun secret entre nous. C'était l'impression qu'ils donnaient, en tout cas.

Je repense à la bouteille de vodka cachée dans le bureau de mes parents, aux autres, dispersées dans la maison. À la table jonchée de bouteilles de vin, et pourtant toujours impeccable le matin à mon réveil.

Vers la fin de mon premier semestre à l'université, j'ai passé le week-end chez les parents de Sam, une amie rencontrée à la résidence universitaire. L'absence de vin à table m'a fait bizarre, comme si l'on devait dîner sans couverts. Quelques semaines plus tard, j'ai demandé à Sam si cela dérangeait ses parents qu'elle boive.

« Non, pourquoi ?

— Je croyais qu'ils ne buvaient jamais d'alcool. »

Sam a éclaté de rire.

« Quoi ? Tu devrais voir tout le sherry que ma mère s'envoie à Noël ! »

Je suis devenue écarlate.

« Je croyais… Ils n'ont rien bu quand tu m'as invitée.

Laisse-moi en paix

— Je n'avais pas remarqué, a-t-elle répondu, désinvolte. Parfois ils boivent, parfois pas. Comme la plupart des gens, je suppose.

— Sans doute. »

La plupart des gens ne buvaient pas tous les soirs ? La plupart des gens ne se préparaient pas un gin tonic en rentrant du travail parce que, après tout, c'était « l'heure de l'apéro quelque part, non ? »

La plupart des gens.

« Vous êtes prêtes ? » demande Mark en montant dans la voiture et en bouclant sa ceinture.

Il m'observe dans le rétroviseur, puis se tourne pour me regarder en face. Il s'éclaircit la voix, habitude inconsciente que j'ai remarquée dès nos premières séances. C'est une forme de ponctuation. Un point entre ce qui vient d'être dit et ce qui va suivre. Une façon de dire : « Écoute-moi, c'est important. »

« Après notre visite au commissariat... hésite-t-il.

— Oui ?

— Nous pourrions prendre rendez-vous pour que tu voies quelqu'un. »

Je soulève un sourcil. *Voir quelqu'un.* Quel euphémisme, l'équivalent dans la classe moyenne de *trouve-toi un psy, tu perds la boule.*

« Je n'ai pas besoin de consulter un autre psychologue.

— Les anniversaires peuvent provoquer de drôles de réactions.

— À mourir de rire », dis-je sur le ton de la plaisanterie.

Mark reste de marbre et se retourne pour démarrer la voiture.

« Réfléchis-y au moins. »

C'est tout réfléchi. C'est de la police dont j'ai besoin, pas d'un psy.

Cependant, lorsque nous quittons l'allée, je pousse un hoquet de surprise et me penche par-dessus Ella, une main posée sur la vitre. Peut-être ai-je besoin d'une thérapie après tout. L'espace d'une seconde, cette promeneuse... Ce n'est pas maman, bien sûr,

Laisse-moi en paix

mais l'intensité de ma déception, le simple fait d'avoir cru la voir me laissent abasourdie. Hier, le jour de l'anniversaire de sa mort, j'ai senti sa présence si fort, qu'aujourd'hui je fais apparaître des fantômes qui n'existent pas.

Et pourtant, j'ai une impression bizarre...

Qui a dit que les fantômes n'existaient pas ?

Les médecins ? les psychiatres ?

Mark ?

Et s'il était possible de convoquer les morts ? Et s'ils revenaient de leur propre chef ? Et si... supposons un instant que ma mère ait un message à me transmettre.

Je garde tout ça pour moi. Mais en chemin vers le commissariat, je regarde par la vitre en cherchant à voir des revenants, un signe, quel qu'il soit.

Si maman essaie de me dire ce qui s'est vraiment passé le jour de sa mort, je suis à l'écoute.

17

Je suis là depuis trop longtemps. Plus je reste, plus je risque d'être vue.
Je dois passer à l'action tout de suite : ce pourrait être l'unique occasion.
Mark attache le bébé sur la banquette arrière de la voiture alors qu'Anna se glisse sur le siège voisin. Après avoir claqué la portière, il reste quelques secondes les mains posées sur le toit de l'auto. Elle ne peut pas voir son visage angoissé. S'inquiète-t-il pour sa compagne ? pour le bébé ? A-t-il une autre raison de s'inquiéter ?
Il retourne vers la clôture où Robert traîne en faisant semblant de déplacer des pots de fleurs. Je suis prise de panique bien qu'il ne puisse ni me toucher ni même me voir. Les deux hommes parlent à mi-voix et je me demande si, comme moi, Anna saisit les bribes de leur conversation.
« ... encore en deuil... très difficile... un soupçon de baby blues... »
J'attends.
Ils s'éloignent. Robert abandonne ses pots et rentre chez lui.
C'est le moment.
En un éclair, je déverrouille la porte de service et me retrouve dans le vestibule. Je suis soudain submergée par des sensations, assaillie par des souvenirs que je n'aurais jamais cru conserver.
Je me revois peindre les plinthes, maladroitement agenouillée, gênée par mon ventre rond. Entasser des couettes dans l'escalier pour qu'Anna, alors haute comme trois pommes, puisse faire des glissades pendant que tu l'encourageais et que je me cachais les yeux.
Nous jouions à la famille heureuse. Dissimulions nos vrais sentiments.
C'est incroyable comme les situations évoluent. Comme le bonheur se désintègre.
L'alcool. Les cris. Les disputes.
J'ai caché tout ça à Anna. C'était la moindre des choses.

Laisse-moi en paix

Je me reprends. L'heure n'est plus à la sensiblerie ; il est trop tard pour ressasser le passé.

Je traverse la maison d'un pas rapide et sans bruit, aussi légère qu'une plume. Sans laisser ni désordre ni empreinte. Sans laisser de trace. Je veux voir les papiers qu'Anna a mis de côté. Mon agenda. Les photos qui ne racontent une histoire que lorsqu'on connaît la chute. Je cherche la clé qui révélera à tout le monde pourquoi j'ai dû mourir.

Elle est introuvable.

Dans le bureau, je fouille les tiroirs d'une main efficace, ignore la nostalgie lancinante qui me transperce un peu plus dès que je soulève un bibelot ou un cahier. Il paraît qu'on n'emporte rien dans la tombe. Cela me rappelle ce vieux projet scolaire réalisé par Anna sur les « biens funéraires » dans l'Égypte ancienne, destinés à rendre plus agréable le passage des défunts d'un monde à l'autre. Elle avait passé des semaines à peindre le tableau d'un sarcophage entouré de dessins de ses biens les plus précieux : son Walkman accompagné de cassettes, six sachets de chips au vinaigre, des portraits de nous, son écharpe préférée, au cas où elle aurait froid. Le souvenir me fait sourire : qu'aurais-je pris si j'en avais eu la possibilité ? Qu'est-ce qui aurait pu rendre ma vie plus supportable après ma mort ?

La clé n'est nulle part. Ni dans les sacs disséminés au rez-de-chaussée, ni dans le tiroir de la commode de l'entrée où s'accumulent tous les objets qui ne trouvent pas leur place.

Qu'en a-t-elle fait ?

18

Murray

« J'ai trouvé l'agenda qu'a utilisé ma mère l'année dernière, annonce Anna en lui tendant un épais cahier format A4. Je me suis dit que cela pourrait vous permettre de vous faire une idée de ses allées et venues. »

Ils étaient installés dans la kitchenette, derrière la réception du commissariat de Lower Meads, où Murray avait parlé à la jeune femme pour la première fois. Accompagnée de Mark Hemmings, son compagnon, elle était venue signaler l'un des incidents les plus bizarres de la carrière de Murray.

Mark avait d'épais cheveux bruns et des lunettes actuellement posées sur son front. Il était assis, calé contre le dossier de sa chaise, la cheville en équilibre sur le genou opposé, le bras droit posé derrière Anna.

La jeune femme prenait moitié moins de place que le père de sa fille. Assise au bord de sa chaise, penchée en avant, jambes croisées et mains jointes, elle avait l'air de prier.

L'agenda contenait divers prospectus et cartes de visite, et quand Murray ouvrit la première page, une photo s'en échappa.

« Excusez-moi, dit Anna en se penchant pour la ramasser. Je l'ai mise là pour qu'elle ne se froisse pas. J'allais la faire encadrer.

— Votre mère ?

— C'est elle, dans la robe jaune. Et là, c'est son amie Alicia. Elle a succombé à une crise d'asthme à l'âge de trente-trois ans. Sa fille Laura est la filleule de maman. »

Murray se rappela avoir vu ce nom sur la page de carnet contenue dans le dossier. *Laura Barnes, filleule.* Les deux femmes – des jeunes filles plutôt – riaient devant un pub, bras dessus bras dessous, si bien qu'elles avaient l'air de sœurs siamoises. À l'arrière-plan étaient attablés des jeunes hommes et l'un d'eux posait sur Alicia et Caroline un regard admiratif. Murray distingua un attelage de chevaux sur l'enseigne suspendue au bâtiment, derrière elles.

« Drôle d'endroit pour des vacances – aussi loin de la mer que possible –, mais, d'après maman, elles s'étaient follement amusées.

— Très jolie photo. Vous n'avez jamais rencontré les parents d'Anna, M. Hemmings ?

— Non, malheureusement. Ils sont décédés avant notre rencontre. D'ailleurs, c'est grâce à eux que nous nous sommes connus. »

D'instinct, Mark et Anna regardèrent leur fille, qui n'aurait sans doute jamais vu le jour sans la tragédie qui avait frappé cette famille.

« Je vais parler du lapin à un agent de la police scientifique, mais sans examen de la scène…

— Je suis navrée. Nous avons agi sans réfléchir, remarqua Anna en lançant un coup d'œil à son compagnon.

— La prochaine fois, je n'y toucherai pas, répondit-il d'une voix douce, mais d'un ton qui sous-entendait qu'ils avaient déjà eu cette conversation au moins une fois. Je laisserai les mouches se régaler, hein ?

— Tant pis. J'ai soumis la carte à la police scientifique. Ils vont relever les empreintes digitales et les traces d'ADN et essayer de rendre le cachet de la poste plus lisible pour que nous ayons une idée plus précise de sa provenance. Et je vais jeter un coup d'œil à cet agenda, merci. »

Murray rendit la photo à Anna, qui ne la ne rangea pas dans son sac mais la tint des deux mains en l'observant comme si elle avait pu ramener les deux femmes à la vie.

« J'ai l'impression de la voir partout. »

Laisse-moi en paix

Anna leva les yeux. Mark la prit par l'épaule. Il serra fort les lèvres alors qu'elle s'efforçait de s'expliquer.

« Enfin… pas de la *voir* exactement. Je *sens* sa présence. Je crois… Je crois qu'elle essaie de me dire quelque chose. C'est fou de penser ça ?

— Il est très fréquent que les gens endeuillés croient voir leurs proches décédés, expliqua Mark d'une voix douce, s'adressant autant à sa compagne qu'à Murray. C'est une manifestation d'émotion ; le désir de les voir est tel que l'on croit…

— Et si ce n'était pas mon imagination ? »

Un silence gêné s'abattit sur eux. Murray eut l'impression d'être de trop. Devait-il inventer un prétexte pour laisser le couple en tête à tête ? Avant qu'il ait pu faire un geste, Anna s'adressa à lui.

« Qu'en pensez-vous ? Croyez-vous aux fantômes ? À la vie après la mort ? »

Par nature, les policiers étaient des êtres cyniques. Tout au long de sa carrière, Murray avait gardé pour lui son opinion sur les fantômes, évitant ainsi les taquineries qu'elle n'aurait pas manqué de susciter. En l'occurrence, il ne se prononça pas. Les croyances de chacun à propos des phénomènes surnaturels relèvent du domaine de l'intime – au même titre que les convictions religieuses ou politiques –, et la kitchenette d'un commissariat de police n'est guère propice à ce genre de débat.

« J'y suis réceptif. »

Comme l'a dit Shakespeare, il y a plus de choses sur la terre et dans le ciel qu'il n'en est rêvé dans la philosophie, ce qui ne facilitait pas la tâche de Murray. Difficile d'aller dire au capitaine Kennedy qu'Anna Johnson était hantée par l'esprit d'un parent décédé. Il se pencha vers la jeune femme.

« Avez-vous une idée de ce que votre mère pourrait essayer de vous dire ? demanda-t-il sans prêter attention à la réprobation presque tangible qui émanait de Mark Hemmings.

Laisse-moi en paix

— Désolée, c'est juste... une impression. »

Il en faudrait plus pour convaincre la PJ que Tom et Caroline Johnson avaient été assassinés.

Nisha Kaur appartenait déjà à la police scientifique du temps où les experts s'appelaient « techniciens de scène de crime ».

« Même merde avec un nom différent ! » s'écria-t-elle gaiement. D'ici dix ans, un génie de la direction décidera qu'il faut nous rebaptiser comme avant. »

Dans dix ans, Nish ne serait plus dans la police, bien sûr. Titulaire d'un BTS en photographie, dotée d'un estomac bien accroché et de l'aptitude enviable de s'entendre avec tout le monde, elle avait été nommée à l'époque où Murray était jeune enquêteur. Trente ans plus tard, elle chapeautait le service et comptait les jours avant la retraite.

« Réaliser des portraits d'animaux de compagnie », répondit-elle quand Murray voulut connaître ses projets.

Sa mine surprise la fit éclater de rire.

« L'uniforme est plus joli, c'est moins sanguinolent, et puis, comment être déprimé en présence d'un chaton ? Je peux choisir mes clients – fini les casse-pieds – et mes horaires. Pas de prise de tête. Ce sera plus un passe-temps qu'un travail. »

Les deux collègues étaient attablés dans la cantine fermée où les employés de garde le week-end devaient se contenter du contenu de trois distributeurs automatiques.

« Projet intéressant. »

Dans son for intérieur, Murray doutait que Nish puisse faire quoi que ce soit sans se prendre la tête. Au bout de dix-huit mois de retraite, elle serait de nouveau au taquet.

« Qu'est-ce que tu fais à Noël ?

— Je suis de garde. Et toi ?

— Rien de spécial. Je vais rester tranquille. Tu sais.

Laisse-moi en paix

— Est-ce que Sarah... ? demanda Nish sans pencher la tête.
— Elle est à Highfield. De son plein gré, cette fois. Elle va bien. »

La remarque sonnait comme un mensonge, même aux oreilles de Murray. On aurait pu penser qu'avec le temps, il aurait trouvé les séjours de sa femme à l'hôpital plus faciles à supporter, mais les derniers l'avaient vidé plus que jamais. L'âge, sans doute ; il trouvait le stress de plus en plus pénible.

« Pourquoi voulais-tu me voir ? »

Toujours aussi perspicace, Nish changeait de sujet.

« Combien de sang le corps d'un lapin contient-il ? »

La question ne la surprit pas, preuve de la diversité de son travail et de l'ampleur de son expérience.

« Entre cent et deux cents millilitres grand maximum. Un petit verre, ajouta-t-elle face au regard sans expression de Murray.

— Assez pour recouvrir trois marches ?

— Il va falloir que tu sois un peu plus précis », observa l'experte en se grattant le menton.

Murray ne fit pas d'emblée allusion au suicide. Il parla du signalement d'Anna et Mark, expliqua que la jeune femme était convaincue que le lapin n'avait pas été déposé devant chez elle par un animal.

« J'aurais tendance à lui donner raison. »

Quand Murray se pencha vers elle, impatient d'en savoir plus, Nish le mit en garde d'un geste.

« Ma théorie est aussi officieuse qu'hypothétique, compris ? Sans photo ni examen de la scène, il m'est impossible de porter un jugement professionnel.

— Mais ?

— Un lapin étendu par terre ne se vide pas de son sang – en tout cas, pas comme tu viens de l'évoquer. Le sang suinte de la plaie et coagule. Alors, même si cent cinquante millilitres renversés

Laisse-moi en paix

par terre, cela fait une sacrée tache – si tu as déjà laissé tomber un verre de vin, tu dois pouvoir imaginer le chantier –, en gouttant peu à peu, la même quantité de liquide se figerait bien avant d'atteindre la marche inférieure. La majeure partie du sang resterait collée au pelage.

— D'accord. Donc quelqu'un a délibérément aspergé de sang les deux autres marches pour créer une scène de crime plus impressionnante ?

— On dirait bien. Mais pourquoi ? Voilà la question, dit Nish en jetant un coup d'œil à Murray, tête légèrement penchée de côté. Tu ne m'as pas tout dit, hein, affirma-t-elle.

— Deux personnes se sont suicidées à Beachy Head l'année dernière. Tom et Caroline Johnson, propriétaires de la concession automobile à l'angle de Main Street.

— Il a abandonné une Audi noire sur le parking, c'est ça ? fit l'experte avec un claquement de doigts. Un sac à dos rempli de pierres.

— Quelle mémoire ! C'était Tom Johnson. Sa femme, Caroline, est morte sept mois plus tard, il y a un an jour pour jour. Même endroit, même méthode. Anna Johnson est leur fille. »

Il tendit à Nish un sac pour pièces à conviction contenant la carte anonyme déchirée en quatre, ainsi qu'une photo la montrant reconstituée.

« "Un suicide ? Détrompe-toi", lut-elle à voix haute. Très théâtral. Cela laisse-t-il entendre qu'elle a été assassinée ?

— C'est l'interprétation d'Anna Johnson en tout cas. Ce matin, en ouvrant la porte, elle a trouvé un lapin écrabouillé sur son perron.

— C'est plus classe que de la crotte de chien dans la boîte aux lettres.

— Qu'en penses-tu ?

— Dommage pour le civet. À part ça, c'est louche. Qu'en dit la PJ ?

Laisse-moi en paix

— Pas grand-chose. »

Nish connaissait Murray depuis longtemps.

« Oh ! Murray...

— Je me charge des vérifications, c'est tout. Tu sais comment fonctionne la PJ de nos jours. Complètement sous pression. Je transmettrai le dossier au capitaine dès que j'aurai une piste concrète. Des empreintes, par exemple, ajouta-t-il en décochant à Nish un sourire radieux tout en poussant le sac vers elle.

— Pas sans code budget, désolée, répondit-elle en lui rendant le sac.

— Tu ne pourrais pas le faire passer sous l'enquête d'origine ?

— Je ne suis pas censée faire ça, tu le sais bien.

— Elle a perdu ses deux parents, Nish. Elle vient d'accoucher et fait son possible pour ne pas craquer sans pouvoir compter sur le soutien de sa mère.

— Tu te ramollis avec l'âge.

— Toi, en revanche, tu as toujours un cœur de pierre. C'était quoi ces histoires de chatons ? » observa-t-il en poussant le sac vers son amie.

Cette fois, elle le prit.

19

Le rocking-chair était un cadeau de mariage de mes parents. Son haut dossier et ses accoudoirs doucement incurvés sont exactement à la bonne hauteur pour allaiter un bébé la nuit, à moitié endormie. On me l'avait livré orné d'un ruban rouge, de deux coussins moelleux et d'une carte annonçant « pour la nursery ».

J'ai passé des heures dans ce fauteuil. J'avais peur d'allumer la lumière au cas où cela perturberait Anna, alors je me balançais dans le noir en la suppliant intérieurement de dormir.

Quand elle a emménagé dans sa chambre d'enfant, j'ai installé le fauteuil au rez-de-chaussée où il a partagé son temps entre la cuisine et le salon. Aujourd'hui, il est de retour dans la nursery.

Celle de notre petite-fille.

C'est une grande pièce. Luxueuse pour un bébé, surtout s'il dort avec ses parents, ce qui est le cas à en juger par le couffin posé du côté du lit où dort notre fille. Au-dessus du petit lit blanc, le nom Ella s'affiche en lettres vertes sur une banderole rose et blanche.

La commode voisine fait face à une armoire assortie et une table à langer où couches et talc sont rangés dans des paniers doublés de tissu vichy.

Je ne compte jeter qu'un petit coup d'œil – je ne risque pas de trouver la clé ici, je crois –, pourtant, mes pas me conduisent à travers la pièce recouverte de moquette grise jusqu'au rocking-chair. Mon rocking-chair.

Le doux balancement du fauteuil. La pénombre. La vue sur les toits qui n'a pas changé depuis vingt-six ans. Anna au creux de mes bras.

On appelait ça le baby blues à l'époque. Ce que j'éprouvais me paraissait plus grave. Je me sentais submergée. Effrayée. J'avais envie d'appeler Alicia – la seule de mes amies qui aurait pu me comprendre –, mais je n'arrivais pas à décrocher le téléphone. J'avais tout ce qui lui faisait

Laisse-moi en paix

défaut : un mari, une grande maison, de l'argent. Quel droit avais-je de pleurnicher ?

Je n'ai que trop tardé. Il faut que j'y aille. Je dois sortir d'ici.

Je vérifie la cuisine, arrange par réflexe le torchon suspendu à la gazinière. Une pile de magazines est posée sur la table et des lettres sont éparpillées dans la corbeille à fruits, sur l'îlot. Je ne trouve pas la clé que je cherchais.

Un bruit de pattes retentit dans la buanderie.

Rita.

Ma gorge se serre et, malgré ma discrétion, je l'entends gémir. Elle sent ma présence.

Je m'arrête, la main sur la poignée de la porte. Être vue par un chien, ce n'est pas la même chose qu'être vue par des humains sans doute ? Rita pousse un nouveau gémissement. Elle sait que je suis là – ce serait cruel de l'ignorer.

Un rapide bonjour avant d'y aller. Il n'y a pas de mal à ça. Elle ne peut dire à personne qu'elle a vu un fantôme.

À peine la porte entrouverte qu'une boule de poils s'y engouffre si vite qu'elle fait deux fois la culbute sur le carrelage avant de se relever.

Rita !

Elle bondit en arrière en secouant la queue, poils du cou hérissés : elle ne sait comment réagir, pousse un aboiement. Un deuxième. Saute vers moi, puis recule. Je me rappelle l'avoir entendue grogner en apercevant des ombres dans les buissons, pendant nos promenades nocturnes : avait-elle senti quelque chose que j'ai jugé insignifiant sur le moment ?

Je m'agenouille et tends la main. Elle reconnaît mon odeur, mais mon apparence la trouble.

« Bon chien, Rita. »

Mes sanglots me prennent au dépourvu. Les oreilles de la chienne se dressent dès qu'elle reconnaît ma voix et le hérissement disparaît. Son arrière-train s'agite au rythme effréné de sa queue. Elle geint de nouveau.

Laisse-moi en paix

« *Oui, c'est moi, Rita. Bon chien. Viens.* »

Elle ne se fait pas prier plus longtemps. Convaincue que, contrairement à ses premières impressions, sa maîtresse est bien là devant elle, elle se jette sur moi, me lèche frénétiquement le visage au risque de me faire basculer par terre.

Je m'assieds près d'elle, ma recherche n'est plus qu'un souvenir quand j'enfouis la figure dans son pelage. Les larmes me montent aux yeux et je serre les dents pour les refouler. Quand Rita est arrivée de Chypre, elle venait de passer huit mois dans un refuge. Affectueuse et douce, elle souffrait d'une telle angoisse lorsqu'on la laissait seule que le simple fait de quitter la pièce la mettait au supplice. La première fois que nous sommes sortis sans elle, elle a hurlé si fort qu'on l'entendait du bout de la rue et que j'ai dû rebrousser chemin et te laisser partir seul.

Peu à peu, elle a compris qu'elle était là pour de bon. Que si nous sortions, nous lui offririons des friandises à notre retour pour la récompenser de s'être montrée courageuse. Elle nous accueillait toujours avec une excitation frôlant le soulagement, mais les hurlements ont cessé et elle est devenue calme et joyeuse.

La culpabilité me gagne en imaginant ce qu'elle a dû ressentir le jour où je ne suis pas rentrée à la maison. A-t-elle attendu devant la porte ? arpenté le couloir en gémissant ? Anna l'a-t-elle caressée ? L'a-t-elle rassurée en lui disant que je serais bientôt de retour ? Tout en se demandant ce qui m'était arrivé. En s'inquiétant autant que la chienne. Plus encore.

Rita se lève soudain, truffe au vent, oreilles dressées. Je me fige. Elle a entendu quelque chose. Et en effet, une seconde plus tard, je distingue un bruit moi aussi. Des pas qui crissent sur le gravier. Des voix.

Une clé dans la serrure.

20

Anna

Mark insiste pour nous escorter à l'intérieur au lieu de nous laisser sur le trottoir.

« Tu *es* donc inquiet ? dis-je, tandis qu'il entre avec le siège auto d'Ella. Maintenant que tu sais que ce n'est pas un renard qui a fait le coup. »

Il fait froid dans l'entrée et je hausse le thermostat jusqu'à ce que la chaudière s'enclenche.

« Impossible de trancher, d'après le policier.

— Sans photo, tu veux dire ?

— Sans que la police scientifique procède à des prélèvements. »

Je me mords la langue alors qu'il me dévisage. Comme si nous chamailler allait nous aider.

« Oui, je suis inquiet », ajoute-t-il, sérieux.

J'ai l'impression puérile d'avoir remporté une victoire, mais il n'a pas fini.

« C'est *toi* qui m'inquiètes, précise-t-il en fermant la porte. Ce que tu as raconté au commissariat... l'impression de sentir la présence de ta mère... »

Il ne finit pas sa phrase et je ne lui tends pas la perche.

« Cela fait partie du processus de deuil, c'est tout à fait normal, mais ça pourrait prouver que tu ne t'en sors pas. Et puis il y a Ella, et le chamboulement hormonal de l'accouchement... »

J'attends plusieurs secondes avant de répondre.

« Tu crois que je deviens folle.

— Non, pas du tout.

— Et si ça me *plaît* de penser que maman est encore là ? »

Laisse-moi en paix

Mark hoche la tête, pensif, en passant son index sur ses lèvres, pouce sous le menton. C'est la tête qu'il fait quand il est attentif. J'ai l'impression d'être sa patiente, pas sa compagne. Une étude de cas, pas la mère de son enfant.

« Et si j'ai *envie* de voir des fantômes ? Ou devrais-je plutôt les appeler des *expériences hallucinatoires causées par le deuil* ? »

Mes sarcasmes l'ont blessé, je le vois dans son regard, malheureusement j'ai dépassé le stade où je suis capable de me calmer.

« À plus tard. »

Je ne lui en veux pas de partir sans m'embrasser. Il ferme la porte à double tour dans un cliquètement de clés. Croit-il enfermer le danger dehors ou dedans ?

« Ta mère est une idiote, Ella », dis-je à ma fille, qui me répond d'un clignement d'yeux.

Pourquoi m'être montrée aussi désagréable ? Mark est inquiet, voilà tout. D'un point de vue personnel autant que professionnel. N'est-ce pas précisément sa compassion qui m'a séduite ? Et maintenant, je lui reproche ce trait de caractère.

Avec un frisson, je me penche pour toucher le radiateur. Bien qu'il se réchauffe, l'atmosphère reste glaciale. J'éclate de rire : encore un cliché sur les fantômes, pourtant mon rire sonne creux, même à mes oreilles, car il n'y a pas que le froid qui donne l'impression d'une présence dans la pièce.

Je sens le parfum de ma mère.

Addict de Dior. Vanille et jasmin. Un sillage à peine perceptible, je dois me faire des idées. Oui, c'est le cas parce que, debout au pied de l'escalier, les yeux clos, je m'aperçois que l'odeur a disparu.

« Allez, zou », dis-je en détachant Ella, toujours assise dans son siège auto.

Lui parler à haute voix soulage mon estomac barbouillé, qui frémit comme un millier de papillons prisonniers d'un filet.

Laisse-moi en paix

Malgré la gazinière, il fait un froid polaire dans la cuisine aussi. Ça sent l'air frais et un soupçon de jasmin que je m'oblige à ignorer. Enfermée dans la buanderie, Rita gémit. J'ouvre la porte et m'apprête à la câliner quand elle m'évite pour se ruer dans la cuisine, où elle se met à décrire des cercles, truffe collée au sol. Je souris malgré moi.

« Qu'elle est bête ! dis-je à Ella. Tu ne trouves pas ? »

Je déniche un bout d'os à moelle et, à contrecœur, Rita abandonne sa chasse au lapin imaginaire et emporte le trophée jusqu'à son panier, au pied de la gazinière, où elle se met à le ronger, satisfaite.

Les hallucinations causées par le deuil. Quelle froideur pour décrire un phénomène si magique. Si inexplicable.

« Certaines personnes prétendent avoir eu de longues conversations avec leurs proches décédés, a expliqué Mark au commissariat. Ce phénomène apparaît souvent quand le processus est compliqué, un phénomène appelé deuil morbide, mais cela peut aussi être le symptôme d'une pathologie plus grave. »

Symptômes. Processus. Pathologie.

Nous nommons ainsi des phénomènes qui nous échappent parce que nous avons peur de ce qu'ils pourraient signifier. De ce qu'ils pourraient nous faire.

De longues conversations...

Je ferais n'importe quoi pour entendre la voix de mes parents encore une fois. Il me reste d'eux quelques vidéos : discours d'anniversaires, facéties immortalisées pendant les vacances d'été ; un film tourné le jour de ma remise de diplôme, des fragments montés les uns à la suite des autres. Mes parents sont du mauvais côté de la caméra – ils l'ont gardée fièrement braquée sur moi –, mais le micro a enregistré toutes les remarques qu'ils ont échangées à voix basse au premier rang de l'auditorium Butterworth Hall du Warwick Arts Centre.

Laisse-moi en paix

« Notre petite fille...
— J'ai du mal à le croire.
— Regarde-moi celui-là, en jean, il aurait quand même pu faire un effort.
— Tu t'es vu, oui ? On dirait que tu portes ta tenue de jardinage.
— Quel idiot : je croyais que c'était Anna, la vedette, aujourd'hui ! Si j'avais su que les parents faisaient un défilé de mode... »

Ils m'ont invitée à déjeuner chez Tailors, où papa est devenu de plus en plus fier – et bruyant – au fil du repas, et maman a essuyé quelques larmes en partageant mes médiocres résultats avec un inconnu. Au dessert, je mourais d'envie de partir, mais je ne pouvais pas les priver de ce moment. J'étais leur fille unique. La première de la famille à faire des études supérieures. Ils méritaient de fêter ça.

Je me suis repassé ces films si souvent que je connais tous les dialogues par cœur ; ce n'est pas pareil pourtant. C'est impossible.

Je ferme les yeux, relève le menton. Sur un coup de tête, je tends les bras, paumes vers le plafond en songeant que si l'on m'espionne par la fenêtre en ce moment, ma réputation est fichue. Mais si je peux *sentir* la présence et le parfum de maman...

« Papa ? Maman ? Si vous m'entendez... »

Ma voix, grêle et fluette, résonne dans la cuisine vide.

Le vent siffle, les arbres frissonnent dans le jardin. Rita pousse un gémissement léger, aigu, qui s'éteint soudain.

Quand j'avais onze ans, Laura m'a montré comment fabriquer un ouija en m'expliquant comment convoquer l'esprit des morts avec en tout et pour tout quelques bougies, allumées et placées de façon stratégique, et une planche sur laquelle nous avions pris soin de noter les lettres de l'alphabet. Elle m'a fait jurer de garder le secret et nous avons attendu la séance de babysitting suivante pour tout installer.

Laisse-moi en paix

Laura a tamisé la lumière, sorti un CD de son sac et passé un morceau que je n'ai pas reconnu, interprété par un chanteur démodé dont je n'avais jamais entendu parler.

« Tu es prête ? »

Nos index posés sur la goutte en bois placée au centre de la planche, nous avons attendu. Et attendu. J'ai réprimé mon envie de rire. Laura fermait les yeux, l'air concentré. Je m'ennuyais. Je m'attendais à une soirée amusante avec elle, à frissonner en racontant des histoires de fantômes, comme mes amies et moi le faisions pendant nos soirées pyjama.

J'ai poussé la goutte.

Laura a ouvert les paupières d'un coup. J'ai imité sa mine choquée.

« Tu as senti ça ? »

J'ai hoché frénétiquement la tête. Elle m'a regardée en plissant les yeux.

« Tu l'as bougé ? Jure que ce n'est pas toi.

— Je le jure.

— Il y a quelqu'un ? » a demandé Laura, les yeux de nouveau clos.

Doucement, j'ai poussé la goutte à travers le plateau. *Oui*.

Je l'ai tout de suite regretté car son visage s'est décomposé et les larmes lui sont montées aux yeux, se sont accrochées à ses cils.

« Maman ? »

J'ai eu envie de pleurer à mon tour. Je ne pouvais pas lui dire que j'avais fait ça pour m'amuser ni continuer à jouer le jeu seule. Ses doigts tremblaient même si la goutte ne bougeait pas. Elle n'a plus remué les mains pendant une éternité.

« Et si on jouait à autre chose ?

— Tu vas bien ? » ai-je demandé timidement, mais Laura avait déjà séché ses larmes.

Elle a soufflé les bougies et nous nous sommes lancées dans une partie de Monopoly.

Laisse-moi en paix

Des années plus tard, je lui ai tout avoué. Nous partagions une bouteille de vin et, en me revoyant soudain accroupie au-dessus de notre ouija fait maison, j'ai éprouvé le besoin de soulager ma conscience.

« Je sais, dit-elle alors.

— Quoi ?

— Eh bien, j'avais deviné. Tu mentais comme un pied à onze ans, ajouta-t-elle en me donnant un coup de poing à l'épaule. Ne me dis pas que ça te bouffe depuis ? »

Même si cela ne me tracassait pas, j'étais soulagée de voir qu'elle n'y avait plus pensé non plus.

J'ai la chair de poule, mes cheveux se dressent sur ma nuque, un à un. Un effluve de jasmin me monte aux narines.

Et soudain…

Rien.

J'ouvre les yeux et laisse mes bras retomber le long de mon corps parce que c'est absurde. Ridicule. Mes parents sont morts et je ne peux pas plus les convoquer depuis ma cuisine que prendre mon essor et m'envoler.

Il n'y a ni message, ni apparition, ni vie après la mort.

Mark a raison. J'ai tout inventé.

21

Murray

« Je parie que le mari ne croit pas aux fantômes », remarque Sarah.

Mari et femme étaient installés sur le canapé en cuir noir du salon de Highfield où Murray avait rejoint Sarah pour sa pause-dîner de quarante-cinq minutes.

« Son compagnon. Non, pour lui, ce sont des expériences hallucinatoires causées par le deuil.

— Casper ne va jamais s'en remettre. »

La porte du salon s'ouvrit, livrant passage à une jeune fille. Elle était si mince que la taille de sa tête semblait disproportionnée par rapport à son corps ; un entrelacs de fines cicatrices lui couvrait les bras, des poignets aux épaules. Elle fit semblant de ne pas les voir, prit un magazine sur la table basse et sortit.

« Selon Mark Hemmings, près de soixante pour cent des personnes endeuillées rapportent avoir vu ou entendu un proche après son décès ou senti sa présence d'une autre façon.

— Quelle est la différence entre ce phénomène-là et un fantôme ? »

Sarah feuilletait l'agenda de Caroline Johnson. Les patients dînaient tôt à Highfield, comme des enfants à qui l'on donnait leur repas à dix-sept heures, c'est pourquoi, assise jambes croisées sur le canapé, Sarah passait le dossier en revue pendant que Murray avalait ses sandwichs.

« Aucune idée.

— Je te hanterai quand je serai partie.

— Ne dis pas ça.

Laisse-moi en paix

— Pourquoi pas ? Je croyais que cela te ferait plaisir de me voir.
— Ce n'est pas ce que je voulais dire. Je voulais dire... Oh ! Peu importe. »

Ne parle pas de ta mort, voilà ce qu'il avait voulu dire. Il regarda par la fenêtre. En apercevant le ciel sans nuage parsemé d'étoiles, Murray se revit soudain, allongé dans le parc avec Sarah au début de leur histoire, en train de désigner les constellations qu'ils connaissaient et d'inventer un nom aux autres.

« Voici la charrue.
— Et là, le porc-épic.
— Imbécile.
— Toi-même. »

Ils avaient fait l'amour sur l'herbe humide et n'avaient pas bougé avant que leur ventre vide leur rappelle qu'ils n'avaient rien mangé depuis midi.

« Ça te dit de faire le tour du pâté de maisons ? » proposa-t-il.

L'angoisse ternit aussitôt l'étincelle dans le regard de Sarah. Elle ramena les genoux contre sa poitrine, les serra contre elle, agrippa l'agenda de Caroline.

C'était nouveau, cette peur de sortir. Ce n'était pas de l'agoraphobie, à en croire le spécialiste qui la suivait, juste une nouvelle facette de la femme belle, drôle, terriblement compliquée et pétrie d'angoisses que Murray avait épousée.

« Pas de problème », dit-il, chassant l'idée d'un geste et, avec elle, l'espoir que Sarah soit prête à rentrer à la maison.

Il faut y aller à petits pas, songea-t-il. On n'était que vendredi. Noël tombait lundi. Rien ne pressait.

« Quelque chose t'a frappée ? » demanda-t-il en désignant l'agenda.

Comme il avait laissé tomber l'idée de la promenade, Sarah commençait peu à peu à se détendre. Elle ouvrit le carnet pour vérifier une date précise.

Laisse-moi en paix

« Est-ce que la fille a fait allusion à un recours déposé au service d'urbanisme ?

— Pas que je me souvienne. »

Sarah lui montra la page, un mois avant la mort de Caroline, où était noté un numéro de référence accompagné du rappel *recours permis de construire.*

« Ça met les gens dans tous leurs états.

— Assez pour commettre un meurtre ?

— Rien n'est plus bizarre que les gens, paraît-il. »

Murray afficha la page du service d'urbanisme d'Eastbourne sur son téléphone et, vérifiant la référence notée dans l'agenda, entra le numéro dans le champ de recherche.

« C'est une demande d'extension. Soumise par M. Robert Drake. »

Murray se souvint de la liste d'amis et de parents qui entouraient Caroline Johnson le jour de la mort de son mari.

« C'est le voisin d'Anna Johnson. La demande a été rejetée, expliqua Murray en passant le résumé en revue. On dirait bien qu'il est en train d'en soumettre une nouvelle : il a fait appel de la décision, d'après le lien attaché au dossier.

— Tu vois. Voilà ton motif, Hercule Poirot.

— Trente-quatre personnes ont essuyé des refus. Je ferais mieux de vérifier qu'elles ne se sont pas toutes fait liquider. »

Sarah leva un sourcil.

« Vas-y, fiche-toi de mes théories… Sur quoi tu paries, détective ? »

Murray n'aimait pas parier. La vie était suffisamment compliquée sans chercher à en rajouter, et, en outre, un certain flou artistique entourait l'affaire Johnson.

Un suicide ? Détrompe-toi.

« Le suicide de Caroline Johnson était la copie conforme de celui de son mari, remarqua-t-il autant pour lui-même que pour Sarah.

Laisse-moi en paix

Les points communs sont venus corroborer le verdict du coroner, notamment parce que certains détails de la mort de Tom n'avaient jamais été divulgués à la presse. »

La *Gazette* avait publié la notice nécrologique de M. Johnson. La famille était bien connue dans la région, le garage lui appartenant depuis trois générations. L'article faisait mention des effets personnels abandonnés sur la falaise, de la voiture garée sur le parking, mais pas du sac à dos rempli de pierres. Seuls les proches et Diane Brent-Taylor, le témoin, disposaient de cette information.

Murray repensa à la carte anonyme reçue par Anna, au lapin éviscéré devant sa porte. Un suicide à marée haute était bien commode puisqu'il éliminait le cadavre susceptible de livrer ses secrets sur la table d'autopsie. Tom et Caroline avaient tous les deux vérifié les horaires des marées, mais pourquoi tenaient-ils à ce que l'on ne retrouve pas leur corps ? Cela sentait… la mise en scène.

Sarah remarqua l'expression pensive de son mari.

« Qu'est-ce que tu as ?

— Je n'ai pas de preuve.

— L'instinct d'abord, les preuves après. N'est-ce pas ce que tu disais toujours ? »

Murray éclata de rire. Ce principe, appliqué presque tout au long de sa carrière, ne l'avait encore jamais déçu. Il lui restait un long chemin à parcourir pour percer le mystère de la mort des époux Johnson, mais tous ses instincts l'aiguillaient dans une seule direction.

« Tu crois qu'elle a été assassinée, n'est-ce pas ?

— Je crois qu'ils l'ont été tous les deux », répondit Murray.

Songeuse, Sarah rouvrit l'agenda de Caroline et feuilleta la liasse de publicités et de cartes de visite coincées dans la page de garde. Elle en sélectionna une pour la consulter.

« Je croyais t'avoir entendu dire que Mark Hemmings ne connaissait pas les Johnson.

Laisse-moi en paix

— En effet ; Anna ne l'a rencontré qu'à la mort de ses parents.
— Pas d'après ça. »
Murray prit le papier que lui tendait Sarah. *Mark Hemmings, diplôme en approche systémique, diplôme de formateur en approche systémique, master en psychologie, membre de la fédération de psychothérapie du Royaume-Uni (accrédité), membre de l'association britannique de psychothérapie.* Il retourna la feuille et reconnut l'écriture de Caroline Johnson d'après les nombreuses notes inscrites dans son agenda : *14 h 30, mercredi 16 novembre.*

Sarah vérifia la page correspondant à la date indiquée, où le même rendez-vous était inscrit.

« Il ment », dit-elle en dévisageant son mari.

22
Anna

À dix-huit heures, on sonne. En trouvant oncle Billy sur le seuil, une bouteille de vin à la main, je l'accueille avec un regard sans expression.

« Tu n'avais pas oublié, n'est-ce pas ?

— Bien sûr que non ! J'étais ailleurs. Ça fait plaisir de te voir, dis-je en l'étreignant pour dissimuler mon mensonge. Désolée d'être partie en claquant la porte, hier. »

Il chasse mes excuses d'un haussement d'épaules.

« Ça arrive à tout le monde de s'emporter. Ne t'en fais pas. Dis-moi, où est ma sublime petite-nièce ? »

Nous nous dirigeons vers la cuisine et je tends Ella à Billy, qui la porte maladroitement, comme on soupèse une courge pour estimer son poids à la foire du comté. Elle tente plusieurs fois d'attraper son nez, ce qui l'amuse, et ils sont tellement adorables que j'attrape mon téléphone pour prendre une photo rapide. J'ai reçu un SMS de Mark.

Je suis en retard, désolé x

T'inquiète. Billy est venu dîner x, réponds-je.

Super.

Je pose mon téléphone et souris à oncle Billy.
« Mark rentre bientôt. Il a vraiment hâte de te voir !

— Génial », répond-il avec un sourire forcé.

Laisse-moi en paix

Je me verse un grand verre de vin. La grossesse et l'allaitement m'ont fait perdre les habitudes acquises auprès de mes parents, mais je crois que je vais en avoir besoin, ce soir.

Mon père adorait raconter qu'à l'âge de six ans, alors que j'apprenais à lire l'heure, les amis de mes parents invités à l'apéritif me mettaient à l'épreuve.

« Quelle heure est-il, Anna ?
— L'heure de l'apéro », répondais-je.

Je ne m'en souviens pas ; je me demande même si papa n'a pas tout inventé, même si l'anecdote sent le vécu.

Quand Mark rentre, à plus de dix-neuf heures, il se confond en excuses et me tend un énorme bouquet de lys orientaux.

« Je suis désolé, dit-il, et je sais qu'il ne parle pas de son retard.
— Moi aussi.
— Ravi de te voir », dit-il en serrant la main de Billy avec enthousiasme.

Alors que je rôde autour d'eux, mon sourire factice me donne des crampes aux joues.

« Moi de même. Tu t'occupes d'Anna, j'espère.
— Billy, je me débrouille très bien toute seule. »

Laisse tomber, semble me dire Mark en m'adressant un clin d'œil.

« Je fais de mon mieux, Bill. Comment vont les affaires ?
— Plus florissantes que jamais. »

Alors que mon oncle nous précède au salon, Mark me décoche un regard perplexe. D'un signe de tête, je le dissuade d'insister.

Depuis la mort de mon père, les ventes se sont effondrées et Billy se débat avec les difficultés. C'est d'abord maman qui a hérité de la part de papa dans l'affaire avant qu'elle ne me revienne, mais je n'ai toujours pas la moindre idée de ce que cela implique. J'avais cru que le congé maternité serait le moment idéal pour prendre le temps de potasser tous les papiers et d'apprendre le fonctionnement de l'entreprise, mais je n'avais pas anticipé qu'un nouveau-né m'accaparerait à ce point. Je dois m'estimer heureuse si j'ai le temps de lire la liste des ingrédients sur un paquet de céréales. Je ne suis au courant que du chiffre d'affaires global, qui n'est pas bon.

Ce n'est pas le moment de le faire remarquer à Billy. Pendant que Mark leur sert à boire, je bats en retraite dans la cuisine. À mon retour, les deux hommes sont assis en silence. Je me creuse la cervelle pour trouver un point commun entre mon compagnon et mon oncle, mis à part moi.

« Oh ! Et si tu parlais à Billy de la chorégraphie d'Ella ? dis-je à Mark, désorienté par ma remarque. Quand tu as passé la chanson de Guns N' Roses ? »

J'attends, mais il ne voit toujours pas où je veux en venir.

« Quand nous nous sommes retournés, elle agitait les bras et donnait des coups de pied au rythme de la musique, on aurait dit qu'elle dansait.

— Oui, c'est vrai ! Eh bien, je n'ai rien à ajouter, à vrai dire. On aurait dit qu'elle dansait. »

Billy rit poliment. Le malaise est insupportable. Lorsqu'on sonne à la porte, c'est le soulagement. Mark se lève d'un bond, mais je le coiffe sur le poteau.

« C'est Piccadilly Circus ici ce soir ! » dis-je gaiement.

Je n'ai jamais été aussi contente de voir Laura.

« Je passe juste prendre des nouvelles après le carnage d'hier, annonce-t-elle en m'observant. Ça va ? Tu as l'air un peu survoltée. »

Je l'attire dans l'entrée, puis dans la cuisine et ferme la porte.

« Tu dois rester dîner.

— Je ne peux pas, j'ai quelque chose de prévu.

— Laura, je t'en prie ! Tu dois me sauver la mise. J'adore Billy et j'aime Mark, bien sûr, mais j'en viens doucement à la conclusion qu'ils ne se supportent pas.

— Ils ont recommencé à se disputer ?

— Non, mais cela ne saurait tarder.

Laisse-moi en paix

— Ça va te coûter cher », remarque Laura, amusée.
Je lève la bouteille de vin d'une main, un verre vide de l'autre.
« Marché conclu. »
Comme on pouvait s'y attendre, la polémique bat son plein à notre retour au salon.
« De mon temps, le concept de santé mentale n'existait pas. Il n'y avait ni psys, ni thérapeutes, ni bonimenteurs doués pour le charabia. On faisait avec, c'est tout.

— Voilà sans doute pourquoi on assiste à un énorme contrecoup aujourd'hui.

— Vous croyez que les pilotes de la Seconde Guerre mondiale se faisaient porter pâles à cause du stress ? d'une dépression ?

— Je crois que nous commençons à peine à comprendre les...

— Putains de poules mouillées.

— Regardez sur qui je suis tombée ! dis-je en leur coupant la parole et en exhibant Laura comme un trophée. C'est un dîner digne de ce nom maintenant.

— Laura ! s'écrie Billy en se levant pour l'enlacer. Tu passes Noël avec nous, ma belle ?

— Pas cette année. J'ai prévu un repas bien arrosé avec des copines. Quatre Bridget Jones et autant de prosecco qu'on peut en supporter. »

Même si elle fait la grimace, je sais qu'elle attend ce moment avec impatience. Elle se glisse à côté de mon oncle sur le canapé.

« Parlons voitures. La mienne est à l'agonie et j'ignore par quoi la remplacer.

— J'ai une Skoda d'il y a trois ans que je pourrais te céder à bon prix.

— J'avais une autre allure en tête.

— Il y a une Mazda MX-5 qui te conviendrait peut-être mieux, bien que cela dépende de ton budget. Écoute : viens en essayer quelques-unes pour voir laquelle te convient. Emprunte la Skoda pendant un jour ou deux, et n'importe quelle autre voiture qui te plaît, vérifie leur maniabilité. »

Maintenant que la conversation ne tourne plus autour de l'utilité – ou de l'inutilité – du travail de Mark, je retourne à la cuisine, l'esprit tranquille.

Les piques acerbes des deux hommes sont édulcorées par le vin et, à la fin du repas, je me détends enfin.

« Je vois que ton voisin a soumis une nouvelle demande de permis de construire. »

Billy est serein, il ne cherche plus à marquer des points sur Mark. Je leur en sais gré à tous les deux.

« Il a fait quelques modifications depuis que sa demande a été rejetée. Son projet est un peu moins grandiose.

— C'est la luminosité qui inquiétait Caroline, observe Laura en désignant la fenêtre à travers laquelle le réverbère illumine la terrasse et la clôture mitoyenne. L'extension va complètement dominer ton jardin. Tu devrais déposer un recours.

— Je ne voudrais pas me disputer avec Robert. »

Il a beau être agaçant, il s'est montré très gentil à la mort de papa et maman et je n'ai pas envie de créer de malaise.

« Ce n'est pas un hasard si la démarche existe, reprend Laura. Il ne s'agit pas d'en faire une affaire personnelle. Tu remplis un formulaire en expliquant pourquoi tu t'opposes aux travaux.

— C'est peut-être une bonne idée, Anna, renchérit Mark, l'air préoccupé. Une grande extension assombrira la maison. Sa valeur pourrait en pâtir.

— Nous n'avons pas l'intention de vendre. »

Je me fiche des projets de rénovation du voisin. Maman s'était disputée avec lui à ce sujet lorsqu'il a déposé sa première demande. Papa n'était mort que depuis un mois, et même si c'était tout à fait compréhensible, ma mère réagissait de manière un peu imprévisible aux situations quotidiennes. Quand le magasin du coin est tombé en panne de pain, elle s'est lancée dans une diatribe qui a terrorisé la caissière. J'ai ramené maman chez nous et je l'ai mise au lit. La vendeuse a fait preuve de beaucoup de compassion quand je suis retournée m'excuser. Comme tout le monde. Robert aussi. Maman est devenue obsédée par son permis de construire. Ce conflit lui a servi de planche de salut ; elle a accumulé les renseignements sur les sites et les monuments classés, obtenu le soutien d'autres voisins. Je ne sais même pas à quel point ces travaux l'ennuyaient vraiment. C'était son nouveau cheval de bataille, au même titre que la récolte de fonds pour l'association qui venait en aide aux chiens chypriotes ou les manifestations auxquelles elle avait participé au moment du Brexit. Quand maman trouvait un projet, elle s'y consacrait corps et âme. Je me fichais pas mal que Robert construise un stade de football dans son jardin. Ma mère et moi n'avions pas la même façon de gérer notre chagrin.

« Pas dans l'immédiat, mais un jour…

— Jamais ! » dis-je en repoussant ma chaise un peu trop violemment.

Le silence qui s'ensuit aurait été gênant sans l'intervention d'Ella ; somnolant dans son transat, elle fait soudain la grimace et lâche un pet exceptionnellement bruyant et nauséabond. Tout le monde éclate de rire. Le malaise se dissipe.

« Nous devrions la coucher, non ? observe Mark sans bouger le petit doigt.

— Laisse-la. Je crois qu'à deux mois, on peut dormir n'importe où.

— Déjà deux mois ! s'écrie Billy.

— Je sais. Ça passe tellement vite !

— Il serait temps de mettre la bague au doigt d'Anna, hein, Mark ? »

Je commence à débarrasser.

« Ce n'est pas faute d'avoir essayé.

— Rien ne presse, oncle Billy. Nous avons un enfant : ça nous engage plus qu'une alliance.

— Écoutez : à mon avis, un grand mariage, c'est exactement ce dont cette famille a besoin après tout ce qui s'est passé, explique-t-il, les lèvres tachées de vin. C'est moi qui régale.

— Nous ne voulons pas de ton argent, Billy. »

En voyant ma mine, Laura s'en mêle.

« Tu ferais mieux de t'inscrire sur Tinder, Billy, si tu es prêt à tout pour célébrer un mariage. Nous te servirons de demoiselles d'honneur, pas vrai Anna ? »

Je lui lance un regard plein de gratitude.

« Bonne idée, mais les vendeurs de voitures ventripotents sur le retour n'ont pas trop la cote, je crois.

— Oh ! Allez, oncle Billy : tu es un bon parti. Belle maison, entreprise saine, dents d'origine... Ce sont bien tes dents d'origine, n'est-ce pas ? »

Ils sont hilares quand je regagne la cuisine pour remplir le lave-vaisselle.

La première fois que Mark m'a demandé de l'épouser, c'est le soir où je lui ai annoncé que j'étais enceinte. J'ai refusé. Il n'était pas obligé de me le proposer.

« Je ne le fais pas parce que j'y suis obligé, mais parce que j'en ai envie. Je veux être avec toi. Pas toi ? »

J'ai esquivé la question. Si, bien sûr que si, mais je désirais que sa décision soit motivée par son amour pour moi, non par la naissance de notre bébé.

Il m'a fait deux nouvelles demandes pendant ma grossesse et une autre juste après la naissance d'Ella. J'ai failli accepter cette fois-là, radieuse après mon accouchement, encore dopée par la péridurale et l'euphorie d'avoir mis au monde le petit être endormi dans mes bras.

« Bientôt », lui ai-je alors promis.

Laisse-moi en paix

Comme la plupart des femmes, j'avais déjà imaginé mon mariage. Si l'identité de l'heureux élu avait changé au fil du temps – de Joey Matthews, à six ans, quand j'étais au CP, en passant par une brochette de petits amis peu recommandables et un ou deux types qui l'étaient presque –, la liste des invités n'avait jamais varié, elle. Quelques amis, Billy, Laura.

Papa et maman.

Dès que j'envisage d'épouser Mark, je suis obnubilée par l'absence de mes parents.

Il est tard quand Billy et Laura s'en vont. Je les raccompagne dehors et les salue d'un signe de la main, ravie de sentir l'air froid me dégriser. Debout sur le trottoir, tournée vers la maison, je serre les bras contre moi et repense à la proposition de Mark : vendre Oak View et repartir à zéro ; j'ai beau savoir qu'il a raison, la simple idée de quitter les lieux me fait mal.

Je jette un coup d'œil à côté. Il y a de la lumière en bas et au niveau de ce qui doit être le palier du premier étage. Le permis de construire rose que Billy a vu est suspendu au portail par des liens en plastique et un texte en petits caractères détaille la marche à suivre pour soumettre un recours. Il y aura sans doute une période de consultation, une adresse à laquelle écrire si l'on s'oppose au projet.

Je ne peux pas m'empêcher de penser qu'il y a des batailles plus importantes à mener que celle qui consiste à déterminer si l'extension de Robert Drake assombrira notre cuisine. Contrairement à mes parents, qui semblaient parfois s'épanouir dans le conflit, l'idée de me disputer avec un voisin me terrorise. C'est peut-être parce que je suis fille unique que, privée de rivalités fraternelles, je n'ai jamais pu m'endurcir, mais la perspective d'une querelle me poussera plus facilement aux larmes qu'à la vengeance.

Je rebrousse chemin vers la maison quand un grand fracas retentit, accompagné d'un bris de glace. Désorientée par l'air nocturne,

Laisse-moi en paix

je ne parviens pas à déterminer d'où viennent ces bruits. En ouvrant la porte, j'aperçois Mark qui se rue à l'étage. Quelques secondes plus tard, il m'appelle. Je me précipite dans l'escalier.

« Qu'est-ce qu'il y a ? Que s'est-il passé ? »

Dans la nursery d'Ella, les rideaux ouverts volettent, poussés par un courant d'air froid, et la vitre est brisée. Je pousse un cri.

Mark désigne le lit de notre fille, couvert d'éclats de verre qui scintillent à la lumière du plafonnier, et la brique qui a atterri au centre du matelas. Un élastique retient une feuille de papier.

Mark la ramasse avec précaution.

« Les empreintes ! » dis-je.

Il soulève un coin de la feuille et se contorsionne pour lire le message imprimé dessus.

Évite la police. Arrête avant que l'on te fasse du mal.

23

Murray

Les yeux cernés, Anna Johnson avait l'air fatigué et malgré son sourire poli lorsqu'elle lui ouvrit la porte, il n'y avait plus trace chez elle de la détermination que Murray avait constatée la veille. Elle le fit entrer dans la cuisine, où Mark Hemmings débarrassait la table du petit déjeuner.

Le policier trouva la dynamique du couple intéressante. Bien qu'Anna fût de toute évidence une femme forte, en présence de son compagnon, elle semblait lui laisser prendre les rênes. Était-ce un choix délibéré ? Mark menait-il la danse dans ce couple ? Avait-il vraiment menti en affirmant ne pas connaître Caroline Johnson ?

« Excusez-moi, je vous dérange ?

— Pas du tout. Nous avons un peu de mal à nous mettre en train aujourd'hui, après les événements de la nuit dernière.

— La nuit dernière ? »

Plusieurs verres à vin étaient retournés sur l'égouttoir. Murray sourit pour dissiper la tension qu'il ne parvenait pas à identifier.

« Ah, tout le monde s'est bien amusé ? »

Ses yeux passèrent d'Anna à Mark, puis son sourire s'effaça. La jeune femme le fusillait du regard, bouche bée.

« Bien amusé ? Qu'est-ce que... »

Mark traversa la pièce pour prendre sa compagne par l'épaule.

« Ce n'est pas grave. Quelqu'un a jeté une brique à travers la fenêtre de la chambre de notre fille, accompagnée d'un message. Elle aurait pu être tuée.

— À quelle heure l'incident a-t-il eu lieu ? demanda le policier en sortant son calepin.

Laisse-moi en paix

— Vers minuit, répondit Anna. Nous étions…

— Sommes-nous vraiment obligés de tout recommencer ? l'interrompit Mark. Nous sommes restés debout jusqu'à deux heures du matin pour faire nos dépositions. »

C'est alors que Murray remarqua les papiers posés sur la table de la cuisine. La carte de visite comportant les coordonnées du centre d'information et de commandement de la police ; le prospectus de l'association de soutien aux victimes dont le numéro de téléphone était entouré au stylo. Il rangea son calepin.

« Bien sûr que non. Je vérifierai auprès des policiers qui sont intervenus pour m'assurer qu'ils disposent de tous les éléments nécessaires.

— Ils nous ont demandé si nous avions un numéro de dossier », reprit Mark en plissant les yeux.

Murray éprouva une sensation familière au creux de l'estomac.

« Après le signalement de l'autre incident – celui de la carte d'anniversaire. »

Pendant l'année de stage de Murray, une négligence lui était retombée sur le nez. Son sergent – un type de Glasgow à qui rien n'échappait – l'avait traîné dans son bureau pour lui demander des comptes au sujet « d'une affaire qui aurait dû être résolue fissa, fiston », avant de s'empresser de l'envoyer faire la circulation. Debout sous la pluie, l'eau coulant de son casque, Murray avait l'estomac retourné. En poste depuis à peine trois semaines, il s'était déjà fait tancer. Avait-il tout foiré ? Son patron allait-il le considérer comme une brebis galeuse et faire une croix sur lui ?

Il n'avait pas tout foiré et son patron n'avait pas fait une croix sur lui. Mais c'était peut-être parce que, à partir de ce moment-là, Murray avait juré de traiter chaque victime avec la considération qu'elle méritait et de suivre le règlement à la lettre.

Cette fois-ci, il avait fait une entorse au règlement.

Laisse-moi en paix

« Ne vous inquiétez pas, répondit-il aussi gaiement que possible. Je vais tirer tout ça au clair au commissariat.

— Pourquoi n'avons-nous pas de numéro de dossier ? demanda Anna en attrapant le bébé dans son transat avant de s'approcher du policier. Vous menez une enquête digne de ce nom, n'est-ce pas ? »

— Je vous assure que oui », se défendit-il, prêt à jurer main sur le cœur.

Plus fouillée que si j'avais transmis le dossier à la PJ, songea-t-il. Néanmoins, l'angoisse continua à lui nouer l'estomac. Un collègue était-il en ce moment même en train de se demander pourquoi Murray Mackenzie, officier de police à la retraite désormais chargé de l'accueil du public au commissariat de Lower Meads, enquêtait sur un possible double homicide ?

« J'étais venu vérifier un détail, à vrai dire. »

Il sortit de la poche intérieure de sa veste le prospectus trouvé par Sarah dans l'agenda de Caroline Johnson, qu'il garda à la main pour l'instant.

« M. Hemmings, vous n'avez jamais rencontré les parents d'Anna ?

— C'est exact, je vous l'ai dit hier. C'est leur décès qui a poussé Anna à venir me consulter.

— Très bien. Donc lorsque vous avez fait la connaissance de votre compagne, vous n'aviez jamais entendu parler de sa... »

Murray, hésita, cherchant le mot juste, et avoua sa maladresse en adressant à la jeune femme un sourire compatissant.

« Sa situation ?

— Non », rétorqua Mark avec un soupçon d'impatience.

De l'impatience ? Vraiment ? Ou essayait-il de cacher autre chose ? Murray leur montra la publicité.

« Reconnaissez-vous cet imprimé, M. Hemmings ?

— Oui. Je ne suis pas sûr de vous suivre... »

Laisse-moi en paix

Murray retourna la feuille avant de la lui tendre. Curieuse, Anna s'approcha pour regarder le message distinctement noté sur l'envers. Elle poussa un hoquet de surprise, en proie à un trouble profond.

« C'est l'écriture de maman.

— Il se trouvait dans l'agenda de votre mère, expliqua Murray d'une voix douce. »

Hébété, Mark était incapable de réagir. Il brandit le prospectus.

« Et... Quoi ? J'ignore pourquoi elle avait mes coordonnées.

— Il semblerait qu'elle ait pris rendez-vous avec vous, M. Hemmings.

— Pris rendez-vous ? Mark, de quoi s'agit-il ? Maman était-elle... une de tes patientes ? »

Anna recula, prit malgré elle ses distances avec l'imprimé et le père de sa fille.

« Non ! Bon sang, Anna ! Je viens de te dire que je ne sais pas ce que ce papier faisait dans les affaires de ta mère.

— Bon, eh bien, je voulais juste en être sûr. »

Murray tendit la main pour reprendre le document. Hemmings hésita, puis le laissa tomber sur la paume ouverte du policier avec une telle désinvolture que Murray dut le rattraper au vol avant qu'il ne tombe par terre.

« Je vous laisse », s'excusa-t-il avec un sourire poli.

Et voilà : il suffisait de mettre le feu aux poudres et d'admirer le spectacle, songea Murray en sortant. Mark Hemmings allait devoir se montrer convaincant.

24

Anna

« On aurait pu espérer qu'il serait au courant pour hier soir, non ? s'étonne Mark, qui se remet à débarrasser la table et transfère nos bols à céréales dans le lave-vaisselle. La main droite ignore ce que fait la main gauche : c'est ridicule. »

Il se penche pour ranger les assiettes, déplace la vaisselle d'hier soir. Sa lenteur et son regard fuyant sont-ils délibérés ?

« Tu connaissais ma mère ?

— Quoi ? »

Il dépose nos cuillères dans le panier à couverts. Une, deux.

« Mark, regarde-moi ! »

Il se relève lentement, prend un torchon pour s'essuyer les mains, le plie et le pose sur le plan de travail avant de me dévisager.

« Je n'ai jamais rencontré ta mère, Anna. »

Si Mark et moi étions ensemble depuis dix ans, si nous nous étions rencontrés pendant l'adolescence, si nous avions grandi ensemble, je saurais s'il me ment. Si nous avions rencontré les problèmes que connaissent tous les couples, les hauts et les bas, les ruptures suivies de rabibochages, je saurais s'il me ment.

Si je le connaissais mieux...

Impossible, il me regarde droit dans les yeux.

« Elle a pris rendez-vous avec toi.

— Comme beaucoup de gens, Anna. *Toi*, par exemple. Nous inondons Eastbourne de nos publicités, nom d'un chien. »

Il baisse le regard, se tourne vers la machine bien qu'il y ait déjà tout rangé.

« Et tu ne te souviens pas de lui avoir parlé ?

Laisse-moi en paix

— Non. Écoute, certaines personnes prennent directement rendez-vous avec moi, d'autres passent par Janice. Je n'ai sans doute jamais été en contact avec ta mère. »

Janice travaille à la réception de l'immeuble de bureaux de Brighton où est situé le cabinet de Mark, ainsi qu'une dizaine d'autres petites entreprises qui ne veulent ou ne peuvent pas s'offrir les services d'une secrétaire. Elle gère leurs rendez-vous, reçoit la clientèle et répond au téléphone en personnalisant l'accueil en fonction de la ligne qui clignote sur son poste.

Serenity Beauty, puis-je vous aider ?
Brighton Interiors, puis-je vous aider ?

« Le truc, c'est qu'elle ne s'est pas présentée au rendez-vous.

— Comment le sais-tu ? »

On dirait que quelqu'un d'autre s'exprime. D'un ton dur, accusateur. Mark soupire, on dirait une baudruche qui se dégonfle : il est exaspéré, agacé. C'est notre première vraie dispute. C'est la première fois que nous nous rabrouons, que nous levons les yeux au ciel en cachette, l'air de prendre à témoin un public invisible.

« Je m'en serais souvenu.

— Tu ne te rappelais même pas qu'elle avait pris rendez-vous. »

Sa réponse tarde à venir.

« Il doit y avoir une trace dans nos archives. Janice fait une mise à jour dès l'arrivée des clients.

— Tu peux vérifier, alors ?

— Tout à fait. »

Je lui tends son portable.

Il éclate d'un rire bref, sans humour.

« Tu veux que je le fasse maintenant ? »

Se comporte-t-on ainsi quand on se croit trompée, devient-on comme ça ? Le genre de femme que j'ai toujours méprisé : la harpie boudeuse, qui, bras croisés, exige des réponses immédiates de la part d'un homme dont je n'ai jamais eu la moindre raison de douter.

Laisse-moi en paix

Ça, c'était avant de trouver ses coordonnées dans l'agenda de ma mère.

Il parcourt ses contacts, sélectionne le numéro du bureau. J'entends la voix chantante de Janice à l'autre bout du fil et devine ses propos sans même l'entendre.

Holistic Health, puis-je vous aider ?

« Janice, c'est moi. Pourriez-vous vérifier un détail dans nos archives ? Mercredi 16 novembre 2016. 14 h 30. Caroline Johnson. »

Le courage qui m'animait tout à l'heure se mue en incertitude. Si Mark mentait, il ne vérifierait pas l'information devant moi. Il dirait qu'il ne peut le faire qu'au bureau, que les archives ne gardent pas trace de détails aussi précis. Il ne ment pas. Je le sais.

« Et elle n'a pas repris rendez-vous ? »

Je m'active et ramasse les jouets de Rita pour les ranger dans son panier.

« Merci, Janice. À quoi ressemblent les deux prochaines journées ? Des annulations ? »

Il écoute sa réponse, éclate de rire.

« Je ne risque pas d'avoir un jour de repos la veille de Noël, c'est ça ? »

Il prend congé et raccroche.

C'est mon tour d'éviter son regard maintenant. Je ramasse un faisan en peluche éventré par la chienne.

« Excuse-moi.

— D'après le planning, elle n'est pas venue et n'a pas repris rendez-vous. »

Il traverse la cuisine pour se poster devant moi, me soulève délicatement le menton jusqu'à ce que je le regarde.

« Je ne l'ai jamais rencontrée, Anna. Malheureusement. »

Je le crois. Quel intérêt aurait-il à mentir ?

25

Murray

« Pouvons-nous rentrer maintenant ? »
Murray serra la main de Sarah.
« Encore un tour. »
Ils se promenaient dans le jardin de l'hôpital, sans s'éloigner du bâtiment pour que sa femme puisse se rassurer en frôlant le mur de briques de la main.
« D'accord. »
La respiration de Sarah s'emballa. Elle essaya d'accélérer le pas pour mettre un terme à la balade, mais Murray garda l'allure mesurée qu'ils avaient adoptée pendant leurs deux premiers tours et fit de son mieux pour la distraire.
« Tom Johnson a légué la maison, sa part de l'entreprise et tous ses biens à sa femme, sauf cent mille livres dont Anna a hérité. Sa prime d'assurance vie a été versée à Caroline.
— Bien qu'il ait mis fin à ses jours ?
— Tout à fait. »
Murray en savait désormais plus long que nécessaire sur le sujet. La plupart des contrats comportaient une « clause d'exclusion » qui interdisait le versement du capital dans les douze mois suivant le suicide du souscripteur. Elle visait à dissuader les assurés de se supprimer pour échapper au paiement de leurs dettes, lui avait expliqué au téléphone la très aimable employée d'Aviva. Le contrat d'assurance de Tom Johnson courait depuis des années ; sa femme avait obtenu le versement de la prime dès la signature du certificat de décès.
« Et le testament de Caroline ? »

Laisse-moi en paix

La main de Sarah continuait à suivre le tracé du mur, mais plus d'aussi près.

« Elle a légué une petite somme à sa filleule, fait un don de dix mille livres à une association chypriote de protection animalière et le reste à Anna.

— C'est donc la fille qui a tout raflé. Tu es sûr qu'elle ne les a pas liquidés tous les deux ? demanda Sarah en laissant retomber sa main le long du corps.

— Elle se serait envoyé une carte anonyme aussi ? »

Sarah réfléchissait.

« Et si la carte lui avait été adressée par quelqu'un qui sait ce qu'elle a fait ? Anna panique, montre le courrier à la police parce que c'est ce que ferait quelqu'un qui n'a pas de sang sur les mains. Double bluff. »

Murray sourit. Sarah était beaucoup plus créative que tous les enquêteurs avec qui il lui avait été donné de travailler.

« Des empreintes ?

— Plusieurs. Nish les analyse en ce moment. »

À la mort de Tom Johnson, on avait effectué un relevé d'empreintes dans sa voiture et pris celles de sa fille et des employés de la concession automobile afin de les disculper. Sur la carte anonyme apparaissait la trace des dix doigts d'Anna Johnson et de son oncle Billy, qui l'avait déchirée avant que sa nièce ait pu l'en empêcher, et plusieurs empreintes partielles qui auraient pu appartenir à n'importe qui, y compris les clients de la papeterie où la carte avait été achetée. Aucune n'était répertoriée dans le PNC, le fichier central de la police britannique.

À l'évocation de leur amie, le visage de Sarah s'était éclairé. Sa main s'était un peu détendue dans celle de Murray.

« Comment va Nish ?

— Bien. Elle a demandé de tes nouvelles et proposé que nous mangions ensemble quand cela te dira.

— Peut-être. »

Laisse-moi en paix

Peut-être, ce n'était pas mal. Peut-être, c'était mieux que non. Demain, c'était la veille de Noël et le professeur Chaudhury, le spécialiste qui suivait Sarah, avait décidé de la laisser sortir. Elle n'était pas du même avis.

« Je ne suis pas bien », avait-elle protesté en tripotant ses manches élimées.

Les gens qui s'autoproclament as de la psychiatrie aiment bien comparer les troubles mentaux à des blessures physiques.

« Si Sarah avait une jambe cassée, tout le monde comprendrait qu'il faille la soigner », avait dit le supérieur hiérarchique de Murray quand ce dernier s'était excusé d'avoir pris un congé pour soutenir sa femme.

On ne pourrait pas l'accuser de discrimination.

Sauf que ça n'avait rien à voir. Une jambe cassée, cela se répare. Radios, plâtre, broche à la rigueur. Quelques semaines de béquilles. Repos, physiothérapie. Et après ? Un élancement de temps en temps peut-être, mais un membre fonctionnel. Une amélioration. Bien sûr, on risquait plus facilement de se faire une fracture la prochaine fois que l'on descendrait de vélo ou que l'on trébucherait en montant l'escalier sans faire attention, mais la jambe ne se briserait pas spontanément. Elle ne se figerait pas d'horreur à l'idée d'ouvrir la porte, ne s'effondrerait pas si quelqu'un chuchotait hors de portée de voix.

Les troubles de la personnalité borderline n'avaient strictement rien à voir avec une jambe cassée.

Sarah n'était pas bien, en effet. Mais elle ne le serait jamais.

« Vos troubles ne se guérissent pas, Sarah. »

Un nasillement typique de Birmingham venait tempérer l'accent d'Oxbridge du professeur.

« Vous le savez bien. Vous connaissez mieux que personne votre maladie. Malgré tout, vous la gérez correctement et continuerez à le faire chez vous.

— Je veux rester ici », avait-elle insisté en fondant en larmes.

Laisse-moi en paix

Elle ressemblait plus à une enfant qui s'ennuie de ses parents qu'à une femme de cinquante-huit ans.

« Je n'aime pas être chez moi. Ici, je suis en sécurité. »

Murray s'était forcé à sourire pour ne pas montrer qu'il venait de recevoir un crochet du droit à l'estomac. Le professeur Chaudhury avait fait preuve de fermeté.

« Vous le serez tout autant chez vous. Parce que ces derniers jours, ce n'est pas nous qui avons veillé sur vous. »

Il avait respecté un silence et s'était penché vers Sarah, mains jointes.

« C'est vous. Vous poursuivrez vos séances de thérapie quotidiennes, puis nous passerons à des visites hebdomadaires. Avançons à petits pas. La priorité, c'est que vous rentriez chez vous avec votre mari. »

Murray attendait qu'elle enchaîne avec un crochet du gauche, mais Sarah avait hoché la tête, docile, et accepté de mauvaise grâce de rentrer chez elle le lendemain. Avant de le surprendre en acceptant de faire une promenade.

Murray s'arrêta.

« Voilà, ça fait trois », dit-il.

Sa femme parut décontenancée de se retrouver devant la porte après leurs trois tours complets du bâtiment.

« Je viens te chercher demain matin, d'accord ?

— Je participe au groupe de parole, le matin, dit-elle, contrariée.

— À midi, alors.

— D'accord. »

Murray l'embrassa et se dirigea vers le parking. À mi-chemin, il se retourna pour lui faire signe de la main, mais elle avait déjà filé à l'intérieur.

Il passa l'heure suivante à ranger la maison déjà impeccable en prévision du retour de sa femme. Il changea les draps dans leur chambre, fit aussi le lit de la chambre d'ami, décora les deux pièces avec un bouquet de fleurs fraîches, juste au cas où elle aurait envie d'être seule. Quand l'endroit fut d'une propreté immaculée, il monta dans sa voiture et partit travailler.

Le fait que Diane Brent-Taylor – le témoin qui avait signalé le suicide de Tom – n'avait pas assisté à la lecture du verdict du coroner tracassait Murray. Elle prétendait qu'elle se trouvait à Beachy Head avec son amant ce matin-là et qu'elle ne pouvait pas courir le risque que son mari le découvre. La PJ avait plusieurs fois essayé de la persuader de participer à l'enquête, en vain. Les policiers ne disposaient d'aucunes coordonnées – juste un numéro de téléphone portable –, et quand ce dernier avait été coupé, ils avaient laissé tomber. Après tout, il s'agissait d'un suicide. Pas d'un meurtre. Pas encore.

Murray refusait de laisser tomber.

Même si des tas de Taylor et une flopée de Brent étaient répertoriés dans le fichier central de la police et sur les listes électorales, il n'y trouva aucune Diane Brent-Taylor. Ses recherches sur Facebook, Twitter ou LinkedIn ne furent pas plus fructueuses, même s'il admettait volontiers que les réseaux sociaux n'étaient pas son point fort. Son point fort, c'était d'envisager les problèmes sous un angle original. Il pianota sur le bureau, puis reprit sa recherche en posant cette fois une feuille blanche à côté du clavier. Il devait sûrement exister un fichier qui s'en chargerait à sa place et en un éclair, mais la bonne vieille méthode de la feuille et du stylo ne l'avait encore jamais déçu. En outre, s'il s'adressait au service central du renseignement, on lui poserait des questions auxquelles il ne voulait pas répondre pour l'instant.

À gauche de sa feuille, il inscrivit l'adresse de tous les individus nommés Brent vivant dans un rayon de quarante kilomètres autour d'Eastbourne. S'il devait élargir sa recherche, il le ferait, mais pour l'instant il partait du principe que le témoin vivait dans les environs. Murray fit ensuite de même pour les dénommés Taylor.

Il lui fallut une demi-heure pour trouver une correspondance.

Laisse-moi en paix

Eurêka !
24, Burlington Close, Newhaven. Domicile de M. Gareth Taylor et de Mme Diane Brent.

Il releva la tête, un sourire radieux aux lèvres. Le seul à le remarquer fut John, le collègue à l'air sévère qui, une heure plus tôt, avait trouvé étrange que Murray vienne travailler.

« Je te croyais en congé jusqu'au Nouvel An.

— Je dois compléter mon formulaire d'entretien professionnel. »

John était de plus en plus troublé. Personne ne remplissait volontairement son formulaire d'entretien professionnel, à moins de postuler à une nouvelle place ou de briguer une promotion. Quant à s'y consacrer pendant son temps libre…

« Je n'ai jamais vu personne aussi content de remplir son FEP, remarqua John, complètement déconcerté.

— Je suis fier de mon travail, John, c'est tout. »

Murray sortit du commissariat en sifflotant.

Le 24, Burlington Close était une impasse calme, non loin de Southwich Avenue à Newhaven, à mi-chemin entre Eastbourne et Brighton. Murray attendit un instant avant de sonner, le temps d'observer les pots de fleurs soigneusement entretenus qui encadraient la porte d'entrée et le panneau « pas de démarchage » affiché sur la vitre en verre dépoli. En voyant une ombre se diriger vers lui lorsqu'il tendit le doigt vers la sonnette en plastique blanc, il comprit que Mme Brent-Taylor avait dû le regarder se garer dans son allée et l'attendre dans l'entrée ; elle ouvrit avant que le carillon se soit tu. Un chien aboya quelque part dans la maison.

Murray se présenta.

« J'enquête sur une affaire dans laquelle vous avez joué un rôle, si je ne m'abuse. Puis-je entrer ?

— Je dois faire mes bagages pour aller chez ma fille, répondit la dame en plissant les yeux. Nous fêtons Noël chez elle, cette année.

Laisse-moi en paix

— Ce ne sera pas long. »

Murray avait connu pire, comme accueil. Il sourit en tendant la main à Mme Brent-Taylor de sorte qu'il lui fut impossible de ne pas la lui serrer. Elle jeta un coup d'œil à la ronde de crainte que les voisins ne la jugent déjà.

« Vous feriez mieux d'entrer. »

Le vestibule était sombre et étroit. Il y avait un porte-parapluies, deux paires de chaussures par terre et un tableau d'affichage où Murray remarqua toutes sortes de prospectus et de pense-bêtes. Quelque chose attira son regard en passant devant, mais la propriétaire l'introduisit dans les profondeurs de la maison.

Un instant dérouté de devoir emprunter un escalier, il comprit pourquoi lorsqu'il entra dans une vaste pièce à vivre percée de larges baies vitrées offrant une vue imprenable sur la mer.

« Wouah ! »

Diane Brent-Taylor apparut en haut des marches une bonne minute après Murray. Le compliment du policier semblait l'avoir apaisée et les commissures de ses lèvres légèrement relevées auraient pu passer pour un sourire.

« J'ai beaucoup de chance.

— Vivez-vous ici depuis longtemps ?

— Cela fera vingt ans en mars. Si je déménage maintenant, ce sera dans un pavillon. »

Elle fit signe à Murray de s'installer dans le canapé couleur moutarde et se laissa tomber dans le fauteuil voisin avec un soupir bruyant.

Il hésita. Alors qu'il peaufinait son angle d'attaque en chemin, il avait décidé de commencer par l'identité de l'amant de Mme Brent-Taylor. Après tout, il était tout à fait possible qu'elle ait refusé de faire une déposition non seulement pour cacher son aventure extra-conjugale, mais aussi son implication – ou celle de son amant – dans la mort de Tom Johnson. Protégeait-elle quelqu'un ?

Laisse-moi en paix

Murray avait pourtant l'impression de s'être complètement trompé de tactique.

Mme Brent-Taylor avait près de quatre-vingts ans. Peut-être les avait-elle déjà fêtés. Elle était vêtue d'un « pantalon à pinces », comme aurait dit la mère de Murray, associé à une blouse ornée d'un imprimé chargé, aux couleurs bien plus gaies que sa propriétaire. Ses cheveux courts permanentés et teintés de bleu étaient figés sur son crâne et elle portait du vernis à ongles corail.

Il était tout à fait possible que Mme Brent-Taylor eût un amant, bien entendu. Mais vu le temps qu'il lui avait fallu pour monter l'escalier et la canne que Murray avait aperçue appuyée à son fauteuil, il semblait improbable qu'elle soit allée musarder à Beachy Head avec lui.

« Euh, votre mari est-il là ?

— Je suis veuve.

— Je suis navré de l'apprendre. Est-ce récent ?

— Cela a fait cinq ans en septembre. Puis-je savoir de quoi il s'agit ? »

Il devenait de plus en plus évident que Murray s'était trompé d'adresse ou... Il n'y avait qu'une façon de le découvrir.

« Mme Brent-Taylor, les noms de Caroline et Tom Johnson vous évoquent-ils quelque chose ?

— Ils devraient ? répondit la dame, sourcils froncés.

— Tom Johnson est mort à Beachy Head le 18 mai, l'année dernière. Sa femme Caroline est morte au même endroit le 21 décembre.

— Des suicides ? C'est terrible, ajouta-t-elle, prenant le silence de Murray pour une confirmation.

— Le témoin qui a signalé la mort de M. Johnson a donné votre nom à la police.

— Mon nom ?

— Diane Brent-Taylor.

Laisse-moi en paix

— Eh bien, ce n'était pas moi. Enfin, je suis allée à Beachy Head évidemment – j'ai vécu dans les environs toute ma vie –, mais je n'ai jamais assisté à un suicide. Dieu merci ! » marmonna-t-elle pour elle-même.

Était-il possible que deux Diane Brent-Taylor vivent dans la région d'Eastbourne ?

« Vous portez un nom original.

— Ce n'est pas un vrai nom composé, vous savez, observa la dame sur un ton défensif, comme si ce détail la disculpait. Mon mari aimait accoler nos deux noms. Il trouvait que cela faisait son petit effet sur un terrain de golf.

— Je vois. »

Murray s'arma de courage. Il ne faisait plus aucun doute que l'excursion d'aujourd'hui n'avait servi à rien ; pourtant, il ne devait rien laisser au hasard s'il voulait faire son travail correctement.

« Donc, pour que les choses soient parfaitement claires, vous affirmez ne pas avoir appelé police secours le 18 mai 2016 pour signaler qu'un homme venait de se jeter de la falaise de Beachy Head ?

— J'avance peut-être en âge, jeune homme, mais j'ai encore toute ma tête », répondit la dame en plissant les yeux.

Murray faillit la remercier pour le compliment qu'il ne méritait pas, mais se retint juste à temps.

« Une dernière question, et excusez-moi si vous la trouvez impertinente : est-il possible que le 18 mai 2016, vous vous soyez trouvée à Beachy Head avec le mari d'une autre ? »

En l'espace de quelques secondes, Murray se retrouva sur le trottoir, devant le 24, Burlington Close, alors que Mme Brent-Taylor lui claquait la porte au nez. Franchement, cette dame était assez rapide quand elle le voulait, songea-t-il.

26

Anna

C'est agréable d'entendre mes pieds heurter le bitume humide. Après les avoir laissés environ un an au fond du placard sous l'escalier, cela me fait bizarre de rechausser mes tennis, et même si mon collant scie ma taille rebondie, quel plaisir de bouger ! Comme j'ai perdu l'habitude, j'ai oublié mes écouteurs, mais ma respiration régulière m'hypnotise. Me rassure.

Joan, la mère de Mark, est venue passer Noël avec nous, et dès son arrivée, tôt ce matin, ces deux-là ont fait le forcing pour que je la laisse emmener Ella en promenade.

« C'est l'occasion d'apprendre à nous connaître.

— Une pause te fera le plus grand bien, ma chérie.

— Et pas question de faire le ménage. Tu es censée te détendre et lire un magazine.

— Va te recoucher, si tu veux. »

De mauvaise grâce, j'ai mis des couches et un biberon de lait maternel dans le sac à langer et après avoir donné à Joan une liste d'instructions dont elle ne tiendra aucun compte, j'ai fait le tour de la maison en quête de fantômes.

Le silence était trop pesant, les revenants n'existent que dans ma tête. Je me suis rendue malade à force d'essayer de retrouver ce parfum de jasmin, de fermer les paupières pour mieux entendre les voix qui se sont tues. Une sieste ou même quelques minutes de repos avec un magazine étant exclues, je suis montée enfiler ma tenue de sport. Le palier était plus sombre que d'habitude car la planche clouée à la fenêtre de la nursery empêche la lumière de filtrer.

Laisse-moi en paix

Les magasins se succèdent dans la rue éclairée de guirlandes électriques tendues en l'air tels des fanions.

Demain, c'est Noël. J'aimerais pouvoir m'endormir ce soir et me réveiller le matin du 26. L'année dernière, à cette date, maman n'était morte que depuis quatre jours. Nous n'avions pas le cœur à la fête ; personne n'a fait mine d'être gai. Cette année, les attentes qui entourent cet événement me plombent. Les premiers cadeaux d'Ella, sa première photo avec le père Noël. Notre premier Noël en famille. Nous créons des souvenirs, tous teintés d'amertume.

« Tu es obligé de travailler aujourd'hui ? ai-je demandé à Mark ce matin.

— Désolé. C'est une période difficile pour beaucoup. »

Oui, pour moi par exemple.

Mes poumons me brûlent déjà alors que j'ai parcouru moins de deux kilomètres. En 2015, j'ai couru le Great South Run ; aujourd'hui, j'ai du mal à m'imaginer pouvoir atteindre la plage sans m'écrouler.

Des chalands stressés en pleines emplettes de dernière minute se pressent dans la grand-rue. Je bifurque sur la route pour éviter les clients qui patientent en file indienne sur le trottoir, devant la boucherie, pour acheter leur dinde et leurs chipolatas.

Je n'ai pas fait attention à mon itinéraire mais, en tournant l'angle, j'aperçois la concession Johnson devant moi. Je chancelle, pose la main sur mon flanc douloureux.

La veille de Noël, papa et maman fermaient toujours le magasin à midi. Ils baissaient le rideau, réunissaient les employés et je leur distribuais des verres poisseux remplis de vin chaud sucré, tandis que Billy et papa leur remettaient leur prime de fin d'année au rythme de *I Wish It Could Be Christmas Every Day*.

Je pourrais faire demi-tour. Emprunter la rue latérale, à gauche, et rebrousser chemin vers la maison. Ne plus penser à mes parents, à l'enquête de police et à la vitre brisée de la nursery pendant quelques heures encore.

Je pourrais.

Mais je n'en fais rien.

« Cours, Annie, cours ! »

Billy s'avance en faisant semblant de sprinter, ce qui me fait rire parce qu'il se fiche pas mal d'avoir l'air ridicule. Il s'arrête à quelques mètres de moi et saute en agitant les bras une dizaine de fois avant de s'interrompre brusquement.

« J'espère que les gars ne vont pas poster ça sur YouTube, observe-t-il en s'essuyant le front du revers de la main. Nom d'un chien, la dernière fois que j'ai fait ça, l'aérobic était encore à la mode !

— Tu devrais peut-être t'y remettre. Pourquoi YouTube ? dis-je en m'étirant, et les muscles de mes cuisses me brûlent lorsque j'appuie sur ma jambe tendue.

— Caméras de vidéosurveillance, répond mon oncle avec un geste vague de la main. Elles étaient fausses avant, mais la compagnie d'assurances a insisté pour que l'on en installe de vraies. Et des traceurs GPS sur les voitures, après... »

Cramoisi, il ne finit pas sa phrase. Après que deux des directeurs de l'entreprise se sont tirés au volant de bolides neufs, abandonnés sur le parking de Beachy Head où la police les a retrouvés.

« Billy, quelqu'un a lancé une brique à travers la fenêtre de la nursery hier soir, juste après ton départ.

— Une brique ? »

Lorsqu'un couple en train de comparer les voitures garées dans la cour lève les yeux, mon oncle baisse la voix.

« Bon sang... Est-ce qu'Ella va bien ?

— Elle était encore en bas avec nous. Elle dort dans notre chambre en ce moment de toute façon, mais nous aurions pu être en train de la changer, de la coucher pour la sieste ou… je n'ose même pas y penser. La police est venue tout de suite.

— Les flics pensent pouvoir trouver qui a fait le coup ?

— Tu les connais. "Nous ferons notre possible, Mlle Johnson." »

Il pousse un soupir de dédain.

« J'ai peur, Billy. Je crois que papa et maman ont été assassinés et que leur meurtrier veut m'empêcher d'en savoir plus. Je ne sais pas quoi faire. »

Lorsque ma voix se brise d'émotion, il m'ouvre les bras et me serre contre lui.

« Annie, ma chérie, tu te mets dans tous tes états.

— Ça t'étonne ? dis-je en m'écartant.

— Au terme de l'enquête sur la mort de tes parents, la police a conclu au suicide.

— Elle s'est trompée. »

Nous nous dévisageons pendant une seconde. Billy hoche lentement la tête.

« Alors, j'espère qu'elle sait ce qu'elle fait, cette fois.

— Jolies roues, dis-je en désignant une Porsche Boxster mise à l'honneur dans la cour.

— Je l'ai récupérée hier. Ce n'est pas la saison, bien sûr, elle ne bougera sans doute pas avant le printemps ; malgré tout, j'espère qu'elle attirera le chaland, explique-t-il, l'air inquiet.

— C'est grave, oncle Billy ? »

Il se tait un très long moment ; quand il finit par parler, c'est sans quitter la Porsche des yeux.

« Oui.

— L'argent que papa t'a laissé…

— Envolé, lance-t-il avec un rire plein d'amertume. J'ai remboursé le découvert, pas le prêt.

— Quel prêt ? »

Je me heurte de nouveau à son silence.

Laisse-moi en paix

« De quoi parles-tu, Billy ?

— Ton père a souscrit un prêt commercial, dit-il, cette fois en me regardant. Malgré des ventes laborieuses depuis un moment, nous nous débrouillions. Il faut prendre les choses comme elles viennent dans ce métier. Mais Tom voulait rénover le magasin. Il voulait que nos employés utilisent des iPads au lieu de se balader avec des porte-blocs, il désirait aussi embellir la cour. Nous nous sommes disputés à ce sujet. Du jour au lendemain, le compte a été renfloué. Il l'a signé sans mon accord.

— Oh ! Billy...

— Nous avons accumulé du retard dans le paiement des traites et puis... »

Inutile de continuer, je devine ce qu'il pense. *Et puis, ton père s'est jeté du haut de la falaise en me laissant endetté jusqu'au cou.*

Pour la première fois en dix-neuf mois, je commence à comprendre la raison du suicide de papa.

« Pourquoi ne m'as-tu rien dit avant ? »

Billy ne répond pas.

« À combien s'élève-t-il ? Je vais le rembourser.

— Je ne veux pas de ton argent, Annie.

— C'est celui de papa ! C'est normal qu'il te revienne. »

Billy se retourne pour me faire face, me prend par les épaules et me tient fermement.

« Dans les affaires, Annie, la première règle, c'est de ne pas mélanger l'argent de l'entreprise et son argent personnel.

— Mais je suis directrice ! Si j'ai envie de renflouer la concession !

— Ça ne marche pas comme ça. Un commerce doit pouvoir fonctionner sans apport extérieur et s'il n'y parvient pas... eh bien, c'est qu'il devrait fermer. »

Il me coupe chaque fois que j'essaie de protester.

« Que dirais-tu d'une petite balade ? » propose-t-il en désignant la Porsche.

Laisse-moi en paix

Fin de la conversation.

J'ai appris à conduire dans une Ford Escort (« Mieux vaut être raisonnable quand on débute, Anna »), mais dès que j'ai obtenu mon permis, on ne m'a plus rien interdit. Je lavais des voitures tous les week-ends et, en échange, j'étais autorisée à emprunter des autos à la concession, sachant que je risquais de m'attirer les foudres de mes parents et d'oncle Billy si je ne les rendais pas en parfait état. Bien que je n'aie pas hérité du gène de la vitesse de ma mère, j'ai appris à piloter des voitures de sport.

« À toi de jouer. »

La Porsche chasse un peu sur les routes humides et je quitte la ville pour lâcher les chevaux. J'adresse un sourire radieux à mon oncle, profitant de la liberté qu'offre une voiture sans siège bébé à l'arrière. Sans siège à l'arrière du tout. Billy semble inquiet.

« Je ne roule même pas à cent à l'heure ! »

Ce n'est pas la vitesse qui l'inquiète, mais le panneau signalant Beachy Head. Toute à la sensation que me procurent le moteur nerveux et le volant qui remue sous mes doigts comme un être vivant, je n'avais pas réfléchi à notre destination.

« Je suis désolée. Je n'ai pas fait exprès. »

Billy n'est pas venu ici depuis la mort de mes parents. Lorsqu'un client veut effectuer un essai sur route, il l'emmène de l'autre côté, vers Bexhill et Hastings. D'un coup d'œil, je constate qu'il est blême, décomposé. Je ralentis, sans faire demi-tour pour autant.

« Et si nous allions nous promener ? nous recueillir ?

— Oh ! Annie, mon chou, je ne sais pas...

— S'il te plaît, oncle Billy. Je ne veux pas le faire seule. »

Un lourd silence s'abat sur nous avant qu'il accepte.

Je me gare sur le parking où papa et maman ont laissé leurs voitures. Inutile de chercher les fantômes ici, ils sont partout : le sentier qu'ils ont emprunté, les panneaux devant lesquels ils sont passés.

Laisse-moi en paix

La dernière fois que je suis venue, c'était le jour de l'anniversaire de ma mère ; je me sentais plus proche d'elle ici que dans le coin du cimetière où s'élèvent deux petites stèles à la mémoire de mes parents. La falaise n'a pas changé, contrairement aux questions qui me tracassent. Je ne me demande plus « pourquoi ? » mais « qui ? ». Qui accompagnait ma mère ce jour-là ? Que faisait mon père ici ?

Un suicide ? Détrompe-toi.

« Ça va ? »

Billy hoche la tête avec raideur.

Je verrouille les portières et lui prend le bras. Il se détend un peu et nous nous dirigeons vers le promontoire. Concentre-toi sur les bons moments, me dis-je.

« Tu te rappelles la fois où papa et toi vous étiez déguisés en Laurel et Hardy pour la fête d'été ?

— Nous nous étions chamaillés pour savoir qui incarnerait Laurel, se souvient Billy en riant. J'avais gagné parce que j'étais plus petit, mais...

— Comme vous étiez complètement bourrés, la dispute est repartie de plus belle. »

Nous éclatons de rire au souvenir de mon père et mon oncle en train de se rouler par terre dans le magasin. Ils se bagarraient comme seuls deux frères peuvent le faire : un déchaînement de violence qui cessait aussi vite qu'il avait commencé.

Nous marchons, enveloppés par un silence complice, entrecoupé de rires alors que Billy se remémore cette fameuse soirée d'été. Il me serre le bras.

« Merci de m'avoir forcé à venir. Il était temps que j'affronte la réalité. »

Nous sommes arrivés au sommet de la falaise et nous tenons à plusieurs mètres du précipice. Nous ne portons pas de manteau et la pluie cinglante qui nous assaille de toutes parts transperce ma veste de survêtement. Au large, un petit bateau à voiles rouges vogue sur la mer grise et agitée. Je pense à ma mère, debout à cet endroit précis. A-t-elle eu peur ? Ou était-elle accompagnée par quelqu'un de confiance ? Quelqu'un qu'elle prenait pour un ami ? Un amant, même – bien que l'idée me rende malade. Est-il possible que ma mère ait eu une liaison ?

« Tu crois qu'elle savait ? »

Billy ne répond pas.

« Quand elle est venue ici. Tu crois qu'elle savait qu'elle allait mourir ?

— Arrête, Anna », répond mon oncle en faisant demi-tour vers le parking.

Je le rattrape en courant.

« Tu ne veux pas savoir ce qui s'est vraiment passé ?

— Non. Donne-moi les clés – c'est moi qui conduis. »

La pluie lui a plaqué les cheveux sur le crâne. Il tend les mains, mais je ne bouge pas, lui lance un regard de défi sans lui passer le trousseau.

« Tu ne comprends donc pas ? Si papa et maman ont été assassinés, cela change tout. Cela veut dire qu'ils ne nous ont pas abandonnés, qu'ils n'ont pas renoncé à vivre. La police cherchera leur meurtrier. Elle trouvera des réponses à nos questions, Billy ! »

Nous nous dévisageons jusqu'à ce que, à ma grande stupéfaction, je m'aperçoive que mon oncle pleure. Il remue les lèvres sans émettre aucun son, comme une télévision dont le son est coupé. Puis soudain, sa voix enfle et je regrette de tout mon être de ne pas être allée du côté de Hastings.

« Je ne veux pas de réponse, Annie. Je ne veux pas penser à la façon dont ils sont morts, mais à la façon dont ils ont vécu. Je veux me rappeler les bons moments, les moments drôles et les soirées au pub. »

Il lève progressivement la voix jusqu'à ce qu'il hurle et que le vent cruel m'envoie ses mots en plein visage. Même si ses larmes se sont taries, je ne l'ai jamais vu comme ça. Dominé par ses émotions. Il serre les poings et danse d'un pied sur l'autre comme s'il cherchait la bagarre.

« Maman a été tuée ! Tu veux sûrement savoir qui est le coupable, non ?

— Ça ne changera rien. Ça ne la ramènera pas.

— Mais nous obtiendrons justice. Quelqu'un paiera pour son acte. »

Billy fait volte-face et s'éloigne. Je lui cours après, le tire par l'épaule.

« Je veux des réponses, c'est tout, oncle Billy. Je l'aimais tant. »

Il s'arrête, le regard fuyant, et je lis sur son visage un mélange de chagrin, de colère et d'autre chose, quelque chose de troublant. J'ai la révélation une fraction de seconde avant qu'il réponde, d'une voix si douce qu'une bourrasque emporte ses paroles presque avant qu'elles me parviennent. Presque, mais pas tout à fait.

« Moi aussi. »

Nous sommes assis, sur le parking, et regardons la pluie inonder le pare-brise. De temps à autre, une forte rafale fait tanguer la voiture et je me réjouis que nous ayons quitté le bord de la falaise.

« Je me rappelle la première fois que je l'ai vue », raconte Billy.

Je devrais être gênée, mais ce n'est pas le cas parce qu'il n'est pas vraiment présent. Il n'est pas assis dans une Porsche Boxster à Beachy Head avec sa nièce. Il est complètement ailleurs. Dans ses souvenirs.

« Tom et moi vivions à Londres. Tom avait conclu une grosse affaire au travail et nous étions allés fêter ça à l'Amnesia. Pass VIP et tout le tralala. Un véritable événement. Tom a bu du champagne toute la soirée, assis sur un canapé avec toute une brochette de filles. Je crois qu'il se prenait pour un playboy », explique-t-il en me coulant un regard oblique.

Laisse-moi en paix

Il rougit et je crains qu'il ne se referme comme une huître. « On était en 1989, reprend-il pourtant. Ta mère était venue avec une amie. Elles ont passé la nuit sur la piste de danse sans prêter la moindre attention à la zone VIP. Caroline était superbe. Un type s'approchait parfois d'elles pour tenter sa chance, mais ça ne les intéressait pas. Soirée entre filles, m'a-t-elle expliqué plus tard.
— Tu lui as parlé ?
— Pas ce soir-là. Je lui ai quand même donné mon numéro. J'avais passé la soirée à rassembler mon courage quand, soudain, l'heure de la fermeture a sonné, tout le monde est parti et j'ai cru que j'avais raté le coche. »

Captivée par l'expression de Billy, j'oublie presque qu'il parle de ma mère ; je le vois sous un jour nouveau.

« Et puis je l'ai aperçue. Elle faisait la queue devant le vestiaire. Et je me suis dit que si je ne tentais pas ma chance maintenant... alors je me suis lancé. Je lui ai demandé si je pouvais lui laisser mon numéro. Si elle accepterait de m'appeler. Sauf que je n'avais pas de stylo : elle s'est moquée de moi et m'a demandé si j'étais aussi du genre à oublier mon portefeuille. Grâce au crayon pour les yeux trouvé par son amie, j'ai noté mon numéro sur le bras de Caroline. »

Je vois la scène comme si j'y étais. Maman, avec son look années 1980 – crinière blonde et collants fluo –, oncle Billy, en nage et rendu maladroit par la nervosité. Elle devait avoir vingt et un ans, Billy vingt-huit et papa deux ans de plus.

« Elle t'a appelé ?
— Nous sommes allés boire un verre. Dîner, quelques jours plus tard. Je l'ai emmenée voir Simply Red au Royal Albert Hall et puis...
— Que s'est-il passé ?
— Je lui ai présenté Tom. »

Laisse-moi en paix

Nous gardons le silence un moment et je pense à ce pauvre oncle Billy. Mes parents lui ont brisé le cœur, je ne sais qu'en penser.

« Ça m'a sauté aux yeux. Elle s'était bien amusée avec moi, mais... Je suis allé passer commande et, à mon retour, je les ai observés, debout sur le seuil.

— Oh ! Billy, ils n'ont pas...

— Non, rien de tel. Pas avant une éternité. Ils m'ont d'abord parlé tous les deux, se sont excusés, m'ont expliqué qu'ils ne cherchaient pas à me blesser. Mais ils avaient ce *lien*... Je savais déjà que je l'avais perdue.

— Mais vous travailliez tous ensemble. Comment as-tu pu le supporter ? »

Billy lance un éclat de rire contrit.

« Qu'étais-je censé faire ? Perdre Tom aussi ? Le temps que ton grand-père tombe malade et que mon frère et moi reprenions l'affaire, tu étais déjà en route et de l'eau avait coulé sous les ponts. »

Il se reprend et me fait face avec sa gaieté caractéristique. Sauf que maintenant, je sais qu'il joue la comédie ; combien d'autres fois me suis-je laissé berner ?

Mes parents étaient-ils dupes, eux ?

« Je t'aime, oncle Billy.

— Moi aussi, ma chérie. Bon, et si je te ramenais voir ton bébé ? »

Nous rentrons sans nous presser ; Billy ménage la Boxster. Il me dépose devant Oak View.

« Encore un dodo ! s'exclame-t-il comme quand j'étais petite. On se voit demain matin à la première heure.

— Nous allons passer un merveilleux Noël. »

Je suis sincère. Si Billy n'a pas laissé le passé dicter son avenir, je dois en faire autant. Mes parents ne sont plus là, et quelles qu'aient été les circonstances de leur mort, elle est irrémédiable.

Laisse-moi en paix

J'ai encore une heure à tuer avant que Joan ne ramène Ella. Sans prêter attention à mes vêtements trempés, j'enfile un tablier et prépare deux tartes aux fruits secs. Je remplis la cocotte électrique de vin rouge, de rondelles d'orange et d'épices, ajoute un trait généreux de cognac et laisse mijoter. On sonne à la porte ; je me lave les mains et cherche un torchon. Deuxième coup de sonnette.

« D'accord, j'arrive ! »

Rita aboie et je pose la main sur son collier, autant pour la gronder que pour la rassurer. Elle pousse une série de grognements discrets, comme un moteur qui s'emballe, sans pour autant se remettre à aboyer. Elle remue la queue, ce qui signifie que tout va bien.

Notre porte d'entrée est peinte en blanc et sa partie supérieure est ornée d'un vitrail par où filtre la lumière de l'après-midi, qui jette des taches colorées sur le carrelage. Quand un visiteur se présente sur le seuil, sa silhouette se dessine par terre et vient troubler l'arc-en-ciel. Enfant, je rasais les murs du vestibule sur la pointe des pieds pour aller répondre. Poser le pied sur l'ombre de quelqu'un, c'était comme marcher sur sa tombe.

Le soleil d'hiver est bas et la silhouette du visiteur s'étire tel un reflet dans un miroir déformant, sa tête touchant presque la base de la rambarde de l'escalier. Retrouvant mes réflexes d'enfant, je longe le mur jusqu'à la porte. Rita, qui ne s'embarrasse pas des mêmes scrupules, bondit à travers l'ombre avec un cliquetis de griffes et s'arrête en glissant devant la porte.

Je tourne la clé dans la serrure, ouvre le battant.

Soudain, le silence s'abat autour de moi et je n'entends plus que le sang qui bat dans mon crâne. Une voiture passe sans bruit dans la rue car le bourdonnement à mes oreilles s'intensifie ; je me raccroche pour ne pas tomber, mais cela ne suffit pas et mes jambes se dérobent sous moi parce que c'est impossible... impossible.

Là, sur le perron, à la fois différente et la même...

Là, sur le perron, incontestablement vivante, se dresse ma mère.

DEUXIÈME PARTIE

27

Anna

J'ai perdu la parole, la capacité de penser. Mille questions se bousculent dans ma tête. Suis-je devenue folle ? Suis en train d'imaginer que ma mère – ma défunte mère – se dresse sur le perron ?

Ses cheveux, longs et blond cendré depuis toujours, sont désormais teints en noir et coupés en un carré sévère au-dessus du menton. Elle porte des lunettes peu flatteuses à monture métallique et une robe ample informe à des années-lumière de ses tenues habituelles.

« Maman ? » dis-je dans un murmure.

J'ai peur de lui parler à haute voix de crainte de briser le sortilège dont nous sommes victimes et de voir cette drôle de version de ma mère s'évanouir aussi vite qu'elle est apparue.

Elle ouvre la bouche, mais je ne suis pas la seule à être à court de mots. Ses yeux se remplissent de larmes, et lorsqu'elles se mettent à rouler sur ses joues, je remarque que les miennes aussi sont humides.

« Maman ? »

Je parle plus fort cette fois, bien que d'une voix encore hésitante. J'ignore ce qui se passe, mais je veux y croire. Ma mère est revenue me voir. J'ai obtenu une deuxième chance. Ma poitrine menace d'exploser sous les coups de mon cœur qui bat la chamade. Je lâche Rita car je suffoque et j'ai besoin d'avoir les mains libres, de me toucher le visage pour sentir que je suis réelle parce que je n'en crois pas mes yeux.

C'est incroyable !

Rita bondit sur maman, lui lèche les mains, se faufile entre ses jambes en gémissant et en remuant frénétiquement la queue. Ma mère, jusqu'à présent aussi interdite que moi, se penche pour la caresser ; devant ce geste familier, je reprends instinctivement mon souffle, comme si je remontais à la surface.

Je cherche mes mots comme si je les prononçais pour la première fois.

« Tu es… vraiment là ? »

Elle se redresse. Prend une inspiration. Bien qu'elle ait cessé de pleurer, son regard trahit une telle inquiétude qu'on la croirait en deuil de son enfant. Je marche sur des sables mouvants, je ne sais plus ce qui est réel ou fictif. La paranoïa me guette. Cette dernière année n'a-t-elle été qu'un mauvais rêve ? Est-il possible que je sois morte ? J'en ai l'impression en tout cas. Prise de vertige, je chancelle alors que ma mère s'avance, inquiète, main tendue.

Aussi troublée qu'effrayée, je ne puis réprimer un mouvement de recul et elle écarte la main, blessée, puis jette un coup d'œil par-dessus son épaule car je me suis mise à pleurer bruyamment. Je connais par cœur chacun de ses gestes, c'en est douloureux. À chacun de ses gestes je suis un peu plus perturbée : sa réapparition n'est donc pas le fruit de mon imagination. Je n'ai pas fait apparaître l'image de ma mère ; je n'ai pas perdu la raison. Ce n'est pas un fantôme. Elle est vraiment là. Elle respire. Elle est vivante.

« Que se passe-t-il ? Je ne comprends pas.

— Puis-je entrer ? »

La voix de ma mère, basse et calme, est celle de mon enfance. Celle des histoires du soir, celle qui me réconfortait après un cauchemar. Elle appelle la chienne qui s'est lassée de décrire des cercles autour d'elle et renifle à présent le gravier au pied des marches. Rita obéit sur-le-champ et rentre en trottinant. Ma mère jette un nouveau coup d'œil prudent à la ronde, hésite sur le seuil, attend que je l'invite à entrer.

J'ai imaginé ce moment chaque jour pendant un an.

Laisse-moi en paix

J'en ai rêvé. Il m'a fait fantasmer. De retour à la maison, je trouve mes parents qui vaquent à leurs occupations comme si de rien n'était. Comme si cette tragédie n'avait été qu'un mauvais rêve.

J'ai imaginé recevoir un appel de la police m'annonçant que, entraîné au large, mon père, devenu amnésique, avait été sauvé par un chalutier. Que ma mère avait survécu à sa chute. Qu'ils revenaient me voir.

Dans mes rêves, je me jette dans leurs bras. Nous nous cramponnons violemment les uns aux autres, nous enlaçons, nous caressons. Pour être sûrs. Puis nous parlons, nos mots se bousculent. Nous nous coupons la parole, pleurons, nous excusons, nous faisons des promesses. Dans mes rêves, il y a du bruit, du bonheur et de la joie à l'état pur.

Ma mère et moi nous tenons debout sur le seuil, sans un mot.

L'horloge ronronne en prélude au carillon qui retentit toutes les heures. Rita, qui n'a jamais aimé ce bruit, se réfugie dans la cuisine, sans doute satisfaite de voir que sa maîtresse est là, bien réelle.

L'horloge sonne. Quand mon père l'a rapportée à la maison après l'avoir achetée dans une vente aux enchères, l'année de mon entrée au collège, mes parents et moi nous sommes regardés lorsque nous l'avons entendue pour la première fois.

« Nous ne réussirons jamais à dormir avec ce raffut ! » s'est écriée ma mère, mi-amusée, mi-atterrée.

Même son tic-tac, qui résonnait dans l'entrée à chaque seconde de la journée, nous gênait. Nous avons pourtant réussi à nous y faire et, très vite, je n'ai plus remarqué que l'absence de ce bruit si caractéristique lorsque le mécanisme s'arrêtait et que la maison paraissait vide sans lui.

Ma mère et moi nous dévisageons pendant que le carillon égrène les heures dans l'espace qui nous sépare. Maman ne se met à parler que lorsqu'il s'arrête et que la dernière sonnerie n'est plus qu'un souvenir.

« Je sais que tu dois être choquée. »

C'est l'euphémisme du siècle !

« Nous avons beaucoup de choses à nous dire. »

Je retrouve la parole.

« Tu n'es pas morte. »

J'ai tant de questions, pourtant c'est celle-ci – la vérité fondamentale – qui me trouble le plus. Elle n'est pas morte. Ma mère n'est pas un revenant.

« Nous ne sommes pas morts », dit-elle en secouant la tête.

Nous. Je retiens mon souffle.

« Papa ? »

Un silence.

« Ma chérie, j'ai tant de choses à te dire. »

Lentement, je me force à intégrer ce que j'entends. Mon père est vivant. Mes parents ne sont pas morts à Beachy Head.

« C'était un accident, alors ? »

Je le savais. J'en étais sûre. Mes parents ne se seraient jamais suicidés.

Mais… un accident. Pas un meurtre.

Deux ?

Une bande de téléscripteur défile dans ma tête tandis que je m'efforce de faire coïncider ce nouveau récit avec les scènes que je n'ai jamais comprises. Les témoins ont fait erreur. Il s'agissait de chutes, pas de sauts dans le vide.

Deux chutes identiques ?

La bande s'arrête.

Ma mère pousse un soupir résigné, las. Elle s'agite, coince une mèche de cheveux noirs derrière son oreille, geste futile maintenant qu'ils sont si courts.

Laisse-moi en paix

« Puis-je entrer ? » demande-t-elle en désignant la cuisine de la tête.

La bande s'est coincée. Elle s'emmêle dans ma tête car l'idée qui s'impose à moi n'a aucun sens. Elle ne tient pas debout.

« Papa t'a envoyé un SMS. »

Le silence s'éternise.

« Oui, dit-elle en soutenant mon regard. S'il te plaît… pouvons-nous nous asseoir à l'intérieur ? C'est compliqué. »

Soudain, tout me paraît simple au contraire. Alors que les sables mouvants s'immobilisent sous mes pieds, le monde désaxé reprend sa course. Il n'y a qu'une explication possible.

« Vous vous êtes fait passer pour morts. »

Je m'observe de loin, calme, me félicite de ma présence d'esprit. Pourtant, au moment même où je prononce ces mots – et tout en étant convaincue d'avoir raison –, j'espère avoir tort. Parce que c'est ridicule. Parce que c'est illégal, amoral. Mais plus encore, parce que c'est cruel. Parce que leur départ m'a brisé le cœur, qu'il continue depuis de le réduire en miettes chaque jour, et qu'apprendre que mes parents ont agi délibérément fera voler en éclats ce qu'il en reste.

Le visage de ma mère se décompose. Des larmes s'écrasent sur les marches de pierre.

Elle prononce un seul mot.

« Oui. »

Ma main pourrait tout aussi bien appartenir à une autre. Avec délicatesse, je pose deux doigts sur le bord du battant et lui claque la porte au nez.

28

Murray

Le deuxième étage du commissariat de police était désert. La plupart des employés des services administratifs ne travaillaient pas le week-end et les autres étaient déjà en congé. Seul le bureau du commissaire était occupé ; le patron était au téléphone, son assistante tapait un rapport sans jeter un seul coup d'œil à son clavier.

Elle avait une guirlande dans les cheveux et des boucles d'oreilles en forme de boules de Noël qui émettaient des clignotements gênants.

« Le commissaire a besoin que je tape un document, avait-elle expliqué quand Murray lui avait demandé ce qu'elle faisait au travail un dimanche matin, et la veille de Noël par-dessus le marché. Il veut que tout soit en ordre avant la pause. Vous faites quelque chose d'agréable demain, Murray ?

— Je fête ça tranquillement à la maison. Et vous ? ajouta-t-il après une pause, lorsqu'il devint évident qu'il était censé lui poser la question.

— Je vais chez mes parents, expliqua-t-elle en arrêtant de pianoter et en repliant ses bras contre sa table de travail. Ils déposent encore des cadeaux dans nos souliers, même si mon frère a vingt-quatre ans. C'est ceux-là que nous ouvrons en premier, puis nous mangeons du saumon fumé et des œufs brouillés arrosés de cocktails champagne-orange. »

Un sourire aux lèvres, Murray hocha la tête pendant qu'elle lui détaillait par le menu les traditions de Noël dans sa famille. Combien de temps l'engueulade durerait-elle ?

La porte du bureau s'ouvrit.

« Murray ! Pardon de vous avoir fait attendre.

Laisse-moi en paix

— Aucun problème. »

Il omit l'emploi de « monsieur », non seulement parce que, en tant que volontaire, il n'était plus soumis au strict respect de la hiérarchie, mais aussi parce que du temps où Leo Griffiths était stagiaire et que Murray lui servait de référent, l'homme était un con de première.

Bien que son bureau fût meublé de deux fauteuils, le commissaire s'assit à sa table de travail ; Murray s'installa donc sur la chaise en face de lui. Une planche de bois ciré les séparait, sur laquelle Leo tripotait les trombones qui constituaient l'un des apanages de sa fonction.

Leo croisa les doigts et s'adossa à son siège.

« Je suis perplexe. »

C'était faux, bien sûr, mais le commissaire aimait faire durer le plaisir en jouant à l'innocent.

« Hier soir, juste avant minuit, l'équipe de nuit s'est rendue sur les lieux d'un incident, où elle a parlé à un certain Mark Hemmings et à sa compagne, Anna Johnson. »

Ah, il s'agissait donc bien de l'affaire Johnson.

« Une brique, accompagnée d'un message de menace, a fracassé la vitre d'une de leurs chambres.

— C'est ce que je me suis laissé dire, en effet. Certaines des résidences qui longent cette rue sont équipées de caméras de vidéosurveillance. Cela vaudrait la peine de…

— Nous maîtrisons la situation, merci, l'interrompit habilement Leo. Ce qui m'inquiète, c'est que, d'après Mlle Johnson, il s'agit du troisième incident d'une série sur laquelle… vous enquêtez », ajouta-t-il en ménageant son effet.

Murray ne répondit pas. On pouvait s'embrouiller en répondant du tac au tac. En cherchant à combler les silences. Pose-moi une question, Leo. À ce moment-là, j'y répondrai.

Le silence s'éternisa.

Laisse-moi en paix

« Et ce qui me laisse perplexe, Murray, c'est que je vous croyais préposé à l'accueil du public. En tant que *volontaire* en outre. Je vous croyais retraité de la PJ – de la police, même – depuis plusieurs années. »

Aucun commentaire.

La voix de Leo trahissait désormais un soupçon d'agacement. Il devait se donner beaucoup plus de mal qu'il n'en avait l'habitude.

« Murray, enquêtez-vous sur une série de délits liés à deux suicides qui se sont produits il y a plus d'un an ?

— Non, pas du tout. »

C'étaient des meurtres, pas des suicides.

« Dans ce cas, que *faites*-vous, exactement ?

— Anna Johnson s'est présentée au commissariat jeudi dernier pour me faire part de ses inquiétudes à propos de la mort soudaine de ses parents, tous deux décédés l'an passé. J'ai consacré un peu de mon temps à répondre à ses questions, expliqua-t-il en adressant au commissaire un sourire affable. Être à l'écoute des membres du public fait partie des objectifs fixés lors de mon entretien professionnel, monsieur.

— Selon l'équipe de nuit, elle aurait reçu une lettre malveillante.

— Une carte anonyme, arrivée le jour de l'anniversaire de la mort de sa mère.

— Le système n'en fait pas mention. Pourquoi n'avez-vous pas rédigé de rapport ?

— Pour dénoncer quel délit exactement ? demanda poliment Murray. Elle ne contenait ni menace ni insulte. Bien que dérangeante, elle n'enfreignait pas la loi. »

Il y eut un long silence, le temps que Leo digère l'information.

« Un jet de brique à travers une vitre...

— Constitue un délit, et je suis sûr que les policiers qui sont intervenus se livreront à un excellent travail d'investigation.

Laisse-moi en paix

— Mlle Johnson semble croire que le suicide de sa mère était en fait un meurtre.

— C'est ce que j'ai cru comprendre, concéda Murray avec un sourire poli. Bien sûr, c'est votre équipe qui a mené l'enquête l'an dernier. »

Leo scruta le visage de Murray, cherchant à déterminer si l'insinuation était intentionnelle. S'il lui reprochait de ne pas avoir alerté la PJ, il sous-entendrait que l'affaire avait été mal gérée au départ. Murray attendit.

« Rédigez un rapport détaillant votre implication jusqu'ici et transmettez le dossier à la PJ, qui l'analysera comme il convient. C'est compris ?

— Parfaitement, dit Murray en se levant sans attendre d'y être invité. Joyeux Noël.

— Tout à fait. Et, Murray ?

— Oui ?

— Contentez-vous de faire votre travail. »

Il n'avait pas encore menti au commissaire et n'allait pas commencer maintenant.

« Ne vous inquiétez pas, Leo, dit-il avec un sourire joyeux. Je ne ferai que ce qui relève de mes compétences. »

Au rez-de-chaussée, Murray s'enferma dans un bureau vide avant de se connecter sur un ordinateur. Il avait rendu le portable prêté par la PJ le jour où il avait pris sa retraite, mais il voulait effectuer quelques vérifications supplémentaires avant de rentrer chez lui. Si Leo Griffiths avait le bon sens de vérifier s'il avait accédé au réseau interne de la police, Murray pourrait aisément se justifier en invoquant les recherches nécessaires à la rédaction du rapport destiné à la PJ.

Il entra l'adresse d'Oak View dans le système informatique qui enregistrait tous les coups de téléphone passés à la police. Ce contrôle de base avait dû être effectué lors de l'enquête d'origine, mais le dossier conservé aux archives n'en gardait pas trace, et Murray ne voulait rien laisser au hasard. On avait peut-être signalé un cambriolage, un cas de harcèlement ou d'autres activités suspectes liées à cette adresse ou aux Johnson. Un détail suggérant que Caroline et Tom étaient visés avant leur disparition.

Il y avait plusieurs mentions d'Oak View dans le fichier depuis l'informatisation des archives. À deux reprises, on avait appelé police secours de cette adresse sans rien dire quand l'opérateur avait décroché. Chaque fois que le central avait rappelé, le correspondant avait fourni la même explication.

LE PROPRIÉTAIRE S'EXCUSE. UN JEUNE ENFANT JOUAIT AVEC LE TÉLÉPHONE.

Murray vérifia la date dans le registre : 10 février 2001. Un jeune enfant ? Anna Johnson devait alors avoir dix ans. Trop âgée pour passer accidentellement des coups de fil. Un petit enfant résidait-il dans la maison à ce moment-là ou s'agissait-il d'appels à l'aide délibérés ?

En 2008, le central avait reçu l'appel d'un voisin, Robert Drake, qui rapportait avoir entendu du tapage chez les Johnson. Murray vérifia de nouveau le registre.

CORRESPONDANT DÉCLARE ENTENDRE DES CRIS. BRIS DE VERRE. POSSIBLE DISPUTE CONJUGALE. UNITÉS DÉPÊCHÉES SUR PLACE.

Aucun délit n'avait été consigné.

TOUT ÉTAIT CALME À L'ARRIVÉE DES SECOURS. PRISE DE COORDONNÉES. LES DEUX PROPRIÉTAIRES NIENT TOUTE DISPUTE CONJUGALE.

Laisse-moi en paix

Caroline Johnson semblait « émue » d'après les policiers qui étaient intervenus ce soir-là mais, à moins de les débusquer – à supposer qu'ils se souviennent d'un incident vieux de dix ans –, Murray ne pouvait se fier qu'à leur compte rendu, aussi bref que laconique.
Cela suffisait pourtant à brosser un portrait des Johnson très différent de celui dressé par leur fille. Billy Johnson, le frère de Tom, pourrait peut-être l'éclairer un peu ? Murray consulta sa montre. À cause de ce satané Leo Griffiths et ses grands airs, il allait être en retard pour aller chercher Sarah s'il ne filait pas tout de suite. Elle serait assez angoissée comme ça aujourd'hui ; le moindre petit changement risquait de la perturber.

« Je t'accompagne. »
Murray était arrivé pile à l'heure et Sarah avait immédiatement embrayé sur l'affaire Johnson et insisté pour l'accompagner voir Billy.
« Rien ne presse, j'irai après Noël. »
Murray démarra et s'éloigna lentement de Highfield. Quel plaisir d'avoir Sarah avec lui dans la voiture. De savoir que la maison ne serait pas vide à son retour.
« Ça ne me dérange pas, je t'assure. C'est pratiquement sur le chemin, de toute façon. »
Il coula un regard vers sa femme. Même dans la voiture, elle n'était pas correctement assise. Elle avait coincé un pied sous le genou de son autre jambe et, un coude posé sur le bas de la vitre, elle écartait de son cou la ceinture de sécurité.
« Tu es sûre ?
— Tout à fait. »

La concession automobile Johnson avait pris un coup de jeune depuis que Murray y avait acheté sa Volvo. La même collection hétéroclite de vieilles bagnoles, résultat de reprises, était garée à l'arrière tandis que la majeure partie de la cour était occupée

Laisse-moi en paix

par des Jaguar, Audi et BMW rutilantes, dont les plus onéreuses étaient exposées sur des rampes qui donnaient l'impression qu'elles s'apprêtaient à démarrer sur les chapeaux de roue.

« Dix minutes, annonça le policier.

— Il n'y a pas le feu. »

Sarah ôta sa ceinture de sécurité et ouvrit le livre qu'elle avait apporté. En empochant les clés, Murray s'assura machinalement que rien ne présentait de danger à l'intérieur de l'habitacle. Elle a été autorisée à sortir de l'hôpital, se rappela-t-il en s'éloignant. Détends-toi.

Il regarda par-dessus son épaule en traversant la cour, mais Sarah était absorbée dans sa lecture. Des vendeurs rasés de près tournaient autour des clients tels des requins ; visant une commission, deux d'entre eux convergèrent vers Murray. Un grand échalas à la tignasse rousse l'accosta le premier et son collègue jeta son dévolu sur un couple élégant qui flânait main dans la main devant une rangée de décapotables. Une valeur beaucoup plus sûre, songea Murray.

« Billy Johnson ?

— Dans le bureau, annonça le rouquin avec un geste du menton. Je peux peut-être vous aider ? »

Il n'y avait pas une once de sincérité dans son sourire. Il pencha la tête de côté, feignant de jauger Murray. De réfléchir.

« Je me trompe, ou vous aimez les Volvo ? »

Étant donné que Murray venait précisément de sortir d'une voiture de cette marque, le vendeur était moins perspicace qu'il voulait bien le laisser croire. Le policier passa sans s'arrêter.

« C'est par ici, n'est-ce pas ? »

Le rouquin haussa les épaules et son sourire éclatant s'évanouit dès qu'il vit disparaître la perspective d'une vente.

« Ouais. Shaneen, la réceptionniste, va aller le chercher.

Shaneen avait le visage deux tons plus foncés que son cou et des lèvres si brillantes que Murray se voyait dedans. Elle était postée derrière un vaste comptoir incurvé, décoré de guirlandes, et posait des verres sur un plateau en préparation du pot de Noël. Elle lui sourit.

« Bienvenue à la concession Johnson, puis-je vous aider ? débita-t-elle si vite que Murray dut réfléchir à ce qu'il venait d'entendre.

— J'aimerais voir Billy Johnson, s'il vous plaît. Police du Sussex.

— Je vais voir s'il peut vous recevoir. »

Elle se leva, chancela sur ses escarpins à bout pointu – comment ses pieds pouvaient-il tenir là-dedans ? – et se dirigea vers le bureau de son patron en faisant claquer ses talons sur le béton ciré. La cloison en verre teinté empêchait Murray de voir ce qui se passait dedans, aussi scruta-t-il plutôt la cour à travers les larges baies vitrées de la salle d'exposition, regrettant de ne pas avoir pu garer la Volvo un peu plus près. De cet angle, il ne voyait pas Sarah. Il consulta l'heure. Cinq des dix minutes promises s'étaient déjà écoulées.

« Veuillez entrer, monsieur... hésita Shaneen, debout sur le seuil, en s'apercevant qu'elle avait oublié de lui demander son nom.

— Mackenzie. Murray Mackenzie. »

Il sourit à la réceptionniste lorsqu'ils se croisèrent et entra dans un impressionnant bureau meublé de deux larges tables de travail. Billy Johnson se leva. Le front luisant, il tendit une main chaude et moite à Murray. Il ne souriait pas, et ne proposa pas au policier de s'asseoir.

« La PJ, hein ? »

Murray ne releva pas.

« Que me vaut le plaisir de votre visite ? Si c'est à cause de notre dernier cambriolage, qui date d'il y a six mois, votre délai d'intervention est vraiment merdique, même selon les critères de la police », plaisanta-t-il, acerbe.

L'homme avait un ventre rebondi. Plus corpulent que gros, séduisant, selon Murray, même s'il n'y connaissait pas grand-chose dans ce domaine. Il portait un costume bien coupé, des chaussures luisantes et une cravate jaune poussin assortie aux rayures de sa chemise à col large. Sa manière d'être sur la défensive était sans doute due au stress, pas à une nature agressive ; Murray garda néanmoins ses distances.

« Si c'est à propos de la TVA…
— Pas du tout. »
Billy se détendit un peu.
« Je me renseigne sur la mort de votre frère et de votre belle-sœur.
— Vous êtes l'officier de police à qui notre Annie a eu affaire ?
— Vous êtes son oncle, je crois ? »

Malgré la réserve de Billy, son affection pour sa nièce était flagrante. Son regard s'adoucit et il hocha plusieurs fois la tête, peut-être pour insister sur le lien qui les unissait.

« Une fille adorable. Ça a été très éprouvant pour elle.
— Pour vous tous, remarqua Murray.
— Oui, bien sûr. Mais pour Annie… »

Il s'épongea le front avec un grand mouchoir blanc. « Excusez-moi, la matinée a été plutôt chargée en émotion. Asseyez-vous, je vous en prie, dit-il en s'enfonçant dans un fauteuil pivotant en cuir. Elle est persuadée que Tom et Caroline ont été assassinés.
— Je crois qu'elle a raison, admit Murray au terme d'un silence.
— Bon sang ! »

Par la fenêtre située derrière Billy, Murray aperçut une silhouette familière qui flânait entre les rangées de voitures. Sarah. Vingt mètres derrière elle, le rouquin la rejoignait aussi vite que possible, sans courir.

« Étiez-vous proche de Tom, M. Johnson ? embraya Murray, sans quitter la cour des yeux.
— Nous étions frères, répondit Billy, sourcils froncés.
— Vous vous entendiez bien ? »

La question sembla l'agacer.

Laisse-moi en paix

« Nous étions frères. Notre soutien mutuel n'allait pas sans certaines frictions. Vous voyez ce que je veux dire ?

— Vous étiez aussi partenaires dans l'entreprise, si j'ai bien compris.

— Mon père, atteint de démence sénile, ne pouvait plus gérer l'entreprise, alors, en 1991, Tom et moi avons repris l'affaire. La famille », ajouta-t-il comme si cela suffisait à tout expliquer.

Un chéquier ouvert était posé devant lui près d'une pile d'enveloppes et d'une liste imprimée. Il mélangea les enveloppes sans raison, désigna le chéquier du menton.

« Les primes de Noël. Moins élevées que d'habitude, c'est la vie.

— Comment vous entendiez-vous avec Caroline ? »

Le cou de Billy devint écarlate.

« Elle travaillait à la réception. Tom s'occupait de cet aspect-là de l'entreprise, j'étais directeur commercial. »

Murray remarqua que Billy n'avait pas répondu à sa question. Il n'insista pas. Il n'était même pas censé être là ; la dernière chose dont il avait besoin, c'était une autre plainte adressée à Leo Griffiths. Il changea son fusil d'épaule.

« Avaient-ils une relation harmonieuse ? »

Billy regarda par la fenêtre, l'air indécis. Le rouquin conduisait Sarah vers un Land Rover Defender au rétroviseur orné d'un panonceau « Prix sur demande ». Murray espérait qu'elle allait bien, que le vendeur ne la contrarierait pas.

M. Johnson se tourna vers Murray.

« Il ne la traitait pas bien. C'était mon frère, je l'aimais, mais il ne la méritait pas. »

Le policier attendit. De toute évidence, cela méritait que l'on creuse.

« Il aimait l'alcool. Enfin, tout le monde aime ça, mais... Ce n'est pas bien de dire du mal des morts, constata Billy en secouant la tête. Ce n'est pas bien.

Laisse-moi en paix

— Suggérez-vous que Tom était alcoolique, M. Johnson ? »

Il observa un long silence avant de reprendre la parole et regarda par la fenêtre.

« Caroline essayait de le couvrir, mais je ne suis pas idiot. Même si mon frère croyait le contraire », murmura-t-il avec amertume, plus pour lui-même que pour son interlocuteur.

Murray vit le rouquin ouvrir la portière de la Land Rover, Sarah s'installer au volant et ajuster le siège. Le vendeur l'emmènerait faire un essai sur route si Murray ne se hâtait pas de partir. Il se leva donc.

« Vous m'avez été d'une aide précieuse, M. Johnson. Je vous remercie. »

Il se sentait mal de laisser cet homme effondré sur son fauteuil, de toute évidence bouleversé par les souvenirs auxquels Murray l'avait forcé à se confronter. Mais Sarah demeurait sa priorité.

Elle avançait vers lui quand il sortit. Le vendeur attendait debout près de la voiture, mains dans les poches, l'air malheureux.

« Ça va ? » demanda Murray quand elle l'eut rejoint.

Elle semblait satisfaite et il poussa un soupir de soulagement en constatant que le commercial ne l'avait pas contrariée.

« En pleine forme. »

Un sourire malicieux flottait sur ses lèvres et son mari jeta un nouveau coup d'œil au rouquin : on aurait dit que l'on venait de lui annoncer que Noël était annulé.

« Que lui est-il arrivé ?

— Je lui ai expliqué que le dernier modèle m'intéressait.

— Oui...

— Que je voulais quelque chose de très haut de gamme, avec beaucoup d'options et que je comptais repartir avec aujourd'hui.

— Je vois...

— Et puis je lui ai annoncé qu'à la réflexion, j'allais peut-être me contenter de mon vélo », conclut-elle, radieuse.

29

Anna

Dès que la porte se referme, ma mère carillonne inlassablement. Rita se précipite dans l'entrée, glisse sur le carrelage et saute sur le battant. Elle se retourne vers moi, lève la tête vers la silhouette de ma mère qui s'encadre dans le vitrail de la porte et gémit, perturbée.

Le visage engourdi, je me sens oppressée. C'est insupportable. Mes mains tremblent de façon incontrôlable et je sens la panique monter en moi quand la sonnette retentit de nouveau.

« Anna ! »

Je fais volte-face. M'oblige à mettre un pied devant l'autre et gagne d'un pas lent le pied de l'escalier.

« Il faut que nous parlions de tout ça. J'ai besoin que tu comprennes. Anna ! »

Sa voix calme est suppliante, désespérée. Je reste là, une main sur la rambarde, un pied sur la première marche. Mes parents sont vivants. C'est tout ce que j'ai désiré pendant un an, non ? Des grands-parents pour Ella, des beaux-parents pour Mark. Mon père et ma mère. Une famille.

« Anna, je ne partirai pas avant que tu aies compris. Je n'avais pas le choix ! »

Soudain, ma décision est prise. Je grimpe l'escalier quatre à quatre, fuis le vestibule et ses supplications. Les excuses que ma mère s'efforce de trouver pour défendre l'indéfendable.

Comment ose-t-elle ?

C'est *moi* qui n'ai pas eu le choix. Qui ai été obligée de faire le deuil de mes parents, de regarder la police sonder nos vies ; de

Laisse-moi en paix

m'asseoir dans un tribunal pendant que l'on disséquait la mort de mes parents ; d'organiser des funérailles, d'appeler leurs amis, qui m'ont servi en boucle les mêmes platitudes. Obligée de vivre ma grossesse, mon accouchement et l'angoisse des premières semaines de maternité sans les conseils de ma mère.

S'il y a quelqu'un qui n'a pas eu le choix, c'est *moi*.

Contrairement à eux.

Mes parents m'ont trompée sciemment le jour de leur disparition et chaque jour depuis.

La sonnerie incessante résonne, stridente, insistante, s'immisce dans les fondations de la maison.

J'ai beau me boucher les oreilles et me pelotonner sur mon lit, elle me taraude. Je me redresse, me lève, fais les cent pas.

J'entre dans la salle de bains et actionne la douche, m'assieds sur le rebord de la baignoire tandis que la vapeur emplit la pièce et que le miroir s'embue. J'ôte ma tenue de sport, entre dans la cabine ; je referme l'écran et monte la température à son maximum. Sous le jet, je n'entends plus rien. Je lève la tête, laisse l'eau me remplir les oreilles, le nez, la bouche jusqu'à ce que j'aie l'impression de me noyer. Je cède aux larmes qui se sont mises à couler à l'apparition de ma mère et se sont figées quand j'ai compris qu'elle avait choisi de m'éviter. Je n'ai jamais pleuré avec une telle violence, pliée en deux par des sanglots qui me sortent des tripes.

Vidée, je m'assois et serre mes jambes contre moi alors que les gouttes me martèlent la tête et s'accumulent au creux de mes genoux. Je sanglote jusqu'à l'épuisement. Jusqu'à ce que l'eau devenue glaciale me donne la chair de poule.

Raide et transie, j'éteins la douche et je tends l'oreille.

Le silence règne.

Elle est partie.

Je ne m'attendais pas à éprouver un chagrin aussi déchirant : trahir ainsi ma faiblesse m'exaspère. J'ai vécu sans mes parents pendant

Laisse-moi en paix

plus d'un an. J'ai survécu. Je survivrai. Comment pourraient-ils me convaincre de leur accorder mon pardon maintenant ? Il est trop tard.

Je suis réconfortée par la douceur d'un vieux pantalon de survêtement, d'un sweatshirt fané piqué dans la penderie de Mark et d'épaisses chaussettes en cachemire. Je me sèche les cheveux avec une serviette et les relève en un chignon lâche.

Juste au moment où je commence à retrouver un semblant d'équilibre, à défaut de me sentir mieux, on sonne à la porte.

Je me fige. J'attends une bonne minute.

La ténacité que j'admirais autrefois chez ma mère – je la lui enviais presque – m'accable à présent. Elle ne baissera pas les bras. J'aurais beau l'ignorer toute la journée, elle attendrait, sonnerait, crierait. La rage incandescente qui s'empare de moi fait voler en éclats le vernis de calme que j'avais cru réel et je descends l'escalier comme une furie. Comment ose-t-elle ?

Une année entière.

La colère cogne dans ma tête comme une boule de flipper, frappant au hasard. Cela fait un an qu'elle me ment. Qu'elle ment à tout le monde.

Je me rue si vite et avec tant de brusquerie dans l'entrée que mes chaussettes glissent sur le carrelage et que je m'affale sur le dos ; le souffle coupé, je me relève aussi courbaturée que si j'avais chuté du haut de l'escalier.

On sonne de nouveau. Rita est introuvable. Même la chienne a cessé d'espérer que j'ouvre, mais quand ma mère a quelque chose en tête, elle ne renonce pas.

Une année entière.

Si l'on m'avait dit il y a six mois – ou ce matin encore – que j'ordonnerais un jour à ma mère de me laisser tranquille, jamais je ne l'aurais cru. Pourtant, c'est exactement ce que je m'apprête à faire. On ne peut rien changer au passé ; on ne peut pas mentir

Laisse-moi en paix

à quelqu'un, puis faire irruption dans sa vie en escomptant qu'il vous pardonne. Certains mensonges sont trop énormes pour cela.

Une année entière de mensonges.

J'ouvre la porte à la volée.

« Te voilà enfin ! Je me disais bien que tu devais être à l'étage. Sois gentille et monte le landau pour moi. Je n'aime pas le faire quand la petite y est couchée, j'ai peur qu'il bascule. »

Joan me dévisage d'un drôle d'air.

« Tu vas bien, ma chérie ? On dirait que tu as vu un fantôme. »

30

Murray

Sarah passait la serpillière dans la cuisine. Rien à voir avec le soin apporté au ménage par Murray la veille : il fallait y voir la preuve de son anxiété croissante. Tel un nuage qui cache tout à coup le soleil, le changement avait été brutal. Murray avait tenté de faire durer la satisfaction ressentie en revenant du garage Johnson, quand ils s'étaient moqués des projets contrariés du vendeur de voiture, mais elle s'était envolée, comme lorsque, en plein cœur de l'hiver, on essaie de se remémorer la chaleur de l'été.

Il ne savait pas trop ce qui avait déclenché la crise. Parfois, elles arrivaient sans raison.

« Assieds-toi et prends une tasse de thé.

— Je veux d'abord nettoyer les vitres.

— C'est la veille de Noël.

— Et alors ? »

Murray chercha dans la grille des programmes de *Radio Times* une émission qui pourrait les distraire. *La vie est belle* n'était sans doute pas idéale.

« *The Snowman* commence dans un instant.

— Quelle surprise ! s'écria Sarah en laissant tomber la serpillière dans le seau. Je parie que même Aled Jones, l'acteur principal, l'a assez vu. »

Murray aurait rebondi si sa femme, qui furetait dans le placard sous l'évier à la recherche du spray nettoyant pour vitres et d'un chiffon, n'avait pas eu l'air terriblement préoccupé ; il ne releva donc pas la blague. Il savait interpréter les signes, s'adapter au comportement des autres et réagir selon leurs réactions. Il l'avait

Laisse-moi en paix

fait pendant des années avec les criminels, bien avant que l'on enseigne la communication non verbale dans les écoles de police. Il avait des années d'expérience à la maison.

C'était épuisant, cela dit, et pour la énième fois, il regretta de ne pas avoir eu d'enfants ; ils auraient pu atténuer les répercussions de la maladie de Sarah. Il désirait de tout son cœur devenir père, mais sa femme avait trop peur.

« Et s'ils tiennent de moi ? »

Il avait fait semblant de ne pas comprendre.

« Ce seront les enfants les plus chanceux du monde.

— Et s'ils héritent de ma tête ? Quelle galère, s'ils ont ma tête déglinguée, complètement foireuse. »

Elle avait fondu en larmes et il l'avait prise dans ses bras pour lui cacher son émotion.

« Et s'ils héritent de mon nez ? » avait-il dit d'une voix douce.

Sarah avait hoqueté de rire, le visage enfoui dans les plis de son pull, avant de se dégager.

« Et si je leur faisais du mal ?

— Tu en es incapable. La seule à qui tu aies jamais fait du mal, c'est toi. »

Elle était restée sourde aux paroles rassurantes de son mari. Terrorisée à l'idée de tomber enceinte, elle refusait tout rapport intime avec lui. Elle sombra dans la paranoïa et, pendant quelques semaines, multiplia les tests de grossesse inutiles dans le cas improbable où la prochaine naissance virginale se produirait à Eastbourne. Afin de préserver sa santé mentale, le médecin de famille du couple avait finalement accepté d'adresser Sarah à un spécialiste pour qu'elle subisse une ligature des trompes.

Voilà pourquoi ils étaient seuls. Ils auraient pu passer Noël dans la famille du frère de Sarah, mais à cause de sa récente admission à l'hôpital, ils n'avaient pas fait de projets. Murray regrettait d'avoir déjà descendu le sapin du grenier et d'avoir eu la mauvaise idée de l'acheter pré-décoré. Cela leur aurait donné quelque chose à faire, au moins.

À part le ménage.

Sarah s'agenouilla sur l'évier pour nettoyer les vitres de la cuisine et Murray tentait de dégoter un autre chiffon – autant se rendre utile – quand il entendit quelqu'un chanter devant la porte d'entrée.

« Nous sommes trois mages venus d'Orient / L'un en taxi, l'autre en auto / Le troisième en scooter, actionne son avertisseur... »

Le chant cessa, laissant place à des éclats de rire tonitruants.

« Que diable !... »

Cela titilla suffisamment la curiosité de Sarah pour qu'elle pose le spray d'Ajax et accompagne son mari jusqu'à la porte.

« Joyeux Noël ! s'écria Gill, le compagnon de Nish, en offrant une bouteille de vin à Murray.

— Et bon retour à la maison ! ajouta Nish en tendant à Sarah une pochette cadeau ornée d'une grosse étiquette enrubannée. Nous n'avons rien pour toi parce que tu n'es qu'un misérable vieux croûton, annonça-t-elle à son ex-collègue avec un sourire. Vous ne nous invitez pas à entrer ? D'habitude, on offre aux chanteurs des tartelettes aux fruits secs et du vin chaud.

— Pour les tartelettes, ça peut s'arranger », répondit Murray en ouvrant grand la porte.

Alarmée, Sarah serrait le cadeau des deux mains.

« J'étais juste en train de... »

Elle regarda vers la cuisine comme si elle organisait son évasion. Murray eut un coup au cœur. Il croisa le regard de sa femme. Comment lui faire comprendre que c'était exactement ce dont ils avait besoin ? D'amis qui passaient les voir à Noël. De tartelettes aux fruits secs. De chants. De normalité.

Hésitante, Sarah esquissa un sourire timide.

« J'étais juste en train de tout préparer pour Noël. Entrez donc ! »

Laisse-moi en paix

Murray sortit les tartelettes achetées chez Waitrose, qu'il réservait pour le lendemain, des verres pour servir le vin que Nish et Gill avaient apporté. Il trouva un CD des chants de Noël interprétés par le chœur du King's College et Nish, celui des dix plus grands tubes de Noël. Après avoir ouvert son cadeau, Sarah remercia son mari et leurs amis pour cette fête improvisée en les serrant dans ses bras, et Murray songea que Nish et Gill n'avaient pas idée du plaisir qu'ils venaient de lui faire.

« Mon petit doigt m'a dit que tu étais dans l'antre du lion ce matin… », le taquina Nish.

Les nouvelles vont vite !

« Quel lion ? » fit Gill qui resservait tout le monde.

Sarah tendit son verre et Murray s'efforça de ne pas laisser son inquiétude transparaître. En petite quantité, l'alcool donnait de l'entrain à Sarah, la rendait gaie. En grande quantité, il avait l'effet inverse.

« Le commissaire Leo Griffiths, expliqua Nish. Il adore rugir.

— Le petit doigt en question n'appartiendrait pas à une personne parée de boucles d'oreilles clignotantes et de guirlandes dans les cheveux, par hasard ?

— Aucune idée, j'ai reçu un SMS. Ton projet consistant à résoudre en solo les meurtres non élucidés d'Eastbourne a été contrarié, si j'ai bien compris. »

Murray sirota une gorgée de vin.

« Au contraire, je suis plus déterminé que jamais à tirer l'affaire Johnson au clair, surtout depuis que la situation a dégénéré.

— La brique fait l'objet d'examens plus approfondis. On n'a pas trouvé d'empreintes, malheureusement – la surface d'une brique est vraiment casse-pieds, et le coupable était assez au fait des méthodes d'analyse scientifique pour porter des gants. Mais ce que je *peux* te dire, c'est que le papier sur lequel le message qui accompagnait le projectile a été rédigé est différent de celui collé dans la carte de vœux. *Et* qu'il est passé par une autre imprimante.

— Ces avertissements émaneraient de deux personnes différentes ? demanda Sarah en posant son verre.

— Pas forcément, mais c'est possible.

— C'est logique, constata Sarah en regardant Murray. Tu ne crois pas ? Une personne pousse Anna à remuer le passé ; l'autre essaie de l'en dissuader.

— Peut-être. »

Même si, comme Nish, Murray préférait faire preuve de prudence, il parvenait doucement à la même conclusion que sa femme : ils n'avaient pas affaire à un coupable, mais à deux. La carte avait été envoyée par quelqu'un qui savait ce qui était arrivé à Caroline Johnson et incitait Anna à poser des questions. Le message de la veille était différent. Il s'agissait d'un ordre. D'une menace.

Évite la police. Arrête avant que l'on te fasse du mal.

« Pourquoi envoyer une mise en garde à moins d'être le meurtrier ? »

La logique de Sarah était implacable.

Celui qui avait jeté le projectile par la fenêtre d'Anna avait assassiné Tom et Caroline et il n'en avait apparemment pas fini avec les Johnson. Murray devait éclaircir cette affaire avant que la jeune femme ou sa petite fille soient visées.

31

Anna

Les bavardages de Mark et Joan me parviennent comme si j'étais sous l'eau. De temps à autre, l'un d'eux me lance un regard inquiet avant de me proposer du thé, du vin, de *faire une petite sieste*.

Ce n'est pas d'une sieste que j'ai besoin, mais d'y voir plus clair.

Où mes parents ont-ils passé l'année qui vient de s'écouler ? Comment ont-ils réussi à berner tout le monde avec leur faux suicide ? Et surtout pourquoi ont-ils fait ça ?

C'est insensé. Je n'ai trouvé aucune preuve d'endettement, rien ne suggère que mes parents aient retiré d'importantes sommes d'argent avant leur disparition. Le jour de la lecture de leurs testaments, j'ai hérité de tous leurs biens, à peu de chose près. Papa avait contracté un emprunt pour renflouer l'entreprise, mais ce n'est qu'à sa mort – et lorsque Billy s'est effondré – que les difficultés ont commencé. Mes parents n'étaient pas ruinés, leurs motivations ne pouvaient être financières.

J'ai le vertige.

« Mark, il faut qu'on parle, dis-je dès que Joan quitte la pièce.

— En effet, répond-il, l'air sérieux. Après Noël, quand maman sera rentrée, prenons une baby-sitter et dînons tous les deux. Mettons tout à plat. J'ai réfléchi : tu n'es pas obligée de faire appel à un thérapeute que je connais, si c'est ce qui te dérange : je peux me faire recommander quelqu'un.

— Non, mais... »

Joan réapparaît avec un jeu de Scrabble.

« Je n'étais pas sûre que vous en ayez un, j'ai donc apporté le mien. Et si nous faisions une partie tout de suite ? Comment

Laisse-moi en paix

vas-tu, ma chérie ? me demande-t-elle, tête penchée de côté. Je sais que c'est difficile pour toi.

— Ça va. »

Mensonge par omission ; ma drôle d'humeur passe pour un symptôme de deuil. Encore un Noël sans mes parents. *Pauvre Anna ! Ils lui manquent tant !*

Je mélange les jetons de Scrabble sur le petit chevalet posé devant moi, incapable de combiner les lettres pour former les mots les plus simples. Que vais-je faire ? Devrais-je appeler la police ? En pensant au charmant Murray Mackenzie, à sa gentillesse, la honte me submerge. Il m'a crue. C'est le seul à avoir reconnu que quelque chose clochait, que ma mère aurait pu être assassinée.

Et dire que pendant tout ce temps, elle mentait !

« Jukebox ! s'écrie Joan. Soixante-dix-sept points.

— Ça s'écrit en deux mots, non ?

— Certainement pas. »

Je ne prête aucune attention à leur querelle bon enfant.

Plusieurs fois, au cours des dix-neuf mois qui viennent de s'écouler, mon chagrin a été dominé par une autre émotion.

La colère.

« Il est tout à fait normal d'être en colère quand un proche disparaît, m'a rassurée Mark lors de notre première séance. Surtout quand on a l'impression que la personne a fait le choix délibéré de nous quitter. »

Le choix délibéré.

Je me mets à trembler violemment après avoir pris une lettre E au centre de la table. Une fois le jeton posé sur le chevalet, je fourre les mains entre mes genoux. J'ai passé l'année à « gérer », pour reprendre le terme de Mark, la colère provoquée par le suicide de mes parents. Il se trouve qu'elle était parfaitement justifiée.

Plus je garde ce secret pour moi, plus j'ai la nausée, plus je suis angoissée. Si seulement Joan n'était pas là ! Ce n'est que notre deuxième rencontre ; comment pourrais-je lui infliger ça ? Et la veille de Noël, en prime...

« Ex, annonce Mark en posant un seul jeton.

— Neuf points.

— Si je ne m'abuse, il s'agit d'une case mot compte double...

— Oups ! Désolée. Dix-huit.

— Surveille-la, ma chérie. C'est une horrible tricheuse.

— Ne l'écoute pas, Anna. »

Eh, au fait, les amis : mes parents ne sont pas vraiment morts, ils faisaient juste semblant !

Cela paraît irréel.

L'idée fait son chemin. Et si ça l'était ?

Ces deux derniers jours, j'ai imaginé si fort la présence de ma mère que j'ai même senti son parfum, que je l'ai aperçue dans le parc. Et si j'avais fait apparaître son fantôme ? Et si la conversation que nous avons eue sur le perron était le résultat d'une de ces hallucinations dues au deuil pathologique dont Mark me croit atteinte ?

Je deviens folle, il avait raison. Je dois consulter un psy.

Elle semblait si réelle, pourtant !

Je ne sais plus que croire.

Peu après 23 heures, nous nous préparons à assister à la messe de minuit. Avec nos manteaux, nos parapluies et le landau d'Ella, l'entrée est un vrai fouillis et je pense à tous ceux que je vais croiser à l'église, qui me diront qu'ils sont de tout cœur avec moi, qu'ils pensent à moi, qu'ils compatissent.

C'est trop dur. Je n'y arrive pas.

Nous sommes dans le vestibule, sur le départ. Laura se gare le long du trottoir – il n'y a plus de place dans l'allée, Joan a tout juste réussi à caser sa voiture à côté de la mienne et de celle de Mark – et sort d'un bond en enroulant son écharpe autour de son cou.

« Joyeuse veille de Noël ! » s'écrie-t-elle en venant vers nous.

Laisse-moi en paix

Pendant que Mark fait les présentations – « Maman, voici Laura, Laura, je te présente ma mère » –, mon cœur bat la chamade et je baisse les yeux de crainte que mon visage trahisse mes pensées.

« Comment vas-tu, ma belle ? » dit mon amie en me serrant l'épaule en témoignage de solidarité, pas de compassion.

Elle croit savoir ce que je traverse, ce que j'éprouve. La culpabilité me ronge. La mère de Laura est morte. La mienne a menti.

« Je ne me sens pas très bien, à vrai dire. »

Ils ne peuvent réprimer un frisson d'inquiétude passe.

« Tu n'as pas très bonne mine, c'est vrai.

— Tu as mangé quelque chose qui n'est pas passé ?

— C'est une période tellement difficile, c'est compréhensible.

— Je crois que je vais rester là, si cela ne vous ennuie pas.

— Nous allons tous rester, annonce Mark, qui minimise sa déception alors qu'il n'a jamais raté une seule messe de minuit en famille. Je manque toujours de souffle pour entonner *Gloria in excelsis Deo* de toute façon.

— Non, allez-y. Ella et moi allons nous coucher tôt.

— Tu en es sûre, ma chérie ? insiste Joan pour la forme.

— J'en suis sûre.

— Je vais rester m'occuper d'elle, déclare Laura en montant les marches, le regard inquiet.

— Je vais bien. »

Je n'avais pas l'intention de la rabrouer et lui adresse un demi-sourire d'excuse.

« Pardon. Un mal de tête. Je préférerais rester seule, voilà ce que je voulais dire. »

Ils échangent un regard. Mark se demande si c'est bien prudent, s'il peut m'arriver quelque chose.

« Appelle-moi si tu changes d'avis ; je viendrai te chercher.

— Remets-toi vite », ajoute Laura.

Laisse-moi en paix

Elle me donne une accolade digne de ce nom cette fois et ses cheveux me chatouillent la joue.

« Joyeux Noël.

— Amusez-vous bien. »

Je m'adosse à la porte fermée. Ce n'est qu'un demi-mensonge : j'ai mal à la tête et le stress me donne des courbatures.

J'ôte la combinaison de ski d'Ella, je sors ma fille du landau puis l'emmène dans le salon pour l'allaiter.

Ses paupières commencent juste à se fermer quand un bruit retentit dans la cuisine. Rita se lève d'un bond. Je pousse un lent soupir pour calmer les battements de mon cœur qui tambourine dans ma poitrine, rajuste mon soutien-gorge et ma blouse.

Avec prudence, une main sur le collier de Rita, je traverse l'entrée. Dans la cuisine, les pieds d'une chaise frottent contre le carrelage.

J'ouvre la porte.

Un léger parfum de jasmin me dissuade de hurler.

Ma mère est assise à table, les mains sagement croisées sur ses genoux, deux doigts tordant le tissu de la même robe en lainage bon marché qu'elle portait tout à l'heure. Elle a gardé son manteau, bien que la chaleur dégagée par la gazinière le rende superflu, et cela me bouleverse de la voir assise comme une invitée dans la cuisine qui jadis était la sienne.

Elle est seule. J'éprouve une bouffée de colère en songeant que mon père n'a pas eu le courage de se confronter à moi en personne, qu'il a envoyé ma mère pour amortir le choc. Mon père. Si confiant en affaires. Badin avec les clients. Presque impudent avec les vendeurs, suspendus à ses lèvres, avides de recevoir ses conseils avisés qui, avec un peu de chance, les conduiraient un jour à diriger leur propre magasin. Il n'a pourtant pas le cran de faire face à sa propre fille. D'admettre ce qu'il a fait.

Ma mère garde le silence. S'est-elle dégonflée, elle aussi ? Je m'aperçois qu'elle est fascinée par Ella.

Laisse-moi en paix

« Comment es-tu entrée ? dis-je, rompant le charme.
— J'ai conservé une clé de la porte de service. »
J'ai un déclic.
« Hier, dans la cuisine, j'ai senti ton parfum.
— J'ai perdu la notion du temps. Tu as failli me surprendre.
— J'ai cru que je devenais folle ! »
Mes cris font sursauter Ella, et je fais en sorte de me calmer, pour son bien.
« Je suis désolée.
— Que faisais-tu là ? »
Ma mère ferme les yeux. Elle a l'air fatiguée, tellement plus âgée qu'avant... avant sa mort, ai-je envie de dire, par réflexe.
« Je suis venue te voir. J'allais tout te raconter. Mais tu n'étais pas seule, j'ai paniqué. »
Combien de fois s'est-elle servie de son double ? Est-elle entrée et sortie de la maison comme une ombre ? Je frissonne à cette idée, pose Ella à cheval sur mon autre hanche.
« Où étais-tu ?
— J'ai loué un appartement dans le Nord. C'est basique », explique-t-elle avec une grimace.
Je pense au malaise que je ressens depuis quelques jours.
« Depuis quand es-tu revenue ?
— Je suis descendue jeudi. »
Jeudi. Le 21 décembre. L'anniversaire de sa... pas de sa mort. Elle n'est pas morte. Je me répète cette vérité en essayant de l'appréhender.
« Je loge au Hope depuis », ajoute-t-elle en rougissant un peu.
Le Hope est un foyer situé près du front de mer, financé par une association religieuse. Il gère une banque alimentaire, collecte des vêtements et des affaires de toilette et accueille de manière provisoire des femmes dans le besoin qui, en échange, se chargent des tâches ménagères.
« Ce n'est pas si mal », précise ma mère en voyant ma réaction.

Laisse-moi en paix

Cela doit la changer des hôtels cinq étoiles dans lesquels mes parents descendaient ; je l'imagine à genoux en train de récurer des toilettes en échange d'un lit dans un dortoir rempli de femmes dans la dèche.

« Elle est magnifique », s'extasie maman en regardant Ella.

J'entoure ma fille d'un bras protecteur, comme si ce geste pouvait la protéger des mensonges de sa grand-mère, mais le bébé se cabre et se débat. Elle se contorsionne pour voir l'inconnue assise dans notre cuisine, cette femme mince et négligée qui la dévisage avec un regard embué que je refuse de croiser.

Je refuse.

Pourtant, ce poids dans ma poitrine n'a rien à voir avec les choix de mes parents, il est dû à la douleur peinte sur le visage de ma mère. À l'amour que j'y lis. Un amour si fort qu'il devient palpable, si bien qu'Ella doit le sentir, j'en suis sûre. Je crois la voir tendre une main potelée vers sa grand-mère.

Une année entière, pensé-je.

Fraude. Conspiration. Mensonges.

« Puis-je la prendre dans mes bras ? »

Son audace me coupe le souffle.

« Je t'en prie Anna. Juste une fois. C'est ma petite-fille. »

Il y a tant de choses que je pourrais dire ! Que ma mère a renoncé à tous ses droits dans ce domaine, le jour où elle a feint sa propre mort. Qu'une année de mensonges signifie qu'elle ne mérite pas de tenir la menotte dodue d'Ella dans la sienne, d'humer l'odeur poudrée de ses cheveux. Qu'elle a choisi d'être morte et qu'en ce qui concerne ma fille, elle le restera.

Au lieu de formuler quoi que ce soit de tel, je m'approche de ma mère et lui tends mon bébé.

Parce que c'est maintenant ou jamais.

Dès que la police apprendra ce qu'elle a fait, on l'emmènera. Procès. Prison. Cirque médiatique. Elle a demandé à la police de rechercher mon père en sachant pertinemment qu'il allait bien.

Laisse-moi en paix

Elle a empoché sa prime d'assurance vie. *Vol, fraude, mensonge à la police...* Leurs multiples crimes et la crainte nouvelle d'être devenue leur complice me donnent le vertige.

Mes parents l'ont bien cherché.

Mais moi, je n'ai rien à voir là-dedans. Et ma fille non plus.

Ella ne doit pas être punie pour les actes d'autrui. Le moins que je puisse faire pour elle, c'est de la laisser faire un câlin à la grand-mère qu'elle ne connaîtra jamais.

Ma mère la soulève aussi délicatement que si elle était en verre. Avec l'aisance qu'apporte l'expérience, elle la niche au creux de son bras pour la détailler de la tête aux pieds.

Je suis postée à quelques centimètres d'elles, nerveuse. Où est mon père ? Pourquoi maman est-elle revenue aujourd'hui ? Pourquoi revenir ? Une centaine de questions se bousculent dans ma tête, c'est insupportable. Je reprends Ella si vite qu'elle pousse un cri de surprise. Je la calme dans mes bras, la presse contre ma poitrine quand elle tente de se retourner vers sa grand-mère, qui pousse un lent soupir de satisfaction plus que de reproche. L'air de dire que tout ce qui compte, c'est sa petite-fille. L'espace d'une seconde, nos regards se croisent ; nous sommes d'accord sur ce point, au moins.

« Il faut que tu partes tout de suite. »

Je ne voulais pas la rabrouer, mais je ne suis plus si sûre d'avoir le courage de m'en tenir à mon plan. Voir ma fille dans les bras de ma mère me fait fondre. Je commence à flancher. Je dois faire ce qu'il faut. Elle m'a menti. Je dois tout dire à Mark, à la police.

Mais elle est ma mère...

« Accorde-moi dix minutes. Je veux te dire quelque chose et si tes sentiments n'ont pas changé, alors...

— Rien de ce que tu pourras me dire ne me...

— Je t'en prie ! Dix minutes. »

Le silence s'abat sur nous. Je perçois le tic-tac de l'horloge dans l'entrée, le hululement d'une chouette dans le jardin. Je m'assois.

Laisse-moi en paix

« Cinq. »

Elle hoche la tête et pousse un profond soupir.

« Ton père et moi n'étions plus heureux en ménage depuis de nombreuses années. »

En entendant ces mots, il me semble que je les attendais depuis longtemps.

« Vous auriez pu vous séparer, comme les gens normaux, non ? »

Plusieurs de mes amis avaient des parents divorcés. Deux maisons, deux fêtes, deux séries de cadeaux... personne ne souhaite que cela arrive, mais même un enfant peut comprendre que ce n'est pas la fin du monde. J'aurais fait avec.

« Ce n'était pas si simple. »

Je me rappelle m'être cachée dans ma chambre une fois, mon Walkman poussé à fond pour noyer la dispute qui se déroulait en bas, m'être demandé si cette fois, ça y était : s'ils allaient se séparer. Lorsque je suis descendue le lendemain matin, le calme régnait. Papa buvait son café. Maman posait des toasts sur la table en fredonnant. Ils faisaient comme si tout allait bien. Et moi aussi.

« S'il te plaît, Anna, laisse-moi t'expliquer. »

Je vais l'écouter. Puis, au retour de Mark, je lui raconterai tout. Je me fous de ce que pense Joan. J'avertirai la police aussi. Parce que dès que tout le monde sera au courant, je pourrai prendre mes distances avec ce plan complètement insensé inventé par mes parents pour éviter le divorce.

« Tu as trouvé une bouteille de vodka sous la table du bureau. »

Elle m'espionnait.

Et moi qui croyais devenir dingue ! Voir des fantômes.

« Tu en as trouvé d'autres ? demande-t-elle d'une voix calme, les yeux posés sur la table devant elle.

— Ce sont celles de papa, c'est ça ? »

Elle soutient mon regard, me dévisage. M'en veut-elle de ne pas avoir admis cela plus tôt, de l'avoir laissée endosser seule ce fardeau ?

« Pourquoi les cachait-il ? Tout le monde savait qu'il aimait boire.

— Il y a une différence entre aimer boire et en avoir besoin. » Elle hésite.

« Comme beaucoup d'alcooliques, il était rusé. Il prenait soin de vous le cacher, à Billy et toi.

— Billy n'était pas au courant ? »

Maman éclate d'un rire sans joie.

« La femme de ménage a trouvé une bouteille de vodka cachée dans la corbeille à papier, sous le bureau de ton père, à la concession. Elle l'a apportée à Billy au cas où on l'aurait jetée par mégarde. Prise de panique, j'ai dit à ton oncle qu'elle était à moi, que je m'étais trompée de marque et que je m'en étais débarrassée car personne ne l'aurait bue. Même s'il ne m'a pas crue, il n'a pas insisté. Il n'y tenait pas, je suppose. »

Elle s'interrompt pour me regarder, les larmes aux yeux.

« J'aurais aimé que tu m'avoues que tu étais au courant. Tu n'aurais pas dû affronter ça toute seule. »

Redevenue l'adolescente bornée que j'étais jadis, je lui réponds d'un haussement d'épaules. Je n'ai pas envie de me confier à elle. Plus maintenant. À vrai dire, je ne l'aurais jamais fait. Je détestais savoir. Je voulais vivre dans ma bulle de bonheur, faire semblant que tout était parfait et ignorer les milliers de signes m'indiquant le contraire.

« Voilà, soupire-t-elle. Quand il était ivre, et seulement dans ces cas-là, s'empresse-t-elle de préciser – comme si cela changeait quelque chose, comme si cela excusait leur décision –, il me frappait. »

J'ai le tournis.

« C'était toujours involontaire, il regrettait toujours. Il avait tellement honte de son geste. »

Comme si cela rendait les choses acceptables.

Comment peut-elle rester si calme ? si détachée ? J'imagine mon père, rieur, taquin, en essayant de recadrer mes souvenirs. Je repense aux disputes qui cessaient brutalement à mon retour ;

Laisse-moi en paix

au changement soudain d'atmosphère que je m'efforçais de ne pas remarquer. Je repense à mon presse-papier réduit en miettes ; aux bouteilles entreposées aux quatre coins de la maison. Je considérais mon père comme un adorable vaurien. Un homme bruyant, jovial et généreux. Un bon vivant parfois grossier, mais bon, au fond. Gentil.

Comment ai-je pu me méprendre à ce point ?

J'ouvre la bouche pour parler, mais ma mère m'arrête.

« Laisse-moi finir, s'il te plaît. Si je ne déballe pas tout maintenant, je ne sais pas si j'aurai la force d'aller jusqu'au bout. »

Elle attend et je lui adresse un hochement de tête presque imperceptible.

« Il y a tant de choses que tu ignores, Anna... et que je ne veux pas que tu saches. Je peux au moins t'épargner ça. Disons simplement que j'avais peur de lui. Vraiment très peur. »

Elle regarde par la fenêtre. Un oiseau fait vaciller les ombres autour de la terrasse en traversant le faisceau de lumière que jette la lampe du jardin.

« Tom a fait une grosse bêtise au travail. Il a contracté un emprunt sans en parler à Billy et ils n'ont pas réussi à rembourser les traites. L'entreprise a commencé à péricliter. Oh ! Je sais que Billy te dira le contraire, mais ça, c'est ton oncle. Tom était mortifié : jamais une dette en trois générations, jusqu'à lui. Il a conçu un plan insensé. Il envisageait de feindre sa propre mort. Il disparaîtrait, j'empocherais l'argent de l'assurance et, un an plus tard, il réapparaîtrait dans un hôpital et feindrait l'amnésie.

— Et tu as joué le jeu ? Comment as-tu pu...

— J'ai cru mes prières exaucées, répond-elle avec un rire creux. Enfin la liberté. Je savais qu'il y aurait des répercussions à son retour, mais j'étais obsédée par le fait de ne plus avoir peur. »

Je vérifie la pendule. Combien de temps la messe de minuit dure-t-elle ?

Laisse-moi en paix

« Alors tu l'as aidé. Papa a disparu. »

J'ai envie de savoir comment il a feint son suicide, mais les détails attendront que j'apprenne le fin mot de l'histoire.

« Tu étais en sécurité. Et puis tu es... »

Tu es partie sans moi toi aussi, ai-je envie de dire... mais je me retiens. Je garde la tête froide, considère cette histoire comme un cas d'étude. Une histoire terriblement choquante, vécue par quelqu'un d'autre.

« Le problème, c'est que je ne l'étais pas, reprend-elle. J'ai eu la bêtise de croire que ce serait le cas. Il n'arrêtait pas de m'appeler. Il a même débarqué ici, un jour. Il voulait de l'argent pour acheter un faux passeport. D'autres papiers. Payer son loyer. Il a dit que l'assurance vie lui appartenait, que je l'avais escroqué. Il avait changé d'avis, il pensait que cette histoire d'amnésie ne fonctionnerait pas. Il voulait récupérer l'argent pour changer de vie. Il m'a menacée de me faire du mal si je refusais. J'ai commencé à lui verser de petites sommes, qui ne lui suffisaient jamais. »

Elle se penche et pousse ses mains vers moi. Je les regarde sans faire un geste pour les prendre.

« Cet argent, c'était ton avenir, c'est ce dont tu aurais hérité à notre mort. Je voulais qu'il te revienne. Il n'avait pas le droit de le prendre. »

Je me sens comme anesthésiée. Comment faire correspondre cette version de mon père avec l'homme que je croyais connaître ?

« Tu ne sais pas de quoi il est capable, Anna, dit ma mère. Ni à quel point j'avais peur. Ton père est mort pour rembourser ses dettes. Moi, je suis morte pour lui échapper.

— Pourquoi revenir, dans ce cas ? dis-je avec amertume. Tu avais eu ce que tu voulais. Tu étais libre. Pourquoi revenir ? »

Son silence me fait frissonner.

« Parce qu'il m'a retrouvée », répond-elle enfin.

32

Je suis soupe au lait. Comme tout le monde, non ?

Je ne suis pas plus incontrôlable que vous, pas plus susceptible de m'en prendre aux autres. C'est une question de facteur déclenchant.

Tout le monde en a un. Le simple fait que vous ne savez pas ce qui vous fait basculer ne signifie pas que vous êtes à l'abri. Mieux vaut le savoir, ou un jour quelqu'un vous fera disjoncter et le voile rouge tombera devant vos yeux.

Connaître le facteur déclenchant, c'est être capable de le contrôler.

Le mien, c'est l'alcool.

Je n'ai rien de l'ivrogne type. Dormir sous un porche, le pantalon trempé d'urine, une canette de Tennent Extra à la main, très peu pour moi. Vous ne me verrez pas descendre la rue en insultant des inconnus. Ni me battre.

Je fais partie de ce que l'on appelle les alcooliques fonctionnels.

Costumes élégants. Jamais un cheveu qui dépasse. Un don pour le relationnel avec les clients, pour le baratin. Tout sourire avec le personnel. Un verre au déjeuner ? Pourquoi pas ? Une super-vente, ça se fête !

Le fric facilite les choses. Vous n'avez qu'à voir sur le champ de courses, ces jolies minettes coiffées de leurs chapeaux chics qui avancent en titubant, une bouteille de champagne dans chaque main. C'est sympa, non ? Mais il suffit de remplacer les chapeaux par des bonnets malpropres et les bulles par de l'eau-de-vie pour vous donner envie de changer de trottoir.

Le fric signifie que l'on peut trimballer une flasque en argent à la fête des sports de l'école, là où une bouteille de whisky cachée dans un sac en papier kraft provoquerait un tollé. Que l'on peut

Laisse-moi en paix

boire un Bloody Mary le dimanche matin, des gin tonics après le travail, des Pimm's au moindre rayon de soleil sans que cela choque personne.

J'avais mes petits remontants, bien sûr. S'envoyer un Bloody Mary à la fin d'un essai sur route, ce n'est pas possible ; en revanche, on peut siroter une bouteille d'eau remplie de vodka. On peut boire au goulot d'une bouteille cachée dans les plantes vertes, dans son bureau, sous l'escalier.

J'ai commencé à boire pour le plaisir.

J'ai continué parce que je ne pouvais plus m'arrêter.

Entre les deux, j'avais perdu mon chemin.

Le piège, ça a été ce bébé. Tu voulais te marier, vivre une existence casanière avec visites au zoo en famille. Moi, je voulais retrouver mon ancienne vie. Londres me manquait. Les nuits dans des bars bruyants, les aventures sans lendemain, peu importe que le lit soit froid au réveil. Rapporter un salaire à la maison sans m'inquiéter de savoir si l'entreprise pouvait se le permettre. Ma liberté me manquait.

Résultat ? Amertume, ressentiment, colère. Sobre, c'était gérable.

C'est l'alcool qui me fait basculer.

C'est lui qui me fait perdre le contrôle. Qui me rend insensible aux conséquences de mes actes. Qui déchaîne ma violence.

J'en connais un rayon sur les alcooliques fonctionnels. J'en connais un rayon sur la colère, aujourd'hui.

À l'époque aussi.

Ce que je ne savais pas, c'était comment arrêter.

33

Anna

Maman sort un bout de papier de sa poche et le déplie. C'est une photocopie en noir et blanc de l'intérieur d'une carte.

Un suicide ? Détrompe-toi.

C'est celle que j'ai reçue.

Comme cette journée-là a été pénible ! Je me suis réveillée le cœur gros et chaque minute a semblé durer une heure. Je repense au coup que j'ai reçu dans l'estomac en découvrant la carte et à la nausée qui m'a envahie lorsque j'ai pris connaissance du message qu'elle contenait.

Sur la photocopie de maman, sous le texte dactylographié, une autre phrase est inscrite au marqueur rouge.

Je pourrais tout lui raconter...

« C'est papa l'expéditeur ? »

Elle hoche lentement la tête. À contrecœur.

« Mais pourquoi ?

— Pour me prouver que je ne pouvais pas m'échapper si facilement ? Qu'il pouvait encore me contrôler, même par-delà la tombe ? dit-elle, des larmes roulant sur ses joues. Je me suis crue si maligne. Je me suis réfugiée dans un endroit où nous n'étions jamais allés ensemble, où je n'étais plus allée depuis des années. J'ai loué un appartement épouvantable parce que c'était le seul dont le propriétaire n'exigeait aucune référence. J'ai nettoyé des toilettes en échange d'argent liquide, j'ai évité Internet, je n'ai contacté personne même si j'en avais envie – et j'en mourais d'envie, Anna ! Et malgré toutes mes précautions, il m'a retrouvée. »

C'est trop d'un coup.

Laisse-moi en paix

« Il va falloir que tu reprennes tout depuis le début. Je ne comprends pas comment papa s'est débrouillé ; il y avait un témoin... elle l'a vu sauter. »

Elle ne répond pas, son regard parle pour elle.

J'ai le vertige.

« Tu as appelé police secours. Diane Brent-Taylor, c'était toi. »

J'ai peut-être été la première de la famille à fréquenter l'université, cela ne fait pas de moi quelqu'un de plus perspicace que ceux des générations précédentes. J'ai toujours su que maman était intelligente – trop pour travailler à la réception du magasin –, mais pareille fourberie... c'est difficile à concevoir.

« Il a préparé son coup pendant des semaines. Il ne parlait que de ça. Il m'a forcée à m'entraîner sans relâche, et chaque fois que je me trompais, il me faisait du mal. Il m'a procuré un portable pour passer le coup de fil ; m'a obligée à le tenir face au vent pour déformer ma voix. Il avait pensé à tout.

— Tu aurais dû aller trouver la police.

— Facile à dire maintenant, concède-t-elle avec un sourire triste. Quand quelqu'un vous tient sous sa coupe comme ça, c'est... c'est dur. »

Je pense à mon travail, aux enfants aux quatre coins du monde que toute l'équipe tente de protéger bec et ongles. Ils sont nombreux à être maltraités, menacés, contraints d'agir contre leur gré. Nombre d'entre eux pourraient en parler à un professeur, un ami. Pourtant, ils sont si peu à le faire.

« Je me disais qu'il ne passerait jamais à l'acte. Que c'était un fantasme. Et puis un jour, au réveil il m'a annoncé : "C'est pour aujourd'hui. Je me lance. En l'absence d'Anna." »

Je me souviens de ce matin-là.

« Amuse-toi bien », m'a-t-il dit alors que, en retard, je cherchais mes clés au fond de mon sac, un toast dans ma main libre. Papa lisait le *Daily Mail* en buvant du café noir très fort, attablé à l'îlot central. Il lui en fallait deux tasses pour sortir du lit, trois pour être en état de discuter ; une quatrième arrivé au magasin pour carburer à plein tube.

« Travaille dur, mais profite de la vie aussi. » Il m'avait fait un clin d'œil. C'était tout. Il ne m'avait pas serrée dans ses bras, ne m'avait pas dit qu'il m'aimait ni prodigué de conseil empreint de sagesse auquel me référer plus tard. *Travaille dur, mais profite de la vie*, c'est tout.

Au cours des mois qui avaient suivi sa mort, j'avais décidé que cette désinvolture me convenait bien. À mon sens, elle signifiait qu'il n'avait pas eu l'intention de se suicider. S'il avait su qu'il ne me reverrait plus, il aurait agi différemment.

Mais il savait. Il s'en fichait, c'est tout.

« Ça a été affreux, ce jour-là, a continué maman. Il s'est disputé avec tout le monde. Billy, les vendeurs, moi. Je croyais que c'était du cinéma, qu'il voulait rendre son suicide plausible, mais, à la réflexion, je me demande si ce n'était pas le stress. Je lui ai dit qu'il n'était pas trop tard pour changer d'avis, que nous trouverions une solution pour rembourser nos dettes, mais tu connais ton père. Il a toujours été têtu. »

Est-ce que je connais vraiment mon père ? Je ne crois pas, plus maintenant.

« Après le travail, chacun de nous est parti de son côté. Il a emprunté une Audi en disant à Billy qu'il voulait l'essayer. C'est la dernière fois que je l'ai vu. »

Je ne tiens plus en place. Je m'approche de la fenêtre et observe le jardin, le grand laurier dans son pot et les rosiers que maman a fait grimper le long de la clôture qui sépare notre jardin de celui de Robert. Je jette un coup d'œil chez lui en pensant à ses projets d'agrandissement et à mes accusations absurdes : dire que je l'ai soupçonné d'avoir déposé le lapin devant notre porte !

Je tire les rideaux.

Laisse-moi en paix

« Et après, que s'est-il passé ?

— Nous étions convenus qu'il ne me donnerait pas de nouvelles avant dix heures. Il s'était renseigné et savait qu'à marée haute un corps lesté peut couler et être entraîné au large. Que certains ne sont jamais retrouvés, explique-t-elle avec un frisson. Mais à neuf heures et demie, il m'a envoyé un SMS me disant qu'il regrettait. »

Ma mère grimace et je m'aperçois qu'elle retient ses larmes.

« Je ne sais pas s'il regrettait de me forcer la main, de m'avoir fait tant de mal ou si ce message faisait juste partie de son plan. »

Je traverse de nouveau la cuisine, pose la bouilloire sur la cuisinière avant de me raviser. Je sors deux verres et la bouteille de whisky réservée aux grogs et me verse un doigt du liquide généreux et ambré. Ma mère décline de la tête quand je lui en propose. J'en sirote une gorgée, que je garde en bouche jusqu'à ce que cela brûle.

« À dix heures, j'ai reçu un deuxième SMS : *Je n'en peux plus*. J'ai commencé à croire qu'il allait vraiment se suicider. J'ai décidé qu'il fallait que je poursuive comme prévu. Que personne ne pourrait prouver que j'étais au courant de son plan. J'ai exécuté ses ordres, répondu à son SMS avant d'appeler la police. Et de te contacter. »

La colère me prend.

« Tu te rends compte de la peur que j'ai eue ? »

Je ne me souviens pas du trajet de retour ; tout ce que je me rappelle, c'est ma panique aveugle à l'idée que l'on ne retrouve pas mon père. Qu'il soit trop tard.

« Tu aurais dû m'avertir !

— Nous avions commis un crime ! » dit maman en se levant.

Je recule alors qu'elle s'approche de moi. Sans le vouloir, mes pieds bougent tout seuls, et elle s'arrête net, blessée.

« Nous aurions pu aller en prison – ce n'est toujours pas exclu d'ailleurs ! Je ne voulais pas détruire ta vie en plus de la mienne. »

Nous nous taisons. Je prends une autre gorgée de whisky. Il est minuit passé. Mark et Joan vont bientôt rentrer.

Laisse-moi en paix

« Nous avons organisé une cérémonie à votre mémoire, dis-je d'une voix douce. Laura s'est occupée de tout. Billy a fait un discours. »

Je pense au jeune aumônier qui a pleuré en entendant le verdict du coroner. Qui est ensuite venu me trouver, m'a pris les mains et s'est excusé de ne pas avoir réussi à empêcher ma mère de passer à l'acte.

Une idée me frappe.

« Quelqu'un a lancé une brique par la vitre de la nursery, hier soir.

— Une brique ? s'écrie ma mère en regardant Ella, horrifiée.

— Elle n'a rien eu. Elle était en bas avec Mark. Le projectile était accompagné d'un message nous déconseillant d'aller voir la police. D'arrêter avant d'être blessé.

— Non. Non, non, non, répète ma mère, l'air catastrophé.

— C'est papa qui a fait ça ? » dis-je, terrifiée.

Pas de réponse.

Je me lève.

« Il faut que tu partes.

— Anna, je t'en prie...

— Mark va bientôt rentrer.

— Nous avons tant de choses à nous dire. »

Elle me suit dans l'entrée en essayant de me parler, bien que je refuse d'écouter. Je n'en peux plus. J'ouvre la porte, je vérifie que la rue est déserte et la pousse dehors dans le froid avant de claquer la porte au nez de ma mère pour la deuxième fois de la journée.

Je m'adosse au vitrail. Va-t-elle frapper et sonner comme ce matin ? Le temps reste suspendu un instant, puis elle descend le perron et ses pas foulent le gravier. C'est le silence.

J'ai le tournis. Mon père était un homme violent. Si cruel envers ma mère qu'elle a fait semblant de mourir pour lui échapper.

Et maintenant, il veut s'en prendre à moi.

34

Murray

Quand Murray se réveilla le matin de Noël, le côté du lit où dormait Sarah était froid. Il sentit la panique familière l'envahir en fouillant la maison à sa recherche. La porte de derrière était ouverte et Murray se maudit d'avoir laissé la clé en évidence, mais quand il ouvrit à la volée et courut dehors, il trouva sa femme sagement assise sur le banc de jardin.

Elle était pieds nus et la robe de chambre en coton qu'elle portait par-dessus sa chemise de nuit était trempée de rosée. Ses bras minces entouraient ses genoux serrés contre elle alors qu'elle réchauffait ses mains noires de terre autour d'une tasse de thé.

Faisant fi de l'humidité, Murray s'installa près d'elle. Leur jardin étroit était agrémenté d'un potager autrefois bien entretenu, d'une serre et d'un rectangle de pelouse soigné qui s'étendait entre deux parterres surélevés grâce à des traverses de chemin de fer. Le couple était assis près de la maison, sur une terrasse carrée bordée de pots de fleurs. Murray les arrosait les rares fois où la météo britannique était favorable, mais il ne savait pas comment tailler les plantes et peu à peu, même la couleur hivernale avait déserté la terrasse.

« Regarde. »

Murray avait suivi le regard de Sarah, tourné vers le plus grand des pots, dans lequel une pyramide en osier était plantée. La plante à fleurs roses aussi délicates que du papier de soie qui y poussait avait fini par se flétrir jusqu'à ce qu'il ne reste plus que des brindilles desséchées accrochées au tuteur. Sarah venait de les couper, d'arracher les mauvaises herbes et de retourner la terre.

Laisse-moi en paix

« Ça fait beaucoup plus propre.
— D'accord, mais regarde. »
Murray obéit. Près d'un angle de la pyramide où l'osier s'enfonçait dans la terre, pointait une minuscule pousse vert clair. Murray entrevit une lueur d'espoir lorsque Sarah glissa sa main dans la sienne.
« Joyeux Noël. »

Au menu de leur repas de fête, il y avait des filets de dinde accompagnés des garnitures traditionnelles.
« Assieds-toi là, ordonna Sarah en l'installant de force sur le canapé. Détends-toi. »
Pas facile lorsqu'on entend sa femme insulter copieusement plusieurs casseroles dont le contenu bout en même temps, et s'exclamer « putain, c'est chaud » en touchant l'une d'elles. Au bout d'un moment, Murray passa la tête par l'entrebâillement.
« Besoin d'un coup de main ?
— Je maîtrise la situation. »
Il y avait des marmites partout, dont plusieurs par terre et une posée en équilibre précaire sur le rebord de la fenêtre.
« On déjeune toujours en tête à tête, n'est-ce pas ?
— Nous aurons des restes pour demain. »
Et les trois semaines à venir, songea Murray.
« Oh ! Merde, j'ai fait cramer la sauce à la mie de pain !
— J'ai horreur de ça, observa Murray en dénouant le tablier de Sarah, qu'il poussa avec douceur vers une chaise. À ton tour de t'asseoir et de te détendre. »
En touillant la sauce, il sentit le regard de sa femme posé sur lui et se retourna.
Elle se rongeait une cuticule.
« Dis-moi la vérité : c'est plus facile quand je suis à Highfield ?

Laisse-moi en paix

— Plus facile ? Oui, répondit Murray, qui ne lui avait jamais menti. Mais beaucoup moins agréable. »

Elle digéra sa réponse.

« Je me demande s'il en a après son argent. »

Il fallut un moment à Murray pour comprendre de qui elle parlait.

« Mark Hemmings ?

— Anna croit que Mark n'a jamais rencontré ses parents, mais nous savons que Caroline a pris rendez-vous avec lui. Nous savons aussi qu'à eux deux, Caroline et Tom valaient un sacré paquet de fric. »

Sarah versa un peu de vin dans son verre et se leva pour resservir Murray.

« Bouleversée par la mort de son mari, Caroline va consulter Mark. Elle lui révèle qu'elle pèse environ un million de livres. Mark la liquide et drague la fille. Boum.

— C'est légèrement plus plausible que ton autre théorie, selon laquelle Caroline aurait été assassinée pour s'être opposée aux projets d'agrandissement de son voisin, je suppose, remarqua Murray, sceptique.

— Je n'ai pas encore complètement exclu cette hypothèse. Mais le motif financier me paraît plus vraisemblable.

— Mark et Anna ne sont pas mariés. Il n'hériterait pas automatiquement de sa fortune.

— Pas encore, ajouta Sarah, d'un ton sinistre. Je te parie qu'il y travaille. Et une fois qu'il aura mis la main sur son argent et sa maison... »

Sarah passa un doigt sur sa gorge avec un gargouillis mélodramatique.

Murray éclata de rire en remplissant les assiettes et couvrit de sauce les dés de pommes de terre brûlés, mais en songeant qu'Anna Johnson était peut-être en danger, un frisson lui parcourut l'échine.

Laisse-moi en paix

« Après les fêtes, je verrai ce que la division de lutte contre la cybercriminalité peut faire à propos du numéro qui a servi à Diane Brent-Taylor pour passer son appel. Je te parie que celui qui a jeté la brique a aussi passé le coup de fil et que celui qui a passé le coup de fil sait comment Tom Johnson est mort. »

Il posa une assiette pleine de nourriture devant sa femme et s'installa en face d'elle.

« Ce doit être une personne de leur entourage, crois-moi, conclut Sarah en prenant ses couverts. C'est toujours comme ça. »

Pour la énième fois, Murray songea qu'elle devait avoir raison.

Mais alors, qui ?

35

Anna

Je n'ai pas tenu Ella de toute la soirée. Elle est passée de bras en bras comme un paquet, apparemment ravie de l'attention qu'on lui accorde, acceptant de se laisser porter par de gentils inconnus sans résister. Le cocktail de Noël de Robert est vraiment le dernier endroit où j'ai envie d'être en ce moment, même s'il m'a permis d'échapper un instant à la surveillance de Mark et de sa mère, dont la réserve de compassion s'était définitivement tarie à l'heure du déjeuner. J'avais fait de mon mieux, avais ouvert les cadeaux que j'avais placés dans les chaussons d'Ella à peine quelques heures plus tôt, avais siroté un Bellini léger au petit déjeuner, mais la moindre conversation me coûtait. Dès que j'ouvrais la bouche, j'avais l'impression de mentir.

« Elle pourrait faire un effort, quand même. C'est le premier Noël d'Ella après tout. »

Il devait être aux alentours de quinze heures, Mark et Joan faisaient la vaisselle du déjeuner. Je me suis arrêtée sur les marches et j'ai enfoncé mes orteils recouverts de chaussettes dans la moquette. Je ne voulais pas être indiscrète... je les ai écoutés, voilà tout.

« Elle a du chagrin, maman.

— Moi aussi, j'ai eu du chagrin quand ton père est mort et je n'ai pas baissé les bras, hein ? J'ai fait bonne figure, enfilé mon tablier et continué à m'occuper de vous tous. »

Je n'ai pas entendu la réponse de Mark et, arrivée en bas de l'escalier, j'ai traversé l'entrée en marchant exprès sur la latte qui grince et que j'évite systématiquement. Ils se sont tus brusquement et le temps que j'entre dans la cuisine, ils s'activaient en silence.

Laisse-moi en paix

« Voilà maman ! s'exclame Joan, avec une gaieté feinte. Tu as bien dormi, ma chérie ? »

Je n'avais pas dormi. Comment aurais-je pu ? Cependant, j'avais saisi l'occasion de m'accorder un répit, loin de l'inquiétude écœurante de Mark et de l'agacement croissant que ressentait sa mère parce que je n'étais pas le boute-en-train de service. Je m'étais allongée sur mon lit pour réfléchir.

Et je continue. Où est ma mère en ce moment ? A-t-elle passé Noël au foyer ? Est-elle en sécurité ? Qu'est-ce que ça peut bien me faire ? À l'idée qu'Ella ait pu se trouver dans la nursery quand cette brique avait traversé la fenêtre, je suis horrifiée. C'est à cause de ma mère que nous vivons ça, elle aurait tout aussi bien pu la lancer elle-même.

Comment le lui pardonner ?

Et pourquoi, en sachant ce que mon père a fait, une part de moi a-t-elle encore envie de le voir ?

Depuis vingt-quatre heures, je me repasse le film de mon enfance à travers le prisme de ce que je sais maintenant de lui : il n'est pas celui que je croyais connaître. Bâtie sur des mensonges, ma vie est en train de s'écrouler.

On ne feint pas sa propre disparition à la légère. Ma mère devait être prête à tout.

Elle a besoin de moi.

Ce qu'elle a fait est impardonnable.

J'ai besoin d'elle.

Je ressasse.

Nos voisins se pressent dans le salon de Robert, y compris quelques enfants, bien que la plupart des résidents du quartier soient plus âgés que nous et que leurs rejetons adultes passent les fêtes de leur côté. Je connais tout le monde, sauf le couple posté près de la cheminée, sans doute les nouveaux propriétaires de la

Laisse-moi en paix

villa Sycomore – j'ai vu le camion de déménagement près de la maison la semaine dernière.

Mark, Ann et Andrew Booth, qui vivent deux maisons plus loin, ont une discussion animée sur les médecines parallèles, tandis que Joan, qui a trouvé une place confortable, reste clouée sur le canapé. Je me déplace lentement de pièce en pièce. De petits groupes sont réunis dans la cuisine, dans le vestibule et dans le salon et je passe de l'un à l'autre, une assiette dans une main, un verre dans l'autre comme si j'étais sur le point de m'asseoir. Personne ne m'arrête. Je n'ai pas envie de me poster dans un coin pour que les gens se sentent obligés de venir prendre de mes nouvelles. Je n'ai pas envie de parler.

Tout le monde m'a présenté ses condoléances ce soir, même s'il l'a déjà fait à la cérémonie organisée à la mémoire de mes parents. Je rougis en repensant aux larmes versées, aux discours prononcés, à la gentillesse de ces vagues connaissances qui ont pris le temps d'écrire une carte, de préparer un plat, d'envoyer des fleurs.

Que diraient-ils s'ils savaient ?

C'est parce que toutes leurs platitudes, aussi sincères que bien intentionnées, me rendent malade de culpabilité que j'erre de pièce en pièce sans m'arrêter et en fuyant les regards. Je croise Robert qui tient salon avec les deux sœurs âgées dont la maison est située à l'angle de la rue. Elles ne résident pas dans notre rue à proprement parler, mais comme elles font des friands à tomber, elles sont invitées à toutes les fêtes du quartier.

« ... conçu en tenant compte du voisinage. Je serais ravi de vous montrer les plans. »

Il convertit les voisins à sa cause un par un. Il n'a pas encore remporté l'adhésion de Mark, mais je suis sûre que cela ne saurait tarder.

Laisse-moi en paix

« Je suis prêt à vous dédommager pour la gêne occasionnée, bien entendu », avait dit Robert quand il était venu nous montrer les plans de son extension, qui impliquent de faire disparaître de manière temporaire la clôture entre nos deux propriétés et de déterrer la fosse septique et le système d'évacuation devenus obsolètes.

« Je ferai en sorte que toutes les plantes arrachées soient remplacées et ferai poser une nouvelle pelouse à la fin des travaux.

— Ce qui m'inquiète un peu, c'est la lumière », avait répété Mark.

Il se serait bien entendu avec ma mère. Il aurait pu soutenir sa campagne visant à interdire les projets d'agrandissement, écouter ses arguments sur leur impact environnemental et l'intégrité des monuments historiques. L'espace d'une seconde, je les imagine comploter ensemble à la table de la cuisine et je dois déglutir pour m'empêcher de fondre en larmes. Mark apprécierait maman, je le sais. Et elle l'apprécierait aussi, ou n'importe quel homme pourvu qu'il s'occupe de moi aussi bien que lui.

Je suis soudain assaillie par l'image de Murray Mackenzie brandissant la publicité de Mark avec, au dos, l'écriture de ma mère. Je la chasse.

Ils ne se sont jamais rencontrés. C'est ce que dit Mark et il n'a aucune raison de mentir. Je lui fais confiance.

Cependant je ne peux pas lui parler de maman. À la seconde où je le ferais, il m'obligerait à avertir la police. Les zones grises n'existent pas pour lui ; il n'y a pas plus réglo. C'était une des choses que j'aimais chez lui avant. Que j'aime encore ; c'est… devenu compliqué, c'est tout. Je repars vers la cuisine. Un voisin qui vit au bout de la rue croise mon regard du fond de la pièce et sans réfléchir, je lui souris. Quand je détourne les yeux, il est trop tard : il se dirige droit sur moi, sa femme sur les talons.

« J'ai dit à Margaret qu'il fallait que l'on te voie avant de partir, n'est-ce pas, Margaret ?

— Bonsoir, Don. Bonsoir, Margaret. »

Laisse-moi en paix

M'ayant rejointe, Don recule délibérément pour me jauger tel un oncle absent. Est-il en train d'évaluer à quel point j'ai grandi ? Mais non, il se contente d'un soupir.

« Tu es son portrait craché. Tu ne trouves pas, Margaret ?

— Oh ! Oui. Elles se ressemblent comme deux gouttes d'eau. »

Je me force à sourire. Je ne veux pas ressembler à ma mère.

« Comment vas-tu ?

— Bien, merci. »

Don paraît terriblement déçu.

« Ce doit être difficile quand même.

— Le jour de Noël », renchérit sa femme au cas où la date m'aurait échappé.

Bien que je vienne de passer les dix-neuf derniers mois à faire mon deuil, je suis soudain pétrifiée par l'incertitude. Devrais-je pleurer ? Qu'attendent-ils de moi ?

« Je vais bien.

— On a encore du mal à y croire, admet Don, tes deux parents. Quel dommage !

— Tellement dommage ! » renchérit Margaret.

Je suis exclue de la conversation – c'est comme si je n'étais pas là – et j'ai la désagréable impression de n'avoir été qu'un prétexte pour les divertir, leur permettre d'assouvir le plaisir morbide que l'on prend à parler des gens qui ont moins de chance que nous. D'un coup d'œil à la ronde, je vérifie qui porte Ella et m'apprête à invoquer l'excuse de l'allaitement pour m'éclipser.

« J'ai cru voir Caroline au parc, hier. »

Je me fige.

« C'est fou comme l'esprit vous joue des tours », ajoute Margaret avec un petit rire.

Elle regarde alentour, mais s'interrompt brusquement sur sa lancée en croisant mon regard et adopte une expression plus compatissante.

Laisse-moi en paix

« Enfin, en y regardant de plus près, j'ai vu que la femme ne lui ressemblait pas du tout. Plus âgée, les cheveux noirs, elle était très différente. Caroline aurait préféré mourir que de porter ce genre de tenue... »

Margaret s'aperçoit de sa gaffe trop tard.

« Veuillez m'excuser, le bébé... »

Je ne prends même pas la peine de finir ma phrase, récupère Ella dans les bras d'un autre voisin et trouve Mark dans le bureau en train d'examiner les plans de l'extension avec Robert.

« Je ramène Ella à la maison. Elle est fatiguée avec toute cette excitation ! Merci pour ce moment agréable, Robert, dis-je avec un sourire.

— Je t'accompagne. Maman doit vouloir aller se coucher elle aussi. Je crois que nous avons terminé, n'est-ce pas ? »

Les deux hommes échangent une poignée de main. De quoi ont-ils parlé ? me dis-je en allant chercher Joan. Comme toujours, les adieux s'éternisent alors que nous souhaitons un joyeux Noël à des gens que nous croisons dans la rue ou au parc presque tous les jours.

« À dimanche ! » crie quelqu'un lorsque nous sortons.

J'attends d'être hors de portée d'oreille pour interroger Mark.

« Dimanche ?

— J'ai invité les voisins pour la Saint-Sylvestre.

— Une fête ?

— Non ! Pas une fête, se défend-il en voyant ma mine. Juste quelques verres pour fêter le nouvel an.

— Une fête, quoi.

— Peut-être une petite. Oh ! Allez ! Nous ne trouverions jamais de babysitter pour le réveillon de toute façon. C'est le seul moyen de rester à la maison tout en s'amusant quand même. Tout le monde y gagne. Envoie un SMS à Laura, vérifie si elle est déjà prise. Bill aussi, bien sûr. »

Laisse-moi en paix

Nous avons plusieurs jours devant nous, me dis-je. J'ai d'autres priorités plus urgentes.

« J'ai dit à Robert que nous soutiendrions sa demande de permis de construire, m'annonce Mark alors que, après avoir couché Ella dans son couffin, nous nous apprêtons à aller au lit.

— Qu'est-ce qui t'a fait changer d'avis ?

— Trente mille livres, dit-il avec un sourire barbouillé de dentifrice.

— Quoi ? Remplacer la pelouse et replanter quelques fleurs ne coûteront jamais une somme pareille. »

Mark crache et rince le lavabo.

« Si cela les vaut pour Robert, je ne vais pas discuter. »

Il laisse une trace blanche sur la serviette en s'essuyant la bouche.

« Maintenant, je n'ai plus à m'inquiéter que l'appartement reste inoccupé quelque temps.

— Tu n'avais pas à t'inquiéter avant, je te l'ai déjà dit. »

Il me donne un baiser parfumé à la menthe et se met au lit.

Je regarde mon image dans le miroir. Je n'ai pas encore de rides mais l'ossature de mon visage est bien celle de ma mère, c'est indéniable.

Margaret croit avoir vu maman au parc hier. Elle l'ignore, mais c'est sans doute le cas. Quelqu'un ne tardera pas à la reconnaître, à avertir la police.

Je pourrais tout arrêter, tout de suite, en disant la vérité.

Pourquoi n'ai-je encore rien fait ? Je sais depuis plus de vingt-quatre heures que mes parents sont vivants ; que mon père a feint son suicide pour éviter de rembourser ses dettes et que ma mère a feint le sien pour échapper à mon père. Elle m'a trahie. Elle m'a menti. Pourquoi n'ai-je pas appelé la police ?

Je lis la réponse dans le regard de mon reflet.

Parce qu'elle est ma mère et qu'elle est en danger.

36

« Enceinte ? Mais nous avons pris nos précautions !
— La pilule n'est fiable qu'à quatre-vingt-dix-huit pour cent. »
Je n'y croyais pas. C'est d'ailleurs ce que j'ai dit.
« Vérifie. »
Je restai aussi inflexible que l'étroite ligne bleue.
Je ne voulais pas de bébé.
Il y avait d'autres solutions, bien sûr, mais lorsque j'y ai fait allusion, tu m'as fait passer pour un monstre.
« Comment oses-tu ?
— Ce n'est qu'un agglomérat de cellules.
— C'est un bébé. Notre bébé. »
Nos parents étaient ravis. Ils se sont rencontrés à l'occasion d'un goûter très coincé et ont découvert qu'ils s'entendaient à merveille. Il était temps de nous ranger – ils s'inquiétaient de notre « vie dissolue », se méfiaient de nos habitudes londoniennes. C'était merveilleux que nous nous soyons trouvés ; quel miracle, ce bébé !
Je n'avais plus mon mot à dire.
Un mariage précipité. Une nouvelle maison (« Mieux adaptée à la vie de famille que cet horrible appartement »), un nouveau boulot (« Tellement moins compétitif que la City »), un déménagement à la mer, putain (« L'air est tellement plus sain ! »)...
Le piège s'est refermé sur moi.
Impossible pourtant, de ne pas aimer Anna quand elle est arrivée. Quelle petite fille intelligente, belle, curieuse. Tout aussi impossible de ne pas lui en vouloir. Dire que j'aurais pu vivre ma vie et qu'au lieu de la croquer à pleines dents je faisais du sur-place, un bébé dans les bras. Je rêvais de partir. Mieux vaut être un parent

Laisse-moi en paix

absent qu'un parent qui ne veut pas être là, me disais-je. Mais au lieu de mettre les voiles, j'ai fait comme toujours dans les moments difficiles.

J'ai bu.

37

Murray

Le lendemain de Noël faisait toujours l'effet d'une douche froide. Quand Murray portait encore l'uniforme, les interventions pour dispute conjugale se succédaient car les victimes de gueule de bois soignaient le mal par le mal et les tensions familiales éclataient après avoir été contenues pendant vingt-quatre heures.

Pour quelqu'un d'hyper-sensible comme Sarah, plus dure était la chute. Elle ne descendit pas avant midi, et encore, juste le temps de prendre la tasse de thé que Murray lui avait préparée avant de retourner se coucher. Il rangea la cuisine, se prépara à déjeuner en se demandant quoi faire. Il ne voulait pas laisser Sarah seule dans cet état, mais la claustrophobie le gagnait.

Il ouvrit le dossier de l'affaire Johnson, qu'il posa sur la table. Tom avait procédé sur Google à plusieurs recherches relatives au suicide, à Beachy Head et aux horaires des marées. Toutes entre minuit le 17 mai et 9 heures le lendemain matin. Rien que de très plausible pour un homme qui envisageait d'en finir – c'était sans doute la conclusion à laquelle étaient arrivés les enquêteurs –, cependant, étant donné le tableau qui commençait à s'esquisser, Murray trouvait les recherches trop prudentes. Tout cela était trop commode. Manifestement, celui qui avait tué le couple et maquillé le meurtre en suicide les avait effectuées.

Qui aurait pu avoir accès au téléphone de Tom ? Impossible de répondre à cette question sans savoir où la victime se trouvait le matin de sa mort. La PJ avait tenté de reconstituer son itinéraire jusqu'à ce que l'Audi soit repérée sur les caméras de surveillance du

Laisse-moi en paix

LAPI aux environs de la falaise : on en était alors resté là. Inutile d'approfondir.

Où Tom avait-il passé la nuit ? Qui l'accompagnait ce matin-là ? Murray énuméra les pistes possibles sur trois pages de son cahier, agacé par ces jours fériés synonymes de congés pour tous les collègues vers qui il aurait pu se tourner.

En début de soirée, main posée sur la couette emmêlée, il suggéra à Sarah qu'elle se sentirait peut-être mieux après avoir pris une douche et s'être habillée. La chambre sentait le renfermé et, restée intacte, la tasse de thé qu'il lui avait mis de force dans la main était maintenant recouverte d'une pellicule luisante.

« Je veux juste retourner à Highfield.

— Tu as rendez-vous avec le professeur Chaudhury vendredi.

— Je n'ai pas envie d'être ici. Je veux être à Highfield, sanglotait Sarah d'une voix assourdie, la tête cachée sous la couette.

— Veux-tu que je descende l'édredon ? On peut buller sur le canapé en regardant des films en noir et blanc.

— Va-t'en ! »

Si Sarah avait pu voir son visage, Murray aurait caché sa peine derrière le sourire du mari encourageant qu'il était. D'ailleurs, il posa la main là où devait se trouver l'épaule de sa femme et s'apprêta à prononcer les paroles dont il avait besoin. Dont *elle* avait besoin plutôt. Mais soudain à bout de force, vidé, il se dit que cela ne changerait rien. Il aurait beau faire, beau dire, Sarah n'irait pas mieux. On ne pouvait rien pour elle.

Il se leva et quitta la pièce en fermant la porte derrière lui. Debout sur le palier, il aperçut, dans des maisons ornées de guirlandes électriques de l'autre côté de la rue, des familles qui faisaient des parties de jeux de société et se disputaient la télécommande.

« Secoue-toi, Mackenzie », murmura-t-il.

Dans la cuisine, il mit deux tartines de pain et de fromage sous le gril. Il allait appeler Anna Johnson. Au diable les jours fériés.

Laisse-moi en paix

La jeune femme était en deuil ; on avait lancé un projectile par sa fenêtre. À situation exceptionnelle, attitude exceptionnelle. Elle insistait pour qu'il rouvre l'enquête, et vu le savon que Leo Griffiths lui avait passé, la PJ ne tarderait pas à en reprendre les rênes. L'heure était venue de partager ses conclusions avec la jeune femme.

Il baissa le four et décrocha son téléphone.

« Allo ?

— Allo, Murray Mackenzie à l'appareil. De la police, ajouta-t-il quand il n'obtint pas de réponse.

— Oui. À vrai dire, le moment est mal choisi...

— Excusez-moi de vous déranger le lendemain de Noël. Je voulais juste vous dire que vous avez raison, je crois. La mort de vos parents est bien suspecte. »

Les mots se bousculaient dans sa bouche, adressés autant à Anna qu'à lui-même. Il se sentit un peu plus léger. Il vit la jeune femme poser la main sur sa gorge, des larmes de soulagement lui embuer les yeux parce que quelqu'un l'avait enfin prise au sérieux. Il attendit. Il y eut un léger déclic au bout du fil, suivi d'un silence.

Murray rappela.

« Je crois que nous avons été coupés. Je me suis dit que nous pourrions nous voir. Demain, si vous êtes libre ? Je vous ferai part de mes découvertes et nous discuterons...

— Non ! »

Murray se tut à son tour. Il n'était pas sûr que cet ordre, aussi brutal que retentissant, lui fût adressé. Anna parlait-elle à quelqu'un de son entourage ? Son compagnon ? un chien ? le bébé ?

« J'ai changé d'avis, annonça la jeune femme d'une voix tremblante sans s'interrompre pourtant, levant la voix comme si les mots lui coûtaient. Il faut que je tourne la page. Que j'accepte ce qui s'est passé. Que j'accepte le verdict.

Laisse-moi en paix

— Justement, Anna. Je crois que vous avez raison de penser que vos parents ont été assassinés. »

La jeune femme poussa un soupir agacé.

« Vous ne m'écoutez pas. Je suis navrée de vous avoir fait perdre votre temps, mais je ne veux pas de ça. Je ne veux pas que vous exhumiez le passé ni que vous fassiez quoi que ce soit. »

Le timbre de sa voix avait changé et le policer s'aperçut qu'elle pleurait.

« Laissez tomber, s'il vous plaît ! »

Cette fois, le déclic à l'autre bout du fil fut plus violent. Anna Johnson avait raccroché.

La gorge de Murray se serra alors qu'il ravalait une ridicule envie de pleurer. Il resta debout, figé, téléphone à la main, et ce n'est qu'en entendant l'alarme incendie percer le silence qu'il comprit que son dîner brûlait.

38

Anna

Le surlendemain de Noël, un mercredi, Joan rentre chez elle. On emballe les restes, on promet d'aller lui rendre visite dans le Nord, on répète que ça a été merveilleux de passer ces quelques jours en famille, puis elle finit par monter dans sa voiture et, debout dans l'allée, nous lui faisons au revoir de la main.

Nous sommes dans cette période curieuse entre Noël et le jour de l'an où l'on doit systématiquement vérifier la date dans le calendrier et où l'on croit que tous les jours sont fériés. Mark remplit la benne du recyclage et je m'allonge par terre dans le salon avec Ella. Elle est captivée par la texture des pages d'un livre en noir et blanc que nous lui avons offert, que je tourne une à une pour elle en répétant le nom des animaux qui y sont dessinés. Chien, chat, mouton...

Cela fait trois jours que maman a réapparu. Je me suis promis qu'après Noël et le départ de Joan, je dirais tout à Mark et que nous irions ensemble au commissariat.

Noël est passé...

Mon incapacité de tout déballer est-elle délictueuse ? Ce genre de crime s'aggrave-t-il au fil du temps ? Un délai de vingt-quatre heures est-il acceptable alors qu'un délai de soixante-douze heures serait passible de poursuites ? Bénéficierais-je de circonstances atténuantes ? Je passe mentalement en revue les raisons qui m'empêchent de révéler mon secret.

J'ai peur. De la une des journaux, des journalistes massés devant ma porte, du regard des voisins. À l'ère d'Internet, on peut faire

Laisse-moi en paix

une croix sur le droit à l'oubli ; Ella devra supporter les conséquences de ces événements toute sa vie.

J'éprouve aussi une peur plus immédiate, plus impérieuse aussi. La peur de mon père. Maman m'a avoué ce dont il était capable ; l'aperçu que j'en ai eu m'a convaincue. Si je vais raconter tout ce que je sais à la police, il faudra qu'elle agisse vite : qu'elle arrête papa pour l'empêcher de nous faire du mal. Et si elle ne parvient pas à le retrouver ? Que nous fera-t-il subir ?

J'ai peur de la réaction de Mark. De ce qu'il dira ou fera. Il m'aime, mais notre relation est encore neuve, fragile. Et si c'était la goutte d'eau de trop ? Que ferais-je à sa place ? J'ai du mal à imaginer que Joan puisse feindre sa propre mort, c'est ridicule. Pourtant, je resterais si c'était le cas, non ? Je ne le quitterais pas à cause du comportement de ses parents. Malgré tout, je m'inquiète. Depuis que nous sommes ensemble, nous formons un ménage à trois avec le deuil. Mark s'en est accommodé, s'est montré indulgent. Si nous l'enlevons de l'équation… je finis par mettre le doigt sur ce qui m'effraie : que sans le deuil qui nous a réunis, nous nous éloignions l'un de l'autre.

Je tourne la page pour Ella. Elle approcha de sa bouche l'un des coins serré dans son poing, elle l'approche de sa bouche. Une autre raison me pousse à ne rien dire à la police.

Maman.

Bien qu'elle ait agi de manière impardonnable, je comprends ce qui l'a poussée à partir. J'aimerais qu'elle s'y soit prise autrement, mais la dénoncer n'y changera rien. Ma décision peut lui éviter la prison ou l'y condamner.

Je ne peux pas faire ça à ma propre mère.

Ces derniers jours, j'ai pu observer comment Joan se comportait avec Ella et la joie que procure une relation intergénérationnelle. Nous avons baigné le bébé, nous sommes promenées dans le parc en nous relayant pour pousser le landau. J'ai envie de faire

Laisse-moi en paix

la même chose avec ma mère. Je veux qu'Ella connaisse ses deux grands-mères.

Maman est revenue et je veux de tout mon cœur qu'elle fasse partie de ma vie.

Je dois m'éclaircir les idées. Je vais trouver Mark.

« Je vais aller faire une promenade avec Ella.

— Bonne idée. Si tu attends cinq minutes, je vous accompagne.

— Ça te dérangerait que nous y allions seules ? dis-je, hésitante. Avec Joan, la fête chez Robert, j'ai l'impression de ne pas avoir eu une seconde à moi. »

Il se tâte. Ai-je envie d'être seule pour être au calme ou parce que je craque ?

Malgré mon tumulte intérieur, je ne dois pas donner l'impression d'être un danger ni pour moi ni pour Ella car il sourit.

« D'accord. À tout à l'heure. »

Je vais en ville. Le vent, à peine perceptible à l'intérieur des terres, se lève et balaie le front de mer. Je m'arrête pour fixer la housse imperméable au landau. Les toits sont noirs et brillants après la pluie nocturne et, malgré les promeneurs qui arpentent la plage et l'esplanade, tout est calme car la plupart des magasins sont fermés pour la période des fêtes. Tout le monde a l'air de bonne humeur, animé par une gaieté festive et la joie procurée par un jour de congé supplémentaire – cette impression n'est peut-être due qu'à l'agitation de mon esprit. Chacun a ses soucis, après tout, même si nous devons être peu nombreux à nous débattre avec des parents revenus d'entre les morts.

Je n'avais pas l'intention de me rendre au Hope, c'était inévitable je suppose. C'est là que mes pas me mènent et je ne lutte pas.

Avec sa façade de crépi gris, la maison, plus large que haute, ne paie pas de mine. Je sonne.

Laisse-moi en paix

La femme qui vient m'ouvrir est calme et douce. Elle se tient telle une danseuse, les pieds en première et les mains jointes à la taille.

« J'aurais voulu voir Caroline... dis-je, hésitante, en taisant volontairement son nom de famille. Elle réside au foyer.

— Veuillez attendre ici s'il vous plaît », répond-elle avec un sourire en fermant la porte, d'une main douce mais ferme.

Je me demande si des gens méchants viennent ici. Des maris violents venus récupérer leur femme. Ils ne doivent pas être reçus avec le sourire. Papa est-il venu chercher maman ? Je jette un coup d'œil à la ronde. Me surveille-t-il ? Sans doute, puisqu'il savait que j'étais allée au commissariat. Je me mets à trembler, doigts serrés sur le guidon du landau.

« Désolée, mais il n'y a pas de Caroline au Hope. »

Elle est revenue bien vite : c'est à se demander si elle était vraiment partie ou si elle s'est contentée de rester derrière la porte un instant. Et si c'était une réponse toute faite, qu'ils énoncent de toute façon, que la personne demandée vive au Hope ou non ?

Je ne prends conscience de mon erreur que lorsque la porte se referme. Maman n'a dû donner ni son vrai nom ni son prénom puisqu'elle est censée être morte. Je m'éloigne. Devrais-je retenter ma chance et la décrire ? Est-ce une bonne chose de ne pas l'avoir trouvée ici ? Était-ce inévitable ?

« Anna ! »

Je me retourne au moment où ma mère franchit le seuil, vêtue de la même tenue que la veille de Noël. Elle coiffe la capuche de son manteau.

« Sœur Mary a dit que l'on cherchait une certaine Caroline.

— C'est une religieuse ?

— Une personne formidable. Extrêmement protectrice : elle aurait répondu par la négative, quel que soit le nom donné.

Laisse-moi en paix

— Je me suis posé la question, en effet. Excuse-moi, je n'ai pas réfléchi.
— Peu importe. »
Nous marchons d'un même pas vers le front de mer.
« Angela. »
Je la regarde, décontenancée.
« C'est comme ça que je me fais appeler.
— Je vois. »
Nous avançons en silence. Je ne suis pas allée au Hope avec un discours ou un plan réfléchis. Je me sens gênée. Sans voix. Je lâche la poignée du landau, m'écarte et, sans un mot, maman me remplace ; c'est si simple, si *évident*, que j'en pleurerais.

Je ne peux pas l'envoyer en prison. Je veux – j'ai besoin – qu'elle fasse partie de ma vie et de celle d'Ella.

La jetée est plus fréquentée. Après plusieurs jours cloîtrés à l'intérieur, des enfants se défoulent en faisant la course. Ma mère enfouit son visage sous sa capuche et baisse la tête. Nous aurions dû aller dans un endroit plus calme – et si nous croisions une de nos connaissances ?

Le toboggan est couvert ; le jeu de massacre fermé pour l'hiver. Nous marchons jusqu'au bout pour contempler la mer. Des vagues grises s'écrasent contre les pilotis.

Nous cherchons nos mots.

« Tu as passé un bon Noël ? » me demande ma mère.

La banalité de sa question m'amuse. Quand nos regards se croisent, elle pouffe à son tour et nous rions bientôt entre nos larmes alors qu'elle me serre très fort contre elle. Son parfum me remplit de nostalgie. Combien de fois ma mère m'a-t-elle prise dans ses bras ? Pas assez souvent. Je ne serai jamais rassasiée.

Nos sanglots calmés, nous restons assises sur un banc, le landau d'Ella tout près de nous.

« Vas-tu avertir la police ? me demande-t-elle doucement.

Laisse-moi en paix

— Je ne sais pas. »
Elle garde le silence un moment.
« Laisse-moi quelques jours, finit-elle par dire, les mots se bousculant dans sa bouche. Jusqu'au Nouvel An. Laisse-moi passer un peu de temps avec Ella, laisse-moi faire sa connaissance. Ne tranche pas avant. S'il te plaît. »
Il est facile d'accepter. De remettre la décision à plus tard. Nous regardons la mer sans rien dire.
« Raconte-moi ta grossesse, me demande-t-elle en passant son bras sous le mien. »
Je souris. J'ai l'impression que c'était il y a une éternité.
« J'avais d'horribles nausées matinales.
— C'est de famille, malheureusement. J'ai été malade comme un chien quand je t'attendais. Et les brûlures d'estomac...
— Atroces ! J'avalais du Gaviscon à même la bouteille, vers la fin.
— Des envies ?
— Bâtonnets de carottes trempés dans de la pâte à tartiner. Ne critique pas avant d'avoir goûté », dis-je, amusée par son air ahuri.
J'ai chaud au cœur malgré le vent qui balaie la jetée. Quand, pendant nos cours de préparation à l'accouchement, les femmes se plaignaient des conseils inopportuns de leurs mères, je songeais combien j'aurais aimé pouvoir bénéficier des recommandations pleines de sagesse de la mienne. Je ne lui en aurais pas voulu de se mêler de nos affaires ; j'aurais apprécié chacun de ses appels, chacune de ses visites, de ses propositions d'aide.
« Quand j'étais enceinte de toi, je n'aurais mangé que des olives. J'étais insatiable. Au point que, d'après ton père, j'allais accoucher d'une olive. »
Mon rire meurt sur mes lèvres et maman s'empresse de changer de sujet.
« Et Mark, il est gentil avec toi ?

Laisse-moi en paix

— C'est un papa super. »
Ma mère me regarde avec curiosité. Je n'ai pas répondu à sa question. Je ne suis pas sûre d'en être capable. Est-il gentil avec moi ? Il est doux, prévenant. Il m'écoute, prend part aux travaux ménagers. Oui, il est gentil.
« J'ai beaucoup de chance », dis-je.
Mark n'était pas obligé de rester avec moi quand je suis tombée enceinte. Il y a beaucoup d'hommes qui ne l'auraient pas fait.
« J'adorerais le rencontrer. »
Je m'apprête à répondre que ce serait merveilleux si c'était possible quand je m'aperçois qu'elle ne plaisante pas.
« Tu ne peux pas... C'est impossible.
— Vraiment ? Nous pourrions lui dire que je suis une cousine éloignée. Que nous nous sommes perdues de vue, disputées ou... »
Elle s'interrompt, renonce à cette idée.
Dans la mer agitée, sous la jetée, j'aperçois l'éclair d'un mouvement. Un bras. Une tête. Quelqu'un dans l'eau. Je suis déjà à moitié debout quand je m'aperçois que la personne n'est pas en train de se noyer, mais de nager. Frissonnante, je me rassois.
Le délai que je me suis imposé me laisse quatre jours avec ma mère avant de tout avouer à la police ou de la laisser disparaître là où personne ne la reconnaîtra. Quoi qu'il en soit, il me reste quatre jours avant de devoir lui refaire mes adieux.
Quatre jours pour profiter de ce dont j'ai rêvé depuis la naissance de ma fille. Une famille. Mark, Ella, maman et moi.
Je m'interroge.
Elle ne ressemble pas du tout aux quelques photos que Mark a vues. Elle est plus mince, plus âgée, et la coupe de ses cheveux noir de jais modifie la forme de son visage.
Serait-ce possible ?
« Es-tu sûre de ne l'avoir jamais rencontré ?
— Tu sais bien que non, répond-elle, étonnée par ma brusquerie.

Laisse-moi en paix

— La police a trouvé l'une des publicités de Mark dans ton agenda, dis-je en m'efforçant de rester neutre malgré mes propos accusateurs. Tu as pris rendez-vous avec lui. »

Sourcils froncés, elle se mordille l'intérieur de la lèvre, regarde fixement les planches sous nos pieds, le nageur qui fend les vagues.

« Oh ! s'écrie-t-elle en se tournant vers moi, soulagée d'avoir percé le mystère. Le cabinet de psychothérapie de Brighton.

— Oui. Tu as pris rendez-vous avec lui.

— C'était Mark ? Ton Mark ? Bon Dieu, quelle coïncidence ! s'exclame-t-elle. J'ai reçu le prospectus dans la boîte aux lettres après le départ de ton père. Tu te souviens de mon état. J'avais complètement craqué. Je ne dormais plus, le moindre bruit me faisait sursauter. Je n'avais personne vers qui me tourner, à vrai dire. J'avais besoin de parler à quelqu'un, de vider mon sac, alors j'ai pris rendez-vous.

— Mais tu n'y es pas allée.

— Je croyais pouvoir parler en toute confidentialité. Me confesser, en quelque sorte. Mais en vérifiant les détails, j'ai découvert que la confidentialité ne pouvait être garantie si la vie du client était menacée ou s'il avouait un crime.

— Exactement. »

Mark a-t-il déjà trahi la confiance d'un de ses patients en s'adressant à la police ? M'en parlerait-il si c'était le cas ?

« Voilà pourquoi je ne me suis pas présentée au rendez-vous.

— Il ne s'en souvient pas.

— Il doit rencontrer beaucoup de patients. Laisse-moi refaire partie d'une famille, Anna, dit-elle en caressant mes mains du pouce. Je t'en prie. »

Un silence.

« Il te reconnaîtra.

— Non. Les gens croient ce qu'ils ont envie de croire. Ils croient ce qu'on leur dit. Fais-moi confiance. »

C'est ce que je décide de faire.

39

Véridique : il y a plus de décès à Noël qu'à n'importe quelle autre période de l'année.

Les gens succombent au froid. Les hôpitaux les laissent tomber. La solitude les pousse à s'emparer de cachets, d'un couteau, d'une corde.

Ou ils prennent une dérouillée.

J'ai balancé mon premier coup de poing le 25 décembre 1996. Joyeux Noël.

Anna avait cinq ans. Assise près du sapin dans une mer de papier cadeau, elle serrait une figurine de Buzz l'Éclair avec un ravissement non dissimulé.

« Ils sont en rupture de stock partout, a remarqué Bill, très fier de lui. Si vous saviez ce que j'ai dû faire pour me procurer celui-ci. »

À côté d'Anna, une Barbie abandonnée par terre. Ses cheveux poussaient, son fard à paupières changeait de couleur. Elle avait les chevilles articulées, putain. J'avais bossé pour acheter ce jouet, je l'avais choisi, payé. Elle y a jeté un coup d'œil, a constaté que la petite roue dans le dos allongeait sa chevelure, puis s'en est désintéressée. Je crois qu'elle n'y a plus touché de la journée.

C'est là que j'ai pris mon premier verre. J'ai senti les regards critiques se poser sur moi quand je l'ai avalé, alors j'en ai pris un autre, par défi. Dans le canapé, je bouillais de colère.

Tu as gâché le repas de Noël. La dinde était trop cuite, les choux de Bruxelles pas assez. Toi aussi, tu avais bu un verre. Tu as trouvé ça drôle. Pas moi.

Tu as essayé de convaincre Bill de rester. Tu ne voulais pas te retrouver en tête à tête avec moi. Il n'a rien voulu savoir, tu l'as

Laisse-moi en paix

raccompagné jusqu'à la porte et l'as enlacé comme tu ne m'enlaçais plus jamais. J'ai continué à boire. À bouillir.

« Et si nous invitions Alicia, à Noël prochain ? as-tu proposé. C'est affreux de la savoir avec Laura dans cet horrible appartement. »

J'ai accepté sans conviction. Franchement, je n'imaginais pas Alicia ici, chez nous. Elle n'était pas comme nous. Elle parlait, s'habillait différemment. Elle n'avait pas sa place dans notre univers.

Nous avions gardé nos cadeaux pour la fin. Anna était couchée et la dinde emballée dans du papier d'aluminium (elle aurait difficilement pu être plus sèche, mais bon), et tu as tenu à nous faire asseoir par terre comme des gamins.

« Toi d'abord. »

Je t'ai tendu un paquet. J'avais payé pour le faire emballer, mais tu as tiré sur le ruban sans un regard et je me suis promis de ne pas m'embêter, la prochaine fois.

« J'adore. »

Je le savais. L'objectif avait immortalisé Anna en plein essor sur sa balançoire. Elle riait, jambes ballantes, cheveux au vent. Le cadre était argenté. Coûteux. C'était un beau cadeau.

« À ton tour, as-tu dit en me tendant mon paquet avec nervosité. Je ne sais jamais quoi t'acheter ! »

Délicatement, j'ai arraché le ruban adhésif, extirpé le cadeau du papier rouge et blanc. Un bijou ? Des gants ?

C'était un CD.

Easy listening : les plus grands tubes du monde. Relaaaaaax...

J'ai remarqué un reste de colle là où tu avais arraché l'étiquette, dans le coin du boîtier.

J'ai eu l'impression que l'on m'avait volé vingt ans de ma vie. Que l'on m'avait fait entrer tambour battant chez C&A pour m'affubler d'un pantalon beige à taille élastiquée. J'ai repensé à ma vie avant notre rencontre, avant Anna. Aux fêtes, à la coke, à la baise, au plaisir.

Laisse-moi en paix

À quoi ressemblait ma vie maintenant ?

À un CD de musique d'ambiance.

On pourrait croire que c'est arrivé en un éclair, mais pour moi c'était l'inverse. Le temps a ralenti. J'ai senti mon poing se serrer, mes ongles s'enfoncer dans ma paume. J'ai senti le frisson électrique parcourir mon bras du poignet à l'épaule, repartir dans l'autre sens après une pause. La tension monter, monter, de plus en plus.

L'hématome allait de ta tempe à ta gorge.

« Je regrette », ai-je dit.

C'était vrai. J'avais honte. Un peu peur aussi – mais cela, je ne l'aurais jamais avoué – de ce dont j'étais capable.

« Oublie. »

Mais je n'ai pas oublié, et toi non plus. Même si nous avons fait semblant.

Jusqu'à la fois suivante.

J'ai eu assez peur pour arrêter de boire quelque temps. Mais comme je n'étais pas alcoolique… C'est ce que je me disais. Alors, inutile d'arrêter de boire du jour au lendemain. Une bière fraîche par-ci, un verre de vin par-là… Je n'ai pas tardé à avoir besoin d'un apéro bien avant dix-huit heures.

On ne sait jamais ce qui se passe dans l'intimité des gens. Sur dix de vos amis, deux sont victimes ou coupables de violence conjugale. Deux. Combien d'amis avions-nous ? Nous ne devions pas être les seuls.

Cela me rassurait, en quelque sorte. Nous n'avions rien d'exceptionnel.

C'était notre secret, bien sûr. Sinon cela n'aurait pas duré aussi longtemps. Mais personne n'est fier d'un mariage raté. Personne n'est fier d'être une victime.

Tu n'abordais jamais le sujet, moi non plus.

Laisse-moi en paix

J'aimerais pouvoir dire qu'il s'agissait de dérapages. Après tout, je ne te frappais que lorsque j'étais ivre ; cela me déchargeait certainement d'une part de ma responsabilité, non ?

Tu n'as jamais émis la moindre plainte à ce sujet, mais tu savais aussi bien que moi que je devais avoir un minimum de contrôle. Je ne m'en prenais jamais à toi quand Anna se trouvait dans la pièce, ni même quand elle était à la maison du moment où elle a été assez grande pour appréhender la complexité d'une relation adulte. On aurait dit que sa présence avait un effet apaisant, qu'elle me rappelait comment se comportent les gens raisonnables.

En outre, j'avais honte qu'elle me voie dans cet état.

Chaque fois que cela arrivait, je m'excusais. Je disais que c'était « arrivé comme ça », sans prévenir, que je n'avais pas pu m'en empêcher. Je me déteste aujourd'hui d'avoir débité tous ces mensonges. Je savais exactement ce que je faisais. Et après cette première fois, quel que fût mon degré d'ébriété et de colère, j'ai toujours fait en sorte que les bleus ne se voient pas.

40

Murray

La division de lutte contre la cybercriminalité se trouvait à environ deux kilomètres du commissariat le plus proche, au beau milieu d'une zone industrielle. L'endroit était strictement interdit aux voitures de patrouille et aux officiers en uniforme et rien ne laissait supposer qu'à l'intérieur du cube de béton gris servant de locaux à l'Unité 12, des dizaines d'informaticiens démontaient des ordinateurs portables et analysaient des disques durs, extirpant de fichiers cryptés les pires images pornographiques.

Aujourd'hui, il n'y avait qu'une voiture garée sur le parking. Murray sonna et leva les yeux vers la caméra.

« Quoi ? Pas de bonnet de père Noël ? » s'écria une voix désincarnée, suivie d'un bourdonnement discordant et d'un cliquetis bruyant à l'ouverture de la porte.

La personnalité de Sean Dowling le précédait toujours quand il entrait dans une pièce. Trapu et large d'épaules, il jouait encore au rugby tous les samedis bien qu'il frôlât la soixantaine, et aujourd'hui il arborait un hématome violacé sur l'arête du nez. Il échangea une poignée de main vigoureuse avec Murray.

« Tu n'aurais pas été de trop contre Park House, la semaine dernière.

— Ça fait un bail que je ne joue plus, mon vieux, répondit Murray, amusé. Je ne sais pas où tu trouves l'énergie.

— Ça me maintient jeune, dit Sean, rayonnant, en lui tenant la porte. Tu as passé un bon Noël ?

— Tranquille. Désolé de te faire venir ici pendant les fêtes.

Laisse-moi en paix

— Tu rigoles ? On reçoit la mère de Tracy : j'avais déjà un pied dehors avant que tu aies raccroché. »

Ils se donnèrent des nouvelles en marchant, se promirent d'aller prendre une bière en regrettant de ne pas l'avoir fait plus tôt. C'est si facile, songea Murray, quand on travaille sur une enquête, de fréquenter des gens, de se faire de nouvelles connaissances et de garder contact avec ses vieux amis. En devenant volontaire après son départ en retraite, il avait espéré que cette partie de son travail, qu'il appréciait tant, n'en pâtirait pas ; mais à mesure que ses collègues mettaient eux aussi un terme à leur carrière, les pots après le boulot s'étaient faits plus rares. Pas un officier du commissariat de Lower Meads ne devait se douter que le volontaire responsable de l'accueil du public avait jadis été l'un des enquêteurs les plus respectés du Sussex.

Sean conduisit Murray dans un coin du vaste *open space*. Des climatiseurs, installés pour rafraîchir les innombrables ordinateurs plus que leurs utilisateurs, cliquetaient à chaque extrémité de la pièce, et des stores baissés sur les baies vitrées la dissimulaient aux regards des passants curieux.

Seul le poste de travail de Sean était allumé et une parka vert foncé était suspendue au dossier de sa chaise. Trois cartons remplis de sacs pour pièces à conviction transparents hérissés de scellés rouges en plastique, contenant chacun un téléphone portable, étaient entreposés sur son bureau, et deux autres dessous.

« On n'est pas très à jour !

— Sans blague ? »

Sean tira une deuxième chaise et ouvrit un large registre noir. En haut de la page, on pouvait lire le numéro de téléphone du correspondant ayant appelé en se faisant passer pour Diane Brent-Taylor.

« La carte SIM était prépayée, il faudra donc travailler à partir du téléphone. Bien qu'il n'ait pas été utilisé pour passer d'appel, il est resté actif pendant six mois après l'incident, expliqua Sean

Laisse-moi en paix

en faisant tourner son stylo comme un bâton de majorette entre ses doigts.

— Existe-t-il un moyen de découvrir où le téléphone se trouve à l'heure actuelle ?

— Non, à moins que ton témoin – ou la personne qui est en sa possession – ne l'allume. »

Un geste un peu trop enthousiaste propulsa le stylo à l'autre bout de la pièce, où il glissa sous un classeur. L'air absent, Sean en prit un autre et recommença son manège bien rodé. Combien y a-t-il de stylos coincés sous le classeur ? se demanda Murray.

« Nous pourrions extraire la liste d'appels et trouver le code IMEI –

— Traduction ? »

La remarque fit sourire Sean.

« Tous les téléphones portables sont identifiés par un numéro à quinze chiffres qui leur est propre : le code IMEI. C'est leur empreinte digitale. Si nous retrouvons la trace du téléphone dont s'est servi ton témoin, nous pourrons remonter jusqu'à l'achat de l'appareil. »

Et, à partir de là, songea Murray, retrouver le mystérieux correspondant, surtout s'il avait réglé son achat par carte bancaire.

« Combien de temps te faut-il pour obtenir un résultat ?

— Ça me fait toujours plaisir de faire une fleur à un copain, tu le sais, mais... »

L'homme jeta un coup d'œil à la montagne de téléphones en se frottant le visage et tressaillit en touchant le bleu qu'il avait oublié.

« Pourquoi tu fais tout un plat de cette affaire, au fait ?

— Je n'en fais pas tout un plat, se défendit Murray en feignant la désinvolture. La fille du couple m'a fait part de ses inquiétudes à propos du verdict et je procède à quelques vérifications pour elle.

— Sur ton temps libre ? J'espère qu'elle apprécie. »

Laisse-moi en paix

Murray baissa les yeux. Il essayait de ne plus penser à son coup de téléphone à Anna. Il était tombé au mauvais moment, voilà tout. Il était normal de douter quand on vivait une expérience aussi pénible. Dès qu'il pourrait prouver que la mort des Johnson était suspecte, Anna lui saurait gré d'être passé outre. Pourtant, il ne parvenait pas à oublier qu'elle lui avait raccroché au nez.

Sean soupira en prenant l'expression de son ami pour de la déception.

« Écoute, je vais voir ce que je peux faire.

— J'apprécie le coup de main.

— Trêve de bagatelles, prends ton agenda et fixons une date pour ce pot. Ça n'arrivera jamais autrement, tu le sais. »

Sean ouvrit le calendrier sur son ordinateur portable et se mit à le bombarder de propositions avant de s'apercevoir immédiatement qu'il était déjà pris. Murray tourna patiemment les pages de son agenda publicitaire National Trust jusqu'à ce que son ami trouve un créneau ; il lui emprunta alors un stylo pour inscrire le rendez-vous sur la page vierge.

En s'éloignant de la zone industrielle, sous les rayons du soleil d'hiver bas à l'horizon, il écouta la radio en fredonnant. Avec un peu de chance, Sean le rappellerait dans la journée. La rédaction du rapport qu'il devait soumettre à la PJ avait pris du retard, mais les fêtes lui fournissaient une excuse valable ; s'il perçait le mystère du téléphone portable avant de s'y atteler, il pourrait peut-être passer la main en livrant sur un plateau le nom d'un suspect.

Un détail le tracassait à propos de sa visite chez Diane Brent-Taylor. Cela ne concernait pas directement la vieille dame – Murray se targuait d'être fin psychologue, et si la retraitée BCBG était une meurtrière, il voulait bien manger son chapeau.

Mais quelque chose l'avait interpellé.

Laisse-moi en paix

Quelque chose qu'il avait aperçu sur le tableau d'affichage, près de la porte d'entrée. Un prospectus ? une carte ? C'était rageant de ne pas s'en souvenir, et comme Diane s'apprêtait à partir en voyage le jour de sa visite, impossible de se rafraîchir la mémoire.

Devant la porte de son pavillon, clé enfoncée dans la serrure, Murray observa une pause et sentit l'angoisse familière l'étreindre. Cet instant suspendu était peut-être le dernier où il maîtrisait sa vie, où il savait où il en était. De l'autre côté, il pouvait s'être passé n'importe quoi. Au fil des années, Murray avait élaboré une façon neutre de saluer Sarah en attendant de voir comment elle se comportait, ce qu'elle attendait de lui, mais il n'avait jamais pu se passer de ces trois secondes qui séparaient les deux moitiés de son univers.

« C'est moi. »

Sarah était en bas, déjà un progrès, en soi. Les rideaux étaient encore tirés et quand il les ouvrit, elle tressaillit en se couvrant les yeux.

« Comment te sens-tu ?

— Fatiguée. »

Malgré ses douze heures de sommeil, Sarah avait l'air d'avoir passé une nuit blanche. Elle avait les yeux cernés, la peau grise et terne.

« Je vais te préparer quelque chose à manger.

— Je n'ai pas faim.

— Une tasse de thé ?

— Je n'en veux pas. »

Avec douceur, Murray essaya de lui prendre la couette pour la secouer, mais Sarah s'y agrippa et s'enfonça encore plus dans le canapé. Elle avait coupé le son de la télévision qui diffusait un dessin animé dont les animaux d'un zoo étaient les héros.

Murray resta debout un moment. Devait-il préparer quelque chose quand même ? Il arrivait parfois à Sarah de changer d'avis

Laisse-moi en paix

quand on posait une assiette pleine devant elle. Ou pas. Dans ces cas-là, Murray avalait le repas de sa femme, le jetait à la poubelle ou le recouvrait de film alimentaire dans l'espoir qu'elle en ait envie plus tard. Il regarda la montagne de tissu, puis sa femme qui, sans quitter le canapé, s'était assise le plus loin possible de lui.

« Je serai par là si tu as besoin de quelque chose. »

Elle ne semblait pas l'avoir entendu.

Murray alla chercher une caisse pour le recyclage dans le jardin. Il ouvrit l'un après l'autre tous les tiroirs de la cuisine, enleva les couteaux, les ciseaux, les lames du robot ménager. Dans le placard, il prit le papier d'aluminium et arracha avec précaution la bande métallique coupante collée à l'emballage en carton. Il sortit les produits ménagers toxiques de sous l'évier et les médicaments sans ordonnance du tiroir de la commode. Il n'avait pas ressenti le besoin d'agir ainsi depuis un moment et préférait ne pas se demander ce qui le poussait à le faire aujourd'hui ; il se repassa plutôt mentalement sa visite chez Diane Brent-Taylor en espérant se souvenir du détail qui lui échappait.

La porte d'entrée était en PVC blanc, le paillasson extérieur un mélange de fibre de coco et de caoutchouc. Le sol de l'entrée était recouvert de parquet stratifié et des murs rouge foncé assombrissaient encore le rez-de-chaussée. Le tableau était suspendu sur la gauche, au-dessus d'une étagère jonchée d'objets hétéroclites. Qu'y avait-il vu ? Une brosse à cheveux. Une carte postale. Des clés. Il en visualisa chaque partie jusqu'à ce que les éléments prennent forme, version adulte du jeu de Memory auquel il s'adonnait enfant.

Après avoir placé son butin dans la caisse, Murray l'emporta au fond du jardin, ouvrit le cabanon et l'enfouit sous plusieurs bâches de protection poussiéreuses.

Ce faisant, il reprit sa réflexion. Qu'est-ce qui était affiché sur le tableau ? D'autres cartes postales, au moins trois. L'une représentait

Laisse-moi en paix

Table Mountain (il s'en souvenait car Le Cap faisait partie de ses destinations de rêve). La publicité d'un salon de beauté. Une liste de numéros de téléphone. Avait-il reconnu l'un des noms inscrits dessus ? Était-ce ce qui le tracassait ?

« Qu'est-ce que tu fais ? »

Murray n'avait pas vu Sarah sortir de la maison et tressaillit en l'entendant juste derrière lui. Il se reprit avant de se retourner. Elle frissonnait, les lèvres bleues après seulement quelques secondes dehors. Elle avait les pieds nus et les bras serrés contre elle, chaque main enfoncée sous la manche opposée. Ses doigts bougeaient en rythme et Murray savait qu'elle avait déjà la peau écorchée de s'être grattée au même endroit.

Elle arrêta dès qu'il lui toucha le haut des bras.

« J'ai faim.

— Je vais te préparer quelque chose. »

Il l'aida à traverser le jardin, trouva ses chaussons et l'installa dans la cuisine. Elle garda le silence pendant qu'il lui préparait un sandwich avec un couteau à beurre qui déchirait le pain, puis mangea avec voracité, ce que Murray considéra comme une victoire.

« Je travaille sur l'affaire Johnson. »

Il chercha une étincelle d'intérêt dans le regard de sa femme, en vain. Son cœur se serra. Le résultat de la mise à l'épreuve de Sarah confirmait ses craintes : une nouvelle période difficile s'annonçait. Il eut l'impression de se débattre en eaux profondes, au beau milieu de la Manche, sans canot de sauvetage.

« Même si ça n'a plus grand intérêt maintenant », ajouta-t-il. Parce que Anna avait changé d'avis ou parce que l'enquête ne représentait plus une planche de salut pour son couple ? Il n'aurait su le dire.

Sarah arrêta de manger. Elle le regarda, l'air préoccupé.

« L'enquête n'intéresse plus Anna Johnson », expliqua-t-il avec lenteur, feignant de ne pas avoir remarqué sa réaction et de parler tout seul, regard fixé sur un point, juste à droite de l'assiette de sa femme. Alors je ne vois pas pourquoi je devrais passer mon temps libre...

— Pourquoi ?

— Je l'ignore. Elle m'a ordonné de laisser tomber. Elle était en colère. Elle m'a raccroché au nez.

— C'était de la colère ou de la peur ? »

Murray dévisagea Sarah.

« Parce qu'elle peut donner l'impression qu'elle est en colère, qu'elle n'a pas envie que tu continues, alors que, en réalité, elle a peur.

— Elle a été très claire, ajouta Murray en se rappelant la brutalité avec laquelle elle avait raccroché. Elle ne veut plus de mon aide. »

Pensive, Sarah chipota son sandwich, qu'elle repoussa pour regarder son mari.

« Certes, mais elle en a peut-être besoin », dit-elle alors.

41

Anna

La sonnerie du téléphone résonne dans le vestibule. C'est rare – nous utilisons chacun notre portable –, et quand cela arrive, les correspondants essaient de nous vendre des doubles vitrages ou des assurances décès-invalidité. Mark s'apprête à aller répondre quand je me lève d'un bond. Depuis que j'ai raccroché au nez de Murray Mackenzie il y a deux jours, je suis à cran en attendant qu'il rappelle.

« J'y vais. »

Je n'en ai pas parlé à Mark. Que pourrais-je bien lui dire ? Après avoir minimisé la carte de vœux, considérée tout au plus comme une blague malsaine, il n'a pas pu ignorer la menace représentée par la brique lancée par la fenêtre. Il appelle les enquêteurs tous les jours.

« Apparemment, ils font "leur possible", m'a-t-il expliqué après son dernier appel. Pas grand-chose, en gros.

— Ont-ils trouvé des empreintes ? »

La police dispose de l'ADN et des empreintes digitales de mes parents, relevés sur des effets personnels à la maison et au magasin dans l'espoir de pouvoir les identifier au cas où un cadavre serait découvert. Mon père était-il au courant ? Aurait-il pris le risque de laisser des traces ? Que se passera-t-il si certaines l'incriminent ? La police saura qu'il n'est pas mort et en déduira que ma mère ne l'est pas non plus. Mes parents sont inextricablement liés ; si l'un d'eux est condamné, l'autre le sera sans doute aussi.

En ai-je envie ?

« Rien sur le message dactylographié, et il semblerait que la brique ne se prête guère aux relevés. »

Laisse-moi en paix

Je ne m'attendais pas à être soulagée.

« On attend les résultats de l'analyse ADN sur l'élastique. »

Il hausse les épaules, désabusé, n'espère aucune découverte de ce côté-là. En attendant, la fenêtre de la nursery a été réparée et nous avons commandé des projecteurs à installer devant et derrière la maison.

« Allô ? »

Silence à l'autre bout du fil.

« Allô ? » dis-je, la peur me nouant l'estomac.

Silence. Enfin non, pas tout à fait. J'entends un bruissement. Une respiration.

Papa ?

Je ne dis rien. Je ne peux pas. Non seulement parce que Mark écoute, mais parce que je crains que ma voix me trahisse. Que la colère que je ressens pour ce que mon père a fait à ma mère – et m'a fait à moi – s'évanouisse à la seconde où je parlerai. Que la peur et la haine qui m'ont envahie depuis une semaine soient annulées par vingt-six années d'amour.

Vingt-six années de mensonges, me dis-je en m'armant de courage et en refoulant les souvenirs qui m'assaillent : papa qui m'appelle pour m'annoncer qu'il sera en retard ; pour me souhaiter un joyeux anniversaire, un jour où Billy et lui étaient en voyage d'affaires ; pour me rappeler de réviser ; pour vérifier si nous avions besoin de quelque chose ; pour me demander d'enregistrer la série *Planète Terre*.

J'effectue une actualisation des images et apparaît ce que je sais être désormais la vérité. Papa qui jette mon presse-papier contre le mur dans une crise de rage, qui dépend de l'alcool pour tenir, qui planque des bouteilles dans la maison, qui frappe maman.

Incapable de raccrocher, je reste clouée sur place, le récepteur collé à l'oreille. Je donnerais n'importe quoi pour qu'il me parle mais je suis terrifiée d'entendre ce qu'il pourrait dire.

Il garde le silence.

Laisse-moi en paix

Un déclic discret résonne, la communication est coupée.

« Il n'y avait personne au bout du fil, dis-je en réponse au regard inquisiteur de Mark à mon retour au salon.

— C'est un peu inquiétant. Nous devrions avertir la police. Elle pourrait tracer l'appel. »

Vraiment ? En ai-je envie ? Comment y voir clair dans cette situation ? Si papa est arrêté, nous serons en sécurité. Maman aussi. On découvrira son suicide bidon et il ira en prison. Maman aura des ennuis elle aussi, mais une victime de violence conjugale doit sûrement bénéficier de circonstances atténuantes, non ? Des femmes ont été acquittées de pires crimes dans des circonstances semblables.

Mais – parce qu'il y a un mais.

Papa a peut-être appelé d'une cabine publique. Il sera peut-être repéré par des caméras de vidéo surveillance. La police tracera peut-être son appel, verra les images. Elle saura qu'il est vivant, mais il ne sera pas derrière les barreaux pour autant. Ne le sera peut-être jamais. On découvrira que maman aussi a feint son suicide et papa aura disparu dans la nature. Libre. Libre de nous menacer.

« C'était un centre d'appels. J'entendais les autres opérateurs en fond sonore. »

Dès que l'on commence à mentir, cela vient tout seul.

Il est vingt heures lorsque je reçois le SMS. Un vieux film avec Richard Briers illumine l'écran de la télévision, que nous ne regardons ni l'un ni l'autre, préférant passer en revue sur notre téléphone des mises à jour idiotes sur Facebook et cliquer « j'aime » une fois sur deux. J'ai coupé le son de mon appareil, le SMS qui apparaît sur mon écran provient du contact sauvegardé sous le nom « Angela ».

Maintenant ?

Laisse-moi en paix

Mon cœur bat la chamade. Je jette un coup d'œil à Mark qui ne fait pas attention. Je tape une réponse :

Je ne sais pas si c'est une bonne idée.

Je t'en prie Anna. Je ne sais pas combien de temps je peux encore m'éterniser ici, c'est risqué.

Je tape une réponse. L'efface, recommence, l'efface à nouveau.
Comment ai-je même pu songer à faire venir maman ici, à la présenter à mon compagnon ? Elle est censée être morte. D'accord, elle a changé de coiffure, elle a minci, elle a l'air plus âgée qu'avant. Mais c'est toujours ma mère.
Il saura.

Excuse-moi – je ne peux pas faire ça.

Je tape mon SMS mais au moment de l'envoyer, j'entends un coup de sonnette, clair et confiant. Je lève les yeux, paniquée. Mark est déjà debout et je me rue après lui dans l'entrée où je distingue clairement la silhouette de ma mère à travers le vitrail.
Mark ouvre la porte.
Si elle est nerveuse, elle le cache bien.
« Vous devez être Mark », dit-elle en plantant ses yeux dans les siens.
Il reste sans réaction un instant. Je m'approche de lui, convaincue qu'il doit entendre mon cœur tambouriner et, tandis qu'il attend poliment une explication, je sais que je n'ai pas le choix : je dois continuer à jouer la comédie.
« Angela ! Mark, je te présente la cousine de ma mère. Je suis tombée sur elle par hasard hier et elle m'a dit qu'elle aimerait vous rencontrer, Ella et toi… »

Laisse-moi en paix

L'histoire que nous avons inventée pendant notre balade sur le front de mer paraît ridicule aujourd'hui ; les mensonges que nous essayons de faire avaler à Mark me rendent malade.

Mais si je mens, c'est pour le protéger. Je ne peux accepter qu'il soit mêlé aux crimes de mes parents. Je refuse.

Il recule, arborant le large sourire d'un homme habitué à voir des invités débarquer à l'improviste. Maman a-t-elle discerné l'inquiétude qui point derrière son sourire, elle aussi ? Est-il inquiet parce que je n'ai jamais fait allusion à cette cousine jusqu'ici ? Ou parce que sa femme instable a encore oublié de lui annoncer qu'elle avait invité quelqu'un ? Pour une fois, j'espère qu'il s'agit de la deuxième raison.

Je guette sur son visage le moindre signe indiquant qu'il se doute de quelque chose, qu'il l'a reconnue.

Rien.

Je m'aperçois alors à quel point cette histoire de rendez-vous pris par maman au cabinet de Mark m'a perturbée : malgré les dénégations de l'un et de l'autre, j'avais besoin de cette confirmation.

« Bonsoir, je suis bien Mark. »

Il lui tend la main avant de se raviser, trouvant cela ridicule, et de s'avancer pour lui donner une chaleureuse accolade.

« Ravi de vous rencontrer. »

Je pousse un soupir de soulagement.

« Caroline et moi avons eu une dispute idiote, explique maman, une fois que nous sommes installés au salon, autour d'un verre de vin. Je ne sais plus pourquoi aujourd'hui, mais nous avons passé des années sans nous parler et... Il est trop tard maintenant », conclut-elle, émue, au moment où je croyais son inspiration tarie.

Mark s'appuie sur l'accoudoir du canapé. Pouce sous le menton, il caresse délicatement sa lèvre supérieure de l'index. Attentif. En pleine réflexion. Trouve-t-il bizarre que cette fameuse « Angela » réapparaisse soudain à Eastbourne un an après la mort de ma mère ?

Laisse-moi en paix

Je les observe tour à tour. Nos regards se croisent une fraction de seconde, puis elle baisse les yeux. Cherche un mouchoir en papier.

« Nous ne pouvons rien changer à ce qui est arrivé, déclare Mark d'une voix douce. Tout ce que nous pouvons faire, c'est modifier notre perception du passé et la manière dont il influe sur notre avenir.

— Vous avez raison. »

Elle se mouche et coince son kleenex dans sa manche : ce geste si familier me coupe le souffle. Rita la colle et s'appuie si fort contre sa jambe que le moindre geste ferait basculer la chienne.

« Elle vous réserve un traitement de faveur, observe Mark. Elle se méfie des inconnus, en général. »

Je n'ose pas regarder ma mère.

« C'est très agréable de rencontrer un parent d'Anna. Je connais Bill, évidemment, et Laura, la nièce de Caroline, qui fait pratiquement partie de la famille. »

Il me coule un regard en biais et m'adresse un clin d'œil pour neutraliser ce qui va suivre.

« Il va falloir ajouter une chaise à la table d'honneur.

— Vous allez vous marier ?

— Non », dis-je en riant pour imiter Mark.

Je change de position, mal à l'aise.

« Vous pourrez peut-être la convaincre, Angela, je n'arrive à rien, observe-t-il, désinvolte, par boutade.

— Mais tu es si jeune, Anna !

— J'ai vingt-six ans, dis-je, comme si elle n'était pas au courant, qu'elle ne m'avait pas portée pendant neuf mois quand elle était plus jeune que je le suis aujourd'hui.

— Vous ne devriez pas vous précipiter. »

Un silence gêné s'abat sur nous. Mark toussote.

« Êtes-vous mariée, Angela ?

— Séparée. Ça n'a pas marché, dit-elle en m'adressant un coup d'œil. »

Laisse-moi en paix

S'ensuit un autre silence gêné pendant que ma mère et moi réfléchissons à ce qui aurait pu causer sa prétendue séparation et que Mark réfléchit à... Quoi ? Bonne question. Un bon psychologue doit être impassible.

« Combien de temps comptes-tu rester à Eastbourne ? dis-je.

— Quelques jours seulement. Jusqu'au Nouvel An. Le temps de voir les gens qui comptent et d'éviter les autres, répond ma mère en riant.

— Où êtes-vous descendue ? lui demande Mark.

— Au Hope », avoue-t-elle, rouge de honte.

Il reste de marbre alors que l'embarras de ma mère ne fait que croître.

« J'ai un passage difficile en ce moment et... bref, ce n'est l'affaire que de quelques nuits. Peu importe.

— Pourquoi ne pas dormir chez nous ? propose-t-il en cherchant mon approbation du regard. Ce n'est pas la place qui manque et ce serait formidable qu'Ella passe du temps avec vous.

— Oh, je ne peux pas...

— Nous insistons. N'est-ce pas ? »

Je n'ose vérifier si ma mère est aussi affolée que moi. Elle se croyait en sécurité. Elle croyait que papa ne la retrouverait jamais. S'il sait qu'elle est ici...

« Bien sûr », m'entends-je répondre, car quelle excuse pourrais-je bien invoquer pour refuser ?

— À vrai dire, vous me rendriez service. J'ai quelques rendez-vous impossibles à annuler et j'apprécierais de ne pas laisser les filles seules. »

C'est de moi qu'il parle. Il craint que je sois en pleine dépression. Il n'a pas tout à fait tort de s'inquiéter.

« Vous êtes sûrs ?

— Parfaitement, répond Mark en notre nom à tous les deux.

— J'accepte avec grand plaisir, dans ce cas. Merci.

Laisse-moi en paix

— Laura pourrait peut-être venir ? propose-t-il en se tournant vers moi. Vous connaissez Laura, Angela ? La filleule de Caroline.

— Non, je... je ne crois pas l'avoir jamais rencontrée », dit-elle, livide malgré son sourire forcé.

Je m'oblige à sourire moi aussi en me disant que tout ira bien. Mark ira travailler. Je pourrai lui dire que Laura a encore un nouveau boulot ou qu'elle est en voyage avec des amis. Tant que maman ne sort pas, que personne ne la voit, il n'y a aucune raison que l'on soupçonne quoi que ce soit.

Et papa ?

Mon pouls s'accélère.

J'essaie de me convaincre qu'il ne viendra pas ici où il risque d'être reconnu. Ma mère se cachait dans le nord du pays, c'est là qu'il l'a retrouvée. Et c'est là qu'il doit encore la chercher.

Sauf...

Un suicide ? Détrompe-toi.

Il m'a envoyé la carte. Il a lancé la brique. Il sait ce que ma mère a fait. Il savait que j'étais allée au commissariat. J'ignore comment, mais il sait tout ce qui se passe dans cette maison. S'il n'est pas déjà au courant que maman est à Oak View, il ne tardera pas à l'apprendre, j'en suis certaine.

Mon cœur s'emballe. Papa a-t-il téléphoné parce qu'il croyait maman chez nous ? Espérait-il qu'en décrochant, elle lui donnerait la confirmation dont il avait besoin ?

Si seulement ma mère était allée tout avouer à la police dès que papa a élaboré ce plan absurde, il ne se serait rien passé. Maman n'aurait pas pensé que la seule issue consistait à feindre son propre suicide et je n'en serais pas réduite à donner asile à une criminelle. Elle n'aurait jamais dû faire ça.

Elle n'aurait jamais dû accepter de l'aider à disparaître.

42

Si j'avais pu, je n'aurais sollicité l'aide de personne.
Ce n'était pas possible.
À cause des détails pratiques, il était trop difficile d'agir en solo. Laisser une voiture à Beachy Head, en prendre une autre pour rentrer. La présence de témoins à inventer, les traces à effacer, les preuves à détruire. C'était déjà compliqué à deux.
Nous aurions pu demander à Anna de nous aider. Nous aurions pu tout lui avouer, lui promettre la lune si elle acceptait de nous couvrir. Mais je ne voulais pas la mêler à cette histoire, gâcher sa vie comme j'avais gâché la mienne.
C'était bien la peine, elle est mouillée jusqu'au cou maintenant de toute façon.
Elle a peur. Je n'aime pas ça, mais c'est la seule solution. Le tissu de mes mensonges commence à s'effilocher et, à moins que les flics me laissent tranquille, tous nos méfaits vont s'étaler à la une des journaux et je me retrouverai en prison – à supposer qu'ils réussissent à me retrouver.
J'ai cru devoir impliquer quelqu'un d'autre.
J'aurais dû me donner plus de mal.
Si j'avais fait le coup en solo, je n'aurais eu besoin de faire confiance à personne. Je n'aurais pas passé des nuits blanches à me demander si quelqu'un avait vendu la mèche.
Si j'avais fait le coup en solo, j'aurais pu garder le fric.

43

Murray

Quand Murray s'éveilla, une radio était allumée. Il ouvrit les yeux et roula sur le dos, regarda le plafond en clignant des paupières jusqu'à ce qu'il voie clair et soit pleinement réveillé. Sarah s'était endormie sur le canapé la veille au soir et bien qu'il ait su qu'elle ne monterait pas se coucher, il fut déçu de ne pas la voir de son côté du lit.

La radio braillait. Quelqu'un lavait sa voiture ou jardinait sans guère se préoccuper de savoir si les voisins étaient d'humeur à écouter Chris Evans. Murray se leva d'un geste souple.

La chambre d'ami était vide elle aussi, l'édredon toujours en bas sur le canapé. Sarah avait rendez-vous à Highfield aujourd'hui. Il essaierait de parler au professeur Chaudhury seul à seul. De lui raconter comment sa femme s'était comportée ces deux derniers jours.

Au milieu du couloir, il s'aperçut que le son de la radio provenait de la maison. Dans le salon, les rideaux étaient ouverts et la couette de Sarah soigneusement pliée sur le canapé. Dans la cuisine, Chris Evans riait de sa propre blague.

« Passe de la musique, espèce de couillon. »

Murray se sentit plus léger. Si Sarah insultait les présentateurs radio, c'est qu'elle écoutait leurs propos et qu'elle était donc sortie de sa bulle pour s'aventurer dans l'univers de quelqu'un d'autre. Un comportement nouveau par rapport à la veille ou l'avant-veille.

« Il n'y a pas de couillons sur Radio Four », déclara-t-il en la rejoignant dans la cuisine.

Elle portait encore sa tenue de la veille et dégageait une légère odeur de transpiration. Ses cheveux gris étaient gras, sa peau terne et fatiguée. Mais elle était réveillée, debout et préparait des œufs brouillés.

« Que fais-tu de Nick Robinson ?
— J'aime bien Nick Robinson.
— C'est pourtant un couillon.
— Un conservateur. Ce n'est pas pareil, la reprit Murray en se postant près du plan de cuisson et en l'obligeant à le regarder. Enfin, pas toujours. Comment s'annonce la journée ? »

Elle hésita, rechignant à s'engager, avant de hocher la tête avec lenteur.

« J'ai l'impression que ça va aller, répondit-elle timidement, et Murray l'embrassa.
— Et si je prenais le relais pour que tu puisses aller prendre une douche rapide ?
— Je pue ?
— Tu sens un peu fort, disons », répondit Murray.

Au lieu de protester, comme elle s'apprêtait à le faire, Sarah leva les yeux au ciel avec bonne humeur et se dirigea vers la salle de bains.

À son retour, Murray raccrochait son téléphone, qu'il fourra dans sa poche pour sortir les deux assiettes du four où il les gardait au chaud.

« Ça ne te dit rien d'aller faire les magasins, je suppose. »

Sarah se renfrogna, lèvres pincées, tout en s'efforçant de ne pas le décourager.

« Il va y avoir du monde. »

En général, Murray évitait les boutiques entre Noël et le jour de l'An et, à en juger par les publicités à la télévision, les soldes battaient déjà leur plein.

« Oui.

Laisse-moi en paix

— Ça te dérange que je reste ici ? Je n'ai pas besoin d'une baby-sitter, si c'est ce que tu penses, ajouta-t-elle d'un air de défi face à la mine de son mari. Je ne vais pas me flinguer. »

Murray essaya de ne pas tiquer à l'évocation désinvolte de toutes ses tentatives de suicide passées.

« Ce n'est pas du tout ce que je pensais, mentit-il. J'irai une autre fois.

— De quoi as-tu besoin ?

— Je viens de recevoir un mail de Sean, de la division de lutte contre la cybercriminalité. Le téléphone portable utilisé pour signaler le suicide de Tom Johnson à la police a été acheté chez Fones4All à Brighton.

— Les employés savent qui l'a acheté, à ton avis ?

— C'est ce que j'espère.

— Alors vas-y ! s'écria Sarah en agitant sa fourchette chargée d'œufs brouillés. Imagine : tu pourrais avoir résolu l'affaire avant même que la PJ sache qu'il s'est passé quelque chose. »

Murray éclata de rire, bien qu'il ait eu la même idée. Il ne pourrait pas procéder à une arrestation, bien sûr, mais il pourrait tout préparer et... Et après ? Se pencher sur une autre affaire non élucidée ? Se mêler de l'enquête de quelqu'un d'autre ?

Quand avait sonné l'heure de la retraite, au bout de trente ans de carrière, il n'était pas prêt à arrêter, à quitter sa famille policière et à renoncer à la satisfaction qu'apporte un métier qui permet de faire bouger les choses. Malgré tout, cela ne pouvait pas durer éternellement. Il faudrait bien tirer sa révérence un jour ou l'autre : allait-il vraiment attendre d'être vieux et infirme pour le faire ? D'être trop décrépit pour profiter des dernières années qu'il lui restait à vivre ?

Il regarda Sarah et, à cet instant, il sut exactement ce qu'il ferait dès que l'affaire Johnson serait résolue. Il prendrait sa retraite. Pour de bon, cette fois.

Laisse-moi en paix

Sa femme avait de bons et de mauvais jours. Il ne voulait plus en manquer un seul des bons.
« Tu es sûre que ça va aller ?
— Oui, ça va aller.
— Je t'appelle toutes les demi-heures.
— File. »
Murray sortit.

Dans la boutique de téléphonie, un panneau surdimensionné suspendu au plafond vantait les mérites de haut-parleurs Bluetooth dernier cri tandis que, l'air perplexe, les clients examinaient les modèles de téléphones en essayant de déterminer ce qui les différenciait. Murray traversa le centre du magasin et se posta devant le présentoir du dernier iPhone – qui était aussi le plus cher –, sachant que c'était le meilleur moyen d'obtenir de l'aide. Et en effet, un gamin à peine en âge de quitter le lycée vint le rejoindre au bout de quelques secondes. La veste de son costume bleu clair était trop large aux épaules et son pantalon tire-bouchonnait sur ses tennis. Il s'appelait « Dylan » d'après son badge doré scintillant.
« Joli, hein ? dit-il en désignant le présentoir du menton. Écran OLED 13,9 cm, chargement sans fil, résistant à l'eau. »
Murray fut un instant distrait par le seul détail qui comptait aux yeux de quelqu'un qui avait déjà fait tomber deux fois son téléphone – certes beaucoup moins cher, mais néanmoins essentiel – dans la cuvette des toilettes. Il se reprit et montra sa carte de police au vendeur.
« Pourrais-je parler au gérant, s'il vous plaît ?
— C'est moi.
— Oh ! Super ! s'exclama Murray, transformant sa surprise en enthousiasme. Parfait. Voilà, j'enquête sur un achat effectué dans cette boutique avant le 18 mai 2016. »

Laisse-moi en paix

Il leva les yeux vers les deux caméras de surveillance bien visibles, braquées sur la file de clients. Deux autres étaient dirigées vers l'entrée du magasin.

« Combien de temps conservez-vous vos enregistrements ?

— Trois mois. Des collègues à vous sont venus il y a quelques semaines avec un paquet de téléphones volés. Nous avons pu prouver qu'ils provenaient bien de notre boutique, mais comme on nous les avait fauchés il y a six mois, nous n'avions plus d'images pour le confirmer.

— Dommage. Pouvez-vous retrouver la trace de cet achat sur les caisses enregistreuses pour vérifier quel moyen de paiement le suspect a utilisé ? »

Dylan ne cacha pas son manque d'enthousiasme.

« Nous sommes très occupés, dit-il avec un coup d'œil vers les caisses. Ce sont les vacances de Noël », ajouta-t-il, comme si ce détail avait pu échapper à son interlocuteur.

Penché vers le jeune homme, Murray se lança dans sa meilleure imitation du flic de série télévisée.

« Cette information est liée à une enquête criminelle. Vous me trouvez cette transaction, Dylan, et nous pourrions résoudre l'affaire. »

Le vendeur écarquilla les yeux, redressa le nœud de sa cravate en regardant autour de lui de crainte que le meurtrier les épie.

« Vous feriez mieux de me suivre dans mon bureau. »

Le « bureau » de Dylan était un placard dans lequel on avait réussi à caser un bureau Ikea et un fauteuil pivotant cassé dont le dossier penchait mollement d'un côté. Plusieurs certificats d'employé du mois étaient punaisés à un panneau d'affichage au-dessus de l'ordinateur.

Magnanime, le jeune homme laissa le fauteuil au policier et, s'installant sur un carton deux fois moins haut, pianota son code secret sur un clavier malpropre. Murray détourna poliment les yeux.

Laisse-moi en paix

Au mur, il vit la photo de six hommes et deux femmes élégamment vêtus qui souriaient avec enthousiasme. Deuxième en partant de la gauche, Dylan portait le même costume qu'aujourd'hui. « Séminaire de gestion 2017 Fones4All », pouvait-on lire sur le support cartonné.

« Quel est l'IMEI ? »

Murray lui dicta les quinze chiffres du code fourni par Sean.

« Payé en liquide. »

En trois mots, Dylan venait de porter un coup d'arrêt fatal à l'enquête du policier. Le jeune homme lui lança un regard nerveux.

« Ça signifie que le coupable va s'en tirer ? »

La remarque du jeune homme, qui devait regarder trop de séries policières américaines, inspira à Murray un sourire ironique.

« Il va falloir trouver autre chose », répondit-il, désabusé.

Dylan eut l'air de prendre cet échec à cœur. Avec un soupir, il dévisagea Murray, lèvres légèrement écartées, quand une idée lui vint.

« À moins que… »

Face à l'écran de l'ordinateur, il pianota adroitement sur le clavier, se saisit de la souris pour faire défiler une liste. Murray le regarda en pensant à Sean : les informaticiens disposaient-il d'un autre moyen de retracer l'appel ? Sans l'identité du correspondant, il n'avait pas grand-chose à se mettre sous la dent.

« Oui ! Trop fort ! s'écria le gérant le plus enthousiaste de Fones4All en lançant le poing en l'air de manière parfaitement décomplexée avant de présenter sa main ouverte à Murray qui lui fit un *high five*. Carte de fidélité, ajouta Dylan avec un sourire si large qu'il révélait ses plombages. Les gérants sont évalués en fonction du nombre d'abonnements qu'ils décrochent chaque mois dans leur magasin : le vainqueur remporte un Samsung Galaxy S8. J'ai déjà gagné trois fois car j'offre le prix au membre de mon équipe qui a réussi à fourguer le plus grand nombre de cartes de fidélité.

Laisse-moi en paix

— C'est gentil.
— Les Samsung sont des téléphones merdiques. Bref, mon équipe a l'esprit de compétition, vous voyez ? Personne ne repart d'ici sans abonnement. Et votre coupable ne fait pas exception à la règle, expliqua-t-il en tapotant l'écran.
— Nous avons un nom ?
— Et une adresse, précisa Dylan avec un geste du bras, tel un magicien sûr de son effet.
— Alors, qui est-ce ? demanda Murray en se penchant vers l'écran.
— Anna Johnson », annonça Dylan, plus rapide.

Quoi ? Il avait dû mal entendre.

Il vérifia de ses propres yeux : *Anna Johnson, Oak View, Cleveland Avenue, Eastbourne*.

« C'est notre meurtrière alors ? »

Le policier s'apprêtait à dire que non, ce n'était pas la personne qu'ils recherchaient, que c'était la fille de la victime, mais il se ravisa : aussi serviable se fût-il montré, Dylan restait un civil, et en tant que tel devait ignorer le fin mot de l'histoire encore quelque temps.

« Pourriez-vous m'imprimer cette information ? Vous m'avez beaucoup aidé. »

Il devrait se rappeler d'écrire au patron du jeune homme quand tout serait fini. On lui offrirait peut-être autre chose qu'un Samsung S8.

Il eut l'impression que la feuille de papier lui brûlait les doigts lorsqu'il traversa le centre commercial, d'un pas plus pressé cette fois, pour rejoindre les Lanes.

Anna Johnson ?

Elle avait acheté le téléphone dont le témoin s'était servi pour confirmer la mort de son père.

Laisse-moi en paix

Murray était de plus en plus troublé. Rien ne collait dans cette histoire.

Tom Johnson avait-il emprunté le téléphone de sa fille pour une raison ou une autre ? Grâce à ses investigations, Sean avait confirmé que l'on ne s'en était jamais servi avant l'appel du faux témoin. Était-il plausible qu'Anna l'ait acheté innocemment et que Tom le lui ait piqué le jour même, quelques heures avant sa mort ?

Murray regagna sa voiture sans prêter attention à la foule.

Pourquoi Tom Johnson était-il allé à Beachy Head s'il ne comptait pas se suicider ? Pour rencontrer quelqu'un ? Quelqu'un qui avait secrètement prévu de l'assassiner ?

Murray envisagea mentalement plusieurs scénarios. La découverte d'une liaison clandestine par un mari jaloux ; après une lutte, Tom Johnson tombait de la falaise. Le meurtrier s'était-il servi du téléphone emprunté à Anna pour se faire passer pour un témoin auprès de la police ? Était-ce la maîtresse ? Pourquoi donner le nom de Diane Brent-Taylor ?

Murray secoua la tête avec impatience. Le meurtrier n'aurait disposé d'une carte SIM de rechange que s'il avait prémédité son crime. Et, dans ce cas, il se serait servi de son propre téléphone prépayé au lieu d'utiliser celui trouvé par hasard dans la poche de sa victime. Cela ne tenait pas debout. Tout cette histoire était si… Murray avait du mal à définir son sentiment.

Ça sentait la mise en scène, voilà.

Ça n'avait pas l'air vrai.

Si l'on ôtait l'appel du témoin de l'équation, que restait-il ? Un homme porté disparu. Un SMS désespéré que n'importe qui aurait pu composer sur le téléphone de Tom. Pas vraiment une preuve de meurtre.

Ni de suicide, d'ailleurs…

Quant à la mort de Caroline, les preuves étaient-elles plus substantielles ? Tout indiquait qu'il s'agissait d'un suicide, bien que

Laisse-moi en paix

personne n'y ait assisté. Le pauvre aumônier l'avait raccompagnée en lieu sûr. Qui pouvait affirmer qu'elle n'y était pas restée ? Un promeneur avait trouvé son sac et son téléphone au bord de la falaise, stratégiquement placé là où le volontaire avait croisé une Caroline bouleversée. Des preuves indirectes, certes, mais peu concluantes. Et, comme la disparition de son mari, un décès trop parfaitement mis en scène en quelque sorte. Les vraies morts sont complexes. Certaines questions restent en suspens, certains détails ne collent pas. Le suicide des époux Johnson était trop parfait.

Le temps de se garer dans son allée, Murray était convaincu.

Aucun témoin n'avait assisté à la mort de Tom. Il n'y avait pas de meurtre. Pas de suicide.

Tom et Caroline Johnson étaient toujours vivants.

Et leur fille le savait.

44

Anna

Cela fait drôle de revoir maman à Oak View. C'est aussi étrange que merveilleux. Elle est stressée, sursaute au moindre bruit venu de l'extérieur et participe peu à la conversation à moins que je ne lui adresse directement la parole. Rita la suit comme son ombre ; comment réagira-t-elle quand sa maîtresse repartira ?

Car tel est l'accord que nous avons conclu. Trois jours en famille – une famille qui cultive les secrets, certes –, puis ce sera fini.

« Tu n'es pas obligée de partir. »

Nous sommes dans le jardin, mes paroles se muent en vapeur en franchissant mes lèvres. Le temps est sec aujourd'hui mais le froid intense agresse mon visage. Ella est allongée dans son transat face à la fenêtre de la cuisine pour que je puisse garder l'œil sur elle.

« Si. »

Maman m'a suppliée de sortir dans le jardin qu'elle aime tant. Il n'y a qu'un vis-à-vis : des deux autres côtés, de hautes haies nous protègent des regards indiscrets ; et pourtant mon cœur bat la chamade. Elle a entrepris de tailler ses rosiers ; il ne s'agit pas du rabattage habile qu'il faudra effectuer au printemps, mais de les raccourcir d'un tiers pour que le vent d'hiver ne brise pas les tiges. J'ai négligé le jardin qui faisait la fierté de maman, et les plantes déséquilibrées se sont étiolées.

« Quelqu'un me verra si je reste. C'est trop risqué. »

Elle ne cesse de jeter des coups d'œil vers chez Robert, seul endroit d'où l'on pourrait l'apercevoir, bien que notre voisin soit parti rejoindre sa famille dans le Nord ce matin dans sa voiture

Laisse-moi en paix

chargée de cadeaux. Un bonnet de laine enfoncé sur les oreilles, maman a enfilé le manteau de jardinage de Mark.

« Tu aurais dû rabattre ces buddleias le mois dernier. Et il faut recouvrir le laurier d'un voile d'hivernage. »

L'air réprobateur, elle regarde, sur la palissade qui sépare notre jardin de celui de Robert, les rosiers grimpants et la clématite tentaculaire que j'aurais dû couper après leur floraison.

Cela va déjà mieux, même si maman râle de temps en temps : à cause de ma négligence, certaines plantes sont irrécupérables, je suppose.

« Dans la cuisine, tu trouveras un livre qui t'indique tout ce qu'il faut faire au fil des mois.

— Je le consulterai, c'est promis. »

Ma gorge se serre. Elle pense sérieusement à partir pour toujours.

J'ai lu quelque part que la première année de deuil est la plus difficile. Le premier Noël, le premier anniversaire du décès. Quatre saisons à supporter seul avant qu'une nouvelle année apporte un espoir nouveau. C'est vrai que ça a été dur. J'avais envie de parler d'Ella à mes parents, de partager les anecdotes concernant ma grossesse avec ma mère et d'envoyer Mark et mon père au pub pour arroser l'arrivée du bébé. De pleurer sans raison pendant que maman aurait plié de minuscules grenouillères en me disant que toutes les mères ont le baby blues.

Si la première année a été difficile, je sais que s'annoncent des temps plus pénibles encore. L'irrévocabilité de la mort est incontestable, mais mes parents ne sont pas morts. Comment vais-je l'accepter ? Ma mère va m'abandonner volontairement parce qu'elle a trop peur que mon père la retrouve, trop peur qu'on la reconnaisse et que l'on découvre les crimes qu'elle a commis. J'aurai beau ne plus être orpheline, je vais tout de même perdre mes parents et mon chagrin est aussi cruel que si mon deuil était réel.

Laisse-moi en paix

« Robert va payer l'aménagement paysager du jardin à la fin des travaux. Les plantes qui poussent sur la clôture survivront-elles, si on les change de place ? dis-je en m'apercevant trop tard que je n'aurais pas dû mentionner l'extension.

— As-tu exercé un recours ? Il le faut, ou la cuisine deviendra extrêmement sombre et vous n'aurez plus aucune intimité sur la terrasse. »

Lorsque maman énumère les raisons qui font de ces travaux une mascarade, sa voix monte dans les aigus. Pourquoi se mettre dans un tel état après avoir clairement annoncé qu'elle ne remettrait plus jamais les pieds ici ? Cela dit, elle prend soin de tailler des rosiers qu'elle ne verra jamais fleurir. Nous sommes programmés pour nous soucier des choses et des gens même quand c'est devenu superflu.

J'approuve d'un vague grognement sans faire allusion à la somme négociée par Mark en compensation des désagréments causés par les travaux.

« Aide-moi à bouger cet arbuste. »

Maman a fini de poser un voile d'hivernage sur le laurier. Planté dans un large pot en terre cuite, il recouvre une plaque d'égout.

« Il faut le mettre à l'abri. »

Elle a beau tirer, il ne bouge pas d'un pouce. Je la rejoins pour lui prêter main-forte. Les ouvriers de Robert s'en chargeront lorsqu'ils déterreront la fosse septique pour creuser les fondations de l'extension, mais hors de question d'avoir droit à un autre laïus. À nous deux, nous transportons le laurier à l'autre bout de la terrasse.

« Là. On a fait du bon travail, ce matin. »

Je passe le bras sous celui de ma mère, qui me serre fort et me cloue sur place.

« Ne pars pas. »

J'ai réussi à ne pas pleurer de la matinée, mais ma voix se brise d'émotion et je sais que la bataille est perdue d'avance.

Laisse-moi en paix

« Il le faut.

— Pourrons-nous te rendre visite, Ella et moi, si tu ne veux pas venir ici ? »

Son silence m'annonce que la réponse n'est pas celle que j'espère.

« Ce serait trop dangereux.

— Je n'en parlerais à personne.

— Cela t'échapperait.

— Pas du tout ! dis-je en m'écartant, alors que des larmes de frustration me piquent les yeux.

— Si la police découvre que Tom et moi sommes vraiment en vie et que tu étais au courant, que tu as dissimulé nos crimes, que tu m'as *hébergée*, tu seras arrêtée. Tu pourrais être envoyée en prison.

— Je m'en fiche !

— Tom ne me laissera jamais en paix, Anna, égrène maman en soutenant mon regard. Il estime que je l'ai doublé. Que je me suis moquée de lui. Il n'aura pas de cesse qu'il m'ait retrouvée et se servira de toi pour y parvenir. »

Elle attend, laisse ses paroles faire leur chemin.

Les larmes viennent, roulent sans bruit sur mes joues engourdies par le froid. Tant que je saurai où se trouve ma mère, je serai en danger. Mark et Ella aussi. Je me tourne vers la maison où ma fille s'est endormie. Impossible de la laisser souffrir.

« C'est le seul moyen. »

Je me force à acquiescer. C'est le seul moyen. Mais c'est difficile. Pour tout le monde.

45

Murray

« Tu la crois impliquée depuis le début ? » demanda Nish en grattant une tache sur le genou de son jean.

Elle était installée à la table de la cuisine, chez Murray, sa tasse de thé posée près du tas de papiers accumulés par le policier à la retraite.

« Si l'on en croit sa déposition, elle assistait à une conférence le soir de la disparition de Tom, précisa Murray en ouvrant et fermant les guillemets du bout des doigts. Les organisateurs confirment sa présence lors de l'inscription sans pouvoir préciser quand elle est partie.

— Son alibi n'est donc pas très solide.

— Elle n'est pas responsable des suicides bidon. »

Nish et Murray regardèrent Sarah qui avait jusque-là gardé le silence en écoutant les deux collègues discuter de l'affaire.

« Comment peux-tu en être si sûre ? voulut savoir Nish.

— Parce qu'elle a demandé à la police de rouvrir l'enquête. Ça ne tient pas debout. »

L'experte porta la tasse à ses lèvres avant de la reposer ; une théorie prenait tournure dans son esprit.

« Et si on lui avait envoyé la carte pour la prévenir qu'on l'avait percée à jour ? Son mari l'a vue, alors elle est allée trouver la police comme l'aurait fait toute personne innocente.

— Il travaillait. Il ne l'a vue que plus tard. »

Nish balaya la remarque d'un revers de la main, l'estimant sans intérêt.

Laisse-moi en paix

« Le facteur. Un voisin. En tout cas, sa visite au commissariat était un double bluff.

— Je n'y crois pas, déclara Murray. Le risque est énorme.

— Quand t'a-t-elle ordonné de renoncer ? demanda Sarah.

— Le lendemain de Noël, déclara Murray en regardant Nish, qui ignorait ce détail. Elle m'a raccroché au nez. Deux fois.

— Elle a dû découvrir qu'ils étaient vivants entre le 21 et le 26, conclut Sarah, désinvolte. C'est évident.

— Merci, inspecteur Columbo, plaisanta son mari.

— Et maintenant, que vas-tu faire ? interrogea Nish.

— J'ai besoin de preuves tangibles. L'achat d'un téléphone ne suffit pas, surtout que, en l'occurrence, Anna Johnson se trouvait à des centaines de kilomètres d'Eastbourne au moment du délit. Je ne peux pas prétendre que deux personnes qui sont censées être mortes sont en fait vivantes, et qu'Anna était au courant, ni débarquer chez elle comme un ouragan pour l'arrêter sans preuve de ce que j'avance.

— Il faut être logique, déclara Sarah. Dans quel cas les gens font-ils semblant d'être morts ?

— Tu parles des cas de faux suicides ? dit Nish, amusée. À t'entendre, cela arrive tous les quatre matins.

— Il y a eu ce type disparu en canoë, se souvint Murray. C'était une arnaque à l'assurance. Et cet homme politique, dans les années 1970... Comment s'appelait-il ? Stone quelque chose.

— Stonehouse. Il a abandonné ses vêtements sur une plage de Miami et s'est enfui avec sa maîtresse, expliqua Sarah qui, après avoir passé des années à regarder les jeux télévisés, était devenue experte en anecdotes de ce type.

— Le sexe et l'argent alors. Comme la majorité des crimes », remarqua Nish, désabusée.

Si un seul des époux Johnson avait disparu, Murray aurait peut-être privilégié la première hypothèse, mais comme Caroline avait

Laisse-moi en paix

imité son mari, il était peu probable que Tom soit parti rejoindre sa maîtresse.

« Tom Johnson possédait une fortune considérable, rappela-t-il à sa collègue.

— Alors Caroline est restée pour toucher l'assurance vie de son mari avant de le rejoindre à Monaco ? Rio de Janeiro ?

— Elle a touché la prime, certes, avant de tout laisser à sa fille. Si elle mène la grande vie quelque part, c'est quelqu'un d'autre qui paie.

— Soit ils avaient une autre raison de s'enfuir et l'argent de l'assurance était la récompense d'Anna, soit ils se sont mis d'accord tous les trois pour partager le fric et elle patiente le temps que les choses se calment », proposa Sarah.

Murray se leva. C'était sans intérêt : ils tournaient en rond.

« Je crois qu'il est grand temps que je rende une nouvelle visite à Anna Johnson, non ? »

46

Anna

Debout, nous considérons le jardin : les tas de feuilles, prêts à être brûlés, le laurier soigneusement protégé par sa bâche d'hivernage, les rosiers taillés.

« Ça n'a peut-être l'air de rien pour l'instant, mais tu en tireras les bénéfices au printemps.

— J'aimerais que tu sois là pour voir le résultat.

— Et si tu allumais la bouilloire ? répond-elle en m'enlaçant. Je crois que nous avons mérité une bonne tasse de thé après tout ce travail. »

Je la laisse dans le jardin et ce n'est qu'après m'être déchaussée, après avoir fermé la porte et entendu la bouilloire siffler sur la cuisinière que je m'aperçois qu'elle pleure. Ses lèvres remuent. Elle parle à ses plantes et dit adieu à son jardin.

Je m'en occuperai, lui dis-je sans bruit.

Pendant que le thé infuse, je la laisse profiter de la solitude dont elle a manifestement besoin. Retournera-t-elle dans le Nord ou s'installera-t-elle ailleurs ? J'espère qu'elle profitera de nouveau d'un jardin, un jour.

J'ôte les sachets, les jette dans l'évier, soulève les tasses d'une main maladroite et, de l'autre, j'ouvre la porte.

Je suis au milieu de la cuisine quand on sonne.

Je m'arrête. Regarde maman par la baie vitrée : elle n'a pas l'air d'avoir entendu sonner. Je pose les tasses, renverse leur contenu sur la table. Une tache sombre s'infiltre dans le pin décapé.

Nouveau coup de sonnette, plus long cette fois, preuve de la détermination du visiteur. Rita aboie.

Laisse-moi en paix

Allez-vous-en.

Tout va bien. Rien n'indique que je suis chez moi, et à moins de longer la maison, le jardin est invisible. Un œil sur ma mère, je m'assure qu'elle reste hors de vue. Elle se baisse pour arracher une mauvaise herbe entre deux dalles.

Troisième coup de sonnette. Soudain, des pas résonnent, le gravier crisse.

L'inconnu fait le tour de la maison.

Je me rue dans l'entrée, trébuchant dans ma hâte, et ouvre la porte à la volée.

« Oui ? Qui est là ? »

Je m'apprête à courir dehors en chaussettes quand le crissement du gravier se rapproche et un homme apparaît.

C'est la police.

Oppressée, je ne sais que faire de mes mains. Je les serre, les ongles des pouces enfoncés dans la paume opposée, les desserre et les fourre dans mes poches. Obnubilée par mon visage, j'essaie d'afficher une expression neutre, même si je ne me souviens plus de ce que cela peut donner.

« Ah, je n'étais pas sûr que vous soyez chez vous, s'écrie Murray Mackenzie avec un sourire.

— Je jardinais. »

Il remarque mon jean éclaboussé de boue, rentré dans les chaussettes hauteur genou que je porte habituellement avec mes bottes en caoutchouc.

« Puis-je entrer ?

— Le moment est mal choisi.

— Je ne serai pas long.

— Je m'apprête à coucher Ella pour sa sieste.

— Juste un instant. »

Pendant notre brève conversation, il s'est approché de moi et grimpe à présent le perron, une, deux, trois marches…

Laisse-moi en paix

« Merci. »

On ne peut pas dire qu'il entre de force, c'est juste que je ne trouve pas d'excuse pour l'en empêcher. Haletante d'angoisse, j'entends le sang siffler à mes oreilles. J'ai l'impression de me noyer.

Rita s'engouffre par la porte, sort dans l'allée, s'accroupit pour uriner, puis renifle les traces laissées par des chats invisibles. Je l'appelle. L'attraction des chats est la plus forte, elle décide de m'ignorer.

« Rita, au pied tout de suite !

— Par ici ? »

Murray se dirige vers la cuisine avant que j'aie pu l'en empêcher. Impossible qu'il ne voie pas maman. Le mur du fond est presque entièrement occupé par une baie vitrée.

« Rita ! »

Il y a de la circulation, je ne peux pas la laisser dehors.

« Rita ! »

Elle lève enfin la tête pour me regarder. Après une pause assez longue pour bien me faire comprendre que la décision lui appartient, elle rentre en trottinant. Je pousse la porte qui se ferme en claquant et cours après Murray Mackenzie. J'entends un bruit perçant, une exclamation.

Pas maintenant. Pas comme ça. Va-t-il l'arrêter lui-même ou attendra-t-il l'arrivée de policiers en uniforme ? Me laissera-t-il lui dire adieu ? M'arrêtera-t-il aussi ?

« Vous avez été occupée. »

Je le rejoins. Notre tas bien net de feuilles et de tiges constitue la seule preuve d'une présence humaine dans le jardin. Un chardonneret traverse la terrasse en direction de la clôture où maman a rempli la mangeoire. Suspendu tête en bas, il picore la boule de beurre de cacahouètes et de graines. Mis à part les oiseaux, le jardin est désert.

Laisse-moi en paix

Murray s'éloigne de la fenêtre. Il prend appui sur le comptoir du petit déjeuner et je ne le quitte pas des yeux sans oser regarder le jardin. Cet homme est trop perspicace. Trop malin.

« De quoi souhaitiez-vous me parler ?
— Je me demandais combien de téléphones vous aviez.
— Euh... un seul, dis-je, prise au dépourvu par sa question, en sortant mon iPhone de la poche arrière de mon jean pour le lui montrer.
— Pas d'autre ?
— Non. J'ai rendu mon téléphone professionnel au début de mon congé maternité.
— Vous rappelez-vous la marque de l'appareil ?
— Nokia je crois. Pourquoi cette question ?
— Je vérifie juste certains points de détail concernant l'enquête sur la mort de vos parents », explique-t-il avec un sourire aussi poli que réservé.

Je m'approche de l'évier et commence à me laver les mains, frotte la terre logée sous mes ongles.

« Je vous ai dit que j'avais changé d'avis. Je ne crois plus à la thèse de l'assassinat. Je vous ai demandé de laisser tomber.
— Vous étiez si catégorique pourtant... »

L'eau de plus en plus chaude me brûle les doigts, jusqu'à ce que cela devienne presque insupportable.

« Je n'avais pas les idées claires, dis-je en frottant plus fort. Je viens d'avoir un bébé. »

Me servir de ma fille comme excuse : encore une raison de culpabiliser.

Un bruit retentit dehors. Quelque chose est tombé. Un râteau, une bêche, la brouette ? Je me retourne en laissant l'eau couler. Au lieu de regarder dehors, Murray me dévisage.

« Votre compagnon est là ?
— Il travaille. Je suis seule.

Laisse-moi en paix

— Je me demande... »

Le visage de Murray se radoucit, perd la sévérité qui me met si mal à l'aise.

« Je me demandais si vous n'aimeriez pas me dire quelque chose. »

Le silence s'éternise.

« Non, rien », dis-je dans un murmure.

Il répond par un bref hochement de tête et si j'ignorais qu'il était policier, j'aurais pu croire que je lui faisais de la peine. Qu'il était déçu, peut-être, de ne pas avoir trouvé ce qu'il cherchait.

« Je vous rappelle bientôt. »

Je le raccompagne à la porte et, une main sur le collier de Rita, le regarde traverser la rue et s'éloigner au volant de sa Volvo luisante de propreté.

Quand la chienne tente de se dégager en gémissant, je m'aperçois que, tremblante, je l'étrangle. Je m'agenouille pour la caresser.

Maman attend dans la cuisine, livide.

« Qui était-ce ?

— Un policier. »

Exprimer cette vérité tout haut la rend encore plus effrayante et réelle.

« Que voulait-il ? »

Sa voix est aussi aiguë que la mienne, ses traits aussi tirés.

« Il sait tout. »

47

Murray

Nish discutait encore avec Sarah au retour de Murray.

« Tu n'as pas été long.

— On ne peut pas dire qu'elle se soit montrée particulièrement accueillante. »

Murray essayait de mettre le doigt sur ce qui lui avait paru bizarre à Oak View. Il avait trouvé Anna nerveuse, bien sûr, mais ce n'était pas tout.

« Tu lui as posé directement la question ? »

Murray fit non de la tête.

« À ce stade, nous ignorons si elle vient de découvrir que ses parents sont vivants ou si elle le savait depuis le début. Si elle est coupable de complot, il faut qu'elle soit entendue comme témoin assisté par un policier assermenté, pas interrogée dans sa cuisine par un has-been.

— Je serais bien restée, dit Nish en se levant, mais Gill va lancer un avis de recherche si je ne rentre pas bientôt ; nous sommes censés sortir plus tard. Tu me tiens au courant si tu trouves quelque chose, d'accord ? »

Murray la raccompagna dehors et attendit qu'elle trouve ses clés au fin fond de son sac.

« Sarah a l'air d'aller bien.

— Tu sais ce que c'est : deux pas en avant, un en arrière. Parfois le contraire. Mais oui, aujourd'hui, ça va. »

Il regarda son amie s'éloigner et la salua de la main quand elle tourna l'angle de la rue.

Laisse-moi en paix

Sarah avait étalé les relevés de compte de Caroline Johnson sur la table de la cuisine. On les avait examinés à l'époque où tout portait à croire qu'elle s'était supprimée et un résumé versé au dossier concluait à leur insignifiance. Il n'y avait eu ni paiement ni transfert importants juste avant sa mort, ni aucune activité bancaire à l'étranger suggérant qu'elle comptait s'expatrier. Sarah suivit du doigt les rangées de chiffres alors que Murray s'installait sur le canapé avec l'agenda de Caroline.

Il se servit de post-it pour délimiter la période entre la disparition de Tom et celle de Caroline. Ces deux-là s'étaient-ils retrouvés ? Avaient-ils pris certaines dispositions ? Murray parcourut les pages en quête de messages codés, mais ne trouva que des listes de rendez-vous, de tâches à accomplir et autres rappels notés à la va-vite d'*acheter du lait* ou d'*appeler l'avocat*.

« Un retrait de cent livres au distributeur, tu ne trouves pas que ça fait beaucoup ? »

Murray leva les yeux. Sarah surlignait un relevé en rose fluo. Elle leva le feutre, descendit de quelques centimètres et fit de même avec une autre somme.

« Pas pour tout le monde.

— Chaque semaine, en revanche... »

Intéressant.

« L'argent des courses ? »

Même si c'était un peu vieux jeu, certaines personnes devaient encore organiser leur budget ainsi.

« Non : ses dépenses sont plus irrégulières. Regarde, elle paie toujours par carte bancaire – Sainsbury, Co-op, station-service – et retire du liquide de manière aléatoire. Vingt livres par-ci, trente par-là. Mais en plus, elle a effectué un retrait de cent livres chaque semaine d'août. »

Le cœur de Murray s'emballa. Ce n'était peut-être rien, comme ce pouvait être important...

Laisse-moi en paix

« Et en septembre ? »

Sarah trouva le relevé du mois suivant. Là encore, parmi les dépenses ponctuelles, elle découvrit des retraits hebdomadaires s'élevant à cent cinquante livres cette fois.

« Ça continue en octobre ?

— Encore cent cinquante... Non, attends : cela augmente à partir du quinze. Deux cents livres, s'écria Sarah en feuilletant les papiers. Puis trois cents. De la mi-novembre à la veille de sa disparition. »

Elle surligna les dernières lignes et tendit la liasse de relevés à son mari.

« Elle versait de l'argent à quelqu'un.

— Un maître chanteur ?

— Anna ? »

Murray secoua la tête. Il pensait aux appels à police secours passés depuis Oak View, au rapport décrivant l'émotion de Caroline Johnson après que Robert Drake, le voisin, eut signalé une dispute conjugale.

Le couple entretenait des relations houleuses, voire violentes.

Depuis que Murray avait compris que les Johnson s'étaient fait passer pour morts, il considérait Caroline comme une suspecte. Était-elle aussi une victime ?

« Je crois que Caroline était victime d'un maître chanteur.

— Tom ? Parce qu'elle avait empoché son assurance vie ? »

Murray garda le silence. Il s'efforçait encore d'analyser les diverses théories. Si Tom extorquait de l'argent à sa femme et qu'elle le lui versait, cela signifiait qu'elle avait peur.

Assez pour feindre sa propre mort afin de lui échapper ?

Murray reprit l'agenda. Il l'avait déjà feuilleté plusieurs fois, mais en quête de pistes expliquant la présence de Caroline à Beachy Head, pas où elle aurait pu se rendre ensuite. Il éplucha les prospectus et bouts de papier coincés dans la couverture en espérant trouver un reçu, un horaire de train, une adresse griffonnée. En vain.

« Où irais-tu si tu voulais disparaître ?

— Dans un endroit familier, mais où personne ne me connaîtrait, répondit Sarah après un instant de réflexion. Un lieu où je me sentirais en sécurité, où je me serais déjà rendue il y a longtemps, peut-être. »

Le téléphone de Murray sonna.

« Salut Sean. Que puis-je faire pour toi ?

— C'est plutôt le contraire, en l'occurrence. J'ai cherché à savoir si le terminal a été réactivé sur un autre réseau.

— À quoi ça sert, au juste ? »

Sean éclata de rire.

« Quand tu m'as apporté le dossier, j'ai vérifié auprès des opérateurs dans quel téléphone la carte SIM avait été utilisée, n'est-ce pas ?

— Oui. Et tu as pu remonter jusqu'à Fones4All à Brighton.

— D'accord, eh bien, on peut faire la même chose en sens inverse, c'est juste un peu plus long. J'ai demandé aux opérateurs de me dire s'ils trouvaient trace de ce terminal sur leur réseau au cours des mois qui ont suivi l'appel de Diane Brent-Taylor. Et c'est bien le cas », ajouta-t-il au terme d'une courte pause.

Murray ressentit une bouffée d'excitation.

« Qu'est-ce qu'il y a ? articula Sarah sans bruit, mais il ne put lui répondre car il écoutait Sean.

— Le suspect a utilisé une nouvelle carte SIM prépayée et son téléphone est apparu sur le réseau Vodafone au printemps dernier.

— Je suppose que tu ne sais pas…

— Quels numéros ont été contactés ? Allons, Murray, tu me connais mieux que ça. Tu as de quoi noter ? Deux numéros de portable et un fixe qui pourraient t'apprendre où se cache ton suspect… »

Laisse-moi en paix

Ou ma suspecte, songea Murray. Il nota les renseignements en essayant de ne pas se laisser distraire par Sarah qui agitait les bras vers lui en exigeant de savoir ce qui l'enthousiasmait tant.

« Merci Sean, je te dois une fière chandelle.

— Tu m'en dois plus d'une, mon vieux. »

Dès qu'il eut raccroché, Murray sourit à sa femme et la mit au courant de ce que l'expert lui avait appris. Il tourna son cahier vers elle, de sorte qu'elle puisse lire ce qu'il avait inscrit et ajouta un astérisque en face du seul numéro fixe.

« Veux-tu t'en charger ? »

Ce fut au tour de Murray d'attendre, alors que sa femme s'entretenait avec un correspondant inaudible au bout du fil.

« Alors ? demanda-t-il, mains levées une fois la conversation terminée.

— École privée Notre-Dame, répondit Sarah en adoptant un accent chic.

— Une école privée ? »

Quel rapport avec Tom et Caroline Johnson ? Murray et Sarah se fourvoyaient-ils ? Le faux témoin avait passé son appel en mai dernier, dix mois avant que le téléphone soit réutilisé avec une autre carte SIM. L'appareil aurait pu servir à d'innombrables correspondants dans l'intervalle.

« Où se situe l'école ?

— Dans le Derbyshire. »

Murray réfléchit un moment. Retournant l'agenda, il se souvint des photos qui en étaient tombées quand Anna Johnson le lui avait tendu : Caroline, toute jeune, en vacances avec une vieille camarade d'école.

D'après maman, elles s'étaient follement amusées.

Elles se trouvaient dans le jardin d'un pub dont l'enseigne était ornée d'un attelage de chevaux.

Aussi loin de la mer que possible.

Laisse-moi en paix

Murray ouvrit Safari sur son téléphone et chercha sur Google « pub attelage Royaume-Uni ». Bon sang, il y en avait des pages ! Il changea de tactique et chercha « endroit le plus éloigné de la mer Royaume-Uni ».

Coton in the Elms, Derbyshire.

Jamais entendu parler. Mais il finit par obtenir ce qu'il cherchait en tapant « attelage chevaux Derbyshire ». Retapé depuis que la photo avait été prise, et décoré d'une nouvelle enseigne et de suspensions florales, il s'agissait pourtant, aucun doute possible, du pub où Caroline et son amie s'étaient rendues des années plus tôt.

Bed & Breakfast luxueux... meilleur petit déjeuner du Peak District... Wi-Fi gratuit...

« Des vacances, ça te dit ? »

48

J'ai grandi avec du sable au fond des chaussettes, du sel sur la peau et avec la conviction que dès que je serais en âge de décider où vivre, ce serait à des kilomètres de la mer.

C'était l'un de nos rares points communs.

« Je ne comprends pas pourquoi les gens sont obsédés par l'idée de vivre en bord de mer, as-tu dit quand je t'ai appris d'où je venais. Rien de tel que la vie citadine, à mon avis. »

Idem pour moi. J'ai mis les voiles à la première occasion. J'adorais Londres. Bondée, bruyante, anonyme. Assez de bars pour ne pas avoir peur de se faire virer de temps en temps. Assez de boulots pour ne pas avoir peur du lendemain. Assez de lits pour ne jamais avoir peur de la solitude.

Si je n'avais pas fait ta connaissance, j'y serais toujours. Toi aussi, qui sait ?

Sans Anna, nous ne serions plus ensemble.

Nous nous serions séparés au bout de quelques semaines, histoire de changer d'air. De tester d'autres bars, d'autres bras.

Je me souviens du premier réveil à Oak View. Tu dormais encore, cheveux ébouriffés, lèvres à peine écartées. Sur le dos, dans notre lit, j'ai résisté à l'envie de partir. De descendre l'escalier sur la pointe des pieds, mes chaussures à la main et de foutre le camp.

Puis j'ai pensé à notre enfant à naître. Au ventre que je caressais autrefois et ne supportais plus de toucher. Ferme comme un roc alors, gonflé comme une baudruche aujourd'hui. Ce ventre qui m'ancrait à ce lit. À cette vie. À toi.

Vingt-cinq ans de mariage. On ne peut pas dire que cela a été l'enfer tout du long, mais ça n'a pas été le paradis non plus. Nous coexistions, coincés dans une union que les conventions nous interdisaient de briser.

Nous aurions dû être plus courageux. Plus honnêtes l'un envers l'autre. Si l'un de nous était parti, nous aurions tous deux eu la vie dont nous rêvions.

Si l'un de nous était parti, personne n'aurait de sang sur les mains.

49

Murray

« Que feras-tu si nous la trouvons ? »
Sarah jouait le rôle du copilote, le GPS de son téléphone suggérant qu'ils empruntent la M40 pour dépasser Oxford. Elle tapota l'écran.
« Sortie numéro trois.
— Je l'arrêterai, déclara Murray avant de se rappeler qu'il n'était plus assermenté et devrait donc faire appel à des renforts.
— Même si tu la crois impliquée contre son gré ?
— Elle bénéficiera peut-être de circonstances atténuantes, qui ne la dédouaneront pas complètement. Elle reste coupable de fraude et d'avoir fait perdre son temps à la police, par-dessus le marché.
— Tu crois qu'ils sont ensemble ?
— Je n'en sais pas plus que toi. »
Avant leur départ, Murray avait appelé le *Wagon and Horses* pour se renseigner sur Tom et Caroline Johnson. Comme leur description n'avait rien évoqué à la propriétaire, entreprendre le voyage en personne lui avait semblé la seule solution. S'y serait-il pris ainsi s'il était encore en activité ? Il aurait peut-être été tenté – il est toujours agréable de s'accorder un moment de détente aux frais du commissaire –, mais aurait disposé de moyens plus efficaces pour déterminer si les Johnson se trouvaient à Coton in the Elms. Il aurait sollicité les forces de l'ordre du Derbyshire, demandé à ses collègues d'effectuer des recherches, consulté leur base de données. Autant de démarches à la portée d'un policier assermenté, mais très compliquées pour un enquêteur à la retraite qui s'était déjà fait taper sur les doigts par le commissaire.

Laisse-moi en paix

« Ça fait du bien de changer d'air », observa Sarah.

On aurait dit qu'elle contemplait la mer ou un paysage vallonné, pas une station-service aux abords de Birmingham. On ressemble à Thelma et Louise, en moins chevelus, ajouta-t-elle avec un grand sourire.

— Tu veux dire que je deviens chauve ? répondit Murray en se frottant le crâne.

— Pas du tout. Un peu déplumé, c'est tout. Reste dans la file de gauche ici.

— Nous devrions faire ça plus souvent.

— Partir en quête de morts qui ne le sont pas vraiment ?

— Faire des virées en voiture », dit-il, amusé.

Sarah avait peur de l'avion et, en quarante ans, ils n'étaient partis à l'étranger qu'une fois : en France, où Sarah avait eu une crise de panique sur le ferry alors que, cernés par les autres véhicules, ils attendaient leur tour pour descendre.

« Ce pays regorge d'endroits superbes à visiter.

— J'aimerais bien. »

Encore une raison de prendre sa retraite pour de bon, songea Murray. S'il était à la maison tous les jours, ils pourraient partir sur un coup de tête. Dès que Sarah s'en sentirait capable. Et s'ils achetaient un camping-car ? Ils n'auraient jamais à s'inquiéter des autres. Ils voyageraient tous les deux et feraient halte dans de jolis campings. Arrivé au bout de cette enquête – il n'avait jamais laissé tomber une affaire, il ne risquait pas de commencer maintenant –, il remettrait sa démission. Il se sentait enfin prêt à tout arrêter et, pour la première fois depuis longtemps, envisageait l'avenir sans appréhension.

Coton in the Elms était un joli village situé à quelques kilomètres de Burton upon Trent. D'après les brochures trouvées dans leur chambre – une double décorée avec goût au premier étage du Bed & Breakfast –, il y avait des tas de choses à faire dans les environs immédiats, mais peu dans le village lui-même. Pas la destination la plus folichonne pour deux jeunes femmes, même si, quand on vivait dans un quartier défavorisé de Londres, respirer l'air pur de la campagne dans un cadre idyllique devait déjà être reposant. Sur la photo, Caroline et Alicia semblaient parfaitement insouciantes.

La propriétaire décorait le bar récemment rénové pour la soirée du lendemain.

« Heureusement que vous ne vouliez rester qu'une nuit. Nous sommes complets demain. Passez-moi la Patafix, s'il vous plaît, mon chou.

— Y a-t-il beaucoup d'endroits à louer au village ? demanda Sarah en lui obéissant.

— Des maisons de vacances, vous voulez dire ?

— Des locations à plus long terme plutôt. Des appartements, peut-être ? Loyer payé en liquide, sans poser de question, ce genre de choses. »

La propriétaire décocha un regard à Sarah par-dessus ses lunettes avant de plisser les yeux.

« Ce n'est pas pour nous », précisa Murray en souriant.

Murray avait travaillé avec quelques enquêteurs spécialistes des pieds dans le plat, mais aucun n'arrivait à la cheville de Sarah.

« Oh ! Non, ce n'est pas pour nous. Nous cherchons des gens.

— Le couple dont vous m'avez parlé au téléphone ?

— Ces deux-là sont peut-être dans le coin, et si c'est le cas, ils se feront tout petits. »

La propriétaire lança un rire nasal qui la fit vaciller sur son échelle.

« À Coton ? Tout le monde sait tout sur tout le monde ici. S'ils étaient là, je le saurais. »

Laisse-moi en paix

Elle accrocha plusieurs ballons argentés à une fausse poutre avec le morceau de pâte adhésive tendu par Sarah.

« Voyez avec Shifty, ce soir. Il pourra peut-être vous aider.

— Qui ?

— Simon Shiftworth. On l'appelle Shifty. Il loue des appartements à ceux qui n'obtiennent pas de HLM. Il sera là à vingt et une heures, comme d'habitude.

— Nous aussi », dit Sarah en regardant Murray.

Ils dînèrent dans l'autre pub du village, le *Black Horse*, pour vérifier auprès du patron s'il y avait des nouveaux venus au village. Il l'ignorait. Murray fut surpris de découvrir que l'absence de tout progrès dans son enquête ne le dérangeait pas plus que ça. À vrai dire, peu lui importait d'avoir entrepris ce déplacement en vain. Il n'avait pas vu Sarah aussi heureuse depuis des mois. Elle avait englouti un steak-frites et une tarte à la mélasse arrosés de deux verres de vin et il n'avaient plus ri comme ça depuis leur rencontre. On dit qu'un changement est aussi bénéfique que le repos et cette excursion lui mettait autant de baume au cœur qu'une cure de thalassothérapie d'une semaine.

« Si Shifty n'est pas là, on n'aura qu'à aller se coucher, observa Sarah en rentrant au *Wagon and Horses*.

— Il est encore tôt, je ne suis pas… Oh ! s'écria Murray en remarquant le clin d'œil de sa femme. Bonne idée ! »

Il espérait que Shifty déciderait de se la couler douce chez lui, mais lorsqu'ils se dirigèrent vers le bar pour commander un dernier verre à emporter dans leur chambre, la propriétaire désigna du menton la petite arrière-salle.

« Là-bas. Vous ne pouvez pas le rater. »

Murray et Sarah échangèrent un regard.

« Il va falloir lui parler.

— Mais… » protesta Murray, frustré.

Laisse-moi en paix

Il ne s'était plus couché tôt depuis des lustres.

« Nous n'avons pas fait tout ce chemin pour rien », insista Sarah en réprimant un éclat de rire.

Elle avait raison. Avec un peu de chance, leur conversation avec Shifty serait vite expédiée et il serait toujours temps d'aller se coucher.

Effectivement : impossible de passer à côté de ce type.

Âgé d'une soixantaine d'années, un bouton de fièvre purulent au coin de la bouche, il avait des cheveux filasses et gras collés à son crâne dégarni et portait des lunettes à montures épaisses tellement sales que c'était un véritable miracle qu'il puisse voir à travers. Un jean bleu pâle, des chaussettes blanches enfoncées dans des tennis noires et une veste en cuir fendue aux plis des coudes complétaient le tableau.

« C'est la caricature du pédophile », chuchota Sarah.

Murray lui lança un regard alarmé alors que l'homme, qui n'avait pas l'air de l'avoir entendue, levait les yeux à leur approche.

« Vous cherchez quelqu'un, d'après Caz.

— Deux personnes. Tom et Caroline Johnson.

— Jamais entendu parler d'eux, répondit l'homme trop vite pour que cela soit significatif. Vous n'êtes pas de la police, hein ? ajouta-t-il en jaugeant Murray.

— Non », répondit ce dernier, la conscience tranquille.

Shifty vida sa pinte, qu'il reposa exprès devant Murray, qui connaissait la chanson.

« Puis-je vous offrir un verre ?

— J'ai cru que vous ne me le proposeriez jamais. Je vais prendre une pinte de Black Hole. »

Murray croisa le regard de la propriétaire.

« Une pinte de Black...

— Et un verre de whiskey, ajouta Shifty.

— C'est ça.

Laisse-moi en paix

— Et deux ou trois pour plus tard. J'ai soif.

— Voilà ce qu'on va faire, dit Murray en ouvrant son portefeuille. Je vous donne ça et vous me dites si vous avez loué un appartement à ce couple. »

Il posa deux billets de vingt livres sur le bar et sortit de sa poche les photos de Tom et Caroline fournies à la police après leur disparition.

« Pourquoi ça vous intéresse ? » répondit l'homme en empochant les billets.

Parce qu'ils se font passer pour morts.

Si Shifty avait la moitié du bon sens que Murray lui prêtait, il ne leur dirait rien et contacterait le *Daily Mail*.

« Ils nous doivent de l'argent », intervint Sarah.

Coup de génie ! Murray eut envie d'applaudir. Shifty hochait la tête, en repensant sans doute à ses démêlés avec des débiteurs défaillants.

« Jamais vu ce type. Mais la nana, dit-il en tapotant la photo de Caroline, elle loue une de mes chambres meublées à Swad. Coiffure différente, mais c'est elle, aucun doute. Elle se fait appeler Angela Grange. »

Murray aurait pu sauter au cou de Shifty. Il en était sûr ! De faux suicides. C'était énorme. Il avait envie de faire valser Sarah, d'acheter du champagne, de raconter à tous les clients du pub ce qu'ils venaient de découvrir.

« Formidable, dit-il.

— Elle louait, plutôt... »

À un cheveu près, donc.

« Elle a fichu le camp en me devant un mois de loyer.

— Encaissez sa caution », conseilla gentiment Sarah.

Murray ne parvint pas à garder son sérieux.

Shifty eut l'air aussi ahuri que si elle lui avait suggéré de se laver les cheveux.

Laisse-moi en paix

« Quelle caution ? Les gens louent mes piaules parce qu'il n'y a *pas* de caution. Pas de bail. Pas de question.
— Pas de moquette, ajouta Caz derrière le bar.
— Ta gueule, dit l'homme sans conviction.
— Pourrions-nous jeter un coup d'œil à la chambre ? »
Qui ne tente rien… songea Murray. Un propriétaire normal lui aurait dit d'aller se faire voir. Shifty, en revanche…
« J'y vois pas d'inconvénient. On se retrouve là-bas demain matin. Disons après le déjeuner, plutôt », se ravisa-t-il après avoir jeté un coup d'œil à la pinte pleine et au verre de whiskey qui l'attendaient.

L'adresse que Shifty leur avait donnée se trouvait à Swadlincote, un village à huit kilomètres de Coton in the Elms et dépourvu du charme de son voisin. Plusieurs magasins d'occasions et des locaux condamnés bordaient la grand-rue et une bande hétéroclite de jeunes traînait devant le supermarché Somerfield, ce qui laissait supposer que le travail était rare dans le coin.
Les Mackenzie trouvèrent Potters Road et se garèrent devant l'immeuble en brique rouge décrit par Shifty. Quelques fenêtres avaient été recouvertes de grilles métalliques, elles-mêmes ornées de graffitis. Un grand pénis jaune s'étalait sur la porte d'entrée.
« Sympa, observa Sarah. Et si nous déménagions ici ?
— Vue imprenable. »
Dans le jardinet broussailleux devant le bâtiment, s'élevait une montagne de vieux matelas. Une brûlure ronde au centre prouvait que l'on avait tenté d'y mettre le feu.
Sarah désigna une auto qui roulait vers eux, la seule de la rue déserte.
« Tu crois que c'est lui ? »
La voiture de Shifty, une Lexus blanche équipée de suspensions surbaissées et de roues disproportionnées, n'avait rien de discret.

Laisse-moi en paix

Des LED bleues luisaient derrière une calandre en grillage argenté et l'arrière ployait sous le poids d'un becquet surdimensionné.

« La classe !

— Tu devrais peut-être attendre dans la Volvo, proposa Murray.

— Hors de question. »

Sarah descendit d'un bond et attendit que Shifty sorte de sa Lexus aux vitres teintées. Ce type était une caricature ambulante, et Murray s'étonna de ne pas voir briller un médaillon en or entre les boutons de sa chemise.

Ils ne perdirent pas de temps en salutations. L'homme leur adressa un bref signe de tête et se dirigea vers l'entrée ornée du pénis.

La chambre où Caroline Johnson – *alias* Angela Grange – avait passé les douze derniers mois était un endroit déprimant. Bien que propre – plus propre sans doute que lorsqu'elle y avait emménagé, à en juger par les parties communes crasseuses –, la pièce aux murs lépreux était saturée de condensation à cause des fenêtres restées fermées depuis trop longtemps. Murray désigna la porte d'entrée équipée de plusieurs verrous.

« C'est la norme ici ?

— C'est elle qui les a rajoutés. Elle avait les jetons.

— C'est elle qui vous l'a dit ?

— Elle n'en a pas eu besoin. Elle était à cran. C'est pas mes oignons. »

Shifty flânait dans la pièce en constatant les dégâts. Il sortit un soutien-gorge noir d'un tiroir et se tourna vers Murray, le regard concupiscent.

« 95 C, si ça vous intéresse. »

Pas vraiment ; en revanche, si Shifty se mettait à fureter, Murray en ferait autant.

Elle avait les jetons…

Laisse-moi en paix

À cause de Tom sans doute. Et si Caroline s'était fait la malle, cela voulait-il dire qu'il l'avait retrouvée ? Murray avait du mal à suivre. On était passé d'un double suicide à un double meurtre, à un faux suicide et… à quoi maintenant ?

Caroline courait-elle encore ou Tom l'avait-il rattrapée ?

Murray enquêtait-il désormais sur un enlèvement ?

Ce serait le crime parfait. Après tout, qui va s'enquérir d'une femme morte ?

La chambre ne contenait pas grand-chose. Quelques vêtements, de la soupe en conserve dans le placard, une brique de lait dans le réfrigérateur que Murray ne prendrait pas le risque d'ouvrir. Bien qu'une odeur de nourriture en décomposition sortît de la poubelle, il en souleva le couvercle. Une nuée de mouches bleues lui vola à la figure. Il prit une cuillère en bois sur l'évier et fureta dans les ordures. Son cerveau carburait à plein régime. Et si Caroline n'avait pas fait semblant d'être morte pour des raisons financières, mais parce qu'elle avait peur ? Tom l'avait fait chanter, exigeant toujours plus d'argent, jusqu'à ce que Caroline soit acculée à disparaître. Après tout, la tactique avait fonctionné pour son mari.

Une liasse de papiers cachée sous un tas de sachets de thé usagés attira l'attention de Murray. Un détail dans la mise en page – le logo – lui disait quelque chose et quand il la sortit de la poubelle, il comprit de quoi il s'agissait. Pourquoi Caroline était-elle en possession de ces papiers ? Voilà la question.

En lisant les documents, certaines pièces du puzzle commencèrent à se mettre en place. Il n'avait pas résolu toute l'énigme, pas encore, mais une logique se dégageait peu à peu. Les faux suicides étaient motivés par le sexe et l'argent, certes. Mais Murray venait apparemment de découvrir une autre raison qui poussait les gens à disparaître.

50

Anna

Maman fait ses bagages. Elle n'emporte pas grand-chose : le petit sac avec lequel elle est arrivée au Hope plus quelques bricoles que je l'ai persuadée de prendre dans sa propre penderie à Oak View. Assise sur son lit, j'ai envie de la supplier de ne pas s'en aller tout en sachant que ce serait peine perdue d'essayer. Elle refuse de rester. Elle ne peut pas rester. La police reviendra et ne me laissera pas m'en tirer à si bon compte la prochaine fois. Je vais déjà avoir assez de mal à la convaincre que je ne sais rien des crimes de mes parents sans devoir m'inquiéter de savoir si maman a trouvé une cachette assez sûre.

« Vous ne voulez pas rester au moins jusqu'au réveillon ? lui a demandé Mark quand elle a annoncé au petit déjeuner qu'elle partait aujourd'hui. Célébrer le Nouvel An avec nous ?

— Les fêtes, ce n'est pas trop mon truc », a-t-elle répondu avec décontraction.

Elle adore ça. La Caroline ancienne version, en tout cas. Je ne suis pas sûre de ce que pense la nouvelle. Ma mère a changé, et cela dépasse sa perte de poids et sa nouvelle coiffure. Elle est angoissée, sombre. Constamment sur ses gardes. Ces derniers mois l'ont brisée et mon deuil est double aujourd'hui. Je pleure une mère, mais aussi la femme qu'elle était.

Je tente une dernière fois de la convaincre.

« Si nous disions tout à la police ?

— Non, Anna !

— Elle pourrait comprendre tes motivations.

— Ou pas. »

Laisse-moi en paix

Je me tais.

« On me jettera en prison. Toi aussi peut-être. Tu penses que l'on te croira quand tu diras n'avoir découvert que j'étais vivante que la veille de Noël ? Alors que tout indique que Tom et moi avons manigancé ce plan ensemble ? Alors que tu es propriétaire de la maison ?

— C'est mon problème.

— Et quand tu seras arrêtée, cela deviendra celui de Mark et d'Ella. Tu veux que cette petite grandisse sans sa mère ? »

Non, bien sûr que non. Quant à moi, je ne veux pas vieillir sans la mienne.

Maman ferme son sac.

« Voilà. C'est fait. »

Elle m'adresse un sourire sans conviction. J'essaie d'attraper son bagage, mais elle secoue la tête.

« Je peux me débrouiller. À vrai dire...

— Qu'y a-t-il ?

— Tu vas me trouver ridicule.

— Dis toujours.

— Pourrais-je prendre congé de la maison ? Juste quelques minutes... »

Je l'attire contre moi, l'enlace si fort que je sens son ossature sous mes doigts.

« Bien sûr. Tu es chez toi, maman. »

Elle s'écarte avec douceur, un sourire triste aux lèvres.

« Tu es chez *toi*. Avec Mark et Ella. Et j'ai envie que tu remplisses cette maison de souvenirs heureux, tu comprends ?

— Mark et moi allons faire un tour au parc avec le bébé pour te laisser seule un moment. »

Je ne la trouve pas du tout ridicule. Un foyer, c'est bien plus qu'une maison, bien plus que de la pierre. Voilà pourquoi je n'ai pas envie de vendre, comme l'a proposé Mark, ni de m'opposer

Laisse-moi en paix

à l'extension pharaonique de Robert. C'est ici que je vis. J'y suis heureuse. Je ne veux pas que cela change.

Mark pousse le landau de notre fille et je glisse ma main au creux de son bras.

« La police ne t'a pas contactée, n'est-ce pas ?

— Que veux-tu dire ? dis-je avec un regard sévère. Pourquoi l'aurait-elle fait ?

— Détends-toi. Le FBI ne t'a *pas encore* rattrapée. Le type de la PJ était censé nous dire aujourd'hui si des empreintes d'ADN avaient été relevées sur l'élastique. Comme je n'ai pas eu d'appel sur mon téléphone portable, je me suis dit qu'il avait peut-être essayé sur le fixe.

— Oh ! Non, rien de nouveau. »

Les roues du landau creusent des sillons dans le sentier boueux.

« À propos, j'ai réfléchi et je... Nous devrions laisser tomber, je crois.

— Comment ? s'étonne Mark en s'arrêtant tout net, si bien que je percute le guidon. C'est impossible, Anna, c'est grave.

— Le message nous déconseillait d'avertir la police. Si nous en restons là, le coupable nous laissera tranquille.

— Tu n'en sais rien. »

Au contraire. Je lui lâche le bras et m'éloigne avec le landau. Mark nous rattrape en courant.

« Je t'en prie, Mark. J'ai juste envie d'oublier. Commencer la nouvelle année sur une note positive. »

Mon compagnon croit dur comme fer aux nouveaux départs. Aux nouveaux chapitres. Aux pages blanches. Comme tous les thérapeutes, sans doute. Il réagit, pourtant.

« Sache qu'à mon avis, c'est une mauvaise idée...

— J'ai envie de passer à autre chose. Pour le bien d'Ella. »

Laisse-moi en paix

Je baisse les yeux, autant pour dissimuler mon mensonge que pour insister sur ma remarque, et culpabilise une fois de plus de me servir d'elle comme alibi.

« Je vais demander à la police d'arrêter l'enquête.

— Merci. »

Mon soulagement, lui, au moins, est sincère. Je m'arrête, pour embrasser Mark cette fois.

« Tu pleures ?

— Ça fait un peu trop pour moi, je crois, dis-je en séchant mes larmes. Noël, le Nouvel An, la police... »

Maman. Je n'ose m'approcher plus près de la vérité.

« Angela va vraiment me manquer.

— Est-ce que vous vous êtes beaucoup fréquentées quand tu étais plus jeune ? Tu ne parles jamais d'elle ; je ne savais pas que vous étiez si intimes. »

Gorge serrée et menton tremblotant, je m'efforce de retenir mes sanglots.

« C'est ça, la famille. On a l'impression de se connaître depuis toujours, même si l'on ne s'est jamais rencontré. »

Mark me prend par l'épaule et nous retournons lentement vers Oak View où les guirlandes électriques qui clignotent autour de la véranda marquent le début de cette veille de Nouvel An et la fin de cette année, aussi terrible que merveilleuse et hors norme.

Maman est dans le jardin. Elle sursaute lorsque j'ouvre la porte vitrée, le regard paniqué jusqu'à ce qu'elle m'aperçoive. Elle ne porte pas de manteau et ses lèvres sont bleues de froid.

« Tu vas attraper la mort, dis-je avec un sourire ironique qu'elle ne me renvoie pas.

— Je disais au revoir aux roses.

— Je m'en occuperai, c'est promis.

— Et n'oublie pas de t'opposer au projet de...

Laisse-moi en paix

— Maman. »

Elle ne finit pas sa phrase. Ses épaules s'affaissent.

« L'heure est venue de partir. »

Au salon, Mark a ouvert une bouteille de champagne.

« Histoire de fêter le Nouvel An par anticipation. »

Je refoule mes larmes pendant que nous trinquons. Maman tient Ella ; leur ressemblance est telle que j'essaie d'immortaliser ce moment dans mon souvenir, mais c'est trop douloureux. Si c'est cela que l'on éprouve lorsqu'un proche s'éteint à petit feu, je préfère une mort subite. Avoir le cœur brisé net au lieu de le sentir se désagréger dans sa poitrine, tel un lac gelé qui se lézarde.

Mark prononce un discours évoquant la famille, les retrouvailles, les débuts d'années et leurs nouveaux départs – là, il m'adresse un clin d'œil. J'essaie de croiser le regard de maman, qui l'écoute, fascinée.

« Que cette année nous apporte à tous santé, fortune et bonheur, dit-il en levant son verre. Meilleurs vœux à vous, Angela ; à ma magnifique Ella ; et à Anna qui, je l'espère, me dira enfin oui. »

Je souris frénétiquement. Il va me demander de l'épouser ce soir. À minuit, peut-être, quand ma mère sera dans un train en route pour Dieu sait où, me laissant seule avec mon chagrin. Il va me demander de l'épouser et je lui dirai oui.

Soudain, je sens quelque chose. Une odeur âcre de brûlé, de plastique fondu me titille les narines et s'insinue au fond de ma gorge.

« Il y a quelque chose au four ? »

Je réagis la première, mais Mark ne tarde pas à me rattraper. Il sort du salon et se dirige vers l'entrée.

« Bon sang ! »

Maman et moi lui emboîtons le pas. Dans le vestibule, l'odeur est encore plus désagréable, et un nuage de fumée noire s'élève

Laisse-moi en paix

jusqu'au plafond. Mark tape des pieds sur le paillasson alors que des fragments de papier brûlé volettent alentour.

« Oh ! Mon Dieu, Mark ! dis-je, affolée, même si, de toute évidence, les flammes sont éteintes et la fumée se dissipe déjà.

— Tout va bien, c'est fini. »

Il essaie de garder son sang-froid, bien que sa voix soit un ton plus aiguë que d'habitude et qu'il continue à piétiner le paillasson. C'est le pourtour en caoutchouc qui dégageait cette odeur âpre. Le bout de papier glissé par la boîte aux lettres a disparu ; il se serait sans doute consumé, même sans l'intervention de Mark. Un feu destiné à nous effrayer.

Les reins baignés de sueur, je désigne la porte d'entrée.

Un message s'étale sur la partie extérieure du vitrail, en haut de la porte. Les majuscules sont déformées par les épaisseurs de verre successives.

Mark ouvre. Les lettres sont inscrites au marqueur noir.
JE T'AI RETROUVÉE.

51

Murray

La nuit tomba avant qu'ils arrivent à l'autoroute. En sortant du meublé, Murray avait enchaîné les coups de téléphone, et dès qu'il s'était aperçu qu'il ne serait pas libre de conduire d'ici un moment, il avait tendu les clés à Sarah.

« Je ne suis pas assurée.

— Mon contrat te couvrira, répondit Murray, qui croisa mentalement les doigts en espérant que ce soit bien le cas.

— Je ne me rappelle plus la dernière fois où j'ai conduit.

— C'est comme le vélo, ça ne s'oublie pas. »

Lorsqu'ils s'engagèrent sur la M42, il ferma les yeux quand Sarah déboîta devant un poids lourd dans une cacophonie de klaxons. Phalanges blêmes serrées sur le volant, elle s'installa sur la voie centrale sans dépasser les cent dix kilomètres-heure ni prêter attention aux conducteurs qui lui faisaient des appels de phares pour qu'elle se rabatte. Murray n'avait pu joindre personne au service d'urbanisme d'Eastbourne et il n'était pas habilité à réquisitionner l'aide d'un employé. Avant de demander l'intervention d'un collègue en droit de le faire, il devait vérifier ses informations. Il défroissa les papiers trouvés au fond de la poubelle de la chambre meublée. C'était la photocopie de la demande de permis de construire de Robert Drake, encore lisible bien que chiffonnée et tachée.

À de multiples reprises au cours de ses trente ans de carrière, l'instinct de Murray lui avait fourni la clé d'une enquête par ailleurs frustrante. Il n'était peut-être pas au fait des dernières lois et procédures en vigueur, mais l'instinct ne prenait jamais sa retraite, lui. Drake était lié à la disparition de ses voisins, Murray l'aurait parié.

Laisse-moi en paix

Il feuilleta les recours : il ne s'intéressait pas à leur contenu, mais aux coordonnées des plaignants. Ensuite, il consulta les documents qui accompagnaient la demande, vérifia les différentes élévations de l'extension dont il compara la surface à celle du bâtiment existant. Elle était immense ; pas étonnant qu'elle ait suscité autant de plaintes.

Il tourna la page, passa en revue la longue liste de matériaux, techniques et méthodes de construction que l'on se proposait de mettre en œuvre. Il n'aurait su expliquer ce qu'il cherchait, il était simplement persuadé que Robert Drake détenait le fin mot de cette affaire.

Il le trouva enfoui dans un paragraphe au milieu de la dernière page.

Murray leva les yeux, presque surpris d'être encore dans la voiture. Il se croyait dans les bureaux de la PJ, pris dans le tourbillon d'une dizaine d'enquêtes en cours, des taquineries bon enfant de ses collègues et des retombées de la politique interne.

Pas le temps de méditer sur les changements intervenus dans sa vie. Juste le temps de transmettre le dossier qu'il gardait pour lui depuis qu'Anna Johnson avait franchi le seuil du commissariat de Lower Meads pour la première fois.

« Allo ? »

À l'entendre, le capitaine James Kennedy n'avait pas l'air d'être en service. À vrai dire, il avait l'air d'un homme qui avait la chance de profiter de quelques jours de congé après avoir été de garde à Noël et qui se préparait à fêter tranquillement le Nouvel An en buvant une bière en compagnie de sa femme et de ses enfants. Grâce à Murray, cette perspective ne serait bientôt plus qu'un souvenir.

« James, Murray Mackenzie à l'appareil. »

Il y eut un court silence avant que James Kennedy feigne l'enthousiasme. Murray imagina qu'il lançait un coup d'œil à sa femme en secouant la tête pour lui assurer que *non, ce n'était rien de grave*.

Laisse-moi en paix

« Tu te souviens, je t'ai parlé du suicide des époux Johnson quand je suis passé te voir la semaine dernière ? lui rappela Murray sans attendre qu'il retrouve la mémoire. Il se trouve qu'ils ne se sont pas donné la mort. »

Murray éprouva le frisson familier que l'on ressent lorsqu'une enquête monte en puissance ; sa voix retrouva l'énergie de ses jeunes années.

« Quoi ? »

Le capitaine était tout ouïe maintenant.

« Tom et Caroline Johnson ne se sont pas donné la mort. C'était une mise en scène.

— Comment sais-tu... »

Peu importait que Leo Griffiths lui passe un autre savon. Rien à faire ! Il s'apprêtait à démissionner de toute façon. Il coula un regard à Sarah, les articulations toujours livides sur le volant, et décida qu'il vaudrait peut-être mieux qu'il conduise leur nouveau camping-car.

« Le 21 décembre, le jour anniversaire de la mort de Caroline Johnson, leur fille Anna a reçu un message anonyme insinuant que la mort de ses parents cachait quelque chose. Je mène l'enquête depuis. Je voulais vous donner quelque chose de plus concret à vous mettre sous la dent avant de passer la main », poursuivit-il, couvrant la voix de James.

Et je craignais que vous ne preniez pas cette affaire au sérieux, eut-il envie d'ajouter, même s'il se retint. Il ne dit pas non plus qu'elle lui avait donné un but, qu'elle les avait distraits de leur quotidien, Sarah et lui.

« C'est le cas aujourd'hui ? »

Murray entendit une porte se fermer et s'évanouir le bruit des jeux des enfants de James.

« C'est un témoin bidon qui a appelé pile au moment opportun pour signaler que Tom Johnson s'était jeté du haut de la falaise.

Laisse-moi en paix

L'appel a été passé à partir d'un téléphone portable acheté par les Johnson le jour de la mort supposée de Tom.
— Attends, je prends des notes. »
Dans la voix de Kennedy, il n'y avait plus la moindre trace d'hésitation ni de doute concernant la validité des théories de Murray. Il n'était plus question de jouer du galon ni d'insister pour que son ancien collègue respecte la voie hiérarchique.
« Personne n'a assisté au suicide de Caroline. L'aumônier faisait un témoin crédible car il l'avait bien vue au bord du précipice, apparemment sur le point de sauter. »
Murray se souvint de la déposition du jeune homme, angoissé de ne pas avoir pu sauver Mme Johnson. Quand tout serait fini, Murray retrouverait le pauvre gamin pour lui raconter ce qui s'était vraiment passé. Cela le soulagerait d'un poids.
« Une demande de permis de construire a été déposée au service d'urbanisme d'Eastbourne, poursuivit Murray, et si le changement de cap surprit James, il n'en laissa rien paraître. Je n'arrive à joindre personne au bureau. Il faut que l'on puisse avoir accès à l'espace administrateur et aux adresses IP de tous les plaignants qui ont soumis un recours contre le projet d'extension du voisin des Johnson.
— Que cherchons-nous ?
— Une confirmation. L'un d'eux a dû être envoyé à partir d'une adresse IP située dans le Derbyshire, dans le village de Swadlincote ou ses environs, par une dénommée Angela Grange. »
Murray était formel. La détermination de Mme Johnson à empêcher ces travaux n'avait d'égale que celle de Robert Drake à les voir se réaliser. Si elle ne le regrettait pas déjà, ce serait bientôt le cas.
« Je vais les appeler.
— Le message anonyme reçu par Anna Johnson était destiné à débusquer Caroline, et c'est exactement ce qui s'est passé. Elle

Laisse-moi en paix

a quitté le Derbyshire le 21 décembre. Pas besoin d'être un génie pour savoir où elle s'est rendue.

— Dans la maison familiale ?

— Bien joué ! Et si nous ne nous ruons pas là-bas sur-le-champ, il va y avoir de la casse.

— Pourquoi… ? »

James ne termina pas sa phrase.

« Murray, où est Tom Johnson ? » reprit-il après réflexion, d'un ton plus pressant, plus sérieux, comme s'il cherchait à son tour une confirmation.

Malgré ses certitudes, Murray hésita. Quelques secondes après la fin de leur conversation, Kennedy décrocherait de nouveau son téléphone pour mobiliser des ressources et des hommes jusque-là en congé, la police scientifique, les enquêteurs, une équipe d'intervention, obtiendrait des mandats : la totale, comme à chaque incident majeur.

Et si Murray se trompait ?

« Il est sur place, lui aussi. »

52

Anna

Maman et moi échangeons un regard, la même expression d'horreur figée sur nos traits.

« Il sait que tu es là, dis-je sans pouvoir m'en empêcher.

— Qui ? Que se passe-t-il ? » s'écrie Mark en nous regardant tour à tour.

Nous restons muettes de stupeur.

« J'appelle la police.

— Non ! » nous exclamons-nous à l'unisson.

Je regarde dehors. Est-il là ? Nous surveille-t-il ? Voit-il notre réaction ? Je ferme la porte d'entrée, dois m'y reprendre à deux fois pour accrocher la chaînette de mes doigts tremblants. J'essaie de gagner du temps.

Mark décroche le téléphone.

« Non, je t'en prie. »

Je n'aurais jamais dû aller voir la police quand j'ai reçu la carte ; je n'ai fait qu'aggraver la situation.

« Pourquoi pas ? Anna, on a essayé d'incendier la maison ! »

Parce que ma mère ira en prison. Parce que je serai arrêtée pour l'avoir cachée.

« D'abord, une brique à travers la fenêtre, et maintenant un feu… »

Les doigts suspendus au-dessus des touches du téléphone, il me dévisage, déchiffre mon expression, puis nous regarde tour à tour toutes les deux.

« Vous me cachez quelque chose, n'est-ce pas ? »

Mon père n'est pas mort et m'a envoyé une carte de vœux parce qu'il savait que ma mère ne l'était pas non plus, mais lorsqu'il a su

Laisse-moi en paix

que j'étais allée au commissariat, il a tenté de m'empêcher d'en savoir plus. Il a posé un lapin mort devant notre porte. Lancé un projectile dans la chambre de notre fille. C'est un homme instable, dangereux, qui nous surveille.

« Parce que... »

Je regarde ma mère. Je dois tout dire à Mark. Je n'ai jamais voulu l'entraîner dans ce désastre, pourtant, je ne peux plus lui mentir – c'est injuste. Je m'efforce de le faire comprendre à maman, qui avance d'un pas, une main tendue devant elle pour m'empêcher de parler.

« Je n'ai pas été honnête avec vous sur la raison de ma présence à Eastbourne », s'empresse-t-elle d'annoncer, avant que je réussisse à formuler l'explication qui n'a que trop tardé.

Elle m'adresse un regard suppliant.

C'en est trop. L'aider à faire ses bagages, me préparer à la perdre une deuxième fois, Murray Mackenzie à deux doigts de m'accuser de complot...

Et maintenant, ça.

J'ai l'impression d'avoir les nerfs à vif et de recevoir une décharge électrique à chaque nouvelle révélation.

« Vous feriez mieux de tout m'expliquer. Tout de suite. »

Mark passe le combiné d'une main à l'autre, sur le point d'appeler la police. La froideur de son regard me fait frissonner, même si je sais qu'elle n'est motivée que par l'inquiétude. Je prends Ella dans mes bras, pour que sa présence me rassure, pour sentir la chaleur d'un corps contre le mien.

Ma mère m'adresse un coup d'œil, me dissuade de parler d'un geste presque imperceptible de la tête.

J'obéis.

« Je suis en fuite, dit-elle. Mon mariage s'est brisé l'an dernier et je me cache de mon mari depuis. »

Laisse-moi en paix

Je ne quitte pas Mark des yeux. Tout laisse supposer qu'il croit l'explication de ma mère. Et pourquoi en serait-il autrement ? C'est la vérité.

« Juste avant Noël, il m'a retrouvée. Je ne savais pas où aller. Je me suis dit que si je me planquais quelque temps...

— Vous auriez dû nous en parler, Angela », répond Mark d'une voix douce, bien que ses mots sonnent comme une réprimande.

Nombre de ses patients ont été – ou sont toujours – dans une relation violente. Certains sont peut-être même auteurs de sévices ; nous n'en avons jamais parlé.

« S'il risquait de vous suivre jusqu'ici... que vous nous mettiez en danger nous aussi... vous auriez dû nous avertir.

— Je le sais. Excusez-moi.

— Ce doit être lui qui a lancé la brique par la fenêtre ?

— J'ai acheté un billet de train en ligne. Il a dû vérifier mes mails ; il n'aurait pas pu connaître ma destination autrement. Caroline était mon seul contact à Eastbourne. »

Le regard de Mark passe du téléphone dans ses mains à la porte où les lettres du graffiti s'étalent à l'envers.

« Il faut avertir la police.

— Non ! nous écrions-nous d'une seule voix, maman et moi.

— Si.

— Vous ne le connaissez pas. Vous ne savez pas à qui vous avez affaire.

— L'as-tu déjà rencontré, Anna ? »

J'acquiesce.

« Il... Il est dangereux. Si nous le dénonçons à la police, nous ne pourrons pas rester ici alors qu'il sait où nous trouver. Il est capable de tout. »

Je tremble encore. Je berce Ella, plus pour évacuer une partie de l'adrénaline qui coule dans mes veines que pour la calmer. Mark fait les cent pas dans le vestibule en tapotant le combiné contre sa cuisse.

Laisse-moi en paix

« Je vais y aller, annonce maman, sac à la main. C'est moi qu'il cherche. Je n'aurais jamais dû venir ici, c'est injuste de vous avoir impliqués.

— C'est impossible ! dis-je en lui attrapant le bras alors qu'elle se dirige vers la porte.

— J'allais partir de toute façon. Tu le savais. »

Elle se dégage et me serre la main avec douceur.

« C'est différent maintenant. Il sait où tu es. Il va te faire du mal.

— Et si je reste, c'est à vous qu'il va s'en prendre. »

Mark rompt le silence.

« Il faut partir toutes les deux, tranche-t-il d'une voix ferme en fouillant la commode en quête d'un jeu de clés, qu'il me tend. Allez dans mon appartement. Je vais attendre ici et prévenir la police.

— Quel appartement ? Non, je ne peux pas vous impliquer là-dedans. »

Maman essaie d'ouvrir la porte mais, plus rapide, Mark plaque une main sur le battant.

« Il est trop tard, Angela. Et bien que votre situation m'inspire de la compassion, ma priorité, c'est d'assurer la sécurité d'Anna et de notre fille, ce qui signifie les éloigner d'ici jusqu'à ce que votre ex soit placé en détention.

— Il a raison, renchéris-je. L'appartement de Mark se trouve à Londres ; personne ne saura où nous sommes. »

Réveillée et affamée, Ella gigote dans mes bras.

Maman est pâle. Elle cherche un argument à nous opposer, en vain. C'est la meilleure façon de procéder. Dès que nous aurons quitté Eastbourne, Mark appellera la police et je convaincrai maman de tout avouer. C'est la seule solution.

« Je ne veux pas qu'Anna et le bébé m'accompagnent. C'est dangereux.

— Étant donné que votre ex a tenté d'incendier notre maison, elles ne sont pas plus en sûreté ici. Allez-y.

— Écoute-le, dis-je, une main sur l'épaule de ma mère. Emmène-nous. »

Une idée m'obsède : partir loin d'Eastbourne. De papa. De Murray Mackenzie et de ses questions qui tournent autour de la vérité.

« Je vais conduire, concède-t-elle avec un soupir. Tu t'assieds derrière avec Ella : évitons d'avoir à nous arrêter. Mark, faites attention, d'accord ? Il est dangereux.

— Appelez-moi dès votre arrivée. Et ne laissez entrer personne à part moi. Compris ? »

Maman serre le volant, le regard braqué sur la route. J'ai pris place à l'arrière, sur le siège central ; sanglée dans son siège auto à mes côtés, Ella suce férocement l'articulation de mon pouce alors qu'elle préférerait que je l'allaite. Elle ne va tarder à se mettre à pleurer. Peut-être pourrons-nous nous garer sur le bas-côté lorsque nous aurons quitté Eastbourne ?

« Papa ne sait même pas que Mark possède un appartement à Londres, ne puis-je m'empêcher de répéter en voyant ma mère vérifier le rétroviseur pour la centième fois depuis notre départ. Tout va bien.

— Non, ça ne va pas, répond-elle, au bord des larmes. Et ça ne va pas s'arranger. »

Les larmes me piquent les yeux. J'ai besoin qu'elle soit forte pour l'être *moi aussi*. Il en a toujours été ainsi.

Je me rappelle la douleur cuisante qui irradiait dans mon genou écorché après être tombée, enfant.

« Allez, hop ! » chantonnait maman en me relevant.

Grâce à son expression, à son sourire, et sans vraiment avoir conscience d'aller mieux, je sentais la souffrance s'atténuer.

« Maman, la police aurait tout découvert tôt ou tard. »

Elle est livide.

Laisse-moi en paix

« C'est papa qu'elle va essayer d'arrêter. Elle te ménagera lorsqu'elle découvrira qu'il t'a forcé la main. Tu n'iras sans doute même pas en prison ; tu écoperas d'une peine avec sursis... »

Elle n'écoute pas. Elle scrute la rue, cherche quelque chose – papa ? – et soudain, freine brutalement ; je suis projetée en avant car la ceinture qui enserre mon bassin n'est pas très efficace.

« Sors.

— Quoi ? »

Nous sommes dans les faubourgs d'Eastbourne.

« Il y a un arrêt de bus, juste là. Si tu préfères, appelle Mark pour qu'il vienne te chercher. »

Pied sur l'embrayage, main sur le frein à main, elle pleure.

« Les choses n'auraient pas dû se passer ainsi, Anna. Je n'ai jamais eu l'intention de te faire du mal ni de t'impliquer dans cette histoire.

— Je refuse de te laisser seule.

— S'il te plaît, Anna, c'est pour ton bien.

— Nous sommes dans le même bateau. »

Elle attend dix bonnes secondes, puis, avec un sanglot plaintif, lâche le frein et redémarre.

« Je suis navrée.

— Je le sais. »

Elle a séché mes larmes et pansé mes plaies pendant des années mais aujourd'hui, c'est à mon tour de la soutenir. Ma mère a besoin de moi. Cette métamorphose est-elle uniquement due aux circonstances exceptionnelles dans lesquelles nous nous trouvons, ou est-elle un symptôme de l'évolution naturelle qui se produit chez les femmes en passant du statut de fille à celui de mère ?

Nous roulons sans rien dire, sauf Ella, dont les protestations se sont muées en véritables hurlements.

« Pouvons-nous nous arrêter ?

Laisse-moi en paix

— Non, répond ma mère en regardant de manière obsessionnelle dans le rétroviseur.
— Juste cinq minutes. Elle ne se taira pas à moins que je l'allaite. »
Les yeux de ma mère alternent entre le rétroviseur et la route. Elle a vu quelque chose.
« Qu'est-ce qu'il y a ?
— Il y a une Mitsubishi noire derrière nous, annonce-t-elle en collant le pied au plancher, alors que la vitesse me plaque à mon siège. Nous sommes suivies. »

53

Quand on passe sa vie à vendre des voitures, on apprend à les conduire.

Pied au plancher. Quatre-vingt-quinze kilomètres à l'heure. Cent. Cent dix. Cent vingt...

Un virage serré. Puis un autre. Nous l'avons tous les deux pris un peu trop large. Je vois le regard terrifié du conducteur d'en face, qui donne un coup de volant pour nous éviter.

Encore un tournant, mon pied tapote le frein, mais j'utilise le levier de vitesse. Je rétrograde, encore et encore. Je fais pivoter le volant et écrase l'accélérateur jusqu'à ce que j'aie l'impression que l'arrière de la voiture va plus vite que l'avant.

L'écart se resserre.

Mon pouls bat si fort qu'il domine le hurlement du moteur ; je me penche en avant, comme si ce geste allait changer quelque chose.

Qui va gagner au jeu du chat et de la souris ?

Quand on conduit vite, il faut réfléchir vite. Réagir vite. Ce ne sont pas des qualités propres aux alcooliques – même un alcoolique fonctionnel –, et c'est l'une des raisons pour lesquelles je me félicite d'avoir arrêté de boire.

Ça a été facile, en fin de compte. Pas de réunions des Alcooliques Anonymes, pas de thérapie, pas d'intervention d'amis bien intentionnés.

Tu m'as suffi.

Ton regard ce soir-là, lorsque tu as chuté par terre. Sur le moment, cela ne voulait rien dire ; c'était juste une dispute de plus. Un coup de poing, un coup de pied de plus. Ce n'est qu'après,

Laisse-moi en paix

quand j'ai revu ton visage – la déception, la douleur, la *peur* – que j'ai fini par comprendre ce que l'alcool m'avait fait faire.

Non. Ce que *je* t'avais fait.

Excuse-moi. Ça ne suffit pas, et puis, il est trop tard, mais excuse-moi.

J'ai ralenti. Je dois me concentrer. Je serre le volant, freine.

Comment ai-je pu en arriver là ?

J'ai envie de rembobiner ; de réparer mes erreurs. J'ai tout gâché. J'ai passé toutes les années de notre mariage à penser à moi et maintenant, regarde où nous en sommes.

Qu'est-ce qui me prend ?

Je ne peux pas arrêter. J'ai perdu pied.

Anna.

Elle est là, sur la banquette arrière. Elle se baisse, essaie de se cacher. Je la vois regarder par la lunette arrière, tenter de voir sans être vue.

C'est raté.

Je n'ai jamais voulu lui faire du mal.

Il est trop tard.

54

Anna

Je me retourne sur mon siège. Une Mitsubishi Shogun neuve nous suit à une centaine de mètres mais elle gagne du terrain. À cause des vitres teintées, je ne distingue pas le conducteur.

« C'est lui ? C'est papa ? »

Je n'ai jamais vu ma mère comme ça. Elle tremble d'une peur presque incontrôlable.

« Tu aurais dû descendre. J'ai essayé de te convaincre. »

Après un nouveau coup d'œil dans le rétroviseur, elle tourne le volant vers la droite d'un coup sec pour éviter un bout de pare-choc abandonné sur la route. Mon estomac se soulève.

« Concentre-toi sur la route.

— Reste baissée, il ne t'a peut-être pas vue. Je ne veux pas qu'il sache que tu m'accompagnes. »

J'obéis sans discuter aux instructions de ma mère, comme je l'ai toujours fait, détache ma ceinture, étends mes jambes sur la banquette et m'appuie sur le siège auto du bébé. Maman négocie un virage serré à gauche, je m'arcboute contre la portière en glissant par-dessus Ella. Quand elle pousse un cri d'effroi, mon cœur transi menace de s'arrêter et mes tentatives d'apaisement sont plus hystériques que ses cris. J'ai le creux des genoux inondé de sueur, les mains moites et brûlantes.

« La voiture nous suit toujours ! Et se rapproche. »

Le sang-froid apparent de ma mère s'évanouit peu à peu, se lézarde pour révéler la même panique aveugle qui me submerge.

Les pleurs d'Ella redoublent d'intensité et de virulence pour se mettre au diapason de l'hystérie croissante de sa grand-mère. Je plaque une main sur la portière, l'autre sur le dossier du siège conducteur. À l'intérieur du demi-cercle décrit par mes bras, Ella hurle à quelques centimètres de mon oreille. Tandis qu'elle reprend son souffle pour recommencer, mon tympan gauche siffle sans répit. Je prends mon téléphone, le déverrouille d'un glissement de doigt sur l'écran. Il ne me reste plus qu'à appeler la police.

« Accélère ! »

Une autre embardée vers la gauche, bientôt suivie d'un virage à droite qui me fait lâcher le siège auto d'Ella et me projette sans ménagement par terre, de l'autre côté de la voiture. Mon téléphone valse sous le siège passager, hors de ma portée. Maman enfonce l'accélérateur et je remonte en rampant sur la banquette pour protéger le bébé. Je n'ai pas envie de le voir, de voir mon père, mais je lève la tête, incapable de résister.

« Baisse-toi ! » m'ordonne maman.

Son cri soudain réduit Ella au silence ; le temps de reprendre ses esprits, elle se remet à pleurer de plus belle.

Dans le rétroviseur, j'aperçois le visage de maman inondé de larmes et, comme une enfant émue de voir tomber le masque de sa mère, je m'effondre aussi. Voilà, nous allons mourir. Papa va-t-il emboutir notre voiture ou nous forcer à quitter la route ? Veut-il nous tuer ou nous épargner ? Je me prépare à l'impact.

« Anna, interpelle ma mère d'un ton pressant. Dans mon sac… Quand j'ai su qu'il m'avait retrouvée, j'ai eu si peur que… »

Un autre virage abrupt, le crissement des freins.

« Je n'ai jamais eu l'intention de m'en servir ; c'était une garantie, au cas où… bredouille-t-elle, au cas où il me rattraperait. »

Encore à moitié allongée sur la banquette arrière, les pieds coincés contre le siège passager et la portière, j'ouvre le sac de voyage, fouille parmi les vêtements que je l'ai vue y fourrer il y a une heure ou deux à peine. Il y a une éternité.

Je retire ma main brusquement.

Laisse-moi en paix

Ma mère a une arme.
Elle fait pivoter le volant comme dans une auto tamponneuse. Ma tête heurte la portière. Ella hurle. Je ravale la bile qui remonte dans ma gorge.
« Un pistolet ? dis-je sans y toucher.
— Je l'ai acheté au propriétaire de l'appartement que je louais, égrène-t-elle, concentrée pour maîtriser son véhicule. Il est chargé. Prends-le. Protège-toi. Protège Ella. »
Un hurlement de freins s'élève lorsqu'elle tourne sur les chapeaux de roue. La voiture dérape, chasse à gauche, à droite, avant que maman en reprenne le contrôle. Paupières closes, j'entends le bruit du levier de vitesse, des pédales, du moteur.
Virage brutal à gauche. Le haut de mon crâne coincé contre la portière, l'anse du siège bébé enfoncée dans ma poitrine.
La voiture s'arrête en cahotant.
Une chape de silence s'abat sur nous.
La respiration de ma mère est tendue, irrégulière. J'approche mon visage de celui de ma fille jusqu'à ce que nos lèvres se touchent et jure sans bruit que je préfère mourir que de la voir souffrir.
Mourir.
Oserais-je faire usage de l'arme ? Je l'attrape d'un geste lent, sens le poids de la crosse dans ma main sans la soulever.
Protège-toi. Protège Ella.
Serais-je prête à tuer mon propre père pour sauver ma fille ? pour me sauver ?
Absolument.
Je ferme les paupières, à l'affût d'un claquement de portière. De la voix de papa.
Nous attendons.
« Nous l'avons semé. »
Les muscles encore tendus, les nerfs encore à vif, j'entends la remarque de ma mère sans la comprendre.

Laisse-moi en paix

« Ce dernier virage, explique-t-elle, à bout de souffle. Nous avons bifurqué avant qu'il tourne. Il n'a rien vu, ajoute-t-elle en éclatant en sanglots bruyants. Il ne nous a pas vues bifurquer. »

Je me relève lentement et regarde alentour. Nous sommes sur un chemin de campagne, à environ huit cents mètres de haies à travers lesquelles on aperçoit la route. Il n'y a pas d'autre véhicule.

Je désangle Ella, prends ma fille contre moi, embrasse le sommet de sa tête et la serre si fort qu'elle gigote pour se dégager. Dès que je soulève mon tee-shirt et défais mon soutien-gorge, elle se met à téter goulûment. Nos corps se détendent au contact l'un de l'autre et je m'aperçois que j'en avais autant besoin qu'elle.

« Un pistolet ? dis-je, incrédule. C'est pas vrai, putain ! »

Je soulève le sac, que je pose sur le siège passager. Il était à moins d'un mètre de la tête d'Ella. Je n'ose pas imaginer ce qui aurait pu se passer si le coup était parti, si j'avais pris le sac par le mauvais bout, marché dessus...

Maman reste muette, les mains serrées sur le volant. Si elle craque, il va falloir qu'elle me cède les commandes. Vaudrait-il mieux renoncer à notre plan et nous rendre au commissariat ? Quoi qu'il en soit, inutile de traîner dans ce lieu : nous sommes une cible facile ici, en pleine campagne. Quand il s'apercevra que nous l'avons semé, papa fera demi-tour.

« Je t'ai expliqué que c'était une garantie. Je ne sais même pas me servir de ce foutu engin. »

J'écarte délicatement ma fille de ma poitrine et cherche mon téléphone sous le siège. J'ai reçu un SMS de Mark :

L'ex n'a pas encore montré le bout de son nez. J'ai prévenu tout le monde que la fête est annulée. La police arrive. Il lui faut la date de naissance et l'adresse d'Angela. Appelle-moi !

J'ignore sa demande.

Laisse-moi en paix

Avons réussi à semer la Shogun noire qui nous suivait. Je t'appelle dès notre arrivée. Je t'aime x

Un profond soupir m'évite d'éclater en sanglots.
« Allons-y. Mieux vaut rejoindre l'autoroute par les chemins de traverse. »
Je remets Ella dans son siège et boucle ma ceinture. Nous roulons – avec plus de prudence désormais, mais avec la même urgence – sur des routes sinueuses à deux pas de l'A23. Les méandres et la fréquence avec laquelle je regarde en arrière pour vérifier qui nous suit me retournent l'estomac ; notre voyage me semble interminable.
Nous gardons le silence. J'essaie d'entamer la conversation à deux reprises, mais maman n'est pas en état de faire des projets. Il faut juste qu'elle nous conduise à l'appartement de Mark en un seul morceau.
Je me sens mieux dès que nous nous engageons sur la M23. L'autoroute est bondée ; comme nous, des milliers d'usagers sont en route pour Londres. Il est peu probable que mon père nous retrouve ici, et si c'était le cas, que ferait-il en présence d'autant de témoins ? sous l'œil de tant de caméras de surveillance ? J'adresse un petit sourire à ma mère en croisant son regard. Devant son visage fermé, mon angoisse redouble. Je scrute les alentours à la recherche de la Mitsubishi.
Nous rejoignons la M25. J'observe les voitures qui nous entourent. Dans la plupart d'entre elles, s'entassent des familles qui rentrent chez elles après Noël ou qui se rendent chez des amis pour le Nouvel An, des cadeaux et des couettes empilés sur les sièges. Dans une Astra cabossée, un couple chante avec entrain au son d'une compilation de tubes, j'imagine.
Mon téléphone sonne ; un numéro inconnu s'affiche à l'écran.
« Mademoiselle Johnson ? »

Laisse-moi en paix

Murray Mackenzie. Je me maudis d'avoir pris l'appel, envisage de raccrocher en imputant la coupure à la mauvaise qualité de la ligne.

« J'ai quelque chose à vous dire. Quelque chose... d'inattendu. Êtes-vous seule ?

— Non, je suis en voiture, dis-je avec un coup d'œil à ma mère. Ma... une amie est au volant, tout va bien. »

En réponse à son regard interrogateur, je secoue la tête pour la rassurer. Elle se déporte dans la voie rapide, accélère maintenant que nous sommes presque en lieu sûr.

Murray Mackenzie peine à trouver les mots justes, commence plusieurs phrases incompréhensibles.

« Que diable s'est-il passé ? » finis-je par lui demander.

Ma mère m'observe, ses yeux alternent entre la route et moi. Elle s'inquiète pour moi.

« Il m'est difficile de vous annoncer la nouvelle par téléphone, mais je voulais vous avertir dès que possible. La police est chez vous. Elle a découvert un cadavre, malheureusement. »

J'étouffe un cri. *Mark.*

Nous n'aurions jamais dû partir, le laisser seul face à mon père.

Murray Mackenzie poursuit. Il parle d'empreintes digitales, d'altération, d'ADN, d'une tentative d'identification et...

Je l'interromps, incapable d'intégrer ce que je viens d'entendre.

« Pardon, qu'avez-vous dit ?

— Nous n'en avons pas la certitude, mais les premiers signes semblent indiquer qu'il s'agit du corps de votre père. Je suis navré. »

Mon soulagement à l'idée que nous ne courons plus de danger est immédiatement tempéré par la certitude que Mark est resté seul à Oak View après notre départ.

Je vais attendre ici et prévenir la police.

Et si papa était arrivé avant les secours ? Mark est costaud, capable de se débrouiller seul. A-t-il attaqué mon père ? S'est-il défendu ?

Laisse-moi en paix

« Comment est-il mort ? »

J'essaie de calculer depuis combien de temps la Mitsubishi ne nous suit plus. Pourquoi papa serait-il retourné à Oak View en sachant que nous n'y serions pas ? Même en faisant demi-tour aussitôt, comment a-t-il pu y arriver aussi vite ? Ma mère semble préoccupée, encore plus perplexe que moi puisqu'elle n'entend que la moitié de la conversation.

« Il faudra attendre les résultats de l'autopsie pour être catégorique, mais nous sommes sûrs qu'il a été assassiné. Je suis vraiment navré. »

J'ai chaud et la nausée me reprend. Mark a-t-il tué mon père ?

C'est de la légitime défense. On ne peut pas le jeter en prison pour ça, n'est-ce pas ?

Un détail m'interpelle, comme un enfant qui vous tire par la manche et vous ordonne de *regarder*... Ma mère suit-elle notre conversation ? Malgré elle, éprouve-t-elle un pincement au cœur en apprenant la mort d'un homme qu'elle a sans doute dû aimer un jour ? Cependant, son regard est froid. Ce qu'il y avait entre mes parents autrefois est mort depuis longtemps.

Pendant que Murray parle, je réfléchis alors que ma mère me dévisage dans le rétroviseur, et quelque chose dans ses yeux...

« ... dans la fosse septique depuis au moins un an, plus, sans doute », explique le policier.

Dans la fosse septique.

Mark n'y est pour rien.

Je vois le puits étroit dans le jardin d'Oak View, le pot si lourd contenant le laurier. Je me rappelle combien maman a insisté pour que nous le bougions, je repense à son obsession pour l'extension de Robert Drake. Les travaux qui exigeaient que l'on déterre la citerne devenue obsolète.

Elle savait. Elle savait qu'il était là.

Laisse-moi en paix

Je suffoque, chaque respiration est plus courte que la précédente. Mon regard est braqué sur celui de ma mère et, bien que le téléphone soit plaqué contre mon oreille, je n'entends plus ce que Murray Mackenzie me dit. Je reste muette. Car il n'y a qu'une seule explication possible : si elle sait que le cadavre de papa est dans la fosse septique, c'est parce qu'elle l'y a jeté.

TROISIÈME PARTIE

55

Anna

Les yeux de ma mère se posent tour à tour sur la route et sur moi. Je reste figée, le téléphone collé à l'oreille. Murray Mackenzie continue de parler, mais je n'intègre plus rien. Maman se déporte encore une fois sur la voie rapide, et nous dépassons le même couple dans l'Astra cabossée. Toujours aussi heureux, ils continuent de chanter.

« Mlle Johnson ? Anna ? »

J'ai trop peur pour répondre. Est-il possible que ma mère n'ait pas entendu ce que Mackenzie m'a annoncé, qu'elle n'ait pas deviné, à mon expression, ce que je viens d'entendre ? Son regard m'indique que tout est fini.

« Donne-moi ce téléphone », m'ordonne-t-elle d'une voix tremblante.

Je ne bouge pas. *Dis-lui*, crie une voix dans ma tête. *Dis à Murray que tu es sur la M25 dans une Polo Volkswagen. La police dispose de caméras, de patrouilles autoroutières, d'agents. Ils vont te retrouver.*

Mais ma mère accélère, se rabat brusquement et sans crier gare, forçant le conducteur du véhicule qui nous suit à donner un violent coup de klaxon. La densité de la circulation, tout à l'heure si rassurante, me terrifie ; chaque voiture représente un risque de collision. Je ne trouve plus le siège auto d'Ella aussi robuste et solidement attaché qu'avant. Je serre la ceinture de sécurité qui le maintient à la banquette, tire sur la mienne. Murray s'est tu. Avons-nous été coupés ou a-t-il renoncé à poursuivre la conversation en croyant que je lui avais encore raccroché au nez ?

« Qui conduisait la Mitsubishi ? »

Laisse-moi en paix

Pas de réponse.

« Qui nous poursuivait ? » dis-je, excédée.

Ma mère prend une inspiration, mais ignore ma question.

« Donne-moi le téléphone, Anna. »

Elle est aussi terrifiée que moi. Ses phalanges sont blêmes de peur, pas de colère, sa voix tremble de panique, pas de rage. Cela devrait me rassurer, me réconforter, mais ce n'est pas le cas.

Parce qu'elle est au volant.

Je lui tends le téléphone.

56

Il faut que tu comprennes que c'était un accident. Ça n'a jamais été prémédité.

Je ne te détestais pas. Je ne t'aimais pas plus que je te détestais ; il en allait de même pour toi je crois. Nous étions jeunes, je suis tombée enceinte, nous avons fait ce que nos parents attendaient de nous et nous nous sommes retrouvés coincés ensemble, comme cela arrive à tant de couples.

J'ai mis un certain temps à le comprendre.

Tout au long de notre vie commune, j'ai bu, cuvé ou pensé à l'alcool. Rarement assez pour être ivre ; rarement assez peu pour être sobre. Continuellement et pendant de si longues années, que ceux qui ne m'avaient jamais vue sobre n'auraient pu se douter que je ne l'étais pas.

Je t'en voulais de m'avoir coupé les ailes, sans m'apercevoir qu'à Londres je n'avais jamais été libre. D'une certaine façon, j'étais autant prisonnière de cette vie-là que de notre mariage : ce cercle vicieux consistant à enchaîner travail, alcool, sorties, recherche du coup d'un soir, fuite en catimini au petit matin.

J'ai cru que tu m'avais piégée. Je n'avais pas compris que tu me sauvais, en réalité.

J'ai lutté. Et je n'ai pas cessé de le faire pendant vingt-cinq ans.

Le soir de ta mort, j'avais bu une demi-bouteille de vin après avoir avalé trois gin tonics. Comme Anna n'était pas là, je n'étais pas obligée de me cacher – cela faisait longtemps que j'avais cessé de faire semblant devant toi.

Je n'avais jamais admis que j'avais un problème. Il paraît que c'est la première étape. Je ne l'avais pas franchie à l'époque. Ça n'est arrivé que plus tard.

Laisse-moi en paix

« Tu ne crois pas que ça suffit ? »

Toi aussi, tu avais bu un verre. Tu n'aurais jamais osé autrement. Nous étions dans la cuisine, Rita roulée en boule dans son panier. Sans Anna, la maison semblait vide et je savais que son absence me poussait au vice. Pas simplement parce que je pouvais boire plus, mais parce que l'atmosphère me paraissait étrange. Bancale. Comme lorsqu'elle étudiait à l'université. Pendant ces trois années-là, j'avais eu un avant-goût de ce que serait notre vie dès qu'elle quitterait la maison et il ne m'avait pas plu. Notre couple était bâti autour de notre fille, qui étions-nous sans elle ? Cela me perturbait d'y penser.

« En fait, je crois que je vais en boire un autre. »

Par pure provocation, j'ai versé le reste du vin dans un verre de dégustation, soulevé la bouteille par le goulot pour te narguer.

« À la tienne. »

Une goutte de vin rouge a coulé sur ma manche.

Tu m'as regardée comme si tu me voyais pour la première fois. Tu as secoué la tête en réponse à une question que je ne t'avais pas posée.

« Je n'en peux plus, Caroline. »

Ce n'était pas prévu, je crois. C'était juste une de ces remarques que l'on fait. Je t'ai demandé de t'expliquer, ce qui t'a fait réfléchir, et j'ai vu le moment où la décision s'est imposée à toi. Le hochement de tête résolu, la fermeté de tes lèvres. Oui, pensais-tu, voilà ce que je veux. Voilà ce qui va se passer.

« Je ne veux plus être ton mari. »

Comme je l'ai déjà dit : c'est l'alcool qui me fait basculer.

J'étais ivre la première fois que je t'ai frappé, et je l'étais la dernière fois. Ce n'est pas une excuse, c'est une raison. Je m'en voulais, après coup, cela changeait-il quelque chose à tes yeux ? Savais-tu que j'étais sincère quand je me jurais que c'était la dernière fois ?

Laisse-moi en paix

Les excuses étaient parfois tardives, parfois immédiates, dès que j'avais laissé libre cours à la colère emmagasinée, tout à coup aussi sobre que si j'avais cuvé.

Quand la police est venue, tu as pris part à mes mensonges. Circulez, il n'y a rien à voir. Après les appels à police secours, nous avons prétendu que c'était une erreur. Qu'un enfant jouait avec le téléphone.

Tu as cessé de dire que tu me pardonnais. Tu ne disais plus rien du tout et faisais simplement comme s'il ne s'était rien passé. Quand je t'ai jeté le presse-papier d'Anna à la tête, qu'il a rebondi sur toi pour s'écraser contre le mur, tu as ramassé les morceaux et tu les as recollés. Et tu as laissé Anna croire que tu l'avais cassé.

« Elle t'aime, m'as-tu dit. Je ne supporte pas l'idée qu'elle sache la vérité. »

Cela aurait dû m'arrêter. Mais non.

Si je n'avais pas bu ce dernier soir, j'aurais peut-être éprouvé de la contrariété, pas de la colère. J'aurais peut-être acquiescé en pensant : tu as raison, ça ne marche pas. J'aurais peut-être compris que nous n'étions heureux ni l'un ni l'autre et que l'heure était venue de jeter l'éponge.

Ça ne s'est pas passé ainsi.

Les mots n'avaient pas encore franchi tes lèvres que mon bras remuait déjà. Un geste brutal, rapide. Irréfléchi. La bouteille s'est brisée sur ton crâne.

J'étais debout dans la cuisine, le goulot à la main, un tapis d'éclats de verre émeraude à mes pieds. Et toi. Étendu sur le flanc. Une mare de sang brillant sous la tête, là où tu avais heurté le plan de travail en granit en tombant sur le carrelage.

Mort.

57

Murray

Murray rappela aussitôt mais tomba directement sur la boîte vocale.

« La fille ne doit rien savoir avant que nous ayons formellement identifié le cadavre », avait annoncé le capitaine Kennedy lorsqu'il avait appelé pour confirmer l'intuition de Murray : il y avait bien un cadavre dans la fosse septique et, d'après les premières constatations, il s'agissait de Tom Johnson.

Que faire ? avait songé Murray. Le capitaine avait raison, bien sûr. Il ne pouvait s'agir que du cadavre de M. Johnson, mais en attendant que la police puisse le récupérer et l'identifier, l'information resterait strictement confidentielle.

Anna Johnson avait sûrement le droit de savoir, non ? Et dès que possible. C'était elle qui avait insisté pour que la police rouvre l'enquête sur le suicide de sa mère, elle que la disparition de ses parents à quelques mois d'intervalle avait laissée orpheline. Elle méritait de savoir qu'il y avait de fortes chances pour que son père ait été assassiné et son cadavre dissimulé dans la fosse septique de sa propre maison.

Alors qu'il faisait défiler ses contacts à la recherche du numéro de la jeune femme, Murray essaya d'ignorer la petite voix dans sa tête qui lui soufflait qu'il passait ce coup de fil dans son intérêt autant que dans celui d'Anna. Tu as continué de fouiner alors qu'elle t'avait ordonné d'arrêter, disait la voix. Et maintenant, tu veux lui prouver que tu as eu raison de le faire.

Sauf qu'Anna lui avait encore raccroché au nez et avait éteint son téléphone. Elle était choquée, évidemment. Les gens avaient

Laisse-moi en paix

de drôles de réactions dans les situations d'urgence. N'empêche que Murray avait l'horrible impression d'avoir commis une erreur.

Sarah se gara dans l'allée. Murray se sentait abattu ; non seulement à cause de la réaction d'Anna, mais parce que l'enquête dans laquelle il s'était tant investi ne le concernait plus. Cela lui rappelait quand il était agent de la paix, et qu'à l'excitation d'avoir dégoté une affaire intéressante succédait la déception de devoir passer la main à la PJ. De ne jamais savoir ce que l'interrogatoire du suspect avait donné ; parfois de ne même pas savoir qui avait été inculpé, ni de quelle peine le coupable avait écopé. De voir quelqu'un d'autre récolter les lauriers alors que c'était vous qui aviez déchiré votre pantalon en plaquant le suspect au sol ou sorti un enfant d'une épave après un accident provoqué par un chauffard ivre.

« Tu devrais y aller », observa Sarah, une main délicatement posée sur le levier de vitesse, l'air parfaitement à l'aise au volant, à présent.

Cela faisait longtemps que Murray n'avait pas été assis sur le siège passager, et quand la batterie de son téléphone avait rendu l'âme et qu'il n'avait plus été en mesure d'appeler, il avait posé la tête contre la portière et vu sa femme devenir plus confiante au fil des kilomètres. Pendant toutes ces années, avait-il songé, au lieu d'enfermer Sarah dans un cocon, il aurait mieux fait de l'aider à en sortir.

Il descendit de la voiture.

« James est sur place. C'est son enquête maintenant.

— C'est la tienne aussi. »

Vraiment ? Si Murray rentrait chez lui, enfilait ses chaussons et se plantait devant la télé, le monde de la police continuerait de tourner. James maîtrisait la situation ; les collègues étaient à la recherche de Caroline Johnson. Que pouvait donc apporter Murray ?

Pourtant, certaines questions restées en suspens le tracassaient encore. Comment Caroline avait-elle réussi à jeter Tom – loin d'être un poids plume, comme le confirmait le dossier – dans la fosse septique ? L'avait-on aidée ? Qui était l'expéditeur de la carte insinuant que Mme Johnson ne s'était pas vraiment suicidée ?

« Vas-y, insista Sarah en lui confiant les clés.

— Nous allions fêter le Nouvel An ensemble.

— Nous aurons beaucoup d'autres occasions. Vas-y ! »

Murray démarra.

Dans Cleveland Avenue, un périmètre de sécurité avait été délimité autour d'Oak View. On entendait de la musique chez un voisin, et des fêtards déjà à moitié ivres postés à l'entrée du square assistaient bouche bée aux allées et venues des autorités. Murray franchit le ruban de signalisation à rayures bleues et blanches.

« Excusez-moi, pouvez-vous me dire ce qui se passe ? » l'interpella un homme, debout de l'autre côté de la clôture qui séparait l'allée des Johnson de la maison voisine.

Un verre de champagne à la main, il portait un pantalon en toile d'un rouge délavé et une veste blanc cassé sur une chemise ouverte.

« À qui ai-je l'honneur ?

— Robert Drake. J'habite à côté. Enfin, ici, je veux dire.

— Prêt à réveillonner, je vois ? observa Murray en désignant le verre du menton.

— La fête aurait dû avoir lieu chez Anna et Mark. Mais je viens de... d'en hériter ! » ajouta-t-il après une hésitation.

Il rit, fier de lui, avant de s'interrompre, soudain sérieux.

« Où sont-ils ? Mark a prévenu tout le monde par SMS que la fête était annulée parce que Anna et lui devaient partir pour Londres. Et tout à coup, on se retrouve avec un périmètre de sécurité dans la rue. Bonté divine, il ne l'a pas assassinée, hein ? s'écria-t-il, effrayé.

— Pas que je sache, non. Si vous voulez bien m'excuser... »

Laisse-moi en paix

Murray s'éloigna. Alors voilà le fameux Robert Drake. Murray aurait dû le remercier, à vrai dire. Sans son projet d'extension pharaonique, le corps de Tom Johnson n'aurait peut-être jamais été retrouvé.

Qu'avait dû ressentir Caroline en découvrant que les travaux impliqueraient de déterrer la citerne ? À supposer qu'elle ait tué son mari le jour de son supposé suicide et qu'elle se soit débarrassée de son cadavre sans attendre, Tom devait être mort depuis un mois quand Drake avait annoncé ses projets. Elle avait soumis un recours interminable au service d'urbanisme et, à en juger par le nombre de plaintes identiques déposées par d'autres habitants de la ville – qui ne résidaient pas tous dans Cleveland Avenue, comme l'avait constaté Murray –, elle avait dû fournir son modèle à des protestataires professionnels toujours prêts à s'opposer à un permis de construire.

Le temps que Drake peaufine et refasse sa demande de permis, Caroline avait déjà disparu en faisant croire à sa famille, à la police et au coroner qu'elle s'était suicidée. Gardait-elle un œil sur le site du service de l'urbanisme, au cas où ? Pour soumettre son recours sous le pseudonyme d'Angela Grange, elle s'était servie de l'adresse de la villa Sycomore. Personne ne l'avait remarqué. Personne n'avait vérifié. Pourquoi l'aurait-on fait ?

D'après Robert Drake, Mark et Anna se trouvaient donc à Londres. Aucune des deux voitures du couple n'était garée dans l'allée, ils devaient donc voyager séparément. Murray essaya de se souvenir : Anna lui avait-elle parlé de ses projets ? Non : elle s'était contentée de dire que son amie conduisait. Heureusement qu'elle n'était pas seule, songea Murray. Rien de tel que la découverte d'un cadavre pour vous gâcher le réveillon.

Au centre du jardin, là où la terrasse rejoignait la pelouse, on avait érigé une tente blanche. Le capitaine James Kennedy était posté près de l'entrée, par laquelle on pouvait apercevoir les silhouettes fantomatiques de deux experts de la police scientifique.

« C'est lui, annonça James quand Murray le rejoignit. Sa chevalière correspond à la description de l'avis de recherche original.

— Erreur de débutante, ironisa Murray.

— Le corps est bien conservé – la citerne est sèche, enfouie sous terre et, grâce à l'ouverture bouchée, l'atmosphère y était propice –, il a une sacrée plaie à la tête. Il s'est peut-être fait taper dessus ? Une dispute conjugale qui aurait mal tourné ?

— Plusieurs appels provenant de cette adresse ont été enregistrés dans l'ordinateur de la police au fil des années, expliqua Murray. Comme par hasard, le correspondant a toujours raccroché ; le voisin, Robert Drake, a également signalé qu'il craignait que quelqu'un soit en danger après avoir entendu des cris venir de chez eux.

— Des collègues se sont-ils déplacés ? »

Murray hocha la tête.

« Les époux Johnson ont nié toute dispute conjugale, mais, d'après l'agent de police qui a sonné à leur porte, Caroline Johnson semblait "émue".

— Ce pourrait être un cas de légitime défense, à ton avis ? »

Dans la tente délimitant la scène de crime, la plaque d'égout avait été enfermée dans un sac, puis étiquetée, et l'on apercevait l'étroite ouverture de la fosse septique. L'équipe de recherche spécialisée avait déjà transporté le corps de Tom Johnson à la morgue où il subirait une autopsie qui, avec un peu de chance, révélerait les circonstances exactes de sa mort.

« Possible. C'est peut-être elle qui est violente », suggéra Murray.

Les préjugés ne paient pas. C'est précisément parce que l'on avait pris les déclarations de Caroline Johnson pour argent comptant qu'elle s'en était tirée en toute impunité.

« Qui est à ses trousses ? »

Repartirait-elle pour le Derbyshire sans savoir que Shifty l'avait déjà donnée ?

« Qui ne l'est pas ? Sa photo et un avis de recherche au nom de Caroline Johnson et Angela Grange ont été diffusés pour l'empêcher de quitter le pays, même si nous la soupçonnons d'avoir employé d'autres pseudonymes. Sur certaines images de vidéosurveillance, on voit une femme qui correspond à son signalement arriver à la gare d'Eastbourne tard, le 21 décembre, et un chauffeur de taxi *croit* l'avoir déposée au foyer Hope ce soir-là, sans pouvoir être formel.

— Qu'ont dit les employés du Hope ?

— À ton avis ?

— Qu'on pouvait aller se faire foutre ? »

Ils protégeaient les résidents du foyer bec et ongles. Ce qui était génial quand une victime y logeait, mais moins constructif quand un suspect se trouvait parmi eux.

« Plus ou moins, oui, répondit James en se frottant le nez. Les collègues du Derbyshire ont arrêté ton pote Shifty, mais, aux dernières nouvelles, il est resté muet pendant toute sa garde à vue. »

Pas très surprenant, songea Murray, étant donné les bribes de renseignements que Caz, la propriétaire du Bed & Breakfast, lui avait fournies quand ils avaient payé leur note.

« Il n'y a pas que des chambres qu'il procure aux gens, vous savez. »

Murray avait attendu.

« Herbe, coke, crack, énuméra-t-elle en comptant sur les doigts comme s'il s'agissait de la liste des courses. Des armes aussi. Faites attention, mon chou, c'est tout. »

« Les contrôles autorisés par le commissaire sur toutes les routes à la sortie d'Eastbourne n'ont rien donné pour l'instant, poursuivit James. Mark Hemmings a suivi sa compagne à Londres. Il ne répond pas au téléphone, il doit toujours être au volant, sans

Laisse-moi en paix

doute. Dès que j'aurai une adresse, j'enverrai une équipe de la Metropolitan Police sur place pour les mettre au courant. Vérifie si Caroline a donné de ses nouvelles à quelqu'un, procure-toi une liste de personnes qu'elle aurait pu contacter. »

Murray n'écoutait pas. Pas James, en tout cas. Il se repassait toutes les conversations qu'il avait eues avec Anna Johnson, Mark Hemmings, Diane Brent-Taylor... Il réagissait à l'appréhension qu'il sentait grandir au creux de son estomac, au picotement sur sa nuque.

D'après leurs informations, Caroline Johnson était arrivée à Eastbourne le 21 décembre, anniversaire de sa mort supposée et jour où Anna Johnson s'était rendue au commissariat en prétendant que sa mère avait été assassinée. Elle avait insisté pour que Murray rouvre l'enquête et pourtant, moins d'une semaine plus tard, elle l'avait envoyé balader en lui ordonnant d'arrêter. Murray avait attribué ce revirement aux sautes d'humeur d'une jeune femme en plein deuil, mais aujourd'hui, il avait la terrible, l'horrible certitude de s'être trompé. Il finit par mettre le doigt sur ce qui l'avait chiffonné quand il s'était rendu au domicile d'Anna pour lui parler de son téléphone portable. Elle lui avait dit être seule chez elle. Et pourtant, il avait vu deux tasses de thé sur la table de la cuisine.

« Je suis en voiture. Ma... une amie est au volant », lui avait-elle dit tout à l'heure.

Cette hésitation... pourquoi n'y avait-il pas prêté attention plus tôt ? Il désirait tant annoncer en personne à Anna que le corps de son père avait été retrouvé ! En réalité, il mourait d'envie de prouver que, au fond, il était encore inspecteur de police.

« Il nous faut cette adresse à Putney, dit-il, et vite. »

58

Anna

Je repense à tous les films d'action que j'ai vus où l'un des protagonistes est prisonnier d'une voiture.

Je ne suis ni attachée ni bâillonnée. Ni en sang ni à demi consciente. Dans les films, la victime rampe à travers la banquette arrière pour ouvrir le coffre, défonce les feux de signalisation à coup de pied et appelle à l'aide en agitant les bras. Elle tente de se faire remarquer, envoie des messages en morse en faisant clignoter son portable.

Je ne suis pas dans un film.

Je reste docilement assise derrière ma mère alors que nous quittons l'autoroute et empruntons les rues du sud-ouest de Londres. Nous ralentissons au feu rouge et j'envisage de taper contre la vitre. De hurler. Dans la voie de dégagement, à notre droite, j'aperçois une femme au volant d'une Fiat 500. Une personne d'âge mûr, à l'air raisonnable. Si elle appelle les secours, me suit jusqu'à ce que la police nous rattrape...

Et dans le cas contraire ? Si elle ne me remarque pas, me prend pour une folle ou refuse de s'impliquer ? Si cela ne marche pas, j'aurai mis ma mère en colère pour rien.

Et à l'heure qu'il est, elle est à cran. Je repense à mon enfance, quand je savais repérer les signes et savais toujours quand je pouvais l'interrompre pour lui demander si je pouvais aller jouer dehors ou l'amadouer pour qu'elle me donne une rallonge d'argent de poche ou m'achète au dernier moment une place pour un concert à Brighton. Si, en m'approchant lentement, je voyais le sang battre à sa tempe, je savais qu'il valait mieux remettre ma demande à plus tard quand, le stress de la journée retombé, elle se détendrait avec un verre de vin.

J'ai beau savoir que la sécurité enfant est enclenchée, je passe lentement la main sur la portière et actionne le bouton pour ouvrir la vitre. Le mécanisme réagit par un clic sourd sans qu'il ne se passe rien. Ma mère lève les yeux dans le rétroviseur.

« Laisse-nous sortir, dis-je encore une fois. Tu peux garder la voiture, Ella et moi rentrerons à la maison…

— Il est trop tard pour cela, répond-elle d'une voix haut perchée, paniquée. Ils ont trouvé le corps de Tom. »

Un frisson me traverse le corps en pensant à mon père dans la fosse septique.

« Pourquoi ? parviens-je à articuler. Pourquoi as-tu fait ça ?

— C'était un accident ! »

Ella se réveille en sursaut et me fixe d'un regard imperturbable.

« Je… j'étais en colère. Je l'ai frappé. Il a glissé. Je… »

Elle grimace comme pour refouler les images qui l'assaillent.

« C'était un accident.

— Tu as appelé une ambulance ? La police ? »

Silence.

« Pourquoi revenir ? Tu t'en étais sortie impunément. Tout le monde croyait que vous vous étiez suicidés. »

En se mordant la lèvre, elle contrôle les rétroviseurs et s'engage sur la voie de droite, prête à tourner.

« L'extension de Robert. Cela faisait des mois qu'il peaufinait son projet, mais j'ignorais qu'il devrait déterrer la fosse ou nous n'aurions jamais…

— Nous ? dis-je, les entrailles nouées par la peur.

— J'ai tenté de m'opposer à son projet. Quand le permis de construire lui a été refusé, il a fait appel. J'ai soumis un recours, mais il fallait que je voie… il fallait que je voie…

— Que tu voies quoi ?

Laisse-moi en paix

— S'il restait quelque chose du corps, murmure-t-elle.
— Tu as dit *nous* », dis-je, prise de nausée en repensant à la Mitsubishi.

La peur de ma mère n'était pas feinte.

« Qui nous suivait ? De qui as-tu si peur ? »

Elle ne répond pas.

Le GPS nous conseille de tourner à gauche. Nous y sommes presque.

Je suis prise de panique. Une fois dans l'appartement, nous serons piégées.

D'une main furtive, je détache Ella pour pouvoir la prendre à la seconde où ma mère ouvrira la portière. J'imagine le garage souterrain sous l'immeuble de Mark à Putney. Le portail s'ouvre grâce à un code et se referme automatiquement, roule lentement pour venir se fermer avec un grincement plaintif qui me mettait les nerfs à vif quand je venais rendre visite à mon compagnon. Sa place se trouve à l'autre bout du parking. Combien de temps la grille met-elle pour descendre ? En y repensant, je revois la lumière s'amenuiser lorsqu'on gagne l'ascenseur et disparaître pour de bon au moment où elle heurte le sol avec un bruit sourd. Nous avons le temps. Il ne faut pas que je traîne, mais c'est faisable.

Le sang palpite si violemment dans mon crâne que je suis certaine de l'entendre résonner dans le garage. Je passe un bras sous le corps de ma fille. Je n'ose pas la soulever trop tôt pour ne pas que ma mère se doute que je vais tenter de m'enfuir. Elle se lancera à nos trousses, bien sûr, mais malgré mes kilos en trop et un bébé dans les bras, je suis plus rapide qu'elle. Je peux y arriver. Je n'ai pas le choix.

Maman hésite car elle ignore où le GPS l'envoie. Je ne dis rien en apercevant l'entrée du parking souterrain. Je n'ai pas envie qu'elle sache que j'y suis déjà venue et que je sais m'y repérer. Je dois garder l'avantage.

Laisse-moi en paix

Elle roule au pas, scrute chaque entrée avant de repérer la bonne. Elle doit s'y reprendre à trois fois pour taper d'une main tremblante et récalcitrante le code que Mark lui a donné sur un bout de papier.

Le portail métallique remonte plus lentement que dans mon souvenir, ce dont je me réjouis car il descendra donc au même rythme. Je me représente la distance qui sépare la place de parking de la sortie, me prépare mentalement à sprinter, mon bébé dans les bras.

En l'absence de lumière du jour, l'obscurité règne dans le garage jalonné de rares lampes au néon. La grille grince.

Le temps qu'elle heurte le haut du mécanisme avec un bruit sourd, nous avons franchi l'entrée et descendu la rampe. Il y a une pause, puis le grincement reprend. Le portail se referme.

« Je crois que la place est là-bas », dis-je sans pouvoir m'en empêcher.

Ma mère se dirige vers la rangée suivante et s'avance vers l'emplacement de Mark. Je commence à soulever Ella de son siège. Elle se raidit, râle, et je l'implore sans bruit de se laisser faire. Ma mère hésite à entrer en marche arrière, se ravise et gare la voiture avec habileté.

Ella est dans mes bras. Ma mère est sortie du véhicule. Allez, vite ! Je jette un regard derrière moi, vois l'espace libre se réduire à mesure que le portail se referme.

Elle pose la main sur la poignée de la voiture.

Allez !

Il doit y avoir vingt mètres entre la voiture et la sortie. Plus que dix secondes avant que le portail touche le sol. C'est faisable. Il le faut.

Maman ouvre la portière.

Sans la moindre hésitation, je lance un violent coup de pied. La portière la heurte et l'envoie valser en arrière. Je sors de la voiture à toute vitesse, Ella serrée contre ma poitrine, et m'élance.

59

J'aurais laissé partir Anna et Ella.

Quand j'ai arrêté la voiture, ordonné à ma fille de sortir, j'étais sincère. Pas simplement parce que j'aurais pu partir – disparaître quelque part, trop loin pour que l'on me retrouve –, mais parce que je n'avais jamais eu l'intention de leur faire du mal.

Il est trop tard maintenant. Elles vont devoir rester avec moi. Comme garantie. Comme caution.

Si seulement je m'étais débarrassée de ton corps moi-même, rien de tout cela ne serait arrivé. Mais je n'ai pas pu.

Agenouillée par terre, le jean imbibé de ton sang, je tâtais ton pouls, vérifiais si ta poitrine se soulevait au rythme de ta respiration, bien que la bulle de sang entre tes lèvres ne laissât pas planer de doute. La situation était irréversible. Autant pour toi que pour moi.

Pleurais-je sur ton sort ou sur le mien ? Je n'aurais su le dire. Les deux peut-être. Tout ce que je sais, c'est que j'ai vite été dégrisée. J'ai tenté de te hisser en position assise, mais j'avais les mains glissantes et tu m'as échappé pour aller te cogner de nouveau contre le carrelage.

J'ai hurlé. En te faisant rouler sur le ventre, j'ai vu les tissus suinter de ton crâne fendu. J'ai vomi une fois. Deux fois.

Et c'est là, assise par terre, couverte de ton sang, en larmes à cause de ce qu'on allait me faire, que j'ai vu la porte s'ouvrir.

60

Anna

Déséquilibrée par le poids d'Ella, je vacille, comme une ivrogne qui tenterait d'attraper le dernier bus. Derrière moi, maman se relève en gémissant. Elle est blessée.

Les semelles de ses chaussures, plates et confortables, adaptées au personnage mal fagoté d'Angela, claquent contre le sol quand elle se met à courir.

Le parking est ponctué de piliers en béton gris. Des tubes au néon habillés de plastique sale projettent leurs ombres dédoublées par terre et me désorientent. Je me concentre sur l'espace libre droit devant moi, un carré qui change de dimension sous mes yeux comme si le portail ouvert s'était renversé.

Des murets, que je croyais pouvoir franchir d'un bond, séparent les rangées d'emplacements. Ils sont plus hauts et plus larges que dans mon souvenir ; je m'égratigne le genou à travers le trou de mon jean en grimpant tant bien que mal par-dessus le premier et suis à deux doigts de lâcher Ella. Alors que je la serre fort contre ma poitrine, elle pousse un hurlement perçant qui se répercute contre les murs du garage et me revient décuplé.

Je jette un coup d'œil par-dessus mon épaule : ma mère est invisible. Je ralentis. A-t-elle abandonné ? Un bruit attire mon attention vers la gauche. Elle a dévié sa course. Je trouve cela illogique jusqu'à ce que je m'aperçoive qu'elle a la voie libre. Plus long que le mien, son chemin est aussi dénué d'obstacle. Elle va me rejoindre avant que j'atteigne la sortie. À moins que...

J'accélère. Deux murets me séparent du portail et je n'ai pas le temps de m'arrêter pour les escalader. Dès que je coince Ella sous mon bras, ses cris redoublent, mais je deviens libre de me pencher en avant. Le premier obstacle se dresse face à moi. Ma dernière course de haies remonte à combien d'années ? Dix peut-être ?

Trois pas.

Deux.

Je soulève la jambe droite, la tends devant moi en poussant sur la gauche, que je replie sur le côté pour franchir le mur. Je frôle le béton du pied, mais poursuis ma course à toute allure.

Le portail automatique grince, le métal frotte contre le métal. Le bas de la grille est à un mètre du sol, l'air de la nuit se dérobe peu à peu à l'obscurité du garage, peut-être aussi apeuré que moi.

Le dernier muret.

Trois.

Deux.

Un.

Je m'élance trop tôt.

Je trébuche en avant et, déséquilibrée vers la gauche, j'ai juste le temps de faire passer Ella sur mon flanc avant de m'écraser contre le capot d'une Mercedes.

J'ai le souffle coupé net.

« Ne complique pas la situation, Anna. »

Étourdie par le manque d'air et la douleur qui irradie dans mon ventre et ma poitrine, encore étalée sur le capot, je lève la tête et la vois. Dressée entre la sortie et moi.

J'abandonne.

Le portail continue à descendre. L'épaisse barre métallique à sa base a dépassé ma taille, mais pas encore mes genoux. Les lumières m'attirent. J'ai encore le temps.

Mais elle est postée tout près.

Et bien que son bras tremble, bien qu'elle ait juré qu'elle ne saurait pas s'en servir, je ne peux ignorer le canon noir et luisant du pistolet qu'elle braque sur moi.

61

J'aimerais que tu sois là. Quelle ironie, n'est-ce pas ?
Tu saurais quoi faire.
Tu poserais ta main sur la mienne et tu la baisserais jusqu'à ce que le pistolet soit pointé vers le sol. Tu me le prendrais des mains et même si je te hurlais de me laisser tranquille comme je le faisais quand tu essayais de me prendre la vodka, quand tu me disais que j'avais assez bu, je te laisserais faire. Je te laisserais me le prendre.
Je ne veux pas de cette arme. N'en ai jamais voulu. C'est Shifty qui me l'a apportée. Quand il est venu réclamer l'argent du loyer, il l'a posée sur la table en me disant qu'elle pourrait m'être utile, à son avis. Deux mille livres.
Il savait que je ne roulais pas sur l'or, que nettoyer les toilettes – même dans une école huppée pour filles – ne me permettait pas de gagner de telles sommes et que je lui avais déjà donné tout ce que j'avais apporté avec moi pour couvrir le loyer.
Mais il savait aussi que j'avais peur. Il m'a proposé un prêt à un taux d'intérêt qui m'a serré le cœur, mais je n'avais pas le choix. J'avais besoin de me protéger.
J'ai accepté le prêt et j'ai acheté l'arme.
Je me sentais mieux en la sachant là, même s'il me semblait impensable de l'utiliser. J'imaginais ce qui se passerait si l'on me retrouvait ; je me voyais me jeter sur le tiroir où je la cachais. Viser. Tirer.
Mon bras tremble.
C'est ta fille. Ta petite-fille !
Qu'est-ce qui me prend ?

Laisse-moi en paix

Une sirène retentit faiblement au loin, mais s'évanouit à l'instant où j'espère presque l'entendre se rapprocher. J'ai besoin que quelqu'un m'arrête.
J'aimerais que tu sois là.
Mais si tu étais encore là, je n'aurais pas besoin de toi, je suppose.

62

Anna

J'ai envie de la regarder, de voir si sa main tremble parce qu'elle a aussi peur que moi, mais je suis hypnotisée par le pistolet. J'enlace Ella, comme si mes bras pouvaient lui servir d'armure, en me demandant si tout est fini, si ce sont là les dernières secondes que je passerai avec ma fille.

Je regrette de ne pas avoir essayé d'attirer l'attention de la conductrice de la Fiat 500 en tapant contre la vitre de la voiture ou tenté de la briser d'un coup de pied. J'aurais dû faire quelque chose. N'importe quoi. Quel genre de mère n'essaie même pas de sauver son bébé ?

Il y a des années, alors que je rentrais de chez une amie, un homme a essayé de m'attirer dans sa voiture. Je me suis battue comme une tigresse, si violemment que je lui ai arraché un juron.

« Espèce de sale pute », s'est-il écrié avant de démarrer.

J'ai résisté instinctivement.

Pourquoi est-ce que je me laisse faire à présent ?

Elle agite le canon de l'arme vers l'angle du garage. Une, deux fois.

J'avance.

L'arme n'explique pas tout. Ce qu'elle représente y est pour beaucoup parce que je suis conditionnée pour me comporter d'une certaine façon avec elle. C'est comme si votre meilleure amie s'en prenait soudain à vous, si votre amant vous frappait sans crier gare : j'ai du mal à associer ce qui m'arrive à la personne que je croyais connaître. Il est plus facile de résister à un inconnu, plus facile de haïr un inconnu que votre propre chair.

Laisse-moi en paix

Au loin, retentit un bruit semblable au crépitement d'une mitrailleuse martelant le ciel. Des feux d'artifice. Minuit ne sonnera que dans une heure : quelqu'un fête le Nouvel An à l'avance. Le garage est désert ; tous les résidents passent la soirée dehors ou sont installés chez eux.

L'ascenseur s'ouvre sur un palier recouvert de moquette. L'appartement de Mark se trouve au bout du couloir, et alors que nous longeons le logement voisin, des cris assourdissants s'élèvent. De la musique de hit-parade retentit dans l'appartement. Si la porte n'est pas verrouillée, pour permettre aux invités d'aller et venir à leur guise, je pourrais m'y engouffrer en un clin d'œil. L'union fait la force.

Je n'avais pas conscience d'avoir ralenti le pas, que mon corps tout entier se prépare pour le dernier baroud d'honneur, histoire de sauver ma peau et celle d'Ella, mais je le comprends en sentant le canon du pistolet s'enfoncer dans mon dos.

Je poursuis mon chemin.

L'appartement de Mark n'a rien à voir avec celui de mon souvenir. Le canapé en cuir est couvert d'éraflures et d'accrocs – le rembourrage s'échappe d'une déchirure à l'accoudoir –, et le plancher est couvert de brûlures de cigarettes. Bien que les poubelles laissées dans la cuisine par les précédents locataires aient été vidées, leur odeur persistante me retourne l'estomac.

Deux fauteuils couverts de crasse sont placés vis-à-vis du canapé. L'un d'eux est recouvert de peinture, à première vue. Les plaids en laine toute douce que Mark pliait toujours sur le dossier sont entassés sur l'autre.

Nous sommes au centre de la pièce. J'attends que ma mère me donne une instruction, me dise quelque chose, n'importe quoi, mais elle reste là, figée.

Désemparée.

Laisse-moi en paix

Elle ignore ce qu'elle va faire de nous maintenant que nous sommes ici. Dans une certaine mesure, je trouve cela plus effrayant que si elle avait tout planifié. Tout peut arriver.

Elle est capable de tout.

« Donne-moi la petite. »

Comme dans un simulacre de prière, le pistolet est désormais serré entre ses deux mains.

« Non, dis-je en serrant Ella si fort que je lui arrache un cri. Hors de question.

— Donne-la-moi ! » hurle-t-elle, hystérique.

J'ose croire qu'on va l'entendre, frapper à la porte pour vérifier que tout va bien, mais la fête qui bat son plein chez les voisins fait trembler les murs et j'aurais beau crier, je crois que personne ne se déplacerait.

« Pose-la sur le fauteuil et mets-toi à l'autre bout de la pièce. »

Si elle me tire dessus, plus personne ne pourra sortir Ella de cette situation. Il faut que je reste en vie.

D'un pas lent, je m'approche de l'un des sièges et pose le bébé sur les plaids. Lorsque Ella me regarde, je me force à sourire, même s'il est terriblement douloureux de la lâcher.

« Éloigne-toi, maintenant », ordonne-t-elle en agitant le pistolet.

J'obéis sans quitter ma fille des yeux tandis que ma mère la prend dans ses bras et la serre contre son cœur. Elle cherche à l'apaiser de la voix, rebondit doucement sur la plante des pieds, telle n'importe quelle grand-mère dévouée, à la différence près qu'un pistolet pend mollement dans sa main.

« Tu as tué papa », dis-je, encore incrédule.

Ma mère me regarde comme si elle venait de se rappeler ma présence, arpente la pièce, encore et encore – pour se calmer ou pour calmer Ella ? Difficile à dire.

« C'était un accident. Il… est tombé. Contre le plan de travail. »

Laisse-moi en paix

Mains plaquées sur la bouche, j'étouffe le cri que je sens monter en pensant à papa, allongé sur le sol de la cuisine.

« Était-il... était-il ivre ? »

Même si cela ne change rien, je cherche des raisons, j'essaie de comprendre comment ma fille et moi nous sommes retrouvées enfermées ici.

« Ivre ? répète ma mère, un instant troublée, avant de détourner le visage. Non, pas lui. *Moi*, je l'étais, poursuit-elle en s'efforçant de ne pas pleurer. J'ai changé, Anna, annonce-t-elle en me faisant face. Je ne suis plus celle que j'étais alors. Cette personne est morte, exactement comme vous l'avez cru. J'ai eu l'opportunité de recommencer, de ne pas répéter les erreurs que j'avais commises. De ne faire du mal à personne.

— C'est ce que tu appelles ne faire du mal à personne ?

— Ce qui se passe ici est une erreur. »

Un accident. Une erreur. Ses mensonges me donnent le vertige, et si elle est en train de me dire la vérité, je ne suis pas sûre d'avoir envie de l'entendre.

« Laisse-nous partir.

— Je ne peux pas.

— Si, maman. Tu l'as dit toi même : tout ça n'est qu'une énorme erreur. Donne-moi Ella, pose ton arme et laisse-nous partir. Je me moque de ce que tu feras ensuite : laisse-nous partir.

— Je serai écrouée. »

Je ne réponds pas.

« C'était un accident ! J'ai perdu mon sang-froid, je me suis mise en colère. Je n'avais pas l'intention de le frapper. Il a glissé et... »

Des larmes sillonnent ses joues et s'écrasent sur son pull. Elle a l'air d'être profondément malheureuse et, malgré moi, malgré tout ce qu'elle a fait, je me sens faiblir. Je la crois lorsqu'elle dit que la situation lui a échappé. Qui pourrait souhaiter en arriver là ?

Laisse-moi en paix

« Alors, dis-le à la police. Sois honnête. Tu ne peux rien faire d'autre. »

J'ai beau m'exprimer d'une voix calme, la seule mention de la police lui fait écarquiller les yeux et reprendre ses allées et venues dans la pièce, encore plus rapides et plus frénétiques qu'auparavant. Elle fait coulisser la baie donnant sur le balcon et une bourrasque d'air glacial s'engouffre dans la pièce. Des cris de joie retentissent quelque part dans la rue, sept étages plus bas, et de la musique nous parvient de toutes les directions. Mon cœur bat la chamade, j'ai soudain les mains moites malgré la fenêtre ouverte.

« Maman, rentre. »

Elle sort.

C'est un espace réduit, conçu pour les pauses cigarettes plus que pour les barbecues, protégé par un garde-corps en verre trempé.

Ma mère traverse le balcon. Quand elle se penche, j'ignore ce que je crie, mais les mots franchissent mes lèvres sans avoir le moindre impact car elle scrute la rue en contrebas, horrifiée. Serrée contre son cœur, ma fille est si près du bord, si près...

« Donne-moi Ella, maman, dis-je en m'approchant à pas lents, telle une mamie. Tu ne voudrais pas lui faire du mal. Ce n'est qu'un bébé.

— Je ne sais pas quoi faire », avoue-t-elle d'une voix si faible qu'il me faut tendre l'oreille par-dessus le vacarme de la ville.

Avec mille précautions, je lui prends la petite, résiste à l'envie de la lui arracher des bras avant de m'enfuir, de me barricader dans une autre pièce. Maman n'oppose aucune résistance et je retiens mon souffle en tendant la main. Elle doit savoir qu'il faut que cela cesse.

« Donne-moi le pistolet, maintenant. »

J'ai l'impression de rompre un sortilège. Ses yeux hagards croisent les miens. Elle serre le poing, tente de se dégager, mais ma main encercle déjà son poignet et malgré ma terreur, je ne puis

Laisse-moi en paix

le lâcher. Lorsque je repousse son bras, elle tente de se retourner vers l'appartement et nous luttons de toutes nos forces. Nous nous disputons l'arme comme deux enfants se disputent un jouet, refusons de lâcher alors que nous n'aurions pas le courage d'aller plus loin s'il arrivait que...

Cela ne ressemble pas à un coup de feu.

Plutôt à l'explosion d'une bombe. Au fracas d'un immeuble qui s'effondre.

Le garde-corps en verre trempé vole en éclats, faisant écho au coup de feu, au sifflement des feux d'artifice au-dessus de nous.

Je lâche la première. M'éloigne du bord du balcon où rien ne se dresse désormais entre nous et le ciel nocturne. Mes oreilles bourdonnent, et par-dessus le sifflement j'entends Ella crier, de douleur sans doute, si je me fie à ce que je ressens.

Ma mère et moi nous dévisageons, les yeux écarquillés de terreur après ce qui vient de se produire. Ce qui aurait pu se produire. Elle regarde l'arme posée à plat sur sa main, de l'air de ne pas vouloir y toucher.

« Je ne sais pas quoi faire, murmure-t-elle.

— Pose ce pistolet. »

Elle rentre dans l'appartement, place le pistolet sur la table basse et arpente la pièce. Elle marmonne quelque chose, les traits déformés, se prend la tête entre les mains, se tire les cheveux.

Je me penche vers la rue en tenant Ella loin du bord. Où sont les gens ? Les voitures de police, les ambulances, la foule qui se précipite pour savoir d'où provient le coup de feu ? Nulle part. Personne ne lève la tête. Personne n'accourt. Les fêtards passent d'un bar à l'autre. Un homme en pardessus qui parle au téléphone contourne les éclats de verre. Ivrognes, détritus, éclats de verre : les conséquences fâcheuses du réveillon du Nouvel An, voilà tout.

« À l'aide ! » dis-je dans un cri.

Laisse-moi en paix

Nous sommes au septième étage. L'air est saturé de bribes de musique dès que les portes s'ouvrent, d'un rythme de basse sourd et continu qui résonne à quelques rues d'ici, du sifflement des feux d'artifice lancés par des fêtards trop impatients pour attendre minuit.

« Là-haut ! »

Je vois un couple sur le trottoir, en bas. Je jette un coup d'œil à ma mère, puis me penche autant que j'ose le faire et les interpelle à nouveau. Elle lève les yeux, lui aussi. Il m'adresse un signe avec la pinte qu'il tient à la main. Et le cri métallique qui remonte jusqu'à moi m'indique que ma tentative est vaine.

Je m'apprête à faire volte-face quand je l'aperçois.

Garée le long du trottoir en dépit de la ligne jaune, une Mitsubishi Shogun attire mon regard.

63

Murray

Murray et le capitaine Kennedy avaient levé le camp pour s'installer dans la cuisine d'Oak View où une salle des opérations de fortune avait été établie.

« Vérifiez les listes électorales pour trouver l'adresse de Mark Hemmings. »

Debout, James dictait des ordres à un jeune agent de la paix qui prenait des notes à toute vitesse, prêt à les transmettre au central. Quand son téléphone sonna, l'homme prit l'appel, écouta avec attention, puis transmit la nouvelle au capitaine en couvrant le combiné de la main.

« La voiture d'Anna Johnson a été repérée deux fois à la sortie d'Eastbourne par les caméras du LAPI. En revanche, la surveillance de l'A27 n'a rien donné. »

Murray eut un coup au cœur : Caroline avait-elle emmené Anna et le bébé ailleurs ?

« La voiture a été aperçue à Londres, poursuivit l'agent. Le dernier repérage a eu lieu à vingt-deux heures trente sur la South Circular.

— Hemmings a-t-il répondu, Murray ? demanda James.

— Ça sonne toujours dans le vide. Je vais réessayer.

— J'ai demandé la géolocalisation du téléphone d'Anna. »

Murray appuya sur la touche rappel automatique, en vain. Il avait déjà laissé un message à Mark, mais si ce dernier avait mis son portable en mode silencieux pendant le trajet, il pourrait se passer une heure avant qu'il réponde. En attendant, qui sait ce que Caroline avait prévu ?

Laisse-moi en paix

« Capitaine, il y a des tas de Mark Hemmings sur les listes électorales. Connaissons-nous son second prénom ? »

Pendant que Kennedy fouillait le courrier resté sur la table de la cuisine dans l'espoir de trouver au moins une initiale, Murray ouvrit une session sur Google.

C'était l'équivalent en ligne des méthodes d'enquête à l'ancienne, qui ne se fiaient ni aux bases de données de la police ni à la levée de la protection des données. C'était un peu comme faire du porte-à-porte pour vérifier ce que les vrais gens savaient.

Il entra « Mark Hemmings, Putney » et obtint trop de résultats pour que cela puisse lui être utile. Il ferma les yeux un instant, se souvint de ce qu'il savait du compagnon d'Anna. Puis il s'autorisa un sourire. Mark Hemmings ne se contentait pas de vivre à Putney : il y travaillait aussi.

« Appartement 702, Putney Bridge Tower, SW15 2JX. »

Il fit pivoter son téléphone vers James, la liste de psychologues certifiés ouverte à : *Mark Hemmings, diplôme en approche systémique, diplôme de formateur en approche systémique, master en psychologie, membre de la fédération de psychothérapie du Royaume-Uni (accrédité), membre de l'association britannique de psychothérapie.*

« Bien joué », le félicita Kennedy avant de transmettre l'adresse au central.

Dès la fin de l'appel, la police du Sussex passerait l'information à la Metropolitan Police, qui se mettrait en branle : le centre de gestion des interventions dépêcherait des policiers à droite à gauche. *Approche sirène éteinte... Tous les agents patientent au point de rendez-vous.* Les policiers armés attendraient que la menace soit évaluée, que soient obtenues les autorisations. Une ambulance se mettrait en route. Les négociateurs se tiendraient prêts. Des dizaines de personnes qui partageaient le même objectif.

Espéraient toutes arriver à temps.

Laisse-moi en paix

« Voilà, c'est fini, conclut James en posant son téléphone. Je déteste collaborer avec la police d'autres comtés. C'est nous qui faisons tout le boulot de terrain et la Metropolitan Police qui alpague le coupable. C'est frustrant, tu sais », dit-il, contrit, avec un haussement d'épaules.

Murray comprenait. Cependant, il s'aperçut que, en l'occurrence, il n'était pas frustré. Il ne souhaitait pas assister à l'arrestation, au décompte des cadavres, à la réception et à la remise de médailles.

Il désirait rentrer chez lui.

Le sort d'Anna et Ella lui importait, bien sûr, mais il venait enfin de prendre conscience d'une chose qu'il aurait dû comprendre depuis longtemps. Les crimes ne sont pas résolus par un seul enquêteur, mais par une équipe. Murray avait été un bon détective, mais il n'était pas indispensable. Personne ne l'est.

« Murray, hésita James. C'est mon équipe qui a géré le suicide des Johnson au départ. C'est moi qui ai approuvé les conclusions du coroner.

— Ça arrive à tout le monde de passer à côté d'un détail, James. Caroline s'est bien débrouillée ; elle a commis le meurtre presque parfait. »

Caroline. Impossible d'arrêter de ressasser. Comment avait-elle pu porter seule le corps de Tom jusqu'à la fosse septique ?

« Je venais d'être promu. Je voulais m'atteler aux coups et blessures, aux agressions sexuelles, tu vois ? Aux vrais crimes. J'étais trop prompt à me débarrasser de certains dossiers. »

Murray se rappela ses premiers pas à la PJ, le frisson de se voir confier une enquête « valable » ; l'ambiance maussade quand les ressources déjà sollicitées au maximum étaient consacrées à des dossiers qui n'avançaient pas. À la place de James, il aurait peut-être fait la même chose.

« Difficile de faire plus vrai », remarqua-t-il en posant la main sur le bras de James pour lui signifier qu'il ne lui en tenait pas rigueur, sans cesser de penser à Caroline Johnson.

Laisse-moi en paix

Qui l'avait aidée à se débarrasser du corps ?

« Je repars au bureau avec toute l'équipe. Tu es le bienvenu en attendant une mise au point.

— Merci, mais je vais rentrer. Fêter la nouvelle année avec Sarah. »

Murray regarda le jardin où l'on avait fermé la tente et où un agent en uniforme montait la garde, une épaisse écharpe noire autour du cou.

« Je te comprends. Je t'avertis dès que j'ai des nouvelles de la Met. »

Ils se levèrent. Au mur, près de lui, Murray remarqua un panneau d'affichage en liège qu'il consulta pour passer le temps en attendant que James rassemble sa paperasse. Une échographie occupait la place d'honneur, au centre. Le bracelet d'entrée à un festival, relique de la vie d'Anna avant le bébé, pendillait, épinglé au cadre. L'invitation à un mariage – soirée exclusivement – et une carte de remerciement de la part de Bryony pour *le merveilleux bouquet – j'ai rempli deux vases !*

Et en bas à droite, une publicité.

La voilà !

La dernière pièce du puzzle.

Murray ne se sentit pas euphorique, juste soulagé que sa mémoire autrefois si précise ne lui ait pas fait défaut. Il venait enfin de se rappeler ce qu'il avait vu chez Diane Brent-Taylor. Et, plus important encore, il savait exactement ce que cela voulait dire.

« Une dernière chose », dit-il à James alors que les deux hommes se dirigeaient vers leurs voitures respectives.

En s'adressant à Kennedy, il se demanda si, inconsciemment, il n'avait pas envie de garder l'information pour lui, de la vérifier en personne et de s'attribuer le mérite de la résolution de l'affaire, mais non. À vrai dire, il était content de la lui faire partager.

« Oui ?

— Je sais qui a aidé Caroline Johnson à se débarrasser du corps. »

64

Anna

Un bruit s'élève sur le palier. Le tintement discret de l'ascenseur annonçant son arrivée. J'observe maman, dont le regard est braqué sur la porte.

« Qui est-ce ? » dis-je dans un murmure, mais elle ne répond pas.

Est-ce la police ?

Mark a dû l'appeler dès notre départ d'Eastbourne, elle sait que nous sommes là. Et maintenant qu'elle a trouvé le cadavre de papa, elle doit savoir que maman l'a tué, elle doit savoir qui m'accompagne... Tous mes espoirs reposent sur Mark et Murray : ils sauront faire le rapprochement.

« Ouvre. Je sais que tu es là. »

Enivrée par une bouffée de soulagement, j'éclate presque de rire. Ce n'est pas la police, mais c'est presque aussi bien.

Maman ne réagit pas, contrairement à moi. Quelle idiote j'ai été ! La Mitsubishi Shogun ne nous poursuivait pas ; elle essayait d'arrêter ma mère. Je cours vers la porte, que j'ouvre à la volée car, tout à coup, nous sommes deux contre une et je me sens invincible.

« Dieu merci, tu es là ! »

Je me suis préparée à une agression venue de l'intérieur, pas de l'extérieur. Je reçois un coup en pleine poitrine qui me force à reculer et j'ai juste le temps de soulever Ella avant de trébucher et de tomber par terre avec un gémissement. Mon cerveau essaie d'intégrer ce que je vois.

Cela n'a rien d'un sauvetage.

Laisse-moi en paix

Laura ferme et verrouille la porte. Avec son jean skinny noir, ses talons et son haut chatoyant, elle est vêtue pour une soirée à laquelle elle n'assistera pas. Notre réveillon du Nouvel An. Ses boucles blondes tombent sur ses épaules et les nuances de gris et de vert pailletés dont elle a fardé ses paupières lui font un regard de braise. Elle m'ignore, dirige sa colère contre ma mère, qui recule lentement vers le balcon.

« Tu m'as doublée, espèce de garce. »

65

Je me souviens encore de la tête de Laura.
Debout sur le seuil, horrifiée.
« J'ai sonné. La porte était ouverte alors… »
Elle regardait ton cadavre. Le sang se coagulait. La lumière du plafonnier se reflétait dans la pâte visqueuse étalée par terre, formant un halo argenté autour de ton crâne.
« Que s'est-il passé ? »
J'ai beaucoup pensé à ce moment. À ce que j'ai dit. Les choses auraient-elles été différentes si je lui avais expliqué que c'était un accident ? Que je m'étais mise en colère, que je l'avais frappé ? Que l'alcool me faisait agir malgré moi ?
« Je l'ai tué. »
Elle est devenue livide.
Quand j'ai commencé à avoir des crampes, je me suis aperçue que je n'avais pas bougé depuis que je… depuis que tu étais tombé. Je me suis redressée. Je me suis rappelée que je tenais encore le goulot. Je l'ai lâché, il est tombé avec un bruit sourd, a roulé sans se casser. Laura a sursauté.
Ça m'a fait un électrochoc. D'une main tremblante, j'ai décroché le téléphone sans composer de numéro.
« Qu'est-ce que tu fais ?
— J'appelle la police. »
La situation était-elle pire parce que j'étais soûle ? Être sous l'emprise de l'alcool constituait-il un facteur aggravant ou bénéficierais-je de circonstances atténuantes parce que je ne savais pas ce que je faisais ?
« Tu ne peux pas ! » s'est écriée Laura en traversant la cuisine pour me prendre le combiné des mains.

Laisse-moi en paix

Elle t'a jeté un nouveau coup d'œil et je l'ai vue tressaillir en apercevant la bouillie qui suintait derrière ton oreille.

« Tu vas être arrêtée, Caroline ! On va te jeter en prison. »

Je me suis affalée sur une chaise, les jambes soudain en coton. Une drôle d'odeur flottait dans la cuisine, un relent aigre et métallique de sang, de sueur et de mort.

« Tu pourrais être condamnée à perpétuité. »

J'ai imaginé à quoi ressemblerait ma vie en cellule. J'ai repensé aux documentaires que j'avais vus, aux séries *Prison Break* ou *Orange is the New Black* : étaient-ils réalistes ?

J'ai aussi pensé à l'aide que je pourrais recevoir.

Parce que tu avais raison, Tom, ce n'était pas une vie. Je me voilais la face parce que je ne me réveillais pas en tremblant, ne zonais pas dans un parc, une canette de Special Brew à la main. Mais je t'agressais verbalement. Je te narguais. Je te frappais. Et je venais de te tuer.

L'alcool me posait problème. Un gros problème.

« J'appelle la police.

— Réfléchis, Caroline. Réfléchis bien. Dès que tu auras passé ce coup de téléphone, impossible de faire machine arrière. Ce qui est arrivé est... Bon Dieu, c'est affreux, dit-elle en frissonnant, mais c'est irrémédiable. Tu ne ramèneras pas Tom en allant en taule. »

J'ai regardé la série de photos imprimée sur toile, suspendue au-dessus de la cuisinière. Toi, moi et Anna, couchés sur le ventre en jean et t-shirt blanc. Nous rions. Laura a suivi mon regard.

« Si tu vas en prison, Anna vous perd tous les deux », a-t-elle observé d'une voix douce.

J'ai gardé le silence un moment.

« Alors... que faire ? »

Je me suis sentie dévier du droit chemin. Cela changeait-il quelque chose ? J'avais déjà commis un crime.

« Nous ne pouvons pas le laisser là. »

Laisse-moi en paix

Nous.
C'est là que nous avons commencé à faire équipe.
« Non, a répondu Laura, mâchoire serrée. Nous ne pouvons pas le laisser là. »

Nous avons dû nous y prendre à deux pour déplacer le pot en terre cuite qui recouvrait la plaque d'égout. Tu l'avais posé là quand nous avions emménagé et j'y avais planté un laurier que nous avions reçu à l'occasion de notre pendaison de crémaillère. La plaque était laide et nous n'avions pas besoin d'accéder à la fosse septique, héritée de l'époque où ce pâté de maisons se trouvait en dehors des limites de la ville, situées à huit cents mètres à l'ouest.
La clé était une épaisse baguette métallique de sept centimètres de long. Bien qu'elle soit restée enfouie dans le tiroir de la commode depuis notre emménagement, elle s'est introduite dans la serrure de la plaque d'égout aussi aisément que si elle venait d'être fabriquée.
À l'intérieur, l'étroit tunnel ressemblait à l'entrée d'un puits pentu. Malgré l'odeur de remugle, l'air n'y était pas fétide car le contenu de la citerne était sec depuis longtemps. J'ai regardé Laura. Nous étions en nage après t'avoir traîné hors de la cuisine et à cause de la terreur aveugle que nous inspirait ce que nous nous apprêtions à faire. Ce que nous avions déjà fait. Si nous arrêtions tout maintenant, il serait trop tard. Il ne faisait aucun doute que nous avions cherché à dissimuler ton corps. Le mal était déjà fait.
Nous t'avons fait entrer la tête la première. La moitié de ton corps a glissé dans le tunnel, mais lorsque ta ceinture s'est prise dans le pourtour métallique de la fosse, tu es resté coincé. J'ai poussé un cri. Laura a tiré fort sur ton jean et tu as fait un bruit. Un grognement involontaire quand l'air a quitté tes poumons.
Je ne pouvais pas regarder. Je me suis retournée et je t'ai entendu t'enfoncer lourdement dans la citerne, tomber au fond avec un son aussi mat que bruyant.

Laisse-moi en paix

Le silence nous a enveloppés.

Le chagrin et la culpabilité me rongeaient même si je ne pleurais plus. Si la police était arrivée à cet instant, je crois que j'aurais tout avoué.

Pas Laura.

« Il faut tout nettoyer maintenant. »

C'est Laura qui a eu l'idée du suicide bidon.

« Si nous signalons sa disparition, tu seras soupçonnée. Ça se passe toujours comme ça. »

Elle m'a fait répéter le plan plusieurs fois, puis elle est partie. Je n'ai pas fermé l'œil. Assise dans la cuisine, j'ai regardé le jardin que j'avais transformé en cimetière. J'ai pleuré sur ton sort et – oui, c'est vrai – sur le mien aussi.

Laura est partie pour Brighton dès le lever du jour, a attendu l'ouverture des magasins pour acheter un téléphone portable et une carte SIM intraçable. Elle a appelé la police, affirmé t'avoir vu te jeter du haut de la falaise.

Tous les jours, je m'attendais à voir les flics débarquer. Le moindre claquement de porte me faisait sursauter. Je ne pouvais ni dormir ni manger. Anna essayait de me faire envie avec des œufs brouillés, des tranches de saumon fumé, de petites coupelles de salade de fruits, du chagrin plein les yeux alors qu'elle tentait de me soulager du mien.

La police n'est jamais venue.

Les semaines ont passé, et quand ton certificat de décès a été établi, personne ne m'a pointée du doigt ni ne m'a posé de questions. Et même si je voyais souvent Laura, et sans que nous nous soyons mises d'accord, nous ne parlions jamais de ce qui s'était passé. De ce que nous avions fait.

Jusqu'au versement de ta prime d'assurance.

66

Anna

Je me redresse, puis me relève maladroitement. Le bourdonnement dans mes oreilles n'a pas diminué, mais les cris d'Ella se sont mués en gémissements. Quelles séquelles gardera-t-elle de ces événements ? Elle ne se souviendra pas de ce soir, pas de façon consciente du moins, mais un traumatisme ne demeurera-t-il pas profondément ancré en elle ? Le soir où sa grand-mère l'a retenue en otage.
Laura.
« J'ignorai qu'il devrait déterrer la fosse ou nous n'aurions jamais… », a dit maman dans la voiture.
Laura était au courant. Laura l'a aidée.
Les deux femmes se font face, la plus jeune a les mains sur les hanches. Maman jette un coup d'œil vers la table sur laquelle le pistolet est innocemment posé, là où elle l'a laissé. Elle est trop lente. Laura suit son regard, réagit en un éclair.
La peur me fait battre le cœur.
Laura tire sa manche sur sa main et entoure ses doigts du tissu pour ramasser l'arme. Elle est méthodique. Prudente.
« Je ne t'ai pas doublée », se défend maman.
J'aimerais lui dire de se calmer, mais ma voix me trahit.
« Tu as une dette envers moi, Caroline, dit Laura, qui va s'asseoir sur l'accoudoir du canapé en tenant le pistolet d'une main sûre. C'est assez simple. Sans moi, tu aurais été inculpée du meurtre de Tom. Je t'ai sauvée.
— Tu m'as fait chanter. »
Les pièces du puzzle s'imbriquent.

Laisse-moi en paix

Ce n'était pas papa qui menaçait ma mère, mais Laura. Ce n'est pas lui qui l'a débusquée, mais Laura.

« Toi ? dis-je incrédule. Tu m'as envoyé la carte ? »

Laura me regarde pour la première fois. Elle remarque Ella, mes cheveux ébouriffés, mon expression sans doute choquée.

« Tu étais censée prendre ça pour une blague de mauvais goût. Ce message n'était pas plus sinistre que les lettres tordues que tu as reçues à la mort de ton père. Il était destiné à Caroline, à vrai dire, je voulais lui faire comprendre à qui elle avait affaire. Je lui en ai envoyé une copie.

— Et le lapin ? Encore un message, je suppose. Comme la brique lancée dans la vitre. Tu aurais pu tuer Ella ! »

L'espace d'un instant, Laura semble troublée, puis sourit.

« Ah ! la responsable est un peu plus proche de toi, je crois. »

Son regard s'est posé sur ma mère, qui a enfoui son visage entre ses mains.

« Non...

— Je voulais juste t'empêcher de remuer le passé. Je savais que si tu découvrais la vérité, elle s'en prendrait à toi aussi et...

— Tu as jeté une brique par la fenêtre de la nursery ? dans le lit de ta petite-fille ? dis-je d'une voix aiguë et tremblante, teintée d'hystérie, qui semble appartenir à une autre.

— Je savais qu'Ella était en bas... je l'avais vue depuis le jardin. »

Elle fait un pas vers moi, bras tendu, mais Laura est plus rapide. Elle se lève, pistolet pointé devant elle, l'agite vers la gauche. Une fois, deux fois. Maman hésite, puis recule.

Qui sont ces femmes ? Ma mère, capable de faire du mal à sa propre fille ? à sa petite-fille ? Et Laura... Comment peut-on connaître une personne toute sa vie sans la connaître du tout ?

« Comment as-tu découvert où maman s'était cachée ? dis-je en me tournant vers Laura.

— Je ne l'ai pas appris tout de suite. Je savais juste qu'elle ne s'était pas suicidée, explique-t-elle en regardant ma mère qui

Laisse-moi en paix

sanglote bruyamment. Elle est très prévisible », conclut Laura d'un ton condescendant, cinglant.

Une vague de dégoût me submerge en pensant à la façon dont Laura m'a consolée à la mort de mon père, dont elle m'a aidée à organiser la cérémonie en sa mémoire. Ma mère a peut-être tué mon père, mais c'est Laura qui a caché son cadavre, qui a orchestré le suicide, dissimulé le crime. Je me souviens avec quelle insistance elle m'a poussée à trier les affaires de mes parents, de la générosité avec laquelle elle m'a proposé de s'en charger pour moi, et je comprends maintenant qu'elle était en fait à la recherche d'indices qui lui permettraient de retrouver la trace de ma mère.

« Moi aussi, j'ai une copie de cette photo, tu sais. Maman et toi devant ce Bed & Breakfast minable dans le trou du cul du monde. »

L'espace d'une seconde, je perçois une fêlure dans sa voix. Le signe fugace que ce sang-froid et cette inflexibilité cachent autre chose.

« Elle n'arrêtait pas d'en parler. Comme vous aviez ri. Comme vous vous sentiez à des années-lumière de la vraie vie. De *sa* vie. Elle avait adoré. Elle t'adorait », ajoute-t-elle, alors que ses épaules s'affaissent.

Elle baisse lentement le bras, le pistolet suspendu mollement le long de son corps. Voilà, ça y est. C'est la fin. Tout le monde a dit ce qu'il avait sur le cœur et maintenant, c'est fini. Personne n'est blessé.

« Moi aussi, dit ma mère en avançant d'un pas.

— Tu l'as tuée ! » s'écrie Laura en brandissant le pistolet, bras raide comme un piquet, coude verrouillé.

L'éclair de vulnérabilité a disparu. Elle plisse ses yeux sombres, muscles tétanisés de rage.

« Tu as fait un beau mariage et tu l'as laissée crever dans ce taudis humide !

— Alicia avait de l'asthme, dis-je. Elle est morte d'une crise d'asthme. »

N'est-ce pas ?

Laisse-moi en paix

Je suis gagnée par la panique en pensant que ça aussi, c'est peut-être un mensonge, et je cherche une confirmation en me tournant vers ma mère.

« Tu n'allais même pas la voir !

— Si ! se défend maman, de nouveau au bord des larmes. Peut-être pas aussi souvent que j'aurais dû, dit-elle en plissant les paupières. Nous nous sommes perdues de vue. Elle était à Londres, moi à Eastbourne. J'avais Anna et...

— Pas de temps à consacrer à une copine fauchée. Une copine qui ne s'exprimait pas comme tes nouveaux amis, qui ne buvait pas de champagne et ne conduisait pas de voiture de luxe.

— Ça n'avait rien à voir. »

Mais elle baisse la tête et le souvenir d'Alicia me remplit de tristesse parce que je crois qu'au contraire c'était tout à fait lié. Et exactement comme dans le cas de papa, je crois qu'elle s'en est aperçue trop tard. Je laisse échapper un bruit, ni tout à fait un cri, ni tout à fait une parole. Ma mère m'observe et mon regard doit être éloquent car, le visage décomposé, elle me supplie silencieusement de lui pardonner.

« Tu devrais laisser partir Anna et Ella. Elles ne sont pas concernées.

— Cela les concerne au premier chef, au contraire ! s'écrie Laura avec un rire sans joie. Elles ont l'argent, explique-t-elle en croisant les bras sur sa poitrine.

— Combien veux-tu ? dis-je, allant droit au but, prête à céder à toutes ses demandes.

— Non, intervient ma mère. Cet argent, c'est ton avenir. Celui d'Ella. Pourquoi crois-tu que je me suis enfuie ? Laura aurait tout pris. Je le méritais peut-être, mais pas toi.

— Je me fiche de l'argent. Elle peut l'avoir. Je vais tout transférer sur le compte de son choix.

— C'est plus simple que ça », sourit Laura.

Mes cheveux se hérissent sur ma nuque, un picotement me parcourt l'échine.

Laisse-moi en paix

« Si tu me donnes tout ton argent, les gens vont se poser des questions : Billy, Mark, le fisc. Je devrai te faire confiance, espérer que tu tiennes ta langue, et si cette histoire m'a appris quelque chose, dit-elle en adressant un coup d'œil à ma mère, c'est qu'on ne peut faire confiance à personne.
— Non, Laura. »
Ma mère secoue la tête, elle est postée un pas devant moi.
« Tout le monde croira que je suis venue vous sauver, Ella et toi, poursuit Laura. Quand il a annulé le réveillon, Mark a eu l'obligeance de me dire où vous alliez et mon sixième sens m'a avertie que vous couriez un terrible danger, dit-elle en feignant la peur, yeux écarquillés, mains levées, doigts écartés. Mais à mon arrivée, il était trop tard. Caroline vous avait déjà abattues toutes les deux avant de se suicider. »
Elle baisse les commissures de ses lèvres, faussement consternée.
« Tu étais présente à la lecture du testament de Caroline, me dit-elle. *À ma fille Anna Johnson, je lègue tous mes biens financiers et matériels, y compris tous les biens mobiliers à mon nom au moment de ma mort*, crache-t-elle, citant les termes du document mot à mot.
— Maman t'a laissé de l'argent, à toi aussi. »
Pas une fortune mais une somme rondelette, en souvenir de la longue amitié de maman et Alicia : son devoir en tant que marraine de Laura.
« *Dans l'éventualité du décès d'Anna avant l'exécution de ce testament*, poursuit Laura comme si je n'avais rien dit, *je lègue tous mes biens financiers et matériels à Laura Barnes, ma filleule.*
— Il est trop tard, intervient ma mère. Le testament a été lu, et Anna a déjà touché l'héritage.
— Ah, mais tu n'es pas morte, n'est-ce pas ? sourit Laura. Pas encore. L'argent t'appartient encore. »
Elle brandit le pistolet, le braque sur moi.
Mon sang se glace.
« Si Anna et Ella meurent, j'hérite du tout. »

67

Murray

Rubis sur l'ongle.

Sarah aurait compris plus vite. Le jeu de mots l'aurait interpellée, contrairement à Murray ; elle aurait pris le temps de le prononcer à haute voix, de le commenter.

Quel nom ridicule pour un salon de manucure.

Il l'imaginait tapoter la page du carnet où avaient été soigneusement notés les noms des personnes présentes au moment où la police avait annoncé à Caroline le suicide de son mari.

Laura Barnes. Réceptionniste chez Rubis sur l'ongle.

Je déteste quand les magasins essaient de faire de l'humour... Murray entendait la voix de Sarah aussi clairement que si elle avait été assise avec lui dans la voiture. *Pourquoi pas Ongle incarné tant qu'on y est, juste parce que ça sonne bien et que l'expression contient le mot ongle, encore un nom ridicule...* Murray éclata de rire.

Il se reprit. Si parler tout seul était le premier signe de folie, que dire de quelqu'un qui tenait des conversations imaginaires ?

En tout cas, le nom lui serait resté en tête. Et si elle en avait parlé à Murray, il s'en serait souvenu aussi. Et au moment de sortir de chez Diane Brent-Taylor en se demandant qui lui avait volé son nom, la publicité sur le panneau d'affichage lui aurait sauté aux yeux et il aurait tout de suite fait le rapprochement avec Laura Barnes.

D'après son expérience, et contrairement à ce que l'on pouvait penser, il était très difficile de trouver un pseudonyme. Les gamins des cités naïfs, qui avaient constamment l'air de lapins pris dans les phares d'une voiture lorsqu'ils s'efforçaient de trouver une idée convaincante, l'avaient toujours fait rire. Ils se servaient systématiquement de leur second prénom, du nom d'un copain d'école, de celui de leur rue.

Laura avait paniqué. Elle n'avait peut-être même pas prévu de se présenter du tout ; elle avait cru pouvoir se contenter d'un coup de fil opportun pour signaler un suicide, puis d'en rester là.

« Quel est votre nom ? »

Murray imaginait l'opérateur, casque sur les oreilles, doigts suspendus au-dessus du clavier. Il imaginait Laura aussi : sur la falaise, le vent cinglant qui emportait ses paroles. La tête vide. Pas Laura, elle ne s'appelait pas Laura. Elle s'appelait...

Une cliente. Prise au hasard.

Diane Brent-Taylor.

Un plan presque parfait.

Quand Murray tourna dans sa rue, il était vingt-trois heures trente. Juste le temps d'enfiler ses chaussons, d'ouvrir le champagne et de s'enfoncer dans le canapé avec Sarah pour assister au concert improvisé par Jools Holland et ses invités. Et à minuit, lorsqu'ils se souhaiteraient une bonne année, il annoncerait à Sarah qu'il ne retournerait plus travailler, qu'il reprenait sa retraite, pour de bon cette fois. Il se souvint d'un vieux commissaire qui, après avoir fait ses trente ans, avait rempilé dix de plus. Il ne vivait que pour son travail, disait-on, même s'il était marié. Murray avait assisté à son pot de départ en retraite – quand il avait fini par la prendre –, l'avait écouté passer en revue ses projets : voyages, apprentissage d'une langue étrangère, golf. Et puis il était mort. Brutalement. Une semaine après avoir rendu sa carte.

La vie était trop courte. Murray voulait en profiter pendant qu'il était encore assez jeune pour l'apprécier. Quinze jours plus tôt, il avait l'impression de ne pas usurper sa carte vermeil ; aujourd'hui,

Laisse-moi en paix

même à une heure aussi tardive et après la journée qu'il avait eue, il se sentait aussi guilleret qu'à ses débuts dans la police.

Une rue plus loin, quelqu'un lançait des feux d'artifice, et l'espace de quelques secondes, le ciel se para de nuances bleues, violettes et roses. Les étincelles explosèrent avant que l'obscurité reprenne ses droits. À l'embranchement, au bout de l'impasse, Murray ralentit avant de tourner à gauche vers chez lui. La plupart de ses voisins étaient des personnes âgées qui ne risquaient pas de fêter le Nouvel An en dansant dans la rue, mais mieux valait être prudent.

Il distingua d'autres feux d'artifice en tournant l'angle, le ciel teinté de bleu et…

Non. Ce n'étaient pas des feux d'artifice.

Son sang se figea.

Il n'y avait pas de feux d'artifice.

C'était un gyrophare qui pivotait sans bruit, baignant d'une douce lueur bleutée les maisons, les arbres, les voisins debout devant chez eux.

« Non, non, non, non… »

Murray entendit quelqu'un parler, ne comprit pas que c'était lui. Il était trop absorbé par la scène qui se déroulait sous ses yeux : l'ambulance, les secouristes, la porte d'entrée ouverte.

Sa porte d'entrée.

68

Anna

« Tu n'oserais pas. »

Laura semble étonnée.

« Courageux défi de la part de quelqu'un qui se tient du mauvais côté de l'arme. Tu ne peux pas la calmer ? » ajoute-t-elle avec une grimace.

Je berce Ella mais elle est trop bougonne et moi trop sur les nerfs pour que le geste soit doux, et ses pleurs redoublent. Je l'allonge et soulève mon haut pour l'allaiter. Par bonheur, le calme s'abat sur la pièce.

« Ella n'est qu'un bébé, constaté-je en essayant de faire appel à la fibre maternelle de Laura, même si, à ma connaissance, elle n'a jamais désiré d'enfant. Fais ce que tu veux de moi mais, je t'en prie, ne fais pas de mal à ma fille.

— Tu ne vois donc pas que c'est le seul moyen pour que cela fonctionne ? Ella et toi devez mourir d'abord. Caroline doit vous tuer. »

Un bruit sourd retentit quelque part dans les profondeurs de l'immeuble.

« Non ! hurle ma mère, jusque-là silencieuse, et son cri soudain fait tressaillir ma fille. Je refuse, tu m'entends ? dit-elle en se tournant vers moi. Elle ne peut pas me forcer.

— Je n'ai pas à te forcer. C'est moi qui ai le pistolet. »

Elle le soulève, les doigts toujours recouverts du tissu de sa blouse chatoyante.

« Il porte tes empreintes. »

Laisse-moi en paix

Elle s'approche à pas lents de ma mère, pistolet braqué sur elle. Je regarde la porte ; parviendrais-je à la prendre de vitesse ?

« Personne ne saura jamais que tu ne les menaçais pas pendant tout ce temps.

— Tu ne t'en tireras pas comme ça.

— Il n'y a qu'une manière de le découvrir, non ? » dit Laura en soulevant un sourcil parfaitement dessiné.

J'entends un grondement dans mes oreilles. Ella tète goulûment.

« Il se trouve que j'ai ma propre garantie, poursuit-elle avec un sourire. Si les flics se mettent à douter, je n'aurai qu'à les aiguiller dans la bonne direction. Je me rappellerai vous avoir surprises en pleine conversation à propos de l'assurance vie de Tom, votre silence soudain à mon arrivée. Vous étiez complices depuis le départ.

— Ils n'y croiront jamais. »

D'autres bruits résonnent dans l'immeuble. Je guette le tintement de l'ascenseur, mais c'est différent. Rythmique.

« Et quand les flics creuseront un peu, ils découvriront que le téléphone utilisé pour signaler le suicide de Tom a été acheté à Brighton par... (elle observe une pause pour ménager le suspense) Anna Johnson en personne. »

Le bruit cadencé devient plus bruyant. Accélère. J'essaie de gagner du temps.

« J'ai toujours considéré que tu faisais partie de la famille, dis-je en traversant la pièce pour aller rejoindre ma mère, face à Laura.

— La parente pauvre, je suppose. »

Je connais ce bruit.

Rongée par la colère, Laura crache la rancune accumulée pendant trente-trois ans.

« Tu trouvais ça normal, hein ? Une grande maison, de l'argent de poche pour t'acheter des fringues, séjour au ski chaque hiver, séjour en France chaque été. »

Laisse-moi en paix

Ce bruit, c'est un piétinement dans l'escalier. Des policiers. Ils s'arrêtent deux étages plus bas et continuent à pied, plus discrets qu'un ascenseur qui annonce son arrivée.

Laura braque le regard sur la porte.

Je me mets à trembler. C'est maman qui a acheté le pistolet, qui nous a amenées ici, Ella et moi. C'est elle qui a tué papa et caché son corps. Les flics ignorent l'implication de Laura. Pourquoi ne la croiraient-ils pas ? Elle va s'en sortir impunément...

« Je n'y suis pour rien, Laura. Ella non plus.

— Et c'est ma faute, peut-être, si j'ai grandi grâce aux allocations dans un appart humide avec une mère malade ? »

Derrière la porte, s'élève un murmure.

Laura bouge les mains de quelques millimètres. Son doigt s'enroule autour de la gâchette du pistolet. Elle est livide et le sang bat à son cou. Elle a peur, elle aussi. Comme nous toutes.

Ne fais pas ça, Laura.

En tendant l'oreille, je perçois un bruit de pas traînants à l'extérieur. Enfonceront-ils la porte comme dans les films ? Feront-ils un carton avant de poser des questions ? L'adrénaline court dans mes veines et quand Ella cesse de téter, je sens mon corps se crisper.

Ma mère respire laborieusement. Acculée, elle n'a plus nulle part où s'enfuir, plus de mensonges en réserve. D'un pas lent, elle s'éloigne de nous à reculons.

« Où vas-tu ? Reste où tu es ! »

Par-dessus son épaule, maman jette un coup d'œil au balcon qui donne désormais directement sur le vide. Elle implore mon pardon du regard. Je suis assaillie par des scènes de mon enfance, comme si une télévision dont on aurait coupé le volume jouait dans le coin d'une pièce : maman me lit des histoires ; papa m'apprend à faire du vélo ; au dîner, maman rit trop fort, trop longtemps ; ses cris, au rez-de-chaussée, auxquels répondent ceux de mon père.

Laisse-moi en paix

Qu'attend donc la police ?

Un lapin éventré sur le perron ; une brique à travers la vitre. Maman qui tient Ella dans ses bras. Qui me serre contre elle.

Tout à coup, je sais ce qu'elle pense et ce qu'elle va faire.

« Maman, non ! »

Elle continue à reculer. À pas très lents. Des cris retentissent dans l'appartement voisin quand les invités se lancent dans le compte à rebours précédant minuit. Laura jette des regards éperdus entre la porte d'entrée et ma mère, distraite par les cris, désemparée, sans savoir où se tourner.

« Dix ! Neuf ! Huit ! »

Je rejoins maman sur le balcon. Elle sait que tout est fini, qu'elle purgera une peine de prison. Je pense à ce que je vais éprouver en perdant ma mère pour la deuxième fois.

« Sept ! Six ! »

Un objet lourd tombe sur le palier.

Laura bouge son arme. La braque droit sur moi. Son doigt se crispe. Maman pleure derrière moi. Le vent balaie le balcon en sifflant.

« Cinq ! Quatre ! Trois ! »

Les voisins crient plus fort. Autour de nous, les feux d'artifice, les vivats, la musique s'intensifient.

« Ne tire pas ! » dis-je aussi fort que possible.

L'explosion est assourdissante. Mille décibels. Plus peut-être. La porte sort de ses gonds, s'écrase par terre, et une centaine de policiers armés entrent en la piétinant. Du bruit – tant de bruit – auquel tout le monde contribue et...

« Lâchez votre arme ! »

Laura recule vers l'angle de la pièce, pistolet au poing. Les pieds de ma mère effleurent les éclats de verre au bord du balcon. L'ourlet de sa robe flotte au vent. Nos regards se croisent.

Puis elle tombe.

Laisse-moi en paix

Je hurle sans pouvoir m'arrêter jusqu'à ce que je ne sache plus si mes cris sont imaginaires ou si tout le monde peut les entendre. Sa robe ondule comme un parachute défaillant alors qu'elle fait plusieurs fois la culbute en plongeant droit vers le sol. Des feux d'artifice explosent au-dessus de nos têtes, inondant le ciel d'une pluie d'or et d'argent.

L'air inquiet, un policier posté près de moi prononce des phrases que je n'entends pas. Il nous emmitoufle dans une couverture, Ella et moi. Il me guide à l'intérieur sans me laisser ralentir lorsque nous traversons l'appartement et sortons sur le palier, bien que Laura soit étendue par terre, un policier agenouillé près d'elle. J'ignore si elle est morte ou vive et je ne suis pas sûre de m'en soucier.

Dans l'ambulance, je tremble comme une feuille. La secouriste, dont les cheveux blonds coiffés en deux tresses épaisses reposent sur ses épaules, est aussi gaie qu'efficace. Elle me fait une piqûre au bras qui, au bout de quelques secondes, me donne l'impression d'avoir sifflé une bouteille de vin.

« J'allaite mon bébé, lui dis-je, trop tard.

— Vous ne lui êtes d'aucun secours si vous faites une crise de panique. Mieux vaut qu'elle soit un peu somnolente que surexcitée à cause de l'adrénaline contenue dans votre lait. »

La portière arrière s'ouvre avec un bruit sourd. Il me semble reconnaître le policier à la couverture, mais comme je suis un peu dans les vapes, tous les officiers en uniforme se ressemblent.

« Vous avez de la visite, dit-il en s'écartant.

— On refusait de nous laisser franchir le périmètre de sécurité, s'écrie Mark en grimpant dans le véhicule avant de s'écrouler sur le lit voisin du mien. Personne ne voulait me dire ce qui se passait. J'avais si peur que vous soyez… »

Il se tait avant que sa voix le trahisse et nous enlace toutes les deux. Ella dort et je me demande encore une fois à quoi rêvent les bébés, et si des cauchemars la hanteront après les événements de ce soir.

« Tu as fait la guerre, Annie ? plaisante Billy avec un sourire forcé qui peine à dissimuler son inquiétude.

— Laura... dis-je, mais j'ai la tête trop lourde, la bouche pâteuse.

— Je lui ai donné quelque chose pour la détendre, explique la secouriste. Elle va être sonnée un moment.

— Nous sommes au courant, me dit Billy. Quand Mark a annulé le réveillon, il m'a raconté ce qui s'était passé. Il m'a parlé de la cousine de Caroline et de son ex violent. J'ai trouvé ça louche. Caroline n'avait jamais parlé de sa cousine Angela et puis il y avait la Mitsubishi empruntée par Laura... »

Il y a quelques heures encore, j'étais allongée sur le siège auto d'Ella. Je me cachais, terrifiée à l'idée d'avoir été repérée. J'ai l'impression de me souvenir d'un film ou d'une histoire arrivée à une autre. Je ne parviens pas à me réapproprier la peur ressentie : cette impression d'irréalité est-elle due aux médicaments ? J'espère que non.

« Je suis passé prendre Billy et nous sommes arrivés le plus vite possible. »

Quelque chose a changé entre eux, la tension et les joutes verbales ont disparu, mais je suis trop lasse pour l'analyser ; les secouristes les font sortir avec douceur, m'allongent et nous sanglent sur le lit, mon bébé et moi. Je ferme les yeux et m'abandonne au sommeil.

Tout est fini.

69

Murray

Les yeux clos, Sarah avait les traits aussi détendus que si elle dormait. Du pouce, Murray caressa délicatement la peau parcheminée de sa main pesante et froide. Ses larmes coulaient sans retenue sur la couverture blanche du lit d'hôpital et dessinaient des taches sombres pareilles aux premières gouttes d'une ondée estivale éclaboussant le sol.

Il y avait quatre lits dans cette salle, tous libres hormis celui de sa femme. Une infirmière rôdait discrètement dans le couloir, le laissant vivre seul ce moment où il avait tant besoin d'intimité. Lorsqu'il leva la tête, elle vint se poster près de lui.

« Prenez tout votre temps. »

Murray caressa les cheveux de Sarah. Le temps. Denrée précieuse entre toutes. Combien de temps avaient-ils passé ensemble ? Combien de jours ? Combien d'heures, de minutes ?

Pas assez. Cela ne suffisait jamais.

« Vous pouvez lui parler, si vous voulez.

— Est-ce qu'elle m'entend ? demanda-t-il en regardant la poitrine de Sarah se soulever et s'abaisser au rythme de sa respiration.

— La question reste entière. »

Âgée d'une quarantaine d'années, l'infirmière avait un regard brun d'une grande douceur et une voix pleine de compassion.

Murray suivit des yeux les tubes et les câbles qui serpentaient et reliaient le corps de sa femme à la multitude de machines qui la gardaient en vie ; un goutte-à-goutte lui administrait la morphine qui la soulageait.

Laisse-moi en paix

On allait augmenter la dose, lui avait expliqué la spécialiste. Le moment venu.

L'ambulance était arrivée en quelques minutes, mais c'étaient quelques minutes de trop. Pendant les jours qui avaient suivi l'accident, au milieu du tourbillon d'infirmières, de spécialistes, de machines et de paperasse, Murray s'était forcé à revivre ces minutes comme s'il y avait assisté, comme si cela lui était arrivé.

Il y avait une chaise renversée dans la cuisine ; un verre cassé près de l'évier, là où Sarah était tombée. Le téléphone sur le carrelage, près d'elle. Murray s'était forcé à visualiser les images, l'une après l'autre, comme autant de coups de rasoir sur sa peau.

Nish l'avait supplié de ne plus ressasser ce scénario imaginaire. Elle était venue avec un plat sortant à peine du four emballé dans du papier d'aluminium, le surprenant chez lui entre deux visites à l'hôpital. Après l'avoir écouté lui faire un résumé circonstancié des événements, alors que personne ne savait ce qui s'était réellement passé, elle lui avait pris les mains en pleurant avec lui.

« Pourquoi te tortures-tu ainsi ?

— Parce que je n'étais pas là.

— Tu n'aurais rien pu empêcher », dit Nish, des traces de larmes sur les joues.

Anévrisme cérébral, avait annoncé le médecin.

Coma.

Espérez le meilleur. Préparez-vous au pire.

Puis : *Je suis navré. Nous avons fait notre possible.*

Elle ne sentirait rien, avaient-ils insisté. C'était la meilleure solution. La seule.

Murray ouvrit la bouche mais aucun son n'en sortit. Il avait mal à la poitrine et savait que son cœur se brisait. Il se tourna vers l'infirmière.

« Je ne sais pas quoi dire.

Laisse-moi en paix

— Dites ce que vous voulez. Parlez du temps. Racontez-lui ce que vous avez mangé au petit déjeuner. Plaignez-vous du boulot, énuméra-t-elle en serrant doucement l'épaule de Murray. Tout ce qui vous passe par la tête. »

Elle alla à l'autre bout de la pièce et se mit à plier des couvertures et à ranger le contenu de l'armoire de chevet métallique près d'un lit inoccupé.

Murray observa sa femme, passa un doigt sur son front désormais serein, sur l'arête de son nez. Il contourna le masque en plastique qui maintenait le tube dans sa gorge pour lui caresser la joue, le cou. Il dessina la courbe de son oreille.

Dites tout ce qui vous passe par la tête.

Derrière lui, les machines poursuivaient leur ronronnement constant, ces bruits rythmés qui constituaient la langue du service des soins intensifs.

« Oh ! j'aurais voulu être là... » commença-t-il, mais ses mots s'étaient mués en sanglots et les larmes l'aveuglaient.

Combien de temps leur restait-il ? Combien de temps leur serait-il resté si cet accident ne s'était pas produit ? Murray revit Sarah le jour de leur mariage, vêtue de la tenue jaune qu'elle avait préférée à la traditionnelle robe blanche. Il se souvint de sa joie le jour où ils avaient acheté leur maison. Il prit les doigts amorphes de sa femme et imagina ses ongles noirs de terre, ses joues rougies après une matinée de jardinage, et non pas livides comme celles qu'il contemplait sur cet oreiller d'hôpital.

Ça n'avait pas suffi, mais le temps passé ensemble comptait plus que tout pour lui.

Ç'avait été *toute* sa vie.

Leur vie.

Il s'éclaircit la voix en se tournant vers l'infirmière.

« Je suis prêt. »

Laisse-moi en paix

Il y eut un silence. Murray espéra presque qu'elle lui dise *pas encore, dans une heure, peut-être*, et en même temps il savait qu'il ne supporterait pas de l'entendre. Cela ne serait pas plus facile dans une heure.
Elle hocha la tête.
« Je vais chercher le Dr Christie. »

Personne ne dit plus un mot. Avec une infinie délicatesse, ils ôtèrent le tube de la gorge de Sarah, éloignèrent les machines qui faisaient battre son cœur trop faible pour se débrouiller seul. Ils promirent de rester tout près, dans le couloir, si besoin. Il ne devait pas avoir peur ni se sentir seul.
Puis ils quittèrent la pièce.
Murray posa alors sa tête sur l'oreiller, à côté de celle de la femme qu'il avait aimée pendant la moitié de sa vie. Il vit sa poitrine se soulever au rythme de sa respiration, si ténue qu'elle était à peine perceptible.
Jusqu'à ce qu'elle cesse complètement.

70

Anna

« Anna ! Par ici ! »

« Que vous inspire la mort de votre mère ? »

Mark pose une main au creux de mes reins et m'aide à traverser la rue tout en me parlant à voix basse.

« Ne croise pas leur regard… continue à regarder droit devant toi… nous y sommes presque. »

Devant chez nous, il soulève les roues du landau pour passer par-dessus le trottoir.

« M. Hemmings, qu'est-ce qui vous a attiré chez la millionnaire Anna Johnson quand vous l'avez rencontrée ? »

Des rires fusent.

Mark sort une clé de sa poche et ouvre le portail. Quelqu'un a accroché un bouquet de fleurs entouré de cellophane aux barreaux. Pour papa ? Pour ma mère ? Pour moi ? Dès que Mark entrouvre le battant, juste assez pour nous laisser passer, un journaliste du *Sun* s'interpose. Je sais quel journal l'emploie parce qu'il me le serine chaque jour depuis une semaine et parce que sa carte de presse cornée est suspendue à la fermeture de sa polaire, comme si cette preuve de sa profession annulait le harcèlement quotidien qu'il me fait subir.

« C'est une propriété privée », déclare Mark.

Le journaliste baisse les yeux. Une de ses bottes marron éraflées est posée à cheval sur le gravier de notre allée et le trottoir. Il recule le pied de quelques centimètres à peine, ce qui suffit à le sortir de l'illégalité, et me fourre un iPhone sous le nez.

« Juste une déclaration rapide, Anna, et tout sera fini. »

Laisse-moi en paix

Il est accompagné de son acolyte, un homme plus âgé qui porte en bandoulière deux appareils photos aux faux airs de mitraillettes. Les poches déformées de sa parka sont surchargées d'objectifs, de flashs, de batteries.

« Laissez-moi tranquille. »

Grossière erreur. On entend aussitôt un bruissement de calepins, un autre téléphone fait son apparition. Prenant cette entorse à mon vœu de silence pour une invitation, la petite horde de journaleux s'élance vers moi.

« C'est l'occasion de partager votre version de l'histoire.

— Anna ! Par ici !

— Comment était votre mère quand vous étiez enfant, Anna ? Se montrait-elle violente avec vous ? »

Ce dernier a levé la voix et déclenché une vague de cris. Ils rivalisent de petites phrases, prêts à tout pour obtenir un scoop.

Soudain, la porte d'entrée de Robert s'ouvre et il descend le perron, chaussé de mules en cuir. Il nous salue d'un bref signe de tête, le regard braqué sur les journalistes.

« Foutez le camp, d'accord ?

— De quoi je me mêle ?

— C'est qui, ce type ?

— Personne. »

Cela suffit à faire diversion. Je lance à mon voisin un regard reconnaissant, et je sens la main de Mark me guider vers la maison. Les roues du landau crissent sur le gravier et mon compagnon verrouille le portail. Deux, trois, quatre flashs crépitent.

Encore des photos.

Des photos de moi, la mine pâle et angoissée ; des photos du landau d'Ella, capote recouverte d'une couverture pour la dissimuler aux regards. Des photos de Mark qui, l'air sinistre, escorte nos allées et venues quand les circonstances nous obligent à quitter le refuge de la maison.

Laisse-moi en paix

Les quotidiens nationaux nous ayant relégués en page cinq, il n'y a plus que le journal local pour publier à la une ces photos de nous prises à travers la clôture nous donnant l'air d'être en prison.
Une fois rentrés, Mark fait du café.
On nous a conseillé de déménager.
« C'est l'histoire de quelques jours », avait remarqué le capitaine Kennedy.
Je venais d'achever ma déposition après avoir passé près de huit heures dans une pièce aveugle avec une enquêtrice qui, semblait-il, aurait donné n'importe quoi pour être ailleurs. Elle n'était pas la seule.
À la maison, un périmètre de sécurité avait été établi autour de la cuisine – scène du meurtre de mon père –, que des experts scientifiques vêtus de combinaisons blanches passaient au peigne fin.
« Je suis chez moi, ai-je répondu. Je n'irai nulle part. »
On avait trouvé des traces du sang de papa dans l'enduit de jointoiement du carrelage, malgré la javel passée par Laura et maman. Dire que j'avais marché sur ce sang pendant des mois. J'aurais dû m'en rendre compte, j'aurais dû savoir.
Au bout de trois jours, nous avons pu réutiliser la cuisine ; vingt-quatre heures plus tard, la police avait terminé d'examiner le jardin. Mark a tiré les rideaux devant la baie vitrée de la cuisine pour que je ne voie pas le champ de mines qui nous sert désormais de pelouse ; il a fermé les volets sur la rue pour éviter les téléobjectifs des chasseurs de gros titres qui attendent dehors.
« Ils ne sont pas aussi nombreux aujourd'hui, observe-t-il. Ils seront partis d'ici la fin de la semaine.
— Ils reviendront pour le procès.
— Nous verrons ça en temps voulu », dit-il en me tendant une tasse de café fumant.
Nous nous asseyons. J'ai bougé les meubles, changé la table de place, interverti les deux fauteuils. De petits changements qui, je

l'espère, au fil du temps, m'empêcheront de me souvenir, d'imaginer ce qui s'est passé ici.

Mark feuillette le courrier, entasse la plupart des lettres sans les ouvrir pour les recycler, ainsi que les messages des reporters qui jonchent l'allée jusqu'à ce qu'il les ramasse.

Somme en liquide en échange des droits exclusifs de votre histoire.

Nous avons reçu des offres d'éditeurs et d'agents littéraires, avons été contactés par des sociétés de production de films et d'émissions de téléréalité. Il y a eu des lettres de condoléances, des prospectus d'entreprises de pompes funèbres, des cartes envoyées par les habitants d'Eastbourne, choqués de découvrir que Caroline Johnson, la militante, collectrice de fonds, membre de comités, avait assassiné son mari.

Ils partent tous à la poubelle.

« Ça va vite passer.

— Je sais. »

Les journaleux se pencheront sur la prochaine histoire juteuse et, un jour, je pourrai traverser Eastbourne sans que l'on chuchote sur mon passage : *c'est elle, la fille Johnson.*

Un jour.

Mark s'éclaircit la voix.

« J'ai quelque chose à te dire. »

En voyant sa mine, mon sang ne fait qu'un tour, j'ai l'impression d'être montée dans un ascenseur qui plonge inexorablement vers le rez-de-chaussée. Toute autre annonce ou surprise me paraît insupportable. J'aimerais vivre le restant de mes jours en sachant précisément ce que chaque heure, chaque jour me réserve.

« Quand la police m'a interrogé sur le rendez-vous que Caroline a pris avec moi… »

Il scrute sa tasse de café, se tait un moment.

Je ne réponds pas, le cœur battant à mes oreilles.

« J'ai menti. »

Laisse-moi en paix

Je sens cette faille se rouvrir sous mes pieds, la terre se lézarder, se fendre, trembler. Un seul mot, et la vie n'est plus jamais la même.

Un seul mensonge.

« Je n'ai jamais rencontré ta mère, dit-il, ses yeux cherchant les miens. Mais je lui ai parlé. »

Je déglutis, gorge serrée.

« Je n'ai fait le rapprochement qu'après ta première séance de thérapie. En vérifiant mon agenda, j'y ai trouvé le nom de ta mère. Et je me suis souvenu de son coup de fil : elle m'avait dit avoir besoin d'aide pour gérer le décès de son mari. Mais elle n'est jamais venue au rendez-vous et je n'y ai plus repensé avant de te rencontrer.

— Pourquoi ne m'as-tu rien dit ? »

Mark pousse un soupir digne d'un coureur de marathon.

« Secret professionnel ? »

Le ton de sa réponse prouve qu'il la trouve absurde.

« Et parce que je ne voulais pas que tu partes.

— Pourquoi pas ? » dis-je, bien que je connaisse déjà la réponse.

Il me prend la main et, du pouce, me caresse l'intérieur du poignet. Sous la douce pression de son doigt, la peau blêmit, irriguée par des veines bleu-vert à peine visibles, semblables aux affluents d'une rivière.

« Parce que j'étais en train de tomber amoureux de toi. »

Il se penche vers moi, et j'en fais autant. Nous nous retrouvons à mi-chemin, maladroitement courbés au coin de la table de la cuisine. Yeux clos, je sens la douceur de ses lèvres, la chaleur de son souffle qui se mêle au mien.

« Excuse-moi, murmure-t-il.

— Ça ne fait rien. »

Je comprends pourquoi il a agi ainsi. Il a raison : j'aurais consulté quelqu'un d'autre. J'aurais trouvé trop bizarre de m'épancher auprès

Laisse-moi en paix

d'un homme que ma mère avait choisi pour confident. Et si j'avais consulté quelqu'un d'autre, Ella ne serait jamais née.

« Plus de secrets, en revanche.

— Plus de secrets. Un nouveau départ. »

Il hésite et, l'espace d'une seconde, j'ai l'impression qu'il a autre chose à me confier, mais il tire un petit écrin couvert de velours de sa poche.

Il pose un genou à terre en soutenant mon regard.

71

Murray

« Une dernière, s'il vous plaît. »

Ils prenaient maladroitement la pose pour le photographe, debout, côte à côte, échangeant une poignée de main tandis que Murray brandissait sa distinction honorifique.

« Et voilà. »

La séance photo terminée, la directrice de la police serra de nouveau la main de Murray et lui adressa un sourire aussi sincère que chaleureux.

« Vous allez fêter ça ce soir ?

— En comité restreint, madame.

— C'est mérité. Vous avez fait du bon boulot, Murray. »

Elle s'écarta pour lui laisser la vedette un moment. Aucun discours ne fut prononcé, mais Murray se redressa, plaça sa récompense devant lui et, suivant l'exemple de la directrice, l'assistance le couvrit d'applaudissements. Quelques tables plus loin, Nish leva les pouces, rayonnante, avant de se remettre à taper des mains avec enthousiasme. Près de la porte, quelqu'un poussa un vivat. Même le sévère John, de la réception du commissariat de Lower Meads, l'ovationnait.

Murray vit l'image fugace de Sarah, assise dans le public. Elle aurait porté une de ses volumineuses robes en lin de couleur vive, une écharpe enroulée autour du cou ou nouée sur la tête. Elle aurait souri, radieuse, en regardant autour d'elle pour essayer de croiser le regard de quelqu'un avec qui partager sa fierté.

Les larmes lui piquaient les yeux. Il retourna sa récompense, la brandit devant lui pour pouvoir l'admirer, cligna des paupières

Laisse-moi en paix

jusqu'à ce qu'il ne risque plus de pleurer. C'était Sarah dans un de ses bons jours qu'il imaginait là, se souvint-il. Il y avait de grandes chances pour qu'elle n'ait même pas été présente, qu'elle ait séjourné à Highfield ou soit restée sous la couette, chez eux, incapable de supporter l'idée d'accompagner Murray à son dernier rendez-vous professionnel.

NOUS SALUONS LE DÉVOUEMENT, LA TÉNACITÉ ET LES TALENTS D'ENQUÊTEUR DE MURRAY MACKENZIE, MATRICULE C6821, QUI ONT PERMIS DE RÉVÉLER LE MEURTRE DE TOM JOHNSON ET D'IDENTIFIER LES DEUX SUSPECTES. SA CONTRIBUTION REPRÉSENTE UN EXEMPLE EXCEPTIONNEL DES VALEURS QUI ANIMENT LES POLICIERS VOLONTAIRES.

Identifier les deux suspectes. Les termes avaient été choisis avec le plus grand soin. Murray éprouva un pincement au cœur : quel dommage que Caroline Johnson n'ait pas pu être jugée. Emportant dans la tombe les secrets qu'elle n'avait pas partagés avec sa fille, elle s'était jetée du balcon de l'appartement de Mark Hemmings, situé au septième étage, et s'était écrasée devant une foule de curieux que le souvenir de sa chute hanterait à jamais.

Laura Barnes avait été placée en détention provisoire dans l'attente de son procès. Elle n'avait fait aucun commentaire pendant sa garde à vue, mais les caméras des policiers qui l'avaient arrêtée avaient enregistré une série d'aveux faits dans le feu de l'action. Au vu des enregistrements et des preuves réunies contre elle par le capitaine James Kennedy et son équipe, il ne faisait aucun doute qu'elle plaiderait coupable, selon Murray. Bien que Laura ait effacé ses traces avec la plus grande efficacité, on apercevait sa voiture sur les images de vidéosurveillance du LAPI au moment où l'achat du téléphone avait été effectué chez Fones4All à Brighton. Un spécialiste de la reconnaissance vocale avait confirmé que la voix de « Diane Brent-Taylor » sur la bande de l'appel à police secours correspondait à celle de Laura ; il le confirmerait devant le tribunal en sa qualité de témoin expert.

Murray ne serait pas là pour voir ça, de toute façon.

Les acclamations s'étaient taries. Il hocha la tête pour remercier l'auditoire avant de quitter l'estrade. Alors qu'il regagnait sa place pour écouter la directrice prononcer son discours de clôture, il vit Sean Dowling assis avec leur ancien capitaine, qui travaillait lui aussi à la division de lutte contre la cybercriminalité désormais. Comme un seul homme, ils se levèrent et se remirent à applaudir, lentement cette fois, bientôt imités par les policiers assis à leur table. Tandis que Murray traversait le centre de la pièce, il y eut des remous dans la salle et les chaises grincèrent contre le sol quand, un à un, les amis et collaborateurs croisés au cours de sa carrière se levèrent pour l'acclamer. L'ovation accéléra, plus rapide que le rythme de ses pas, mais moins que celui de son cœur, qui débordait de gratitude pour l'assistance.

Sa famille policière.

Le temps d'arriver à son siège, Murray était cramoisi. Après un dernier vivat, il y eut d'autres grincements de chaises alors que la directrice concluait la cérémonie par quelques remarques. Quel soulagement de ne plus être le centre de l'attention ! Murray en profita pour relire son titre honorifique. C'était le troisième qu'il recevait dans sa carrière, mais le premier en tant que volontaire. Le premier et aussi le dernier.

« Bien joué, vieux.

— Beau boulot.

— On se prend une bière un de ces jours ? »

La cérémonie terminée, les anciens collègues de Murray se dirigèrent vers le buffet au fond de la salle en lui tapant sur l'épaule au passage. Il était rare que l'on serve des petits fours lors d'un événement interne et il était dans la nature des policiers d'en profiter quand c'était le cas. Nish se fraya un chemin jusqu'à lui et l'enlaça.

« Elle aurait été tellement fière », murmura-t-elle en aparté.

Murray hocha frénétiquement la tête, n'osant pas parler. Les yeux de Nish brillaient.

« Puis-je vous interrompre un instant ? » demanda Leo Griffiths, en uniforme, un Coca light à la main.

La miette de feuilleté à la saucisse sur sa cravate laissait supposer qu'il était arrivé le premier au buffet.

Murray serra la main du commissaire.

« Félicitations.

— Merci.

— Sacrée réception, hein ? observa-t-il avec un regard à la ronde. La dernière fois que j'ai assisté à une cérémonie de ce genre, nous avons eu droit à du jus d'orange tiède et à un biscuit par personne.

— C'est deux fêtes en une : à la fois remise de récompense et pot de retraite. Économies d'échelle », ajouta Murray avec solennité en citant l'une des formules préférées du commissaire.

Nish retint un éclat de rire.

« Tout à fait. À vrai dire, c'est ce dont je voulais vous parler.

— Des économies d'échelle ?

— De votre retraite. Je me demandais si vous aviez vu l'annonce concernant ce poste d'enquêteur volontaire à la commission de révision des affaires classées ? »

En effet, Murray en avait pris connaissance. En fait, pas moins de sept personnes lui en avaient déjà parlé, y compris la directrice de la police.

« C'est tout à fait dans vos cordes, je dirais, lui avait-elle fait remarquer. C'est l'occasion de mettre vos talents d'enquêteur à profit et de développer les compétences des membres de l'équipe moins expérimentés. Officiellement, cette fois », avait-elle ajouté avec un regard lourd de sous-entendus.

L'issue positive de l'affaire Johnson signifiait que l'on était passé sur les entorses au règlement commises par Murray, mais dans le cas où il aurait souhaité conserver son poste, on lui avait bien fait comprendre qu'elles ne devaient jamais se reproduire.

Murray ne souhaitait pas conserver son poste. Il ne voulait pas rester dans la police.

« Merci, Leo, mais j'ai remis ma démission. Je vais profiter de ma retraite. Me balader un peu. »

Murray imagina le camping-car flambant neuf pour lequel il avait versé un acompte et qu'il devait récupérer dans une semaine. Il y avait englouti une bonne partie de sa pension, mais il en avait pour son argent. Le véhicule était équipé d'une cuisine, d'une minuscule salle de bains, d'un lit deux places et d'un salon confortable, meublé d'une table pliante, en plus d'un énorme volant qui donnait l'impression au retraité de conduire un semi-remorque.

Il avait hâte. Sa famille policière avait été généreuse avec lui, mais il était temps de couper le cordon.

« Très bien. Vous ne pouvez pas nous en vouloir d'essayer de vous garder, n'est-ce pas ? Où irez-vous ? »

Depuis qu'il avait annoncé ses projets de retraite, plusieurs personnes lui avaient posé la question. Sa réponse n'avait pas varié. Pendant des années, il avait calqué son rythme sur celui des autres. Les séjours de Sarah à Highfield. Ses bons jours ; ses mauvais jours. Les gardes du matin, du soir, de nuit. Les heures supplémentaires, les gardes le week-end. Les briefings, les débriefings. Quand il envisageait sa retraite, il ne voyait ni horaires, ni calendriers, ni programme prédéfini.

« Là où bon me semblera. »

72

Anna

L'odeur d'herbe fraîchement coupée flotte dans l'air. Il fait encore froid, mais les beaux jours s'annoncent. J'ai troqué le landau d'Ella contre une poussette et elle babille gaiement quand je l'y installe. J'appelle Rita et l'attache à sa laisse.

« Je vous laisse tranquille. Je reste joignable sur mon téléphone portable si besoin est.

— Ne vous inquiétez pas, mon chou. Y a-t-il quoi que ce soit que vous vouliez garder dans la cuisine ? »

Oak View est une vraie ruche. Cinq déménageurs s'activent dans une pièce différente de la maison où s'entassent une montagne de cartons déjà pleins.

« Juste la bouilloire, s'il vous plaît. »

Dans ma voiture, j'ai gardé le strict nécessaire : thé, papier-toilette, quelques assiettes et quelques tasses pour m'éviter de devoir fouiller à notre arrivée dans notre nouveau chez nous.

Je parle à Ella sur le chemin, désigne un chat, un chien, un ballon de baudruche coincé dans un arbre. Nous passons devant la cour de la concession automobile Johnson, mais ne nous arrêtons que pour croiser le regard de Billy. Il nous salue d'un signe et je me penche pour agiter la main d'Ella en retour. Il est occupé à parler à un nouveau vendeur, je ne veux pas le déranger.

La cour a fière allure. La Porsche Boxster, vendue dès les premiers signes du printemps, a été remplacée par deux autres voitures de sport rutilantes dont la capote baissée témoigne de l'optimisme ambiant. Oncle Billy m'a enfin laissée renflouer le commerce et

Laisse-moi en paix

mon apport le mettra à l'abri du besoin au moins un certain temps. Mark m'a prise pour une folle.

« C'est une entreprise, pas une œuvre caritative », a-t-il remarqué.

Sauf qu'il ne s'agit pas d'une simple entreprise. C'est mon passé. Notre présent. L'avenir d'Ella. Papi Johnson a pris la relève de son père, papa et Billy lui ont à leur tour succédé. Il nous incombe maintenant, à mon oncle et à moi, de maintenir l'entreprise à flot jusqu'à ce que les affaires reprennent. Qui sait si ma fille voudra reprendre le flambeau – ce sera à elle d'en décider –, mais la concession Johnson ne coulera pas tant que je serai là.

Nous longeons le front de mer. Je regarde la jetée et, en repensant aux balades que j'y ai faites avec mes parents, la colère qui m'a animée ces trois derniers mois se mue en une tristesse accablante. Peut-on considérer cela comme un progrès ? Je dois me souvenir d'aborder le sujet lors de ma prochaine séance de psychothérapie. Je « vois quelqu'un » de nouveau. Pas dans le cabinet de Mark, cela m'aurait paru trop bizarre ; je consulte une personne douce et attentionnée de Bexhill qui m'écoute plus qu'elle ne me parle et me donne l'impression d'être un peu plus forte à chaque rendez-vous.

Au bout d'une rue adjacente qui s'éloigne du front de mer, se trouve une rangée de maisons mitoyennes. La poussette rebondit sur le trottoir inégal et les babillages d'Ella redoublent. Ils ressemblent de plus en plus à des mots ces derniers temps, je ne dois pas oublier de noter chaque étape franchie avant qu'il soit trop tard.

Nous nous arrêtons et je sonne au numéro cinq. J'ai une clé au cas où, mais jamais je ne m'en servirai. Je me penche déjà pour prendre ma fille quand Mark ouvre la porte.

« Comment ça va ?

— Un désordre organisé. Je sais que nous sommes en avance, mais nous les gênions, alors... »

Laisse-moi en paix

J'embrasse Ella, la tiens dans mes bras aussi longtemps que possible avant de la passer à son père. Je ne suis toujours pas habituée, mais c'est un peu plus facile chaque fois. Il n'y a rien d'officiel, pas de garde partagée un week-end sur deux et un jour par semaine. Nous nous arrangeons juste pour l'élever ensemble bien que nous vivions séparément.

« Pas de problème. Tu veux rester un peu ?
— Il vaut mieux que j'y retourne.
— Je la dépose à ta nouvelle adresse demain.
— Je te ferai faire le tour du propriétaire ! »

Nos regards se croisent un instant : il s'est passé tant de choses, il faut bien reconnaître que nous prenons encore nos marques et que cela semble un peu bizarre. J'embrasse Ella une dernière fois avant de la laisser avec son père.

Ça a été facile, au final.
« Veux-tu m'épouser ? »
Je n'ai pas répondu. Il a attendu, impatient. Plein d'espoir.
Je me suis imaginée devant l'autel avec lui, Ella, notre petite demoiselle d'honneur, jetant des pétales de fleurs. J'ai imaginé que je me tournais vers les fidèles assemblés dans l'église et j'ai éprouvé un chagrin renouvelé en constatant l'absence de mon père. Billy me conduirait sans doute à l'autel. Il n'était pas mon père, mais ce qui y ressemblait le plus. Quelle chance j'avais de l'avoir !
Nos amis, nos voisins seraient là.
Pas Laura.
Je n'en ressentais aucun chagrin. La date de son procès avait été fixée et, bien que l'idée de témoigner contre elle me donne des cauchemars, l'organisme d'aide aux victimes de crimes m'avait expliqué ce qui m'attendait. Je serais seule à la barre, mais je savais que je bénéficierais du soutien de toute une équipe. Elle serait condamnée, j'en étais sûre.

Laisse-moi en paix

Elle m'avait écrit deux ou trois fois pour me supplier de lui pardonner. Comme les personnes en détention provisoire n'ont pas le droit de contacter ceux qui doivent témoigner à leur procès, les lettres m'avaient été transmises par le biais de connaissances communes, trop aveuglées par l'amitié pour croire Laura coupable de tout ce dont elle était accusée.

Les lettres étaient longues, expansives. Elles jouaient sur notre histoire commune, sur le fait que nous n'avions plus de famille, que nous étions toutes les deux orphelines de mère. Je les conservais non pas parce qu'elles m'émouvaient mais par prudence, même si je me savais incapable de les montrer à la police. Laura prenait un risque en m'écrivant, un risque minime, certes. Elle me connaissait trop bien.

Cela ne me chagrinait pas non plus que ma mère n'assiste pas à mon mariage. Quand je pensais à elle, une boule de haine se formait dans mon cœur, et la thérapie, aussi longue soit-elle, rien viendrait jamais à bout. Ce n'est pas parce qu'elle a tué mon père que je la hais, bien que ce soit la racine du problème. Ce n'est même pas à cause des mensonges racontés quand elle a feint sa propre mort et m'a abandonnée à mon chagrin. C'est à cause de ceux racontés plus tard : l'histoire inventée à partir des demi-vérités concernant leur vie de couple. Je la hais parce qu'elle m'a fait croire que c'était lui l'alcoolique, que c'était lui qui la battait, et non le contraire. Parce qu'elle m'a encouragée à lui refaire confiance.

« Alors ? a insisté Mark. Tu acceptes ? »

Je me suis aperçue que le non que j'avais au bout de la langue n'avait rien à voir avec les personnes présentes ou absentes à notre mariage.

« Si nous n'avions pas eu Ella, crois-tu que nous serions toujours ensemble ? lui ai-je demandé.

— Bien sûr que oui », a-t-il répondu après une pause un chouïa trop longue.

Laisse-moi en paix

Nous nous sommes regardés un moment. Il a détourné le regard, m'a adressé un pâle sourire qui n'a pas illuminé ses yeux.
« Peut-être.
— Je crois que cela ne me suffit pas », ai-je conclu en lui prenant la main.

Oak View a été vite vendue à un couple avec trois enfants qui a accepté l'histoire de cette demeure en échange d'un prix bien inférieur à celui du marché, et qui, je l'espère, remplira la maison de rires et de bruit. L'appartement de Mark à Putney a été mis en vente et, pour l'instant, mon ex reste à Eastbourne afin que nous puissions continuer à élever Ella ensemble.

J'ai pleuré quand le panneau VENDU a été affiché, mais c'est vite passé. Je n'avais aucune envie de rester à Cleveland Avenue où les voisins me dévisageaient avec une curiosité morbide et où les touristes faisaient des détours pour passer devant la maison en tendant le cou vers un jardin pourtant invisible.

Laura et maman s'étaient débarrassées du verre cassé en le jetant dans la fosse avec le cadavre de papa. Le goulot de la bouteille portait les empreintes de maman ; sur les éclats de verre que Laura avait pris soin de ramasser et de jeter dans la citerne, on trouva celles de mon amie.

La fosse a disparu depuis longtemps. L'extension de Robert est en pleine construction, grâce à ses trente mille livres, une carotte brandie sous le nez des nouveaux propriétaires en échange des désagréments causés par les travaux. Ils n'ont pas prévu de remplacer les rosiers de ma mère : ils comptent plutôt acheter une cage de football et une balançoire.

Je rentre à Oak View, les mains vides, sans poussette pour les occuper. Rita tire sur sa laisse lorsqu'un chat noir et blanc croise mon chemin et je me retiens au dernier moment de le montrer à

Laisse-moi en paix

ma fille absente. M'habituerai-je un jour à ce qu'elle ne soit pas en permanence à mes côtés ?

La maison que j'ai achetée est l'inverse de celle où j'ai grandi. Un cube élégant et moderne doté de trois chambres et d'une grande pièce à vivre au rez-de-chaussée qui me permettra, lorsque Ella commencera à ramper, de la surveiller en cuisinant.

À Oak View, les déménageurs chargent le camion. Ils ne laisseront que mon lit ; ce soir, je dormirai dans une maison presque vide, prête pour le grand déménagement demain. Ma nouvelle adresse est à moins de deux kilomètres d'ici, mais j'ai l'impression qu'elle est à l'autre bout du monde.

« On a presque fini, mon chou. »

Le déménageur est en nage à force de hisser les meubles dans le camion. J'ai laissé les lourdes armoires, la longue table de cuisine et l'imposante commode de l'entrée à la nouvelle famille, enchantée de pouvoir s'éviter une dépense supplémentaire. Elles sont trop volumineuses pour ma nouvelle maison et trop chargée de souvenirs dont je ne veux plus. Le déménageur s'essuie le front du revers de la main.

« Vous avez du courrier. Je vous l'ai mis de côté. »

La lettre est sur la commode. Déposée par une amie de Laura, encore une fois. La soutiendra-t-elle toujours après le procès, lorsque toutes les preuves auront été étalées au grand jour ? Les chefs d'accusation s'accumulent : dissimulation de crime et du cadavre de mon père, menaces de mort proférées contre Ella et moi.

L'enveloppe fait surgir des images que je ne veux plus voir. Laura, pistolet au poing. Ma mère qui s'approche du vide. Je me secoue. C'est fini. Tout est fini.

J'extirpe la lettre de l'enveloppe. Une seule feuille de papier. Elle ne se répand pas en excuses, contrairement à la dernière fois.

Laisse-moi en paix

Manifestement, l'absence de réponse, le refus d'abandonner les poursuites, ont fait mouche.

Je déplie la feuille et, soudain, un bourdonnement retentit dans mes oreilles. Mon cœur palpite, mon pouls s'emballe.

Une seule ligne, au centre de la page.

Un suicide ?

La lettre tremble dans ma main. Une vague de chaleur m'enveloppe et j'ai l'impression que je vais défaillir. Je traverse la cuisine, slalome entre les cartons et les déménageurs qui vont et viennent comme des abeilles ouvrières de la maison au camion, et j'ouvre la porte de service.

Un suicide ?

Je sors dans le jardin, me force à prendre de lentes et profondes inspirations jusqu'à ce que mon vertige s'atténue ; pourtant, le bourdonnement refuse de se calmer et la peur m'oppresse.

Car cette fois, je n'ai pas à chercher la réponse bien loin.

Cette fois non plus, ce n'était pas un suicide.

Ma mère n'a pas sauté.

Note de l'auteur

En 2007, comme beaucoup d'autres personnes dans le monde, j'ai été captivée par la réapparition apparemment miraculeuse de John Darwin, que l'on croyait mort cinq ans auparavant, victime d'un accident de canoë dans le nord-est de l'Angleterre. Sa femme Anne avoua par la suite que John avait continué à vivre avec elle dans la maison familiale avant que le couple parte refaire sa vie au Panamá.

J'ai été fascinée par l'histoire et le culot de John Darwin, qui portait un déguisement pour pouvoir aller et venir dans sa ville sans être reconnu et avait à plusieurs reprises espionné ses deux fils adultes lorsqu'ils rendaient visite à leur mère soi-disant éplorée. Je me suis demandé ce qu'un enfant devait éprouver en découvrant que ses parents lui avaient sciemment infligé un tel chagrin et comment reconstruire une relation avec eux. J'avais du mal à comprendre comment on pouvait faire preuve d'une telle cruauté envers ses propres enfants.

Au cours de l'écriture de *Laisse-moi en paix*, la lecture de *Up the Creek Without a Paddle* de Tammy Cohen et *Out of My Depth* d'Anne Darwin m'a été fort utile et m'a fourni une foule de détails sur l'histoire extraordinaire des Darwin ; cependant, les personnages et événements décrits dans mon roman sont le fruit de mon imagination et ne s'inspirent nullement d'anecdotes lues ou entendues.

Lors des recherches que j'ai menées sur les suicides à Beachy Head, j'ai été très émue par *Life on the Edge* de Keith Lane, l'autobiographie d'un homme dont l'épouse s'est jetée du haut de cette falaise du Sussex. En consacrant les quatre années suivantes à patrouiller au même endroit, Keith Lane a empêché vingt-neuf personnes de se donner la mort.

Laisse-moi en paix

Les bénévoles de l'aumônerie de Beachy Head sont présents plus de cent heures par semaine sur les lieux. Ils épaulent la police et les gardes-côtes lors des opérations de recherches et de sauvetage ; en outre, ils sont spécialistes des interventions de crises suicidaires et ont sauvé environ deux mille personnes depuis la création de l'association en 2004. L'équipe dépend exclusivement de la générosité du public, alors n'hésitez pas à les suivre sur Facebook à l'adresse @BeachyHeadChaplaincyTeam et soutenez leur travail si vous le pouvez.

Selon l'association caritative Mind, une personne sur quatre sera victime de troubles psychiatriques cette année et plus de vingt pour cent d'entre nous reconnaissons avoir eu des pensées suicidaires à un moment de notre vie. Seize personnes se donnent la mort chaque jour au Royaume-Uni. Si l'un des sujets abordés dans mon roman vous a touché ou si vous souhaitez parler à quelqu'un de ce que vous ressentez, je vous encourage à appeler SOS Amitié. Les bénévoles sont disponibles 24 h/24, à partir de n'importe quel téléphone, au 09 72 39 40 50.

Remerciements

Mes anciens collègues de la police me témoignent un soutien et des encouragements sans faille et je leur suis reconnaissante de plébisciter mes livres, même lorsque je prends certaines libertés avec les procédures. Je suis particulièrement redevable aux personnes suivantes pour l'écriture de *Laisse-moi en paix* : Sarah Thirkell pour ses conseils en matière de médecine légale ; Kirsty Harris, qui a répondu à mes questions sur les enquêtes du coroner ; Di Jones, qui a clarifié la procédure entourant les appels d'urgence, et Andy Robinson – encore lui – pour ses conseils en rapport avec les téléphones portables. Un jour, j'écrirai un livre sans avoir besoin de ton aide.

J'adresse mes remerciements à Heather Skull et Kaimes Beasley de la Maritime and Coastguard Agency, qui m'ont fourni des conseils aussi généreux que créatifs au sujet des marées et des sauvetages en mer ; et à Becky Fagan pour ses conseils sur les troubles de la personnalité borderline et la prise en charge des patients en psychiatrie. Que toutes les personnes citées ci-dessus veuillent bien m'excuser de m'être parfois éloignée de la vérité ; si erreurs il y a, elles m'incombent entièrement.

Marie Davies a remporté le concours organisé par l'association de protection animalière Love Cyprus Dog Rescue qui accomplit un travail sensationnel en faisant adopter des chiens abandonnés. J'ai été ravie de donner un rôle à Rita, le chien de Marie, dans *Laisse-moi en paix*, et j'espère lui avoir rendu justice.

Il y a dix ans, les réseaux sociaux étaient quasiment absents de la vie d'un écrivain ; aujourd'hui, je ne pourrais plus me passer de mes formidables fans sur Facebook, Twitter ou Instagram. Vous m'avez soutenue quand je peinais à écrire, vous êtes réjouis de mes bonnes nouvelles, m'avez aidée dans mes recherches et avez propulsé mes romans en tête des ventes. Merci.

J'ai la chance d'avoir des collaborateurs absolument exceptionnels. Sheila Crowley et l'équipe de Curtis Brown continuent de me soutenir pas à pas – je ne pourrais rêver d'une meilleure agence littéraire –, et cela vaut également pour les éditeurs qui publient mes livres aux quatre coins du monde. J'adresse un remerciement tout particulier à Lucy Malagoni, Cath Burke et l'équipe de Sphere ; à Claire Zion et son équipe chez Berkley ; et à l'équipe de cession des droits de Little Brown. Merci à tous : c'est un vrai plaisir de travailler avec vous.

Il m'est impossible de remercier individuellement tous les blogueurs, libraires et bibliothécaires car ils sont trop nombreux, mais sachez que j'apprécie votre travail, et je vous sais gré des commentaires et des recommandations que vous publiez et de l'espace que vous réservez à mes livres sur vos étagères, virtuelles ou autres.

Un grand merci à tous ceux qui évoluent dans l'univers du polar, à Kim Allen qui me permet de rester organisée, à mes amis et à ma famille. Rob, Josh, Evie et George : vous êtes tout pour moi. Désolée d'être si grognon.

Enfin, et c'est tellement important : merci à vous d'avoir lu ce livre. J'espère qu'il vous a plu.

Photocomposition Nord Compo
Imprimé en Italie par Grafica Veneta
Pour le compte des Éditions Marabout (Hachette Livre)
58, rue Jean-Bleuzen, 92178 Vanves Cedex
Achevé d'imprimé en mars 2018

Dépôt légal : mars 2018
ISBN : 978-2-501-12264-1
4888684